戴好头盔谈恋爱

zoody 著

华龄出版社
HUALING PRESS

图书在版编目（CIP）数据

戴好头盔谈恋爱 / Zoody著. -- 北京 : 华龄出版社, 2023.2

ISBN 978-7-5169-2447-1

Ⅰ. ①戴… Ⅱ. ①Z… Ⅲ. ①长篇小说－中国－当代 Ⅳ. ①I247.5

中国国家版本馆CIP数据核字（2023）第015367号

策划编辑	酒　酒	**责任印制**	李未圻
责任编辑	李梦娇	**装帧设计**	Frespirit

书　　名	戴好头盔谈恋爱	**作　　者**	Zoody
出　　版 发　　行	华龄出版社 HUALING PRESS		
社　　址	北京市东城区安定门外大街甲57号	**邮　　编**	100011
发　　行	（010）58122255	**传　　真**	（010）84049572
承　　印	大厂回族自治县德诚印务有限公司		
版　　次	2023年6月第1版	**印　　次**	2023年6月第1次印刷
规　　格	880mm × 1230mm	**开　　本**	1/32
印　　张	11	**字　　数**	327千字
书　　号	ISBN 978-7-5169-2447-1		
定　　价	45.00元		

目录

目录

Chapter 01
一颗糖

银色针头还没扎进皮肤，刺耳的哭喊声已经开始折磨王若含的感觉神经。手里的小胳膊肉乎乎的，拳头攥得很紧，察觉到他的挣扎欲望，王若含不觉加快动作，一针推到底。

“好了，结束了，真勇敢。”口罩遮掩下，她弯唇微笑，声音轻柔。

然而，似乎她的话并没有起到安慰作用，小孩的哭声彻底放开，一个劲儿地往妈妈怀里钻。

年轻女人要安抚孩子情绪，又要帮忙按着胳膊上的棉签，一阵手忙脚乱下，连眼镜快要滑落到鼻尖都没空推一下。

王若含起身，拿起地上的包递到她手上。

女人朝她笑笑，点头道谢。

小胖男孩哭得声音都哑了，看见王若含走过来，一挥拳头砸在她的肩上，力气还不小，恶狠狠地威胁道：“我要叫奥特曼打你！”

王若含不是第一次被小朋友记恨了，内容也大同小异，不禁笑起来：“那奥特曼有没有打疫苗啊？”

一下午都在诊室打针，此起彼伏的童声就没停过，王若含揉了揉耳朵，伸展着胳膊，回到更衣室。

拿起手机才发现有个未接来电，看是闺密周以打来的，王若含立刻回拨过去，很快就被接通。

“喂。”

“怎么了啊？打电话给我。”

周以问道：“下班没？”

王若含一边解着制服的扣子一边回道：“还没，正要换衣服。”

听到她的回答，周以的语速明显快了些：“你先等等啊，我有个同事现在在你们医院，感冒了，估计有点儿发烧。”

王若含停下动作，把扣子重新系好：“严重吗？在大堂？”

周以说：“刚挂号，他一个人，不知道能不能行。你现在有空吗，要不帮我去看看？”

王若含皱起眉头：“什么同事啊，外教？”

周以轻嗤一声：“不是，是多事的大少爷。金陵的研讨会是他替我去的，他生了病我心里过意不去，你帮我去看看吧。”

王若含应：“行，知道了。”末了她又补了一句，“蜜月快乐，别操心了，和你老公好好玩。”

周以笑道：“回来请你吃饭。”

挂了电话，王若含戴好口罩，加快步伐，奔向一楼大堂。

电梯口有医生遇到她，跟她打招呼：“小王，还不去吃饭？”

“啊。”王若含在面板上摁下楼层，“有个朋友生病了，我去看看。”

电梯下到一层，这里永远是医院最拥挤喧闹的地方，形形色色的人奔走在各个门诊室之间，挂号处和领药口永远有排不完的长龙，小孩的哭闹声混杂着成人的抱怨声，吵得人头痛。

王若含刚摸出手机，就看见周以来了一条微信：“他说他进诊室了，应该快看完了。”

她朝人群里扫视一圈，边向内科门诊走，边打字：“他？谁啊？不会是……？”

一句话还没编辑完，余光瞥见眼前有个人，王若含不自觉变换方向，往旁边让了一小步，结果那人也跟着迈步，像故意要挡着她似的。

王若含不得不抬起头，视线一路上移，越过被蓝色口罩遮住的下半张脸，定格在男人的眼睛上。

没发送出去的问题已经有了答案，大脑空白一瞬，王若含极快地转开视线，把手机收进了口袋。

男人的眼里没什么情绪，大概是因为生着病，眼下乌青，脸色也很苍白，看起来无精打采的样子，十分敷衍地抬了下手，打了个不走心的招呼。

王若含点点头，视线飘忽："是你啊……"

霍骁反问："周以没和你说？"

王若含嗯了一声，拿过霍骁手里的单子翻阅起来："几度？"

霍骁像是没听懂。

王若含又问一遍："体温，几度？"

霍骁说："哦，好像三十八度多吧。"

王若含抬眉吸了口气："怎么烧起来的？"

医生给他开了输液的药，她没想到会这么高，霍骁看起来除了没精神，状态还行，说话也清晰。

霍骁回道："淋了雨，吹了空调，今天早上起来脑袋胀。"

黄梅天多雨，气温也不稳定，已经排除了肺炎的可能性，看情况就是普通伤风感冒。王若含叠好单子，对霍骁说："先去领药吧，等会儿去楼上输液室输液。"

霍骁偏过头咳嗽了两声，大概是嗓子不舒服。

王若含抬头看他，问："带杯子了吗？"

霍骁摇摇头。

王若含给他指了个空位："你先坐着吧，我帮你去排队取药。"

霍骁乖乖坐下。

等拿完药，王若含挨个检查了一遍才回到休息处喊霍骁。

现在是七月，他穿了件浅色T恤和牛仔裤，身材又高又瘦，皮肤偏白，往那儿一坐像个学生。姿势随意，垂着脑袋，后颈的隆椎骨凸起，正中间有颗显眼的痣。

没敢多看，王若含喊他："走吧。"

见男人没动，王若含俯身拍拍霍骁的胳膊，凑近了些喊：“霍老师？”

霍骁终于有了反应，迟缓地抬头，抬起眼皮看她，眼中无神，像是随时会昏睡过去一样。

王若含下意识地放轻了声音：“头晕吗？”

霍骁用手背蹭了下额头，扶着把手站起身：“没事儿，走吧。”

王若含虚虚地搀着他，放慢脚步。

一路上两人都没再说话，电梯门打开，他俩迈步走进去，搭乘电梯的人不多，王若含摁下五楼。

电梯开始运转，轿厢晃了一下，王若含察觉自己的手腕被人抓住，立刻抬头去看霍骁：“没事吧？”

霍骁很快松了手，神情恢复如常：“没事。”

王若含往他身边靠近了些：“你自己叫车来医院的？”

霍骁点头，下午的时候还没这么严重，大概是医院空气不太好，这会儿脑袋昏沉沉的，浑身无力。

王若含说：“今天输完液记得把药吃了，回家好好睡一觉，烧退了就没那么难受了。”

口罩下，霍骁的嘴角扬起，他半闭着眼低低地嗯了一声。

跟着人进了五楼输液室，霍骁往里看了一圈，意识到有些不对劲：“怎么全是小孩？”

王若含理所当然道：“废话，这是儿科。”

霍骁停下脚步不愿意往前走了：“你让我在这儿输液？”

王若含扯了他一把，把人直接拽进去：“对啊，这样我才能看着你。”

进了诊室，她从袋子里取出吊瓶和输液管，没管霍骁表露出的抗拒表情，直接摁着他坐下，抓起他的左手手腕拿到面前，擦碘伏找血管，利索地给他扎好了针。

好在这位病人没哭没闹，连眉头都没皱一下。王若含满意极了，起身时拍拍霍骁的肩，随口夸奖道：“你是今天最乖的一个。”

霍骁愣住，反应过来她这是把他划到了“儿童”的范围，哼笑了声，懒洋洋地回道：“护士姐姐，那我有没有糖吃啊？”

王若含没搭理他，都站不稳了还有心思调笑。

照顾到成年男人的面子，王若含给霍骁找了个角落的位置，离她的工作台也近。

把吊瓶挂好，她问："晚饭吃了没？"

霍骁摇头。

王若含拿出手机："给你点份外卖吧，粥？等会儿好吃药。"

霍骁却问她："你呢，吃了没？"

王若含回道："没。"

"怎么不吃？"

王若含忍住想翻白眼的冲动，心想这不是得伺候少爷您吗？她面上还是微笑道："我不饿，没关系。"

给霍骁点完餐，王若含又拿纸杯倒了热水，放到他手边的小桌上："想睡会儿觉就睡，有事摁铃喊我。"

霍骁端起杯子，向她说了声谢谢。

王若含回到工作台，今晚不用值夜班，过会儿就能下班了，那时候霍骁应该也输完液了。

一米八的男人往儿科输液室一坐，就算是坐在角落，也难免引来周围人的打量。

王若含正翻着记录本，旁边的林蕙拍拍她，好奇道："若含，那帅哥是你朋友啊？"

王若含抬头往霍骁的方向看了一眼，发现他正撑着下巴也在看着自己，不自然地挪开目光，如实回答："朋友的朋友。"

林蕙压低声音道："他好像一直在看你。"

王若含合上本子："说不定是在看你呢？"

林蕙赶紧摆摆手，语气激动起来："你不知道，刚刚你去哪儿他的目光就跟到哪儿。"

这话莫名引起王若含的不适，她蹙了下眉，摸摸脖子，留下一句"好好上班"，就走向过道查看其他病人的情况。

可千万别，她暗自祈祷，难道三个月的时间还不够翻新记忆吗？

霍骁经历了极无聊的四十分钟，左手输着液，头晕又玩不了手机，周围时不时还有小孩的哭闹声，睡也睡不好。除了偶尔看看墙上电视机播的动画片，他更多的时候是盯着护士台后面的人。

这一次他见到的王若含和三个月前在婚礼上的她差别很大。

她穿着浅粉色的护士服，戴着白色口罩，在医院里，唯一有辨识度的还是她那双欺骗性很强的大圆眼睛。

儿科护士，挺适合的，她确实是个看起来亲和力很强的人。

不远处的她在替一个小孩拔针，又弯着腰说了几句，小女孩就往她手里塞了个东西。

过了会儿她又走出去了，回来时手里提着保温袋，径直向角落走来。

霍骁不自觉地挺直腰背，换了个坐姿。

她点的是皮蛋瘦肉粥，霍骁尝了口感觉偏咸，但怕被护士姐姐嫌弃嘴刁，霍骁不敢多言，只埋头喝粥。

喝下大半碗之后，霍骁说不想吃了，王若含收走打包盒，从袋子里拿出消炎药和口服液，按照剂量剥开倒在掌心拿给霍骁。

手伸出去，霍骁却没立即接，看看药，又抬起头看看王若含，一副欲言又止的样子。

王若含问道："怎么了？吃药啊。"

霍骁挠挠眉毛，难以启齿："那个……我不会吃药。"

王若含："啊？"

霍骁耸了耸肩："不会咽胶囊，吞不进去。"

王若含眨眨眼睛，对方的坦然反倒让她有些不好意思起来，刚刚还想取笑他这种事三岁小朋友都会，但此刻也说不出口了。

也不是没遇到过这样的情况，她收回手，把胶囊掰开泡进水里，晃匀后递给霍骁："那就只能这样吃了，可能会有点儿苦。"

"没事。"霍骁接过纸杯一口吞下，不止苦，还有一股难忍的腥味在口腔中乱窜。

王若含又把口服液插好吸管后拿给他："这个总会喝了吧？"

霍骁扯了扯嘴角："废话。"

霍骁长得白净，即使五官单独拎出来并不出众，但放在他身上就格外温和清俊。这其实是一张非常符合王若含审美的脸。

换言之，这就是她的取向狙击，尤其是此刻，这样的他太乖了。因为生病而面无血色，垂眸时睫毛纤长，在眼下留下一小片阴影。

王若含看得出神，直到霍骁在她面前晃了晃蓝色空瓶。

“喝完了。”

王若含这才收走视线，从口袋里摸出一颗糖：“给。”

霍骁笑了声：“还真有啊！”

他倒也没客气，剥开糖纸塞进嘴里，奶油味道的。

王若含踮脚给霍骁换上第二瓶盐水，重新调了下输液速度。

“这是什么？”霍骁指着她口袋里露出的一角白纸。

王若含低头看了一眼，直接把那张纸抽出来拿给他看：“刚刚一个小朋友送我的。”

卡片上是用彩笔画的线条，交叠的圆圈铺满整张纸，从外到内分别是大红色和明黄色。

霍骁试着站在儿童的角度观赏，猜测道：“这画的是太阳？”

王若含摇摇头：“是大海。”

霍骁不解地皱起眉头：“夕阳下的大海？”

“就是大海罢了，小孩的世界不用想太多。”王若含收走桌上的垃圾，抬了下下巴对他说，“这个就转赠给你吧！”

霍骁捏着卡片，视线跟随着她走远的背影。

他突然想起《小王子》里那条吞了大象的蟒蛇，大人们的世界总是需要解释，甚至为了合理性而牵强附会。

可哪儿有那么多为什么，霍骁看着眼前这些不规则的、色彩艳丽的线条，大概在孩子眼中，这就是大海。

那个他纠结了九十多天的问题，突然变得容易起来。

他觉得那些想法不合理、不正常，但他就是对这个人产生了从未有过的好奇和兴趣，以至于被吸引被诱惑。

起因如何，其实并不重要。

霍骁将纸片收好，摸出手机点开微信，翻到三个月前的聊天记录，找到那个联系人推荐，再一次按下“添加到通讯录”，申请理由还是简单的四个字——“我是霍骁”。

最后一瓶盐水所剩无几，霍骁刚要摁下护士铃，视线里就多了个身影。

王若含已经换下了工作装，身着粉色短T恤和牛仔半裙，口罩套在手腕上。她本身长相显小，又扎了高马尾，乍一眼看上去不过二十出头的样子。

“下班了？”霍骁问。

王若含替他拔了针头，拎起那袋药：“嗯，走吧，我送你。”

像是怕引起误会，她又极快地补充道：“是周以让的。”

霍骁温和地笑笑，非常善解人意：“我知道，麻烦你了。”

职工停车场，王若含找到车位，掏出钥匙解锁。

她拉开车门，瞥见副驾驶的座椅上堆了一个大快递箱，应该是她妈留下的，这辆代步车平时都是母女俩轮流着开。

王若含还没来得及张口，就见霍骁弯腰把那个箱子抱起，打开后座的车门放了进去，然后回到副驾驶上车。

她合上嘴唇咳嗽了声，咽回原本要说的话，启动车子上路。

考虑到他还是个发烧的病人，王若含关了车载音乐，也没开空调，只降了一点儿车窗，吹吹夜晚的自然风。

霍骁住的酒店离医院大约二十分钟车程，快到的时候，王若含叮嘱他：“明天后天也要来挂水，烧退了就没事了，这两天没事就多喝水，保持喉咙湿润，尤其你还是做老师的。”

霍骁没应好，只问：“你明天什么时候上班？”

王若含回：“早上到下午，后天值夜班。”

霍骁点头：“我知道了。”

十字路口显示红灯，王若含放慢速度停下车，偏头看了霍骁一眼，心里涌出怪异的感觉，但又没办法说出来。

于是她干脆选择了放弃，无视对方或有或无的暗示与试探。

下车前，王若含把那袋药递给他：“盒子上都写好了剂量，记得按时吃。”

霍骁接过药，对她说：“到家给我发个消息。”

这只是出于基本礼貌的话，王若含没让自己多想：“行。”

好友申请她这次通过了，但决定等这三天过去就把对方删了，没必要留着。

第二天中午，刚吃过饭，王若含就在输液室门口看见了霍骁。

他没进去，靠在墙上玩手机，姿态悠闲，像是在等人。

王若含突然有些想笑，提了提口罩，走过去喊他："霍老师。"

霍骁抬起头，看见是她，挺直了身子，收了手机，汇报道："刚测了体温，降了。"

王若含点点头，把他带进科室扎针。

她看他状态好了不少，就是声音有点儿哑了，咳嗽比昨天严重了。

王若含捏着他的手腕，无意间瞥了一眼，却不想因此分了心。

霍骁的手和脸不太匹配，不是纤瘦修长的类型。他的手掌宽大，关节处较粗，骨节分明，没什么肉，指甲也很短。

站在护士的角度，这手很好找血管，站在女人的角度，这双手非常具有男性魅力。

王若含不由自主地联想到某些画面，仿佛被咒语定住，突然忘记下一步要干什么了。

她游走的思绪被两声咳嗽声唤回，霍骁用手背擦着喉结处，表情看上去很不舒服。

王若含蹙眉，立刻切回工作状态："喉咙痒？"

霍骁还没止住咳嗽，好不容易喘上气，打开保温杯灌了口水："上午一直在开会，可能是空气不太好。"

王若含拿过他的病历单，让他进输液室找个地方坐下，她去找医生再给他开点儿止咳的药。

有了昨天的经历，今天霍骁坐在儿童输液室里就自在了不少，脸不红心不跳，还能和旁边的小姑娘闲聊两句。

王若含一回来就看见他在教那小朋友说英语，hospital 是医院，doctor 是医生，说到 nurse 的时候，霍骁指着正在走过来的王若含："nurse 就是这个，漂亮的护士姐姐。"

被毫无防备地撩了一下，王若含身体僵直了一瞬，脸颊泛红，撇开视线故意说："生病了还上课呢，霍老师？嗓子疼就少说点儿话吧。"

霍骁听话地闭嘴。

检查了一下输液速度，王若含问霍骁："下午不用去那个什么研讨会？"

霍骁仰着脑袋看着她："要啊，请假了。"

"那你就晚上……"话说到一半，王若含反应过来后，及时打住，不再给对方输出的机会。

霍骁的眼里有了得逞的笑意，看来病情是真的好转不少。

输完液还没到下班时间，霍骁等了王若含半个小时。

两个人一前一后走到停车场，上车前，霍骁说："一起吃个饭吧！"

他提出邀请的语气轻松平常，王若含却感到意外，警惕地看着他："为什么？"

霍骁言简意赅道："昨天你请我喝了粥。"

所以他今天要还人情，非常合理。

王若含思忖片刻，点头同意："行吧，你想吃什么？"

霍骁说："看你吧，我随意。"

王若含最后还是挑了家砂锅粥。

这会儿还早，刚过四点，大堂里没什么客人。

王若含在菜单上勾画，霍骁把餐具烫好洗净。

把碗筷递过来的时候，霍骁问："你这会儿陪我喝了粥，晚上会不会饿？"

王若含摇头："没事，我晚上吃得本来就少。"

这是安静的一顿饭，霍骁嗓子疼话不多，王若含也不会主动打开话题。

好在这俩人都属于不会让自己尴尬的类型，专心喝粥吃菜，仿佛就是偶然组合的饭搭子，互不打扰。

结束后，霍骁没再让王若含送他，而是让她早点儿回家。

"哦，对了。"刚迈出去两步，王若含又转过身，霍骁还站在原地没动，"我帮你换了药，之前开的不用吃了，室内注意通风，多呼吸新鲜空气。"

这会儿的天放晴了，快要黄昏，阳光倾洒出全部的热情，金灿灿地洒在城市的街道上。

霍骁不说话的时候也总是笑着，所以显得温和亲切，他点头招招手，让她开车小心。

王若含没再多说什么，两人在街边告别。

回到家中，王若含一边摁下摆在玄关的洗手液消毒，一边朝屋里喊：“妈？”

厨房里传来一道尖细的女声，带着金陵方言的腔调：“回来啦？菜马上好了啊。”

王若含打开推拉门，道：“我在外面吃了。”

方春华的脸立刻垮了下来，不满道：“你在外面吃怎么不和我说一声？那今天这排骨买多了呀。”

王若含捏着她的肩赔笑：“就喝了点儿粥，我待会儿晚上饿了再吃。”

察觉出不对劲，方春华眯眼打量她：“和谁吃的呀？”

王若含早想好了说辞：“周以的同事这两天生病了，在我们医院托我照看，人家今天就请我吃了顿饭。”

方春华失望地嘀咕道：“我还以为是小秦呢……”

王若含松开手：“我没事和他吃什么饭？”

方春华看了她一眼，神神秘秘的样子：“你不知道啊？”

“知道什么？”

“秦也和容欢分了。”

王若含不为所动，理智地提醒老妈：“他俩平均每个月都要吵一次，过两天就和好了。”

方春华摇摇头：“这次不一样，听说容欢都从新家搬出来了，小秦最近都是一个人，我昨天见你乔阿姨，还让我帮忙介绍小姑娘呢，估计真没戏了。”

王若含挠挠头发，还是存疑：“不至于吧？这次为什么吵啊？”

方春华耸耸肩，把最后一道白菜炒粉丝盛在盘子里：“我问了，丽荷不愿意说，估计是闹得太难看。”

王若含摸出手机，她和秦也的聊天记录停留在一周前。

“早点儿休息。”

“你也是。”

他们连晚安都没说，可见这段关系的疏离。

刚刚涌上来的关心一下的冲动被瞬间浇熄，她发现自己并没有立场去关心，并且还可能产生不必要的误会。

于是王若含又把手机塞回了口袋。

开了话头，方春华就喋喋不休起来："我年初的时候就和你说了，他俩要么今年结婚，要么彻底结束。你看，我说什么来着……含含啊，所以我不催你，我宁愿你慢慢找，找对了人，千万别碍于别人的想法耽误自己。"

她还是老生常谈那一套，王若含敷衍地嗯嗯了两声，离开厨房，上楼回了卧室。

躺在床上，她拿出手机，点进闺密群，以往这种时候她会立刻共享信息，让姐妹们讨论参谋，但这次意外地失去了兴致，她只是往上翻了翻聊天记录，又丢了一张表情包表示"已阅"。

退出去看见有则新消息，王若含才想起忘了和霍骁说一声，赶紧回复："我已经到了，忘了说。"

对方很快回复："好的，早点儿休息。"

手机滑落在被子上，王若含疲惫地叹了口气。

明天要值夜班，她决定今晚早些睡。

第三天，霍骁是晚上八点左右出现在五楼输液室门口的。

当时王若含正在住院病房里，林蕙过来在王若含的耳边小声说了句"那个帅哥来了"，王若含睨她一眼，让她别在这儿说题外话。

她巡完房回来，霍骁还坐在走廊的长椅上。

王若含走过去："霍老师。"

霍骁闻声才抬起头，看见是她，笑眼弯弯地说："我发现你走路真的没声音。"

王若含忽略这句话，问他："在这儿等我干什么？里面也有其他同事在的。"

霍骁起身，跟着她进去，面不改色道："你扎得好，不疼。"

不知道戳中哪里的点，王若含扑哧一声笑了出来："你知道我被多少小朋友拉入黑名单吗？"

霍骁："是吗？"

王若含学着他的语调："是呀。"

王若含给霍骁扎好针，霍骁照常在老位置坐下，王若含拿走他的保温杯，帮他接了杯热水，递过去的时候问："今天咳嗽好点儿了吗？"

霍骁点头，嗓子还是哑的，但没昨天咳得剧烈了。

王若含道："药记得吃就行，夏天感冒不好受，别总在空调底下待着，到了晚上没太阳了，要多出去走走。"

她说完，抬眸看见霍骁正盯着自己笑："干嘛？"

霍骁说："我发现你还挺啰唆的。"

王若含有些无语："行，我不说了，你好自为之。"

霍骁一看情况不对，赶紧转移话题："今天晚上要值班？"

王若含没好气地嗯了一声。

霍骁若有所思地点点头："哦，行。"

儿科输液室永远有不停歇的哭声，电视机万年不变地放着《喜羊羊与灰太狼》。

两个小时的输液完毕，霍骁没有立刻离开，准备去护士台和王若含打声招呼再走。

王若含看见他过来，问道："外面好像下雨了，你带伞了没？"

霍骁摇头："没事，我的车在地下停车场，淋不到。"

王若含说："那行。"

霍骁抬了下手："走了啊，再见。"

"哎。"王若含把他叫住，穿着工作服戴着口罩，整张脸只露出一双眼睛，黑圆眼瞳泛着光，网上说这种就叫人畜无害的狗狗眼，"等一下，我有话要说。"

楼梯间里灯光昏暗，有人在楼下打电话，传来时大时小的回声。

霍骁的脸上还带着温和的笑意，问她："怎么了？说吧。"

王若含踏上两级台阶，拉回一点儿他们之间的身高差距，让视线跟他的齐平："输完液之后，我会把你的联系方式拉黑。"

她微蹙着眉，神情凝重，不像是在玩笑。

她突如其来的话，让霍骁摸不着头脑，问道："是我哪里让你觉得不舒服了吗？”

王若含肯定地回答：“没有。”

琢磨不透她的心思，霍骁有些焦躁：“还是因为之前……”

他像是踩下了地雷，王若含加重语气，急忙打断他的话：“不是。”

霍骁的脸色沉了下去。

察觉到气氛变了，王若含咬着下唇调节呼吸，半晌后继续说：“我没后悔，也一直觉得那个时候遇见你，对我来说是前所未有的轻松和开心。但我不想把它带到现实里来，我也不想知道花房里的人是老师还是警察，叫什么，多大了，我就没想过后续，也不想有后续。”

她抬起头，看着面前的男人，平静道：“我不想和你再有交集。”

狗狗眼无辜灵动，她用最具欺骗性的眼眸望着他，给出最后一击：“你不也是这样想的吗？”

沉默半晌，霍骁意外地轻声笑了笑：“懂了。”

王若含垂下视线，突然没了底气。

他越过她离开楼梯间，招呼都没打，像是故意应她那句“不想和你再有交集”。

等人离开后，王若含塌下肩长吐了一口气，整理好状态，回到护士站。

没两分钟就有病房按铃，走廊上传来家属的呼救声：“医生！医生！”

脑子也许还没反应过来，但身体已经形成惯性，几个护士立刻赶到病房。

病人是高烧不退送过来的，才三岁大的小姑娘，突然浑身抽搐，口吐白沫。

两个护士配合着摁住孩子的手脚，王若含上前给她清理口中的异物，又叠了块纱布放在她的齿间。

值班的康医生了解状况后偏头说：“安定。”

王若含立刻配合，取药、递药，拿仪器给孩子连接心电图仪。

安定见效快，抢救过程争分夺秒，等病人症状逐渐好转，所有人的心才终于落地。

康哲和家属交代情况，疑似是高热惊厥，这是常见的婴幼儿神经系统疾病，幸好今天及时送到了医院。

他又把明天的治疗方案简单说了说，让孩子父母不用太担心。

王若含正在整理药品，察觉到床杆在颤，吓得赶紧抬头，床上的小姑娘正安然地躺着，已经入睡。

王若含又偏转视线，发现原来是孩子妈妈在发抖，手捂着脸小声啜泣，大概是感到后怕。

王若含拍了拍她的肩，轻声安慰："没事了。"

一个护士留下来观察情况，王若含离开病房，抬头看了一眼走廊上的时钟，已经快十二点了。

林蕙今天上的是小夜班，刚交接完工作准备下班，看见王若含，担心道："姐姐，夜班还没开始呢，怎么就感觉你有点儿坚持不住了？"

王若含提了提嘴角："我很好。"

林蕙把水杯递给她："要不给你泡杯咖啡？"

王若含摇头："不用，没事。"

林蕙从抽屉里摸了根巧克力棒递给她："挺住啊，我先回家了，加油。"

王若含晃了晃巧克力棒："拜拜。"

比起白天不停歇的忙碌，夜晚的寂静和突如其来的紧急状况更消耗精力。

和生物钟抗衡的滋味不好受，有事做起码还能打起精神。

抽血、换药，一直到后半夜才好不容易清闲下来，王若含趴在桌子上写了会儿护理记录。

她艰难地挨到清晨，外头的天不算亮，看来今天又是阴雨天。

和白班的同事交接完，王若含感觉自己的灵魂都不在体内了。

丸子头松松垮垮的，她换上T恤和牛仔裤，打着哈欠眯着眼睛，走出了科室。

"哎。"

听到声音，王若含仰起脑袋，怀疑自己是不是累出幻觉了。

霍骁放下交叠的手，问她："早饭吃了没？"

王若含摇摇头。

霍骁接过她肩上的帆布包，提在手里拎了拎，嫌弃道："你往里头装炸弹了啊，这么重？”

王若含还是摇摇头，忙了一个通宵，大脑运转缓慢，无法解析面前人的言行举止。

她问道：“你不会一直在这里等我吧？”

霍骁嗤笑一声，反问她：“我看起来那么傻吗？”

王若含抿唇不说话。

霍骁自顾自地迈步向前走去，钥匙、钱包都在包里，王若含只能快步追上去。

他们走出医院，霍骁回头问：“没开车吧？”

王若含回：“没。”

霍骁开的是一辆白色宝马，王若含上车之后才反应过来不对劲，眨眨眼睛，侧过头问：“你来找我，有何贵干？”

霍骁发动车子后目视前方，打消她的顾虑：“放心，没别的意思。”

王若含一心只想追问清楚，总觉得自己上了贼船：“你到底要干什么？”

霍骁还是不正面回答：“先吃早饭。”

跟着男人走进麦当劳大门的时候，王若含更加确信她太傻了。

找了窗边的位置坐下，霍骁在手机屏幕上划拉两下后递给王若含：“看吧，你要吃什么？”

王若含没别的本事，最会随遇而安，来都来了，吃呗，她也确实饿了，不和自己过不去。

她点好一份图灵根双蛋煲套餐，把所有选项通通换成顶配，又加了一份薯饼，势必要奢侈一把。

“好了。”

霍骁接过手机，瞥了一眼屏幕，挑眉睁大了眼睛。

王若含猜测这个表情的意思是——这女的可真能吃啊！

她勾了勾唇角，心中窃喜。

前台的店员通知取餐，霍骁起身去拿，餐盘盛得满满的，霍骁只有一份皮蛋瘦肉粥。

两人依旧安静地进食，其实一起吃饭的次数并不多，但不知怎么他们似乎已经形成了这种气氛，同桌吃饭不说话也不会尴尬，就好像已经认识了很久一样。

霍骁悠悠然地喝着粥，举止斯文，王若含倒是真饿了，吃饭速度一向快，不一会儿就消灭了大部分食物。

等吃完蛋堡，王若含把包装纸揉成团，问霍骁："现在可以说了吧，有什么事？"

霍骁还是不紧不慢的样子，拿了张纸巾擦嘴，道："先把钱付了，43 块，你把我微信拉黑了吧？"

王若含："啊？"

霍骁拿起手机，点开收款码推到她的面前："啊什么啊，难道你要再还我一顿饭？不是说再无交集吗？"

王若含张了张嘴，最后只能忍痛把钱付过去。

一顿原本三块钱就能解决的早饭，硬生生翻了十倍多，造孽啊。

"说吧，到底什么事？"

霍骁正色道："我还有一件西装外套在你那里，还记得吧？"

王若含哽了一下，低头颔首："嗯。"

霍骁平静地陈述："之前加你微信就是为了这件事，我想拿回我的衣服。"

王若含质疑道："就这？你联系周以不就行了吗？"

霍骁轻哼："找了，你姐妹当时忙得焦头烂额，就把你的微信推给了我，让我自己找你。"

王若含不说话了。

霍骁轻蔑道："不然你以为呢？本就露水情缘罢了，没必要再有联系。这次是意外，我也不知道周以说的是你，不然我一定会拒绝。"

只一个晚上过去，王若含不可置信地看着他，心里涌起无名火，这高傲鄙夷的语气和之前的温润如玉判若两人，但她转念一想，似乎这样才是他，她最熟悉的样子不就是这样吗？

王若含感到可笑和恼怒。

霍骁将手机收进口袋，起身说："你应该还留着吧？走吧，我跟你回去取。从今以后就……"

王若含加重语气地把话说完："后会无期！再也不见！"

霍骁点头，颇为认可："再也不见！"

王若含的血压直线上升。

她本来就不是息事宁人的个性，一上车就挺直腰背抬高下巴，阴阳怪气道："什么衣服啊？三个月了还惦记？很贵吗？这要被我一不小心弄脏了怎么办啊？没事吧，霍老师？"

霍骁浅浅一笑："衣服倒不要紧，口袋里有个领带夹，你没给我弄丢就行。"

王若含想到了什么，沉默不语。

霍骁看她这副样子，立刻紧张起来："不会真弄丢了吧？"

王若含瞥他一眼："没，我可丢不起。"

霍骁说："那就行。"

她那天早上借他的外套穿走，是因为里头那条裙子没法看了。

回家之后她就送去干洗了，那枚领带夹王若含自然也见过。

那枚领带夹是银色叶子的造型，背后刻了字——Xavier' s YE。

车辆驶过城市街道，路边树木丛生，绿叶被灿阳映得油亮。

情绪混杂，王若含没有去细想，只当好奇地问道："是你的白月光送的？"

霍骁没有迟疑，立刻否认："不是。"

他大概是猜到她可能注意到了领带夹背后的刻字，顿了顿又补充道："只是前任。"

王若含咬了咬下嘴唇，继续问："还没放下人家呢？"

霍骁面无表情地打着方向盘："没有，别人送的礼物，丢了不好。"

王若含嗯了一声："你说得对。"

他们很快到了地方，白色轿车在路边停下。

王若含的家就在她妈妈的店楼上，母女俩在这栋小房子里住了很多年。

熄火拔钥匙，霍骁对她说："你去拿吧，我在这儿等你。"

王若含点头下车，关上车门前又突然起了个念头："哎，你能顺手帮个忙吗？"

"嗯？"

好不容易逮到个健壮的青年，实在不愿意浪费，王若含指了指身后："帮我搬个花架。"

霍骁稀里糊涂地跟着她进了屋。

这栋小房子从外观看就非同寻常，白墙红瓦，精致温馨，像《蜡笔小新》里野原新之助的家，门口立着木牌，上面是花体的"美丽无罪"，像是店铺的招牌。

一边进门，王若含一边向他介绍："一楼是我妈的美容店，楼上就是我俩住的地方。现在还没开业，我妈估计在睡觉。"

霍骁点头，放轻脚步来到后边的小花园，这个花园一看就是精心打理过的。花架是木质不规则的造型，体积挺大，重新刷过漆，上头摆满了花盆，富贵竹、洋牡丹，再多的他也认不出来了，门口还有两盆柠檬。

"你先等等啊，我把花盆搬出来。"

王若含说着就要弯腰，霍骁拉住她："你去拿衣服，这个我来，花架要搬到哪里？"

王若含指了个方向："那里，这棵树挡了太阳，那边光线好。"

霍骁点头："行。"

"那你先搬着，我马上下来。"

霍骁看着她一路小跑回屋里，五五分的比例像动画小人般滑稽，他扬唇，脸上有了笑意。

搬花的时候，霍骁留意到窗台上的一排摆设，有蘑菇造型，也有郁金香造型的，顶上的凹槽小而浅，不知能用来装什么。旁边用纸盒盛着一碗白色石头，一颗一颗的，有指腹大小。

他越加觉得这栋房子有趣，虽然没有专业设计师规划后的精致，屋里的家具和摆设也是随意没有固定风格，但组合在一起就是温馨和谐。五斗柜长了手臂叉着腰，让他想起了《美女与野兽》里的衣橱夫人。

很快楼梯上传来"咚咚咚"的脚步声，王若含抱着用干洗袋装好的衣服下来了："领带夹也在口袋里，你检查一下吧。"

霍骁动作很快，已经把架子上的花盆清空。这会儿虽没太阳，但天气也是闷热的，他额头上出了层薄汗，朝她喊："先放那儿吧，过来搭把手。"

“哎。”王若含赶紧跑过去。

两个人合力把花架抬起，尽管王若含使不上多大力，中途还分心注意到霍骁的手臂肌肉线条非常流畅，默默在心里惊讶这个男人居然还健身。

大功告成后，霍骁叉着腰喘气：“这么重，那你们当时怎么搬过来的？”

他感冒还没痊愈，说着就咳嗽了起来。

王若含给他倒了杯水，回答道：“那时候我妈有男朋友啊。”

霍骁不知怎么接话，拿起杯子喝了口水。

“谢了啊。”

霍骁摆摆手，拿起衣服准备离开：“走了，你……”

王若含等着他说完后半句。

霍骁犹豫之后，还是选择作罢：“没什么，我走了。”

“哎哟！”

楼梯上突然传来一声惊呼，霍骁和王若含同时抬头。

方春华穿着丝质长袍睡衣，长发未加打理，随意地披散在肩上，她看着霍骁眼睛都要直了，问女儿：“王若含，这是谁啊？”

始料未及的一幕，王若含闭了闭眼，暗叹完蛋了。

霍骁却极快地适应了眼前的情况，上前几步弯腰伸手，得体地微笑道：“阿姨好，我叫霍骁，是若含的朋友。”

方春华笑得快合不拢嘴了：“你好你好。”

王若含插进两人之间，问妈妈：“你今天怎么起得这么早？”

方春华看都没看她，回道：“估计是感应到有帅哥来了吧。”

要命了，王若含当机立断要拉霍骁离开：“他还有事，得走了。”

方春华看到窗外的花架，赶紧把人拦住：“是你帮忙搬的吧，小霍？”

霍骁笑着说：“举手之劳，小事。”

方春华拽着他的手腕不让他走了：“怎么能是小事呢，是大忙，有要紧事吗？不然中午留下吃个饭？”

王若含朝霍骁拼命挤眉弄眼——“快拒绝！赶紧走！”

霍骁专注地看了她两秒，点头，心领神会道：“好呀。”

王若含头顶赫然冒出三个粗体黑字——你干嘛？

得到预期的效果，霍骁心满意足了。在王若含充满杀气的眼神里，他收敛笑意，又对方春华说："不过今天就算了，若含刚值完夜班，让她去好好休息吧，我先走了。"

方春华把他一路送到车上，千叮咛万嘱咐，有空常来。

王若含跟在后面翻了个白眼，心想："让他常来干吗？"

看着嘴角要咧到耳后根的方春华，王若含抱臂哼哼了两声，提醒她："哎，某人前两天是怎么说来着？"

方春华瞪了她一眼："我还没问你呢，这个小伙子刚认识的？以前都没听你说过。"

王若含解开丸子头，揉了揉头发，打着哈欠上了楼，随口搪塞道："周以的同事，不熟。"

方春华显然不相信："不熟，你找他回来搬花？"

王若含即刻回怼："不行啊？你不也经常找保安大哥搬快递？"

"这能一样？"

"怎么不一样？毫无区别。"

方春华一拍手，恍然想起："哦！那天晚上一起吃饭的人就是他吧，怪不得我听他讲话鼻音这么重，感冒的就是小霍啊。"

王若含简直头疼："不说了不说了，我要睡觉，困死了。"

方春华喊道："下午我要和你乔阿姨出去，醒了自己找饭吃啊。"

王若含有气无力地回："知道了。"

简单洗漱完，王若含拉上窗帘，钻进被窝。身体早已疲惫不堪，但大脑还算清醒，她一闭眼，脑子里快速闪过一些画面，什么都有，杂乱无章，都是烦心事。

王若含烦躁地翻了个身，取出抽屉里的蒸汽眼罩拆封戴上。

眼周逐渐温热，隐隐能闻到茉莉香味，思绪终于平静，渐渐入睡。

今天休息，她干脆没定闹钟，准备一觉睡到自然醒。再次睁眼的时候，眼罩已经滑到了下巴上，王若含伸手扯下。

屋内昏暗，应该到晚上了，她又闭着眼缓了一会儿才起床。

走出房门听到厨房有动静，王若含摸着肚子喊："妈？"

"醒了？"

不是方春华的声音，王若含打了个激灵，一下子清醒了。

愣了两秒以后，她才反应过来是秦也。

说着话，男人已经从厨房走了出来，戴着围裙，衬衫袖子撸到臂弯，手里还捧着一只碗，在打鸡蛋。

眉目身型与往日一样，依旧是温和清爽的样子，他笑着说："刚打算去叫你，等等啊，马上就好。"

大脑和手脚都有些迟钝了，王若含有一刻分不清这是做梦还是现实。

她挠挠脑袋，走向秦也，问："你怎么在这儿？我妈呢？"

秦也把打好的蛋下入油锅，"刺啦刺啦"的声音分外治愈："和我妈跳舞去了，下午我去接的她俩，阿姨说你晚饭没人管，我就过来了。饿不饿？"

王若含回道："还行。"

秦也指了指冰箱："要不要先洗个桃子？下午刚从阳山买回来的。"

王若含点头："那我洗两个。"

秦也往旁边让了让，王若含站到水池边。

厨房狭窄，站两个人刚好，这么有烟火气息的氛围，让她有些恍惚。

"我记得你喜欢脆的。"秦也说。

"嗯。"

"面马上好了，出去等吧。"

王若含甩了甩桃子上的水："谢谢秦也哥。"

秦也笑了下："客气。"

回到餐厅，王若含盘腿坐在椅子上，边啃桃子边打字："一觉醒来发现秦也在我家给我做晚饭。"

闺密群里瞬间炸锅。

陈文欢："做梦呢？醒了没？"

卢杉山："宝贝，恭喜你，这是重生了。"

王若含乐呵呵地看着群消息，她刚刚的反应也不亚于此。

王若含："他说他下午去接我妈和乔姨的时候，听说我没人管晚饭就来给我下面了，现在正戴着围裙给我煎蛋呢。"

陈文欢和卢杉山继续刷问号，周以出现，道出了一句真相："怎么感觉与他的形象不符啊？”

王若含叼着桃子，双手打字：“什么意思？”

周以回了条语音：“他这个人确实细心周到，但路上打包一份让你妈带回来不就行了？他特地来下厨，上赶着献殷勤，怎么着，难道因为上次那事儿想补偿你？”

卢杉山发了一张柴犬点头的表情包，深表同意。

王若含从耳边拿下手机，放慢咀嚼的动作，抬头看向厨房，橘黄色的灯光，磨砂门后一个瘦高的身影正在忙碌。

闺密的话犹如泼了盆冷水，浇熄了刚蹿出的火苗，她刚才还觉得暖心，现在只余无奈。

女人的第六感还真是敏锐，陈文欢问：“他最近和女朋友怎么样？”

王若含说：“又分了，听我妈说吵得挺凶，我刚刚留意了一下，他没戴戒指。”

陈文欢：“所以这会儿想起你了？”

卢杉山：“到底什么情况啊？”

王若含叹了口气：“我也不知道啊……”

周以问：“你刚刚看到他的时候，开心吗？”

王若含想了想：“不知道，就挺蒙的，好久没见面了。”

很快秦也端着一碗面出来了，热气蒸腾的面上覆着金黄色的煎蛋，“吃吧。”

王若含拿起筷子，开动前先问道：“你吃了吗？”

秦也说：“我们仨在回来的路上吃了。”

王若含点点头，埋头进食。

面是清汤的，烫了两棵青菜，也没加什么盐，她从小在山城长大，口味偏重，尝了两口就忍不住去摸桌上的牛肉酱。

秦也注意到了，问她：“是不是不好吃？”

王若含摇头：“这样香一点儿。”

她心里很清楚，是容欢的口味淡，他已经习惯了。

他们许久没联系，秦也又问了些她的近况，无非就是科室里的那些事，还有和她妈最近过得怎么样。

王若含回答得都挺敷衍，秦也大概是听出了她兴致缺缺，很快打住，不再继续。

她吃面的时候，秦也就坐在对面看着，偶尔低头摆弄两下手机。

王若含闷声吃面，不再和他有任何眼神交流。

“哦，对了，今天和阿姨聊了一下，她说今年店里生意不太好，我想着要是实在做不下去了，就把一楼改成民宿租出去。明后年吧，旁边的商业街就要开了，这边的房子肯定会升值。到时候租金就定一晚上三四百，虽然不能保证收益能有多高，但至少阿姨能轻松一点儿。”

王若含安静地听他说完，却没有表示赞同：“再说吧，我和我妈会商量的。”

秦也仰起脑袋，往屋里扫视一圈，笑起来：“我还记得你刚来的时候什么样。”

王若含喝着面汤，随口接道：“什么样？”

秦也回想了一下，描述道：“像个初中生。”

王若含顿住，不知道他这话到底是认真的还是在捉弄她，她那会儿十八岁生日都过了。

秦也愉悦地笑起来：“你长得很像你妈，眼睛又大又圆。”

王若含说：“也就眼睛像我妈吧，她总说我爸拖累了她的大好基因。”

秦也笑了笑。

王若含把手边的桃子推过去：“给你也洗了一个。”

秦也摁住桃子，放到手边没动，王若含也没再多说什么。

她不知道秦也打算坐多久，如果只是来做顿晚饭，那么现在他的任务已经完成了。

真是奇怪了，口腔科最近不忙吗？

不知是否是老天爷感应到了她的心声，下一秒秦也的手机铃声就响了，他看了一眼屏幕，匆忙接起，简短应了几句后就挂断了电话，边起身边说：“我得走了，科室让我回去加班。”

“开车小心。”王若含把桌上的桃子递给他，“带着吧！”

秦也接过：“行。”

送走秦也，王若含舒了口气，刚刚发生的一切足以用奇幻来形容，她到现在都没真实感。

等翻开手机一看，群里的新消息已经 100+ 了。

卢杉山：“怎么不说话了？”

陈文欢：“不会吧不会吧！”

郑筵：“不会什么？”

陈文欢：“秦也一碗面，她又上头了？”

卢杉山：“不至于……吧？”

郑筵：“难说……”

王若含爬完楼回来，一看最新消息，来了脾气：“胡说八道！”

王若含：“老娘我不动如山！”

王若含：“筵筵下班啦？”

郑筵：“刚下。”

王若含：“真好，距离你退休又少了一天。”

王若含：“周以呢？”

陈文欢：“找她老公去了吧。”

卢杉山：“@ 嗷呜一口芝士汉堡 到底怎么样了？”

王若含：“没怎么样，我吃完他就走了，无事发生，散了散了。”

难得休息一天，王若含从客厅踱步到阳台，竟找不到什么可以打发时间的业余活动，颓丧地回到卧室，躺在床上刷朋友圈。

周以刚发了一组九宫格照片，晒和她老公在星城的旅游打卡记录。

王若含点完赞后评论：“能不能打包两升幽兰拿铁回来？”

她退出朋友圈回到聊天界面后，看见有红点就顺手点开，没想到竟然是霍骁发来的消息，一个让人摸不着头脑的句号。

王若含也给他回了个问号。

霍骁：“Test。”

王若含继续发了个问号。

霍骁：“没拉黑啊？”

王若含：“忘了，谢谢提醒。”

霍骁：“等等，有个问题。”

王若含又发了个问号。

霍骁："早上忘了问你，花架上有一盆粉色叶子的花，那是什么？"

王若含想了下，回答："你说的是花叶络石吧。"

霍骁："好像是，挺漂亮的。"

王若含："这个很好养的，你可以试试。"

霍骁："好。"

聊天框又沉寂下去了，在王若含以为对话已经结束的时候，霍骁又发来："窗台上的那一排玩具是什么？"

王若含提起一口气，纠正他："那不是玩具，是烛台。"

霍骁问："你收藏的？"

王若含："嗯。"

霍骁："那旁边盒子里的白色小石头是什么？"

王若含用仅剩的耐心回复："是我做的石塑黏土，在风干。"

霍骁："哦哦……"

一句"您还有什么问题吗"她刚打好还没发出去，页面上又弹出一条新消息。

霍骁说："你家好可爱。"

如果他突然冒出这一句，那是恭维客套、是没话找话，但结合前面的对话，霍骁似乎是真对她们家这栋小房子感兴趣，并且是由衷地喜欢。

王若含把输入框的文本尽数删除，回复道："谢谢。"

大概是实在无所事事，她竟然主动将话题进行下去："不过这些东西我妈都很嫌弃，觉得就是没用的摆设，扬言要统统给我丢了。"

霍骁回："你妈只是扬言，我妈是真给丢，她是终极实用主义者和极简主义者。"

屏幕前，王若含侧过身子，嘴角不知不觉地上扬。

霍骁又说："阿姨丢的时候通知我一声。"

王若含问："你要去捡破烂？"

霍骁："读书人的捡破烂不叫捡破烂，叫废物利用。"

王若含轻笑出声，这男人还蛮幽默。

Chapter 02
兔子和胡萝卜

霍骁没再发来新消息，王若含退出微信对话框，回到主界面上，她左右翻了翻，点开某个游戏图标。

王若含作为五年老玩家，段位还是钻石级别，策划师在开发之初为其冠上“永恒”的前缀，真是有先见之明。

赛季更新没多久，平时工作又忙，她有好久没玩了，反正没事干，王若含跃跃欲试地开启了一局排位。

也许是太久没接触 5V5 的对战模式，她手感不太好，状态不佳，操控的射手伽罗最终打出了 1–7–3 的辣眼战绩，被敌方英雄一路推上水晶，无力回天，屏幕中央出现巨大的“失败”二字。

仅有的一颗星星也没了，她现在的段位是钻石五 0 颗星，再输一把就得掉到铂金段位。

王若含想起一张表情包：“不要靠近排位，会变得不幸”，她现在郁闷极了，刚刚那局被敌方中单和打野轮流抓，输得惨烈。她很不甘心，还没发育起来，三路高地就被破了，谁受得了？但要是她再单打一局，输得更惨怎么办？

王若含在组队界面纠结要不要再开一局时，突然留意到旁边的在线好友栏里跳出个眼熟的头像。

游戏 ID 是一串乱码英文字母，gdbxpyw，括号里的备注写着霍骁。

王若含颇为惊讶，霍骁这朵高岭之花也会玩手游？她还以为他的业余爱好就是读书、看电影、看话剧……没想到看上去那么高雅文艺的男青年，竟然也会玩网络游戏？

他的游戏段位不低，是至尊星耀三，这才赛季初，他平时肯定是王者级别的。

王若含带着好奇点开了他的个人主页，一般人都会把自己的战绩设置查阅权限，但霍骁没有，他的对局记录公开可见，非常自信。

也难怪，他的战绩几乎全是“胜利”，就算偶有“失败”，他也必定是那一局的 MVP。

手指不断往下滑，飞速浏览后，王若含由衷地发出一声感叹：“厉害啊！”

重新回到组队界面，被大神的勇猛战绩冲昏了头脑，她果断地摁下好友邀请。

生怕他拒绝，心脏怦怦直跳，直到看见她的头像旁边多了只睡觉的萨摩耶，王若含暗自欢呼一声，飞快打字招呼道：“你好！”

gdbxpyw 发了个问号。

糯糯豆豆子：“可以双排吗？”

gdbxpyw：“不然我进来干吗？”

王若含深呼吸后努力保持住微笑，他就不会好好说话是吧！

糯糯豆豆子：“那我开了？”

没等到聊天栏里的回复，扬声器里响起一道男声：“喂，能听到吗？”

王若含吓得一抖，反应过来是霍骁开了组队麦后，赶紧摸到自己的耳机戴上，开启话筒回答：“听得到，听得到。”

“嗯，开吧。”

匹配完成后，王若含莫名紧张起来，姿势从躺改为坐，摩拳擦掌，势必要好好表现，不能再丢人。

说到底她还是有些尴尬的，二十四个小时之前刚说完以后别再有联系，结果这会儿又主动拉着人家打游戏，太打脸了。

不过既然霍骁不提这茬，王若含也默认无事发生，反正她脸皮厚。

正式开始之前还有 Ban&Pick（游戏里的环节），他俩分别占据一二楼。

五楼大哥一个劲地展示上一局的战绩，王若含一看对方实力挺强，帮他先拿下射手虞姬。

霍骁选了中单上官婉儿，三楼和四楼分别是辅助孙膑和边路花木兰。

这下王若含蒙了，给她留下一个打野位，可这五个位置里她最不会的就是打野。

这种需要眼观六路耳听八方、灵活出入战场、掌握全局节奏的角色，她那老奶奶般的手速和意识哪儿能胜任啊。

语音里，王若含带着哭腔向霍骁求助："怎么办啊？真让我打野啊？"

霍骁问她："有会的吗？"

王若含看了一眼英雄表，顾左右而言他："有什么简单一点儿好上手的吗？"

霍骁沉默了两秒，想了个对策："那会玩婉儿吗？我和你换。"

上官婉儿的操作难度极高，王若含立刻拒绝："别别别，你玩你玩，我玩这个角色就好。"

倒计时结束，英雄锁定，对局正式开始。

看她选了娜可露露，霍骁质疑道："你会玩这个？"

王若含直言："不会啊。"

霍骁："那你还买皮肤？"

王若含理直气壮："这个漂亮啊。"

霍骁张开的嘴巴又默默闭上，不欲多言。

打野的基本步骤王若含还是明白的，她知道自己线上抓人的优势不大，老老实实刷野怪滚经济。

一分半钟，霍骁的上官婉儿就率先拿下一血。

王若含最会吹捧："太厉害了。"

霍骁不屑地说："小乔不会玩，这把不用来中路了。"

七分钟，上官婉儿上下两路轮流帮抓，一旦开启大招起笔走势，所经之处必定腥风血雨。

两边人头比为 17:5，红方已经占据极大优势。

王若含的娜可露露每次飞到线上时，两边往往已经结束团战，她连个助攻都蹭不到，毫无游戏体验感。

"我发现了一个问题。"

听到耳机里传来霍骁的声音，王若含赶紧应道："啊，什么问题？"

霍骁问："你是不是属恐龙的？"

王若含没明白他的意思："啊？"

霍骁在小地图上标记龙坑处，提醒她："你到现在一条龙都没打过。"

王若含沉默了。

这个游戏俗称的"龙"主要分为主宰和暴君两种，简单地说就是野怪里的大 boss（游戏中首领级别的怪物），分别具有不同的功能加持，拿龙是打野的重任之一，而她给忘得干干净净。

她试图解释："我……"

听到霍骁提了一口气，王若含也不敢呼吸了。

"敢情你挂只鸟在野区飞个老半天，逛街呢？"

王若含不服气了："谁说的？我不是一直在勤勤恳恳地刷经济？"

霍骁阴阳怪气地讽刺道："嗯啊，经济第四名，好厉害。"

王若含瞪圆双眼，气得捏紧拳头："你这人会不会好好说话啊？我开局就说了我不会打野的。"

霍骁平静地回击："但这不是你出现失误的理由，玩不好和没认真玩是两回事。"

王若含可太委屈了："我很认真的好不好？！"

霍骁："嗯嗯。"

王若含快要吐血了，悔不当初，她一定是脑子抽风了才喊霍骁陪她打排位，还不如花点钱找个陪玩，何苦受这个气！

到达敌方蓝区时，霍骁的婉儿正在打蓝 buff（游戏术语，给某一个角色可以增强某种能力的魔法），他蓝条空了，放不出技能，只能一下一下平 A（游戏术语，指普通攻击）。

王若含咳嗽一声，佯装路过，在蓝 buff 血量即将见底时，摁下惩戒将 buff 收入囊中。

在霍骁开口之前，她夸张地哎呀一声："不好意思哦，手滑了。"

隐隐听到对方加重的呼吸声，王若含脸上不禁浮出小人得志的笑容，捏着嗓子道："哥哥打得这么辛苦，不会要骂我了吧？对不起哦，人家不是故意的啦。"

霍骁忍无可忍，当即宣布："我挂机了。"

"哎哎哎，别呀。"王若含赶紧恢复正常语调，认怂道，"家里的蓝都给你，我不要了，别生气别生气。"

十二分钟，红方赢得一拨团战，摧毁敌方的水晶，获得本局胜利。

丢失的星星重新嵌了回来，王若含对霍骁感激涕零："谢谢带飞（游戏术语，意思是带人取得胜利），你是菩萨。"

霍骁笑了笑，问她："还打吗？"

听到楼下有开门声传来，是方春华回来了，王若含说："不了，我明天早班，准备睡觉。"

"行。"

霍骁退出组队，王若含也关了游戏，下床走出卧室。

"回来了？"

方春华把餐桌上的碗筷收进厨房，明知故问："这是秦也给你做的？"

"啊。"

方春华的笑意味不明，王若含跟着她走进厨房，却不知怎么开口。

知女莫若母，方春华也没瞒着，直接和女儿挑明："其实是你乔姨说的，让小秦过来送桃子，顺便带你吃晚饭。"

王若含捏着睡衣扣子，点点头："哦，这样啊。"

方春华挑唇笑道："怎么，失望了？不是人家主动要过来的。"

王若含严肃地否认："哪里，才没有。"

方春华一边洗着碗，一边和她说："你知道的吧，丽荷不喜欢容欢，她喜欢你。现在机会来了，她难免想撮合你和小秦。"

王若含没说话，她不傻，当然能感觉出来："那你呢？你怎么想？"

方春华像是没听懂："我想什么？"

王若含摆摆手："算了，没什么。"

方春华却自顾自地说起来："小秦当然好啦，不过我更好奇另一个。"

"谁？"

方春华用胳膊肘碰了碰她："小霍呀！"

王若含摸不着头脑："他怎么了？"

"这话该我问你，他怎么样？"

王若含眨眨眼睛："就那样呗。"

方春华饶有兴致地分析起来："和周以是同事？大学老师肯定脑子聪明的，长得也蛮高蛮帅，和你应该差不多大吧？人又很有礼貌，你有没有问过啊，他现在是不是单身？"

王若含在听到"礼貌"这个形容词的时候就忍不住发出了一声冷笑。

"不是前两天还说不催我结婚的，打脸了啊，春华姐姐。"

方春华一巴掌拍在她的背上："瞎喊什么呢，没大没小的。"

感觉到背上冰凉一片，王若含大叫起来："我的衣服湿啦！"

方春华撇撇嘴："我就是觉得小霍很有眼缘。"

王若含对她妈了如指掌："你不就是自己喜欢这种类型的吗？"

方春华觉得好笑："你怎么知道？"

王若含挠了挠耳朵："老爸年轻的时候不就这样吗？"

方春华脸上的笑容僵住，不说话了。

踩到雷区，王若含噤声。所以说，不能怪她一时鬼迷心窍，她是遗传了妈妈的基因，可能天生对这种类型的男人没有抵抗力。

碗筷洗净后，方春华在沥水架上摆好，转过身对王若含正色道："所以你妈我要提醒你，这个男人长得帅不帅，一年赚多少钱，为人处世什么样，这些和你没有关系的条件，不要列入考虑范围，没意义。"

王若含追问："那什么是和我有关系的？"

方春华回答："和你有没有共同爱好、能不能聊到一起去，和你是不是灵魂契合、三观一致，还有就是，他爱不爱你。"

这些话在王若含听来就是深夜电台换汤不换药的情感故事，产生不了共鸣，只能敷衍地点头："懂的懂的……"

方春华不满地睨了她一眼，叹了口气，知道她听不进去，便也不愿意继续唠叨了。

"桃子吃了没？"

王若含打开冰箱门找酸奶喝："吃了。"

"小秦知道你喜欢脆的，特地挑了硬点儿的，真细心，我看他比他爸年轻的时候还会讨女人喜欢。"

王若含"啪"的一声合上冰箱，拉下脸抱怨道："一会儿小秦，一会儿小霍的，有完没完，全世界就这两个男的了吗？"

她这突然来的脾气把方春华吓得一愣："怎么了这是，说都不能说啦？"

王若含冷着脸道："不能！"

方春华又拿了抹布擦灶台，嘴里嘀咕："你这脾气到底像谁？"

王若含没好气地接道："你呗，老爸多温吞。"

方春华作势要拿抹布抽她："回你的房间，就知道气你妈。"

厨房变战场，王若含捧着酸奶叼着勺，赶紧开溜，回房间的时候顺便把一楼窗台上晾好的石塑黏土收了回来。

她白天睡得足，这会儿没什么困意。她平时的生活很单调，懒惰不爱运动，没有耐心追剧。除了刷微博、刷朋友圈就是打游戏，偶尔也会做些手工，比如陶艺黏土、羊绒毛毡这类。

她念书的时候脑子不灵光，作业都仰仗闺密几个，文科靠周以，理科靠郑筵，高考惊险越过本科线。

不过人嘛，总会有一技之长。老天爷大概是为了给她一个不好使的脑袋作为补偿，所以另赐了她一双巧手。

上高中的时候王若含帮年级里的女同学织围巾送男友，一个学期下来赚了好几百块，大学时还自己学着做耳环想开网店创业，后来因为觉得运营麻烦才打消了念头。被护理学导论折磨到痛不欲生的日子里，她还考虑过要不要学美甲。

用方春华的话来说就是："我们家王若含虽然成不了大事，但总归不会饿死自己。"

石塑黏土是这两年火起来的，王若含在网上看到后，也跟着买了原材料，第一次尝试就做得有模有样的，风干后的成品也没有瑕疵。

正好晚上没事，她把买好的颜料取出来，准备给这些小石头上色。

样式都是跟着网上那些博主学的，小猫、小熊、小猪，中间穿了孔，可以做成手链或挂件。

上完一遍底色后，王若含抽了张湿巾擦手，静置晾干。

她换了个放松的坐姿，屈着一条腿架在椅子上，拿起手机解锁。

微信朋友圈那一栏里出现霍骁的头像，王若含点开，他刚刚转发了一则公众号文章，标题叫"今日口语丨日常聊天中的 emoji（表情符号）如何用英文表达？一起来学习吧！"。

王若含打开链接，里头满屏的英文字母，一眼望下来她认识的竟然只有"happy（高兴）、sad（伤心），sleepy（困倦的）"。

不经意就又被提醒一遍自己是个不折不扣的学渣后，王若含抿平唇线，起了个幼稚的心思，从相册中翻出一张图片。

这张出圈表情包有各种版本，经过王若含妙手制作后，穿着绿色运动服的男人边上多了两行字——少用英语问东问西，这里是中国。

她将编辑好的表情包发在了朋友圈，以免扫射到他人引起不必要的矛盾，设置权限时王若含特地选择"仅霍骁可见"。

报复完毕才算解气，她把手机倒扣在桌上，哼着歌继续摆弄她的小石头。

落地窗前，男人安静地站着。

酒店楼层高，屋外夜色深浓，城市灯火璀璨。

耳机里，清冷严肃的女声终于说起结束语："不早了，你休息吧。"

霍骁揉着眉心，暗自松了口气："好的，妈。"

一通六分半钟的电话，涉及日常生活的只有寥寥几句，其余时间里林珊都在问他有关这次研讨会的事。

系主任给他们这些老师开例会的时候，他都没跟他妈打电话时这么紧张。

感冒还未痊愈，他的嗓子哑着，时不时闷咳两声，林珊好像没听出来，没问这个。

霍骁坐回沙发上，拿起水壶往杯子里兑了点儿热水。

学生的大创项目开始运营，有个小组创建了一个有关日常口语表达的公众号，霍骁看里头的文章有意思，也会帮忙转发。

他随手翻阅着，发现王若含几分钟前发布了一条朋友圈，没有文字说明，只有一张图。

他点开放大，认真看完上面的文字后，脸黑了，心里的记仇小本上多了一条。

这女的真是上天派来惩罚他的。

翌日周六，下午有个专家讲座，霍骁借口感冒请假了。

N大从去年开始也实行夏季短学期，为期一个月，除了常规的课程，学院还开设了学术交流周，请了一些专家、教授来演讲。

林珊也在受邀之列，下周二就过来。原本他明天就可以回申城的，现在又不得不多待一周，林珊想带他见见她那几个搞外交的老同学。

在他妈面前，霍骁自然不敢有怨言，就算再不情愿也只能乖乖领命。

被迫加班，本就生着病的身体不舒服，他憋了一肚子坏情绪，烦闷得无处发泄。

一整天，霍骁躺在客厅的沙发上，心安理得地虚度光阴，捧着手机在峡谷大杀特杀。

不过今天的运气不好，排位总遇到菜鸟（游戏术语，指技术不好）队友，赢得艰难。

霍骁嫌打得太累，索性不再继续。他退出游戏点开微信，群里今天也出奇的安静。

本科毕业就接连读研、读博，回国之后又进了大学教书，交好的朋友就这几个，霍骁不管他们叫“兄弟”“死党”，至少在他心里还没到那个程度。

五个人年龄差不多，家庭背景也类似，都留过学，现在也都从事着一份体面的工作，不过最重要的是，他们也都有一对高知且严苛的父母。

霍骁和哥几个从小就是在父母们的比较中长大的，他们有时成为“别人家的小孩”，有时又讨厌那几个“别人家的小孩”。

小时候他们互相看不顺眼，视其他人为假想敌，长大之后却又自然而然成了朋友。

也许是因为，他们是为数不多的能彼此理解的人。

霍骁今年三十岁，现任J大英语系的助理教授，叶图南、程清和两个人和他一届，一个在律所，一个在法院，许麟三十二岁，是某家主流媒体的主编，隋艺最小，才二十八岁，现在运营着一家MCN机构。

这五个人论外表论家世，无疑是优质青年，是相亲市场上的抢手货。

在常人眼里，他们谈吐不凡、气质卓越。这样的人在一起，大概平时谈的都是些国内国外政坛大事，或者金融市场的浮浮沉沉，闲暇时间再参加些高级酒会，打打高尔夫、看看音乐剧。

可惜，事实截然不同，五个人凑在一起要么喝喝小酒，吐槽最近生活里的烦心事，要么就是打游戏，说话一个比一个俗，骂人一个比一个狠。

所以霍骁爱跟他们扎堆，不用顾及太多，不用时刻注意那些麻烦、矫情的礼仪教养，做个庸俗的普通人就行，起码不累。

隋艺就说过，他们群里的聊天记录或者日常对话随便流传一段出去，这几个人大概都得完蛋，人设崩塌得如山体滑坡。

霍骁在群里发消息，问有没有人陪他打排位。

叶图南回了条语音，霍骁点开，嘈杂的背景音刺激着耳膜，他赶紧调低音量。

叶图南几乎是喊着说话：“骁啊，今天不打了，我们在喝酒呢！”

最后两秒还有隋艺的声音，不知道说了什么，含混不清的，估计是喝多了。

怪不得今天没人说话，原来他们一起喝酒去了。

许麟问他什么时候回来，霍骁打字回：“下个礼拜，林教授来讲座，揪着我旁听。”

许麟说：“我看林老师还是想让你走外交的路。”

霍骁回道：“懂，但我誓死不从，不想再出去了，我爱5G和外卖。”

许麟：“家里最好。”

聊了两句，霍骁让他们喝酒去。

他孤身一人在金陵，本以为没乐子可找，谁知过了没多久，乐子自己找上门来了。

王若含发来一条新消息。

霍骁回了个问号。

王若含：“玩游戏吗？”

霍骁挑眉，没立刻答应：“排位？”

王若含：“嗯嗯。”

霍骁：“带不动。”

王若含：“昨天不是赢了吗？”

王若含：“哥，大哥，发发善心，救救我。”

霍骁：“……”

霍骁：“行吧。”

王若含：“上号！”

霍骁刚登录游戏，就收到了名为“糯糯豆豆子”的组队邀请，他摁下接受进入房间。

一道甜美的声音出现在耳机里，带着刻意的娇软：“准备好了吗？那我开始啦。”

霍骁鸡皮疙瘩直冒：“嗯。”

“好的。”

霍骁五个位置都能玩，但排位他喜欢拿核心输出，如果遇到坑人的队友他还有机会力挽狂澜。看一楼拿了打野，霍骁莫名松了口气。

昨天是失误，后来他特意研究了一下王若含的常用位置，猜测她应该擅长中单或辅助。

于是今天霍骁把中单让了出来，给自己拿下射手公孙离。

语音里，王若含娇滴滴地问："我要不要玩大乔辅助你呀？"

霍骁顿了两秒，忍住不适感回："随你。"

"刚好我买了新皮肤，漂亮吧？"

她说的是大乔刚出的白鹤梁，海报一出就惊艳了玩家，神女的扮相娉婷袅娜，倾国倾城。

霍骁随口嗯了一声，意识到不对劲后又担忧起来："你会玩大乔吗？"

按照她昨天的表现推断，霍骁有一瞬的后悔。

王若含"啧"了一声，不满他的疑问："当然会了，你看着，我乱杀！"

霍骁呵呵笑了两声，但没打消质疑。

开局两边正常发育（游戏术语，指游戏中通过刷金币增强装备战斗力），敌方射手是"手长怪"伽罗，霍骁老实清兵（游戏术语，指打死小兵），在打野和中路没来抓之前不和敌方射手硬刚。

王若含跟着打野入侵敌方蓝区获得优势后，她的大乔一边往下走一边说："我来啦，你可以把他勾引出来。"

"行。"

霍骁顿了顿，又开口："那个……你能好好说话吗？"

王若含反问："你不喜欢这样的吗？"

霍骁笑了："谁和你说我喜欢这样的？"

王若含："你们男人不都喜欢这样的？"

霍骁严肃道："我可以承认我不是男人，但请你不要再这样说话。"

话都说到这份上了，王若含清清嗓子，瞬间恢复正常语调："我不是想给你更好的游戏体验嘛……"

霍骁哼笑："我谢谢你。"

听筒里传来咀嚼的声音，霍骁嫌吵，皱眉问："你在吃什么呢？"

王若含口齿不清地回："桃子。"

霍骁觉得奇怪："吃桃为什么有声音？"

王若含又咬了一口，故意发出咔咔的响声："因为脆啊！"

霍骁觉得不能理解："为什么会有人喜欢吃脆桃？硬邦邦的能

叫桃？”

王若含强硬反击：“软不拉叽的就配？只有八十岁的没牙老头才会吃软桃。”

她话密语速快，没等霍骁回话，又咄咄逼人道：“哦哦哦，不好意思哦，不知道你牙口不好，霍爷爷！”

王若含嘴上不饶人，偏又最会认怂。

耳机里霍骁不出声了，王若含眨巴眨巴眼睛，生怕他真生气，又开始拍马屁。

霍骁的公孙离越塔拿下双杀，随着游戏背景音的击杀特效，王若含声情并茂地夸赞道：“天哪，这是国服公孙离吧，太帅了啊，我都忍不住要放下手机给你鼓掌了。”

公孙离配合大招孤鹜断霞残血逃生，王若含操控的小辅助马不停蹄地跟上，一边放技能让他回城补血，一边啧啧赞叹：“你为什么不去打职业？你是不是开挂了？这是人类能拥有的手速吗？别教英语了，你该去追逐一下电竞梦，我是认真的。”

她语气夸张，时不时还会发出各种生动的惊叹声，又说得一本正经，言辞诚恳。几次下来，霍骁终于破功，绷不住轻笑出声，求饶道：“你少说两句吧，姐姐。”

王若含嘻嘻笑了两声，不知道是不是心理作用，有霍骁在，她就仿佛是搬来了如来佛的孙悟空，被说不清的安全感包围，不管局势多不利都不担心输。

十八分钟，尽管中期一拨团战他们掉了一点儿节奏，最后他们还是有惊无险地拿下了比赛。

等下一局游戏开始的时间，霍骁“嗞”了一声，说：“我想起一件事。”

王若含问：“什么？”

霍骁的语气平静如常，他又添了点儿不知意味的笑意和嘲弄：“我怎么记得，前两天有人说，不想和我再有交集。”

王若含顿时哽住，不知怎么接话。

霍骁没让气氛尴尬太久，很快说道：“改变主意了吗？”

他给了个台阶，王若含便赶紧跟着下："嗯，不可以吗？"

霍骁听上去心情不错，"当然可以。"

王若含松了一口气。

她是不讨厌霍骁这个人的，只是反感他之前有意无意、暧昧不清的示好和试探。

因为猜不到他有几分真心、几分玩弄，王若含又是知道他之前撩周以的那些劣迹的，她清楚无论从各方面条件来说都平平无奇的自己，何德何能能让年轻有为的霍教授感兴趣？

三个月前说到底是氛围作祟，脱离了那个特定环境，有些情感就诱发不了了。

她一个普普通通的小护士，和他不是一个世界的人。

王若含无暇应付他那些花招，所以才提出不要再有交集。

那现在呢？

王若含有些弄不懂自己，刚刚为什么要感到紧张，甚至是担心、害怕？

她发现自己不希望目前的状态被打破。

那么霍骁对她来说算什么，朋友吗？

接下来几把游戏，王若含的话明显少了很多，霍骁也不主动开启话题，两个人像是沉浸在对局中，认真作战。

一局游戏近二十分钟，时间在不知不觉中流逝，转眼就快十点了。

王若含看不早了，提出要去洗澡休息，霍骁应好，告诉她："我最近可能没空儿打游戏。"

"我知道了，没事，你忙吧。"

既然人家这么说了，后面几天王若含都没再找霍骁，也没一个人打游戏。

同事有事和她换了班，王若含周一、周二连熬两个晚上，整个人快灵魂出窍了。

周三清晨，交接完工作，她先去办公室趴睡了一个小时，以免猝死在路上。

回到家时已经快上午十点了，外面阳光灿烂，树上蝉鸣不休，花架上的草木生机盎然。

王若含打着哈欠进了屋，防晒外套随意地搭在肩上，三天没洗头发，头顶都出油了。

她大概是困出幻觉了，竟然在院子里看见一个年轻帅哥的身影。

王若含睡眼惺忪，本想径直路过那道幻影，身前却出现一条手臂拦住了她的去路。

她没当回事，抬步继续向前走，却没有如预期之中那样轻松穿透，胸脯撞上男人的胳膊，王若含被一下弹开，后退了两步。

等重新站稳，她也惊醒了，睫毛扇动，盯着面前的人发呆。

霍骁双手举起以示清白："我没动啊，你自己撞上来的。"

王若含终于反应过来刚刚发生了什么，猛地提起一口气，瞪圆眼睛，双手交叉护住前胸，侧扭着身子朝他恼羞成怒地喊："你怎么在这儿啊？！"

霍骁抬眸，用目光指向工作室的招牌，反问她："你说呢，我在这里能干什么？"

王若含大为震惊，用手搓了搓脸颊："美容啊？"

霍骁回给她一个"你说呢？"的眼神。

眼看着王若含脸上的表情越来越古怪，霍骁皱眉，赶紧澄清道："我带我妈来做脸的，想什么呢？"

"哦，你妈啊。"王若含吸吸鼻子，往屋里走。

霍骁跟在她的身后："刚下夜班？"

"嗯。"

霍骁接着问："早饭吃了没？"

王若含敷衍地点点头。

霍骁抬手揪着她的衣领："到底吃没吃？"

王若含动不了了，双手挥舞着拍开他："你管我吃没吃？"

霍骁松了手，缓和语气说："我来的时候多带了一份，你要不吃了再上去休息？"

王若含回头，不可思议地看着他。

霍骁蹙眉，像是不耐烦："吃不吃？"

王若含挠挠脸："什么早饭？"

霍骁说："就你上次点的那些，薯饼、汉堡什么的。"

王若含拖长尾音哦了一声，眼里有了笑意。

霍骁被她看得心虚，转开视线，催她赶紧推门进去。

听到后门的响动，方春华在里屋喊："含含回来了？"

王若含嗯了一声。

今天店里有三四个客人，一楼工作室除了她妈，还有其他店员在帮忙，王若含和几个姐姐打过招呼，上楼时往里头瞥了一眼。

方春华在给人敷面膜，那个顾客应该就是霍骁的母亲，她没敢多看，匆匆上楼回了房。

等洗漱完，王若含用干发巾包好湿发，回到一楼时，霍骁正坐在沙发上看手机。

听到脚步声，他指了指，示意她早饭在茶几上。

王若含跳下最后两级台阶，在霍骁面前站定。

"哎。"

霍骁抬眼看向她："叫我？"

王若含点点头，摊开手掌递了个东西过去。

霍骁倾身接过，是个粉色兔子造型的小挂件，旁边还有一根小胡萝卜。

"送我的？"

王若含指着那吊坠说："你上次看到的小石头，这个是成品。"

霍骁哦了一声，笑着说："谢谢啊，你真是心灵手巧。"

王若含耸了下肩："那可不。"

霍骁又看了一眼挂件，把它收进口袋里。

王若含咳嗽一声，在对面的沙发上坐下，挺奇怪的，这明明是自己家，怎么就不自在起来了。

就连吃汉堡的时候，她也一小口一小口地吃着，仪态矜持。

霍骁看了她一会儿，问："不饿吗？"

王若含睁着无辜的大圆眼睛："嗯？"

"还是冷了不好吃？"

王若含有些摸不着头脑："没有啊，挺香的。"

霍骁抿了下唇："看你吃得很不情愿。"

王若含："……"

她一口把剩余的蛋堡吞入腹中，腮帮子一鼓一鼓的。

看她狼吞虎咽的样子，霍骁满意地点点头，仿佛在说"这样才对嘛"。

吞咽完毕，王若含喝着牛奶，问霍骁："怎么带阿姨来这里了？"

"下午她有个讲座，说想做个美容，我就想起你来了。"

王若含点点头，小心问道："你妈妈，也是老师吗？"

霍骁说："不，她以前在报社工作，今年刚退休，搞国际政治的。"

王若含哇了一声，听上去就很厉害。

霍骁一直专注地看手机屏幕，大概是在阅读什么重要的文件。

几分钟后他抬起头，问王若含："吃好了吗？"

王若含摸着肚子说："饱了。"

霍骁抬腕看了一眼表："那快上去补觉吧，那边应该也快好了。"

王若含点点头，从沙发上起身。

走出去两步，她又回过头，问霍骁："那个，你要在金陵待多久？"

霍骁想了一下："还不确定，得看我妈那边的安排。"他弯唇笑起来，"怎么了？"

王若含挪开视线，摇头说："没怎么，就是问问。"

霍骁看着她匆匆忙忙上楼梯的背影，像只落荒而逃的兔子。

不到二十分钟，林珊就从里屋走了出来，方春华跟在一旁。

"还满意吧，姐？"

林珊微笑点头："挺好的。"她抬起下巴看向霍骁，"你说呢，怎么样？"

霍骁笑着道："年轻了不少，谢谢阿姨。"

方春华摆摆手："有空就常来，你妈妈本来就年轻，气质又好。"

林珊和方春华互相加了联系方式，三人在门口道过别，回到车上，霍骁问他妈："这家还不错吧？"

林珊放好提包，整理着头发说："还行吧，我听老板娘说她女儿是护士啊？你怎么会认识这个朋友的？”

霍骁发动车子，握着方向盘回：“当然是在医院认识的。”

闻言林珊沉了脸色：“你生病了？”

霍骁回了声嗯，她还真没看出来。

林珊继续问：“哪里不舒服？”

霍骁只说：“前两天有点儿感冒，已经好了。”

林珊瞪了他一眼，严肃地指责道：“你就是不爱动，成天坐在电脑前，体质太差了，和你爸一样。”

霍骁选择不出声，随她继续说教。

“把空调关了，现在又不热，一身病就是养尊处优惯出来的。”

霍骁听话地照做，关了空调降下车窗。

林珊说起来就没完，口若悬河有时也不是优点。

温热的夏风灌进来，吹动发梢。

红灯亮起，车子在路口停下，林珊的手机铃响了，霍骁对那位来电的人简直是感激涕零。

她接通电话，说起工作上的事，霍骁偷偷叹了口气，终于解脱了。

自从得知上学时的死对头也会参加这次 N 大的学术交流周，林珊就一个劲儿地嚷嚷要去做美容，平时连妆都不爱化的人突然臭美起来，霍骁不知道那传说中的文映梅和他妈到底有什么过节。

不过就算再好奇他也没胆子问，只说自己有个朋友家里就是做这个的，便顺理成章地带林珊去了“美丽无罪”。

他很坦荡地承认此举怀揣私心，能想到的合理理由不多，所以要抓紧一切可行的机会刷刷存在感。

感觉口袋里有什么东西硌着他，霍骁把那个小挂件摸出来，放在手心看了看，又随手绑在了钥匙扣上。

这兔子看久了还挺像某人的。

几分钟后，林珊挂断电话，偏头对霍骁说：“中午和我一起去吃饭。”

她总是喜欢用祈使句，听起来没有任何商量的余地。

霍骁点头，随口询问：“还有谁在啊？”

林珊拉开挡光板的镜子，仔细检查自己的妆发：“宁老师你还记得吧？还有几个我的同学，都和你提过的。”

母子俩都从N大毕业，霍骁以前也陪林珊见过她那些导师和同学，但从来没见他妈这么在意过自己的形象。

所以他推测：“那个文阿姨也在？”

林珊停下动作，脸上的神情闪过一瞬的不自然：“对。”

霍骁疑惑道：“为什么我都没听你提起过她？”

林珊合上镜子，回答得滴水不漏：“她一直在国外，刚回来，和大家没什么往来。”

霍骁没再问下去，问也问不出什么，林珊最会周旋，从她嘴里得不到想要的答案。

午饭的地点在一家湘菜馆，宁老师是星城人，这么多年的师生聚会都是吃湘菜。

他们到了地方停好车，下车前，林珊把路上买好的花束递给霍骁，同时严厉地要求：“等会儿进去好好表现，知道汪昕懋汪叔叔吧，他刚从外交部退下来，等会儿多和他交流交流，千万别给我丢脸。”

这类话从小到大听了无数次，霍骁没什么波澜，只微微勾了下嘴角，维持他面上的温顺恭谦：“知道了。”

包间里坐了五个人，他们是最晚到的。

霍骁不动声色地扫视一圈，主位上的就是宁向荣宁老，林珊的博士生导师，今年已经七十多岁了，但精神矍铄，满身学者的风雅，林珊最敬重的人就是他。

其余也都是熟面孔，除了宁老右边的那个女人，她看上去不过四十岁左右的年纪，棕色卷发，穿着优雅的法式连衣裙。

霍骁捧着花静立一旁，等林珊和屋里的人挨个打过招呼，他才上前把花送出去，谦逊地喊：“宁老师好。”

宁向荣拍拍他的肩膀，眼里带着对后辈的赏识，和蔼地笑着说：“我上次见你是什么时候，好像你才大学毕业吧，几年过去，小霍骁都做老师了。”

林珊附和道：“可不是吗？时间过得真快。”

她拉着霍骁介绍其他人，这个叔叔那个阿姨，轮到那个陌生的女人时，林珊的语气瞬时少了几分熟稔亲近，平淡地说："这是文映梅文阿姨，刚回来，你应该第一次见。"

文映梅朝霍骁伸出手，手指纤细白皙，涂了白色的指甲油，笑起来明艳大方："也不是第一次，你满月酒的时候我在。"

霍骁轻轻回握住，夸赞道："您太年轻了，我都喊不出口阿姨。"

文映梅掩嘴直笑："太会说话了。"

林珊勾了勾嘴角："那可不嘛，没结婚没生孩子就是不一样，映梅看起来和二十年前哪儿有区别？"

在场的人都听出来了，这话夸赞是虚，讽刺是实，正戳中人家的痛处。

其余人噤声，宁老的脸色僵住，他含着愠意看了林珊一眼。

霍骁看场面尴尬，开门喊服务生上菜，话题被岔开，这茬就算是揭过了。

落座时，他特地往文映梅那个方向瞥了一眼，对方浅浅笑着，温柔端庄，神色如常。

霍骁又侧目看向他妈，林珊不是没情商的人，本质再刻薄，但也分得清什么话该说什么话不该说。

刚刚她就是故意说出来扫兴的。

霍骁挠着眉毛叹气，这到底得是多大仇多大怨？

一桌高学历的人在一起，还都是业内精英，他们聊国际形势，聊如今的行业发展，霍骁刚开完一周的研讨会，听到这些都快生理性不适了。

他只祈求师生几个自己谈笑风生，忽略他这个小辈，让他安心吃顿饭。

之前他生着病饮食清淡，白粥青菜吃得脸色蜡黄，好不容易尝到鲜香麻辣的食物，简直幸福到泪目。

报复性地吃了半盘辣子鸡后，他终于感受到活在人世间的幸福感。

结束之前，霍骁还是被他妈拉着和汪昕懋谈了几句。

林珊各种旁敲侧击想探口风，霍骁在一旁看着，倍觉心累。

他从来就不想走外交这条路，去年因为国外疫情形势严峻，他才勉强说服林珊，先回国进大学教书。

可惜这只是缓兵之计，他妈从来没打消过这个念头，还一心想着给他铺路。

霍弈行私底下虽然希望儿子继续做学术研究，也拗不过林珊。

至于霍骁的想法，在这个家里向来不重要。

跟着林珊应酬了一天，下午的讲座结束后还被提问有什么感想，霍骁的脸都快笑僵了，神经也紧绷着不敢放松。

睡前他痛骂一遍这种生活，决心回申城以后要好好叫哥几个陪他喝酒，最近太不顺了。

他一夜昏沉入睡，梦都没做。

第二天醒来刷牙时，霍骁动了动下巴，发现左侧牙龈肿得厉害，连张嘴说话都很艰难。

他一言难尽地看着镜子里的自己，左下颌明显肿胀了，两边俊脸都不对称了。

都是因为昨天那半盘辣子鸡，所以说人不作死就不会死！

霍骁当即决定在他妈发现之前先去医院挂号开药，能少挨一顿骂就少一顿。

路上，他想起前两天王若含说他“牙口不好”，还不知天高地厚地喊他“霍爷爷”。

他自嘲地笑笑，谁知一语成谶，真出问题了。

他发完烧又发炎，半个月跑医院两次，霍骁也只能自认倒霉，熟门熟路地挂号就诊。

他没什么大毛病，就是上火引起的牙龈发炎，医生给开了药，叮嘱他最近别吃硬物，注意饮食清淡。

霍骁看着药单，疲惫地叹气，真是得不偿失，又得做半个月的苦行僧。

从口腔科出来，霍骁没直接去一楼，而是去了趟五楼儿科。

他推算了一下，王若含今天应该是白班。

人类幼崽的哭喊攻击依旧杀伤力强大，霍骁站在科室门口往里头望了一眼，没见到人。

她不是在上班吗？

他靠在墙边，想发消息问问，刚拿起手机要解锁，肩上陡然被人拍了一下，霍骁一个恍惚，吓得失色。

“你怎么在这儿？”口罩遮住大半张脸，但那双葡萄似的眼睛很有辨识度。

霍骁抚着前胸给自己压惊，脸都白了：“你走路怎么不出声啊？”

王若含看见他手里有病历单，一把抢过，浏览完上面的字后“扑哧”一声笑了出来：“怎么又牙疼了啊？”

霍骁早预料到她的反应，抱着手臂任她嘲笑：“昨天吃湘菜去了，上火了。”

笑了一会儿，王若含调整好表情，问他：“那你不去看病，跑来儿科干什么？”

霍骁拿回单子，面不改色地道：“看你啊。”

王若含愣了一瞬，攥拳捶他，佯装生气地道：“少给我来这套。”

霍骁勾唇笑起来：“吃饭了吗？”

王若含摇头：“还有半小时才午休。”

霍骁屈腿在长椅上坐下，十分自然道：“那我等你一起去吃饭。”

王若含觉得奇怪；“等我干吗？”

霍骁的理由很充分：“想去吃上次那家砂锅粥，我不记得路。”

王若含看对方坦坦荡荡的，也没再犹豫，点头同意：“行吧，那你等等我。”

不仅是患者，抽血也永远是护士的噩梦，大人都嫌疼，别说这些小孩了，就没有不哭得撕心裂肺的。

王若含刚入行的时候还会于心不忍，现在时间久了，习以为常，任凭哭声震颤耳膜，她也是从容地扎针拔针。

有个小男孩是奶奶带着来的，一见到针头就开始哭，拼命挣扎，好不容易摁着抽完血，王若含背上都出了层汗。

老人看孙子哭成这样，大概是心疼坏了，哄两句没效果，凑过来，在王若含手臂上打了一下，对孙子说：“这个阿姨是坏人，奶奶帮你打她了啊，不哭了不哭了。”

其实家属就是做做样子，她根本没感觉，有很多家属用这种方式哄小孩。

王若含看看老太太，又看看那个哭得昏天黑地的小男孩，低头扯了扯嘴角，有些无奈。

她每天在这里辛苦地接待患者，是治病救人，是消除他们的痛苦，怎么就成坏人了？她虽然知道这话不能当真，但还是听了心酸。

王若含轻吐一口气，压住涌起的委屈，对病人说：“好了，下一个。”

等忙完得了空闲，她抬腕看表才发现已经过去不止半个小时了，赶紧跑出去找霍骁。

走廊上空空荡荡的，长椅上的人早就不见了。

王若含心一紧，匆忙拿出手机，点开微信，她看见霍骁给她留了言：“有事先走了，粥下次再喝吧，看你在忙没好意思打扰。”

除此之外还有一段莫名其妙的话。

——By the way（顺便说一下），护士可不是坏人，是天使。Thank you for falling into the world.（谢谢你们来到这个世界。）

不知道他看见了多少，也不知道他为什么了解她会因为那句话难过。

王若含把手机放回口袋里，嫌弃地嘟囔：“油腔滑调，花言巧语。”口罩下她的嘴角却一再上扬。

拽两句洋文，有的时候也没那么让人讨厌嘛！

Chapter 03
喜欢开始发芽

王若含打字回复："行，那再约吧。"

她换好衣服，准备去楼下买个面包应付一顿。

几分钟后霍骁回了消息，问她："后天白班吗？"

王若含没多想："对。"

霍骁："那就后天吧，我接你下班。"

王若含挠挠头发，其实她就是客气客气，但没想到对方一点儿都不客气。

既然如此她也只能应约："行，后天。"

路过护士站的时候，王若含听到同事喊她，停下脚步回头看："怎么了？"

卢晚晚举起一个纸袋递给她："姐，你的外卖到了。"

王若含指着自己问："我的？"

卢晚晚点头："对啊，不是你点的吗？"

王若含疑惑地接过纸袋，查看上面的小票。

收货人留的号码她不认识，但姓名确实是她，袋子里是咖啡和三明治，都是热的，香味扑鼻。

王若含拎着纸袋回到休息室，一路上也猜到了是谁给她点的外卖。

三明治快吃完了，她还对着手机屏幕发呆，不知道该怎么说，把握不好语气。

她犹豫了大半天，最后发送出去的还是那最简单质朴的两个字：“谢谢。”

对方回复：“不客气，工作辛苦。”

王若含放下手机，有气无力地趴在桌子上，拨弄着喝空的纸杯。

早在一年前，周以刚进学校教书的时候就和她们讨论过这个新同事。

霍骁温柔体贴，细心周到，说是八面玲珑都不为过，如今她算是见识到了。

手机屏幕又亮起，霍骁问她：“还合胃口吧？也不知道你喜欢吃什么。”

王若含两手食指交替，慢吞吞地打字：“咖啡太苦，三明治烤得不够脆，鸡蛋老了点儿，我比较喜欢流心的。”

屏幕那端寂静了半分钟，冒出一条气急败坏的语音：“爱吃不吃，惯得你，公主啊？挑三拣四的。”

王若含一边听，一边笑出了声。

温柔体贴都是假象，看到没，这才是这个男人的真面目。

两天后的下午四点，虫鸣声声，热浪滚滚，路边枝叶时不时扫过来往车辆，阳光晃着眼睛。

王若含下班打完卡，霍骁说路上堵车了，让她在门口等一会儿。

她找了个绿荫躲着刷手机，顺便和方春华报备一声，今天不回去吃晚饭了。

正值盛夏，天气闷热，她就这么站着，身上都出了汗。

王若含从包里拿出一张纸巾，发誓等会儿一定得从霍骁那里讨杯奶茶来补偿。

听到前方有汽车鸣笛声，她心中一喜，抬起头却发现并不是她在等的人。

那车停在路边，像是在等她过去。

嘴角的弧度一点儿一点儿收回，王若含用手挡在额头上小跑过去。

秦也降下车窗，打开车锁想让她上车："下班了？我送你回去。"

王若含摆摆手拒绝，弯腰透过窗口和他说话："不用，我在等人。"

秦也有些意外："等谁啊？"

王若含不好解释，只说："一个朋友，我们约了吃饭。"

秦也顿了顿，提议道："那要不我送你过去吧，天这么热。"

王若含还是摇头："他快到了，没事，你先走吧。"

她话音刚落，不远处就响起了喇叭声，王若含抬头，认出是霍骁的车牌，赶紧对秦也招招手："他来了，那我过去了啊，也哥再见。"

没等秦也再说什么，她就已经跑开，他从后视镜看着她上了车，也看见驾驶座上是个年轻男人。

秦也敛目，不知在想什么，后面的车按了下喇叭他才回过神，重新启动车子上路。

王若含一上车，安全带还没系好，就先把霍骁怒斥一通："你知道我晒得人都要化了吗？大热天的居然忍心让我在外面等这么久。"

霍骁自知有错，也不和她拌嘴："对不起对不起，请你吃好的赔罪行了吧？"

王若含哼了一声。

等红灯的期间，霍骁伸手从后座拿了一个袋子放到王若含的腿上。

袋子传来冰冰凉凉的触感，王若含问："这是什么呀？"

霍骁还要卖关子："自己看。"

王若含打开袋子，里面是两杯饮料，她一眼认出包装，嘴张成O形，惊讶道："你怎么买到的？"

霍骁一副云淡风轻的样子，仿佛不足为奇："有跑腿的，不过送过来要几个小时，也不知道还好不好喝，你先尝尝看。"

王若含激动地说不出话，捧着奶茶杯像捧着宝贝，小心翼翼地打开盖子，凑上去喝的时候嘴唇都在颤抖。

冰凉丝滑的口感，奶油细腻微甜，伴有淡淡的茶香，称不上有何特殊之处，但就是可以秒杀市面上的一切同类型产品。

一口下去，眼前春花盛开，被治愈的感觉如此美妙，王若含挥舞着手，从心里发出一声喟叹：“太好喝了啊！”

她一激动说话语速就快：“你不知道，周以天天在群里发照片，说一天三杯幽兰拿铁，馋死我了。”

霍骁侧头看了她一眼，眼中笑意温柔：“真的这么好喝吗？我还没喝过。”

王若含把杯子递过去：“那你快尝尝，没喝过简直白活。”

霍骁垂眸看了一眼，没立刻行动。

王若含以为他有洁癖，拆了根吸管插好：“那你这么喝。”

霍骁低头咬住吸管，喉结滚动，他舔了下嘴唇，评价道：“嗯，确实好喝。”

王若含端详着杯身的图片，问他：“跑腿费应该很贵吧？怎么想起买这个了？”

还不是因为某人嚷嚷着想喝。

霍骁云淡风轻道：“没网上传得那么夸张，你喜欢就是值了。”

王若含扬眸，盯着霍骁的侧脸出神。

斯文干净的长相，温润如玉的气质，大部分时间里的霍骁还是很符合他的外在形象的。

这种人追姑娘，一撩一个准吧？

王若含咬着杯沿，一时五味杂陈。

“看着我很下饭吗？”霍骁突然出声，侧过头和她对视。

王若含快速眨了两下眼睛，挪开目光否认：“没有，我就是看看你脸有没有消肿。”

霍骁哦了一声，毫不留情地戳穿她：“但肿的是左边。”

王若含张口胡说：“那我看你右边也有点儿肿。”

霍骁失笑：“发炎也会转移啊？”

王若含挑眉：“嗯，这你就不知道了吧。”

霍骁点点头，很是配合：“原来如此，学到了。”

霍骁在粥店门口停好车，王若含拿着两杯奶茶不好开门，霍骁让她先等等，自己绕到另一边帮她开车门。

王若含下了车，把另一杯还没拆封的递给他："这杯也是幽兰拿铁吗？"

霍骁举起看了一眼标签："好像不一样，这杯叫……人间烟火。"

王若含没说话，但心思全写在闪烁清亮的眼瞳里。

霍骁插好吸管，把杯子送到她的嘴边。

王若含笑嘻嘻地凑上去。

看她皱着眉仔细品味的样子，霍骁忍不住扯开嘴角轻声笑了笑。

"好喝吗？"

王若含用力点头："好喝，这杯好像更好喝一点儿。"

霍骁便塞到她的手里："那也给你喝吧。"

王若含一手一杯，问霍骁："那你呢？"

霍骁插着裤子口袋走进店门，回答说："本来两杯都是给你买的，我不爱喝甜的。"

本以为她还会推辞一下，没想到王若含欣然接受："那我就笑纳啦！"

霍骁叹口气，戳她的脑门纠正："差生，笑纳是敬词，是送礼人对被送人说的话。"

王若含朝他翻了个白眼："哦，知道了，霍老师。"

霍骁笑着摇摇头，拿她没办法。

两个人点了一份海鲜粥，另外加了几样甜点和小菜。

王若含左一口幽兰拿铁，右一口人间烟火，心满意足，快活似神仙。

她美滋滋地说："终于不用羡慕周以了。"

霍骁慢条斯理地舀着粥，只淡淡地嗯了一声。

他无法准确描述那种感觉，但和那次如出一辙，他不想看着她总是羡慕别人，委屈巴巴的样子像只淋雨的猫。

不管是爱心泛滥还是其他，霍骁确实是这么想的。她开心，那这两杯辗转数个城市送到她手上的奶茶，不管花多少钱都是值得的。

她开心就好。

没喝完的粥被霍骁打包带了回去，酒店房间里，林珊已经回来了，正坐在沙发上看书。

霍骁换鞋进屋，喊了声“妈”。

林珊抬眼看他，注意到他手上的打包盒：“出去吃了？和谁啊？”

霍骁没打算隐瞒，实话实说：“就那个和你说过的，王若含。”

林珊回忆了一会儿才想起：“那个护士？”

霍骁点头。

林珊察觉到了什么，合上书问：“你在和她谈朋友？”

霍骁愣了下，回答：“没有。”

林珊尖锐地追问：“是还没有还是没有？”

这次霍骁没有给出答案。

林珊看他的反应，了然地点点头：“她是和她妈妈一起生活吧？我劝你认真考虑，将来她大概率不会愿意跟你出国，除非你能把她妈妈也捎上。”

这都说到哪里去了，霍骁觉得头疼：“您现在还用不着操心这个。”

林珊不同意，语气强硬地道：“怎么用不着？到时候再和你说这个就晚了。”

霍骁把粥放进冰箱里，拿了瓶矿泉水出来：“我在J大挺好的，不想出国。”

林珊一脸震惊，怀疑自己听错了：“你说什么呢，霍骁？”

霍骁灌了口冰水，冷着声音重复一遍：“我说，我现在这样挺好的，谁爱出国谁去，我不去。”

林珊怒气攻心，扬臂把手里的书砸了过来：“你什么态度？！”

霍骁没躲，书角砸在了他的肩膀，落到地板上。

林珊瞪着眼睛，吼道：“你别受你爸影响，把学校当舒适圈，这是不思进取！”

霍骁摸了下肩膀，其实没什么情绪，甚至有些想笑，他爸桃李满天下，研究成果多得很，却被林珊说成“不思进取”，老霍听到大概得气死。

“这些事以后再说，我可以和你好好谈，但有一点我想和你现在就说清楚，将来如果我说要娶谁进门，那就认定了是谁，我不和你商量，也不管你反不反对。”

收到霍骁语音通话的时候，王若含刚从病房巡查出来，一回休息室就看见手机屏幕在闪。

她摁下接听键，把手机夹在耳朵和肩膀之间，一边拧开保温杯的盖子，一边对着话筒喂了一声。

对方张口就是一句：“忙吗？”

王若含回：“不忙啊，怎么了？”

“能来口腔科一趟吗？”

王若含抬手握住手机，有些摸不着头脑：“你现在在医院？”

“嗯。”

听他声音紧绷着像是出了大事，但口腔科再怎么样也不会有性命之忧，王若含还没来得及喝口水，就放下杯子说：“那我马上过去。”

她脚步匆匆地下到三楼，口腔科一向拥挤，走廊里有不少病人和病人家属。

王若含在人群中一眼就看到了霍骁，长椅上没有空位，他就抱着手臂靠在白墙上，低着脑袋，口罩遮着脸，看不清表情。

“霍老师。”王若含走到他的身边。

霍骁闻声抬起头，额前的碎发下眉头紧锁。

他这副阴沉沉的样子把王若含看得一愣：“什么情况啊？”

只见霍骁抬起右手捧住右脸，咬牙吐出一个字：“疼。”

王若含摸了摸额角：“牙疼？”

霍骁闭上眼睛点了下头，不愿多说话。

王若含眨着一双大眼睛看着他，关切道：“很疼吗？要不要先给你拿粒布洛芬？”

没等霍骁回话，她又恍然想起：“哦不对，你不会吞胶囊，那就先忍着吧。”

霍骁：“……”

王若含趴在门口看了看，前面等着问诊的有好几个人：“估计没半个小时轮不到你，口腔科就这样，白天上班、上学能忍就忍，一到晚上人就全来了。”

王若含来之前霍骁就已经等了半个小时，耐心早已到了极限，这会儿也不在乎什么面子了，直接开口问："你能帮我走个后门吗？"

王若含无情地打消了他的念头："不能，我可没这个权力。"

霍骁把脸转向一边，王若含隐约听到他说了句脏话。

"你叫我来不会就是为了这个吧？"

霍骁不说话，默认了。

王若含白了他一眼，亏她水都没喝一口就跑过来了。

时不时有医生、护士路过，认出王若含，停下打声招呼和她寒暄两句。

又一位女医生看见她，惊喜道："这不是若含吗？你怎么来了？"

王若含回以一笑，指着旁边的霍骁说："朋友牙疼。"

等那个医生回到办公室，霍骁站直身子，终于忍不住好奇，问道："你在医院很有名吗？"

王若含："嗯？"

霍骁晃了晃手指："怎么好像大家都认识你？"

王若含往下摘了摘口罩，解释说："以前在口腔科待过，都是老同事。"

霍骁点点头："哦，这样啊。"

看他终于愿意说话了，王若含趁机询问："你的牙到底怎么回事？"

说到这个，霍骁的脸色明显黑了下去，牙齿的肿胀扯得神经也隐隐作痛，他疼得有些烦躁，心情指数剧烈下跌，"应该是智齿发炎了。"

王若含不解，问道："怎么智齿又发炎了？"

霍骁耍起无赖："还不是你，右边脸真肿了。"

王若含哑口无言，这也能怪到她头上？

霍骁郁闷地说："这已经是我这个月第三次跑医院了。"

王若含哼笑，吐槽他："你还好意思说。"

没被同情反遭冷讽，霍骁恶狠狠地瞪她一眼，把病历单塞过去，自己抱着手臂站在一旁，低气压包裹出一片小区域，被牙疼折磨的霍老师现在心情很差，开启自闭模式。

看前面还有四五个排队的病人，王若含回了科室一趟，麻烦同事先帮她代下班，她不放心把霍骁一个人扔在三楼，他现在看起来能把医院砸了。

路上她顺便买了瓶冰水，到口腔科却发现走廊上的人不见了。

王若含趴在门口探头向屋里张望，好几个医生都在，但有隔板阻挡，看不到霍骁在哪里。

“找谁呢？”

听到身后的声音，王若含直起身子转过脑袋。

男人穿着白大褂，眼睛在银边镜框后弯出弧度，说明他在笑。

“也……”王若含很快改口，“秦医生。”

秦也点了下头，还是回到刚才的问题：“在找谁？”

王若含双手背在身后，冰水融化后沾湿了掌心，她捏着塑料瓶说：“朋友牙疼，我来看看情况。”

秦也眼里的情绪微妙：“什么朋友啊？还要你亲自过来？”

王若含不准备详说，草草结束对话：“那你去忙吧，他应该没事了，我先回去。”

说完她转头就走，每次开溜的速度都挺快，半句话也不多说，秦也站在原地，只能无奈地笑笑。

他一路留意观察过去，上了年纪的大爷显然不是，七岁小学生也不是，排查到自己的座位时，秦也目光停下，落在正低头看手机的年轻男人身上。

秦也挑了挑眉，难道是这个？他未作过多打量，迅速回到医生的角色，带着歉意说：“不好意思让你多等了一会儿。”

男人摆摆手，收好手机，并不在意地说：“没事，牙科挺忙的吧？”

秦也微笑道：“嗯，小孩不知道要好好爱护牙齿就算了，有的大人也不省心。”

男人笑了笑，没说什么，摘下口罩，露出清俊干净的面庞。

秦也猜测他的年龄和自己差不多，也许要小一些。

“什么问题？”

男人指着自己右边下颌说：“应该是智齿发炎。”

秦也给他检查了一遍牙周情况，问：“这颗牙经常发炎？”

"有过几次。"

秦也建议道："那最好消炎以后还是拔掉吧，其实之前就可以拔掉。"

年轻男人沉默了。

秦也问："怎么了？怕疼？"

男人摇头："怕丑。"

秦也被逗笑了，温声保证道："你放心，我的技术还行，不会让你肿得太夸张。"

男人并没有被说服："那还是会肿。"

秦也瞟到病历单上的出生年月，打趣道："都三十岁的人了，还这么重的偶像包袱？"

他转念一想，又猜测道："莫非你是什么明星？不好意思，我不太了解现在的娱乐圈。"

男人爽朗地笑起来："您也太抬举我了。"

秦也故意说："难道不是吗？长这么帅。"

"哪里哪里，您比我帅。"

秦也给他开了药方，这颗智齿拔不拔还得再看情况，当务之急是消炎。

钢笔在纸上写着字，秦也照例说些注意事项，突然听到患者笑了一声，他停笔抬起头，问："有问题吗？"

"没，这段话我上礼拜刚听过。"

"上个礼拜？"

男人指着左边脸："也发炎了。"

秦也失笑："那你还真够倒霉的。"

"可不是嘛，老上火。"

秦也把单子给他去拿药，叮嘱道："天气热，年轻人少动肝火，多喝点儿水。"

"收到，再见啊，医生。"

"我可希望咱俩再也别见。"

看过医生，不知道是不是心理作用，霍骁觉得牙疼缓解了许多，领完药，就给王若含发了条消息说他先走了。

负一楼停车场，霍骁拉开车门坐进驾驶座，随手查看微信上的新消息。

三分钟前王若含问他："已经走了吗？"

霍骁打字回："刚到停车场。"

他插好车钥匙，摁下启动键，新消息提示音响起，王若含说："你先等等，我有东西要给你。"

霍骁立刻拔下钥匙，开门下车："那我上来找你。"

他走向电梯时，脚步不自觉地越来越大，近乎有些迫不及待，明明不是什么特别的事，但就是想再快一点儿。

匆匆赶到五楼，霍骁胸膛起伏，大喘了两口气才平复呼吸。

王若含看见他，说："来啦，等等啊，我去拿给你。"

霍骁点头，越发好奇和期待到底是什么东西。

当王若含一手一个水蜜桃举到他面前时，霍骁是茫然的。

他张开嘴，半天才憋出一句："这是什么啊？"

"快乐老头桃啊。"王若含又往他面前递了递，"是我从家里拿过来的，软而不烂，汁水饱满，刚好适合你目前的症状。"

霍骁攥紧拳头，忍辱收下："谢谢你啊，真贴心。"

王若含摆摆手："客气。"

霍骁看了一眼手里的桃子，无奈地想笑，挥手说："那我走了。"

王若含点头："小心开车。"

霍骁捧着两颗大桃子回到车里，越想越觉得自己像个傻子。

回到酒店，他接到了同事周以的电话。

"霍老师，什么时候回来啊？给你带了礼物。"

霍骁佯装出受宠若惊的样子："我也有？"

"当然，谢谢你替我去金陵，研讨会怎么样？"

霍骁回忆起这两周的见闻，总结道："还行，就是每天看着那群老教授训人，安慰安慰那几个被骂哭的年轻老师，然后偷偷庆幸自己没去N大罢了。"

周以倒吸一口气："真这么恐怖？"

霍骁笑了笑："他们的风格就这样，我爸也是，看论文从来不会夸写得好，专门挑刺儿。被骂几轮，一篇 C 刊文章就出来了。我早就习惯了，下次一定得换你来见识见识。"

周以连连点头："嗯嗯嗯，下次一定。"

霍骁烧了壶水留着等会儿吃药，装作不经意道："哦对了，你那个护士闺密，她和你是高中同学？"

"对啊。"

霍骁追问："她怎么还单身，不着急吗？"

周以没起疑，就当他是闲聊，回答道："不着急是一方面，另一方面是她有个暗恋多年的人。"

霍骁将水壶放在底座上，却忘了摁下开关，心绪全被打乱："什么？"

周以浑然不知这两人发生过什么，只当是闲谈中的一个话题，顺嘴分享道："她有个喜欢很多年的人，也许是还在等他，也许是因为遇到过太惊艳的人所以再也喜欢不上别人，我也不清楚她怎么想的，反正这么多年也没见她提过其他男人。"

霍骁换了只手拿手机，笑容僵硬："哪个男人啊，这么幸运？"

周以说："本来是她妈妈朋友的儿子，后来做了医生。唉，不说了，说多了都是泪。"

话到这里，霍骁基本就可以作出判断了。

感情和植物一样，有良莠之分。

在发芽之前露出端倪，是好事，这样他就可以及时止损。

心有所属还一往而深的人，他犯不着再继续执着，没必要，最终折腾的还是自己。

他现在只需要干净利落地拔掉这棵猴面包树种子，然后把这几天的事当作一段无关紧要的经历就行。

拿回来的桃子被他随手放在玄关处，空气里弥散着清甜的果香。

那么如何拔除一棵猴面包树的种子呢？

他要如何放弃一个好不容易才遇见的这么可爱的人呢？

Chapter 04
爱上日落

虽然王若含跟以前的同事同在一家医院，但平时能碰上面的机会不多，今天因为霍骁跑了趟口腔科，王若含倒是见到不少熟人。

她心不在焉地往楼梯间走，感觉很微妙，这儿还是她熟悉的样子。

她记得走廊上的绿植，实习期的时候曾冒冒失失绊倒过不少次，后来护士长特地让人挪了个地方。

她在这里工作了六年多，从初来乍到到独当一面，初心在这儿，成长在这儿，说不怀念肯定是假。

大概是故地重游容易让人心生感慨，发呆的这一会儿，王若含一连想起好多往事。

十八岁那年的夏末，她拎着两大箱行李走出金陵火车站，见到的第一个人就是秦也。

彼时暑气蒸腾，她背着厚重的双肩包，汗湿的刘海贴在额头上，双颊被晒得绯红，一双眼瞳乌黑灵动，到处打量这座陌生的城市。

这是王若含第一次到江南，和传闻一样，这里气候温润，生长在其中的人也是温柔的。

“若含，你好，我叫秦也。”身姿挺拔的年轻男人向她伸出手，白衬衫牛仔裤，随意而清爽。

王若含在衣服上擦了下掌心的汗，傻愣愣地回握住：“你好你好。”

方春华和她说会有一个男孩在出站口接她，是她朋友乔阿姨的孩子，王若含本以为两人年纪应该差不多，但如今一看，这人应该已经快大学毕业了。

秦也弯唇一笑，并没有收回手：“把包给我吧！”

王若含摇头拒绝：“不用，挺重的。”

秦也稍稍上前，小声说：“给我吧，别让我被我妈骂。”

王若含不习惯这突然拉近的距离，脸更烫了，乖乖把包递过去。

出站口人多，王若含紧跟在秦也的身后，到了停车场远远就看见她妈在招手。

许久未见面，思母心切的王若含撒腿跑过去，搂着方春华的脖子当即哭了起来。

这把方春华吓得一愣：“哎哟，怎么了呀？”

王若含一句话不说，只知道哭。

方春华急了：“是不是你爸和你后妈在家欺负你了？你放心你现在在我这儿，有什么事就和妈妈说。”

王若含摇摇头，用手背擦了擦眼泪，嘟着嘴说：“没人欺负我，崔阿姨对我挺好的。”

方春华满头雾水：“那你哭什么？”

王若含皱着眉，别别扭扭地说不出来。

“先上车吧，你看你俩，”乔丽荷从包里取出一张纸巾，给王若含擦了擦眼泪，“小含，你还认识我吗？你很小的时候，我去山城看过你和你妈妈的。”

王若含点头，乖巧地喊：“乔阿姨。”

乔丽荷摸了摸她的头发，满眼爱惜：“以后在金陵不仅有你妈，乔阿姨也是你的家人。”

秦也推着行李箱过来的时候，就看见泪眼婆娑的女孩，同样蒙了，刚才她还好好的：“怎么了这是？”

乔丽荷挽着王若含的胳膊坐上车，给他使了个眼色："快开车吧，若含饿了。"

秦也握着车钥匙刮刮下巴，又看了王若含一眼，老实闭嘴，不再多问，安静地当司机。

方春华还是不放心，借着报平安的机会，在电话里把前夫狠狠训了一顿。

看方春华越说嗓门越大，王若含戳戳她妈的胳膊，劝和道："别骂老爸了。"

方春华拍开她的手："你别管。"

最后她一字一句地放狠话："你放心，女儿在我这儿我高兴得很，你就管好你的老婆儿子去吧。"

电话挂断，方春华还没消气，又拉着乔丽荷翻旧帐，都是些王若含听厌了的话。

王若含抓着包上的毛绒挂件，一言不发地缩在车窗边，目光扫过街道边的树木、车辆和高楼大厦，撑着下巴一脸郁闷。

"若含，这里就是新街口。"秦也突然出声。

王若含抬头看了一眼驾驶座，又转头看向窗外的景色。

秦也说："这里是金陵最繁华的地方，以后周末可以多和同学来玩。"

王若含点点头，那些只在电视上看见过的奢侈品牌 LOGO（商标）接二连三的从眼前晃过，她情不自禁地哇了一声。

金陵作为苏省的省会城市，不仅是历史文化名城，还是重要的科教中心，不像北上广那般快节奏，这里的生活比较安逸。

她将在此开启她四年的大学生活，也将和她永远年轻貌美的亲妈一起开启全新的人生。

方春华和乔丽荷曾经一起在剧院工作，她妈以前总说自己从小美到大，追求者无数，王若含一直当她是自吹自擂，直到看见老照片。当年她妈真是个风姿绰约的大美人，据说还曾被许多导演选中演过电影。

乔丽荷就没她那么好命了，留在剧院纯粹是出于喜欢，没有出众的容貌也没有突出的演艺天赋，但好在性格和善，肯努力，所以也一直有适合自己的角色。

乔丽荷的父母看她一直出不了头，想让她辞职去厂里上班，有份稳定的工作，将来也好谈婚论嫁。

当时她们刚好在排一出新戏，方春华知道乔丽荷不想离开，找到团长说她演不了女主角，她说这个人物是个勤恳乖顺的女学生，自己不合适，转而推荐给了乔丽荷。

剧团里的其他人当然明白她是什么心思，也都想留下乔丽荷，让乔丽荷试了两场戏，就敲定她做女主角了。

这是她首次挑大梁，也是她最后的机会，演砸了就只能心甘情愿回家。

好在乔丽荷发挥稳定，演出效果极好，虽说没能让她声名大噪，却意外受到了个富家少爷的青睐。

如今乔丽荷已经很少拍戏，更多的是做幕后制片人。她总说自己能嫁给秦也爸爸，能有现在的生活，全得感谢方春华当年的帮助。

方春华离婚后回到金陵，乔丽荷前前后后没少帮忙，听说王若含也要过来，特地安排了套小房子给母女俩住。

王若含有的时候会想，如果她妈没有遇见她爸，没有生下自己，方春华的人生会和现在有什么不同？她妈会不会也嫁给有钱人，过上锦衣玉食的生活，再怎么样也比现在强。

王若含来金陵的第一顿饭是在一家雅致的餐厅吃的，门口小桥流水，八仙桌古色古香。

她是山城人，吃惯了街边热火朝天的火锅和串串，到了这么安静的环境还挺不自在。

不过菜做得好吃就行，王若含一口一块糖醋排骨，对当地口味的适应倒是很快。

大人们用方言交谈，她听不懂，秦也同样不多话，偶尔在母亲的指示下往她碗里夹菜。

“想不想喝奶茶？”秦也又夹了一块松鼠桂鱼给她，顺带问道。

没等王若含回答，乔丽荷拍拍她的手说：“想喝就和哥哥去买。”

王若含舔了舔嘴唇，她其实挺馋的，就没管好不好意思，跟着秦也一起出去了。

奶茶店就在附近不远，王若含揪着背带裤的两条肩带，跟在秦也的后面。

点好单等候的期间，秦也折着手里的小票，对王若含说："我妈让我把你刚刚哭的原因打听出来。"

王若含低下头，不好意思地挠挠脸："啊……其实没什么原因，就是情绪上来了。"

秦也轻声笑道："我猜也是这样，女孩子嘛。"他接过店员递来的两杯饮料，给了王若含一杯，"没受欺负就行，两个妈都担心死了。"

王若含也朝他笑笑。

尽管他们是第一次见面，但这人很好相处，比她年长四岁，温和亲切，王若含很快就放下了拘谨和尴尬。

回程的路上两人肩并肩走着，她喝了一口草莓味的奶茶，嚼着珍珠和椰果，冷不丁地开口道："如果我和你说实话，你不能笑我。"

秦也慢下脚步，侧头看她："不会。"

王若含深吸一口气："我爸妈离婚的时候我还没这种感觉，但看着我爸和其他人结婚，还生了个弟弟，我突然觉得我被抛弃了，就……那个不是我的家了，是我爸的家，但不是我的家。"王若含继续说，"所以我偷偷改了志愿，全改成金陵的学校，我想找我妈，起码她不会抛弃我。"

秦也问："那你不担心你妈妈也再婚吗？"

王若含摇头："不担心啊，她和我说了，结婚这种事她一辈子就尝试一次，失败了绝对不会再来第二次。"

"那万一有一天她遇到很喜欢的人呢？"

王若含跳上两级台阶，回过头和秦也平视："那也只是喜欢，我妈和我说过千万不要沉迷男人、沉迷爱情，都是靠不住的东西，有那工夫不如多赚钱。"

十八岁的女孩，还是稚气未脱的样子，却又说得头头是道，秦也朗声笑起来。

八月的阳光照着尚且茂盛的枝叶，虫鸣鸟叫，世界明亮灿烂。

王若含看着阳光下爽朗的他，转身快步跑进门，心脏怦怦直跳，她将冰凉的奶茶杯敷在滚烫的脸颊，一路碎碎念：“不要沉迷男人，不要沉迷男人”。

电梯响，门开了，回忆在最美好的瞬间暂停，王若含轻轻呼气，整理好心绪，回到儿科。

下午又来了好几个急诊患者，现在是暑假，小朋友们在家，父母总有照看不到的地方，难免发生意外。

王若含给一个被烫伤的小孩敷好药包扎好，叮嘱小女孩的父母每天按时来换药。

她喝了口水，换衣服准备下班。

家里空无一人，方春华又和老姐妹出去跳舞了。

想起好几天没打游戏，王若含泡了碗面，在微信上打开和霍骁的聊天框。

她直接问来不来打游戏好像不太礼貌，把对方当免费陪玩的意图太明显，所以王若含先开口问：“桃子吃了没？”

霍骁回：“嗯。”

王若含便又问：“怎么样？好吃吧？还想吃吗？”

霍骁回了个句号。

王若含看不明白，问他：“这是好吃还是不好吃？”

霍骁：“你家是做阳山水蜜桃代购的吗？”

霍骁：“呵，我已经识破你的套路。”

霍骁：“真是好有心机的商家。”

王若含满头问号，一来气敲字直接回：“别以小人之心度君子之腹！”

王若含：“我是看你牙不好，好心好意送你桃吃，你就这么想我？”

王若含：“真是好狭隘的男人！”

霍骁回了六个点，意识到自己斗不过这个伶牙俐齿的女人，转移话题道：“下班了？”

王若含：“对啊。”

霍骁：“打游戏吗？”

虽然此言正中下怀，但王若含偏又故作矜持：“啊……现在有点儿晚了。”

霍骁：“那算了。”

这下轮到王若含慌了，好歹也意思意思再争取一下啊，她只能又忙不迭地改口：“好像也可以玩两把的。”

霍骁：“上号。”

王若含进入游戏大厅，接受霍骁的组队邀请，打开了自己的听筒和麦克风。

霍骁也开了麦，但半天听不到他说话，王若含想他大概是牙疼不愿张口。

看楼上选了射手马可波罗，王若含便跟着拿下辅助瑶，这一对射辅组合如果能配合好，在对线发育和团战上都会有很大优势。

瑶的大招“独立兮山之上”可以附着在队友身上，形成一个保护盾，她正好解放一只手吃泡面。

霍骁依旧走中路，选了偏刺客类型的司马懿。王若含算是发现了，他玩的中单都是有位移技能、能灵活走位且输出伤害高的英雄，比如上官婉儿、貂蝉、诸葛亮。

简单来说，就是那些技能让人看得眼花缭乱，能在战斗中秀起来的高操作英雄。

一般开局，辅助都要先跟着中单抢线升级，但一进去，霍骁就用跩得不行的口气对王若含说：“不用跟我，你去发育路吧。”

王若含犹疑：“可是对面钟馗在，我的被动技能可以帮你。”

霍骁冷酷道：“不需要。”

王若含小声说了句“装什么装”。

不到一分钟，她刚帮助射手清完一拨兵线，就听到系统播报“First Blood（第一滴血）”。

司马懿三刀收走敌方妲己人头，而辅助钟馗残血逃生。

王若含吸气惊叹，捏紧拳头，真是可恶。

很快她升到四级，挂到射手头上后，王若含换用左手拿手机，时不时放两个技能。

听到耳边传来“刺溜刺溜”声，霍骁问：“你在吃方便面？”

王若含嘴里含着一口面，含混地嗯了一声。

“没吃晚饭？”

“没。”

霍骁又问：“你妈呢？”

王若含吞咽完，回答说：“和她姐妹跳舞去了。”

“哎哎哎。”河道草丛突然蹿出敌方打野，一棍子把瑶从马可头上打了下来，王若含手忙脚乱地拿起手机，对着屏幕一通狂摁。

无力对抗，与队友双双倒下后，她心有不甘地叹声气，抱怨道：“这都是哪儿冒出来的？”

看霍骁没说话，王若含清清嗓子，道：“都是泡面影响了我的发挥，我要认真起来了。”

霍骁却没在意这个，只是问她：“你经常吃泡面？”

王若含怕他误会，赶紧解释：“没，我就是今天饿了刚好看到有一包泡面，平时家里都是我妈做饭，她今天没做，我就随便吃一口了。”

“哦，那就好。”

王若含总觉得今天晚上的霍骁有些怪，平时要是她操作不好，他总会趁机嘲讽几句，今天却出奇安静，语气也平和温柔。

他好像又回到刚见面时的状态，温润如玉、善解人意，却也像蒙了一层雾，让人探不到他的真实情绪。

自我纠结了一会儿，王若含决定将这种反常归因于他还生着病，所以显得兴致缺缺。

她体贴道：“要不打完这把就休息？”

几秒后，霍骁嗯了一声。

这局两边经济发育相近，人头比也几乎齐平，打得格外胶着，已经到了对局的第二十四分钟。

王若含盘腿坐在餐桌边，吃剩的泡面汤都快凉了。

听到门锁转动声，她打了个激灵，放下双腿满地找拖鞋，不能让她妈看见她大晚上还在打游戏。

一只拖鞋不知道被她踢到哪里去了，王若含伸着脚四处摸索，楼梯上有脚步声传来，她放下手机反扣在桌面上，因心虚而站姿笔挺地喊："妈，你回来了？"

出现在眼前的人却不是方春华，王若含呆住，声音里透着不敢相信："秦也哥？"

而后她听见楼下传来动静，方春华应她："哎，含含啊。"

王若含还听到了乔丽荷的声音，秦也解释道："刚好我下班顺路接的她俩，我妈说好久没见到你了，想来看看你再走。"

王若含挠挠脸颊，怎么也没人和她说一声。

秦也看见桌上的泡面碗，问她："你就吃这个？"

王若含点头："家里就只有这个了。"

秦也眉头微蹙："要不要带你出去吃点儿东西？"

王若含摆手拒绝："不用不用，我已经饱了。"

两人说话间，方春华和乔丽荷也上楼了。

王若含扬起嘴角，乖巧地喊人："乔阿姨。"

乔丽荷上前捧了捧她的脸，心疼道："我们小含是不是瘦了？"

王若含睁大眼睛，怎么可能，她这个月胖了四斤。

秦也在一旁说："平时工作辛苦吧……"

乔丽荷轻叹口气："我就觉得儿科这地方不好，又吵事又多。小含，我看要不找个机会你还是回秦也那儿上班吧？"

这话来得突然，但仔细想想，王若含又觉得前面不过都是铺垫，就是为了引出这句话。

王若含左右看看，方春华默不作声转开视线，仿佛事不关己的样子，但她一猜就知道肯定是她妈帮忙找了两个说客。

王若含微笑着委婉拒绝："没事儿的阿姨，我觉得儿科挺好，而且哪个科室都辛苦啊，在哪儿都一样。"

乔丽荷抬头和秦也对视一眼，带着歉意说："是不是还介意之前的事，阿姨知道你委屈，咱回去好好工作，千万别置气。"

王若含也很无奈："阿姨，我真没置气，如果我想回去肯定会想办法回去的。"她的视线转向秦也，又重复了一遍："真的没事。"

乔丽荷看她态度坚决，也只能妥协："好吧，阿姨就是不想看你太辛苦了。”

王若含摇摇头，宽慰她道：“我挺好的，不用担心。”

四个人坐在沙发上，喝杯茶说了会儿话。

时间不早了，秦也和乔丽荷很快就起身告别。

下楼的时候，方春华和乔丽荷走在前面，秦也刻意放慢脚步，留下和王若含单独说话。

“说实话，真不想回来吗？”

王若含坚定地摇头：“真的不想。”

秦也还想劝说：“你不用顾虑太多……”

“秦也哥。”王若含出声打断他的话，“你应该知道，我走不是我心虚更不是我逃跑，我就是觉得，我做个小护士而已，现在的工作环境我待不下去，她不走那就我走，我就想安心上班，不想在别的事情上浪费精力。”

秦也点了下头，最后留下一句：“好好照顾自己。”

看着两人上车驶出视线，方春华和王若含才回家。

一转身她立刻变脸，质问她妈：“你怎么回事啊？”

方春华装作没听懂：“什么怎么回事？”

王若含没好气地说：“人是你叫过来的吧？别和我装。”

方春华被她的态度气着了，抬手在她胳膊上拧了一把，骂道：“你个小没良心的，怎么看你妈呢？对，人是我叫来的，我就想你赶紧回口腔科去，不行吗？”

王若含捂着胳膊回道：“不行！我在儿科挺好的。”

方春华哼了声：“好？你一个礼拜上多少天夜班？都快三十了王若含，你不心疼自己的身体，你妈我心疼！”

听到最后方春华的声音在颤抖，王若含抿着唇侧过身子，顷刻间眼眶发涩，她小声嘟囔着：“暑假儿科肯定忙啊。”

方春华不理她了，把餐桌上的碗筷端进厨房清洗。

王若含疲惫地呼出口气，有些后悔刚刚朝她妈大呼小叫了，但又别扭的不知道该怎么道歉。

她拿起桌上的手机，才猛地想起还有游戏这一茬，刚刚一慌就把它抛到脑后了。

对局早已结束，王若含看了一下结果是“失败”，如果是因为自己最后几分钟的挂机造成的，她已经不敢想象霍骁会把她骂成什么样。

她战战兢兢地点开微信，却没有看到霍骁发来的任何消息。

可莫名的，她感觉更紧张了。

王若含试探着给他发了个句号。

对方没回。

她诚恳道歉：“不好意思啊，我刚刚有点儿事，家里来客人了。”

下面还紧跟着一张粉色大象下跪磕头的表情包。

她等了几分钟，霍骁才回消息，说：“嗯，没事。”

王若含保证道：“下次我一定不混了！带你稳稳上分！”

这次她等了好久他都没回消息，王若含退出微信界面，抱住腿蜷缩成一团，心里发虚，霍骁这到底是怎么了。

那天凌晨，霍骁发了一条朋友圈，没有图片，只有一个英文单词，“Sunset（日落）”。

王若含研究了半天也没搞懂是什么意思，索性放弃，放下手机准备睡觉。

在意识空白之前，她迷迷糊糊地想，男人的心思才挺难猜，莫名其妙。

炎症消退之后，霍骁终于下定决心将那颗智齿拔掉。

他去了口腔科，接诊的还是上次那位年轻医生。

医生也没忘记他，还打趣道：“不怕丑了？”

霍骁说：“怕，但我相信你。”

医生笑了笑：“那你找对人了，你先在这儿等等啊，我有点儿事，马上回来。”

霍骁点头，等得无聊了，抬头四处张望这间办公室。有一面墙挂了整整两排锦旗，他起身走近去看。

他匆匆浏览后，发现墙上的锦旗基本都是“赠予秦也医生”，霍骁头次知道还有给牙医送锦旗的，甚至有一面的用词还非常幽默——“妙手回春，还我一口好牙；从今往后，吃香喝辣都不怕”。

霍骁忍俊不禁，轻声笑了笑。

这时有护士推门进来，朝里头喊："秦医生，主任找你过去。"

霍骁转过身，护士看见他的脸，抱歉道："不好意思认错人了，还以为你是秦医生。"

霍骁说："他刚刚出去了。"

护士点点头："哦，好的。"

关上门离开之前，她又多看了男人一眼，他穿着白衬衫和深色西裤，身形、气质都和秦医生很像，也难怪自己会认错。

仪器运作的声音停止，秦也摘下手套，告诉霍骁："好了，把棉花咬紧，半个小时以后再吐。"

麻药让右边脸颊没有知觉，霍骁起身下了手术台，想说声谢谢，却发现不是很方便开口。

像是看出霍骁的意图，秦也说："这两天尽量少说话，知道你要说谢谢，不客气啊。"

他又照例说了些注意事项："两个小时内不要吃东西，二十四小时内不要刷牙漱口。吃软一点儿、偏凉的东西，你不抽烟不喝酒吧？"

霍骁摇头。

"麻药过了肯定还是有些疼，但不用吃止疼药。"秦也把病历单递过去，抬头看他了一眼，问："我还是挺好奇的，怎么就突然下定决心拔了，上次看你好像不是很愿意。"

霍骁趁着不能说话躲过这个问题，接过单子，扬了下手示意再见。

发炎五次，疼多了，他就知道必须要拔了。可是拔颗牙简单，猴面包树种子呢，已经扎了根开始蔓延的枝丫该怎么斩断，又要在带来多大灾祸之后才能拔掉呢？

人大多是这样，不撞南墙不回头，撞疼了就知道错了。

路过走廊，霍骁在科室职员表前驻足。

从上至下第二排第三个就是秦也，蓝底的证件照，照片里的人穿着白色衬衫。

两次见面他都戴着口罩，这还是霍骁第一次看见他的全脸。

这张照片拍的时间应该比较早，秦医生戴着眼镜，扬唇微微一笑，面容清俊，五官线条柔和，二十岁出头的样子，一看就是个很好相处的人。

他其实和现在也没太大区别，眉宇间的气质更稳重些。

霍骁转头望向消防栓玻璃门上映出的倒影，他和自己像吗？

霍骁也说不上，或多或少有一点儿吧。

他走下楼梯，突然想起几个月前的一段对话。

当时他们只是随意交谈，没想到现在回想起来他竟然记得那么清楚。

“你知道吗？新娘是我闺密，我们有着十二年的感情，高中的时候，我是她们中间第一个且是唯一一个早恋的，结果快三十岁了，竟然只剩我还单着。我记得那时候我们还讨论结婚的顺序来着。”她捧着脸呵呵傻笑，回忆起曾经幼稚的自己，“我说我要做第一个，这样我就有四个伴娘了，可是现在，能给周以做伴娘的竟然只有我了。”

她扶着栏杆，仰头长叹口气，朝着天空喊：“什么时候轮到我啊？也该轮到我了吧？”

那时霍骁回过头，看了一眼旁边的陌生女人，冷漠地在心里推断她应该是喝多了。

他没法共情这种苦恼，在他眼里单身或结婚只是两种不同的生活状态，他也没有什么年龄焦虑。

但看到她眼眶里有泪落下，鼻头也被风吹红的时候，霍骁挠挠眉毛，有些不知所措。

那双眼睛很漂亮，大而圆，瞳仁乌黑明亮，这么含泪看着人，谁都会动容心软吧？

于是他清清嗓子：“你还年轻，现在没遇到是因为月老看你太优秀，要好好给你挑，不用着急，也许很快就来了。”

听到旁边的人扑哧一笑，霍骁侧头看过去。

她越笑幅度越大，明明脸上还挂着泪痕，女人都这么喜怒不定吗？

她说：“你这话也有一个人和我说过。”

霍骁问：“谁？”

她渐渐收敛笑意，视线飘忽，摇摇头说：“说了怕你不高兴，不说了。”

霍骁便不再多问，当时并不好奇，但他现在隐隐约约意识到那个人有可能是谁。

霍骁抬手抚着右脸，无奈地笑了笑，也不生气，就是觉得荒唐。

他来金陵代班，进了那么多次医院，还上了一个护士的道。

这女的真是上天派来惩罚他的。

今天凌晨，霍骁的朋友圈里又出现了“sunset”。

王若含边刷牙边琢磨，难道这是新的网络用语么？

为了不让自己落后于时代潮流，她直接戳进聊天框，发了一个问号过去。

霍骁也回她一个问号。

王若含漱清嘴里的泡沫，草草地擦完脸，双手捧着手机打字：“sunset 是什么意思？”

霍骁：“没什么意思。”

王若含咬紧牙齿，控诉道：“你不能发一些奇奇怪怪的朋友圈勾起别人的好奇心又不解释，这实属道德沦丧！”

霍骁：“……”

王若含：“快说。”

霍骁：“小王子知道吗？”

王若含回想了一下：“小学看过，玫瑰狐狸那个是吧？”

霍骁：“对。”

王若含：“那和日落有什么关系？”

霍骁：“……”

霍骁：“你真是个蘑菇。”

王若含又发了个问号。

她退出微信点开网页搜索，在搜索框中打下“小王子日落”。

很快就显示出结果，她快速阅览词条，随手点开一则查看详情。

“有一天，我看见过四十四次日落。”

“你知道吗？人在难过的时候就会爱上日落。”

人在难过的时候就会爱上日落。

王若含反复琢磨着这句话，所以 sunset 是霍骁心情不好的信号？

她撇撇嘴，忍不住在心里吐槽，有文化的人就是文艺又矫情，直接发句“老子今天难受死了”不行吗？

王若含翻了个身，打下一句“所以你今天为什么 sunset”，却迟迟没有发送。

挣扎半晌，她烦躁地把手机扔到枕边，躺平盖好被子睡觉。

他心情什么样，关她什么事？

转眼七月过半，午休时听同事们讨论推迟一年的奥运会终于快开始了，她才意识到时间过得有多快。

天气预报说台风来临，可能要下一周的雨，王若含最讨厌雨天了。

林蕙点了奶茶，王若含也跟着要了一杯，喝第一口的时候就感觉甜得发腻，难免想起那杯跨越千山万水的幽兰拿铁，也不知道自己什么时候才有机会去星城旅游。

羡慕啊，朋友圈里的同龄人一个个过得滋润又幸福，她最近连抱怨的话都不敢发了，怕自己显得格格不入。

王若含正撑着下巴发呆，手机收到一条新微信，是霍骁发来的。

“现在在医院吗？”

王若含拿起手机回：“嗯，在上班。”

霍骁说：“那我上来找你。”

王若含：“有事吗？”

霍骁：“拿个东西给你。”

王若含挑眉，内心竟有些期待。

她刚放下手机就看到有家长在喊护士，赶紧起身过去。

一个挂吊瓶的小男孩坐得不安分，不小心扯到了针头，王若含帮他重新扎了下，贴好胶布，叮嘱道：“乖乖坐好哦，小朋友，马上就结束了。”

男孩没理她，坐下又起来的，反反复复也不嫌累，旁边的爸妈也管不住，实在头疼。

旁边又有家长叫她，说女儿的输液瓶到底了。

王若含替她拔了针收拾好吊瓶，对比之下这个小姑娘就太乖了，坐着就没动过。

她一直盯着王若含，抬手和妈妈指了下。

王若含低头，顺着她手指的方向看过去，是在说她胸前口袋上别的一个兔子发卡。

因为职业，儿科的医生和护士为了不让小朋友害怕，身上都会挂点儿可爱的东西，康医生的听诊器上就有只毛绒小猫。

王若含的这个发卡也戴了挺久，她轻轻碰了碰小女孩的脸，问："喜欢啊？"

小女孩害羞地点点头。

王若含摘下递给她："那姐姐送给你了，奖励你这么听话。"

小女孩看了妈妈一眼，没立刻去接。

直到妈妈说"拿着吧，谢谢护士姐姐"，她才笑起来，和王若含说："谢谢。"

王若含摇摇头："不客气，早点儿康复哦。"

她一转身就看见在输液室门口站着的霍骁，也不知道他什么时候来的。

王若含扔完垃圾，走过去问："到底什么东西啊？"

霍骁拎起手里的袋子："你的快乐少女桃。"

王若含接过往里看，是一袋的桃子，她伸手捏了捏，都是硬的。

她忍不住嘴角上扬："干嘛给我送桃？"

霍骁抱着手臂："有个老师给的，我又不喜欢脆的，就当礼尚往来吧。"

"那就恭敬不如从命啦。"王若含说完又立刻问，"这次没用错吧？"

霍骁评价道："马马虎虎。"

两人互相看着笑起来。

霍骁说："哦，对了，我这周末就回去了，正好和你说一声。"

王若含有些错愕："这么快啊？"

"本来就已经多待一周了。"

王若含点点头："行。"

霍骁抬了下手："不打扰你工作，走了。"

“哎。”王若含又叫住他。

霍骁回过头：“怎么了？”

王若含攥紧手里的袋子，表情看上去有些紧张，干咳一声说：“你后天早上有空吗？”

“早上？怎么了？”

“爬山。”

霍骁怀疑自己听错了：“爬山？”

王若含嗯了一声，解释道：“你看你来金陵这么多天，都没好好玩过吧，你是周以的同事，再怎么说我也得尽尽地主之谊。”

霍骁一笑，他难道没告诉过她，自己大学就是在这里上的吗？金陵什么地方他没玩过。

“行吧，几点？”

“四点半。”

“下午四点半？”

“早上四点半。”

霍骁又觉得王若含是在耍她了：“四点半起来爬山？”

王若含点头：“嗯。”

霍骁眯起眼睛打量她。

王若含说：“我早上八点要上班的。”

霍骁本想说“那您就在家好好睡觉不行吗”，但话到嘴边又咽了回去：“行，四点半，哪座山？”

看他答应了，王若含笑起来：“紫金山，四点半啊，你别忘记了。”

“好，不见不散。”

王若含懒得去食堂，晚饭常常就是一杯牛奶加一袋面包。

护士长薛虹冰牵着女儿的手走进休息室，看见她又在啃吐司，妈妈的操心病犯了，忍不住啰唆道：“若含啊，你也别总是吃这个啊，好歹点个外卖。”

王若含咬着面包说：“知道了。”

薛虹冰瞪她：“每次都说知道了，哪次听进去了？”

王若含朝她嘻嘻一笑，捏了捏小悦的脸：“又来陪妈妈上班啊？”

薛虹冰叹口气，无奈地道："她爸今晚有饭局，家里又没人，只好带到医院来了。"

王若含挺喜欢这个小姑娘，每次见到都忍不住上手掐一掐、摸一摸，她从口袋里拿出块巧克力，给小悦："吃不吃？"

薛虹冰见状赶忙拦住："哎哎哎，别给她，最近正换牙呢。你说你一个口腔科转过来的，还总给小孩吃糖。"

王若含笑了笑，收回手，把喝剩的牛奶盒扔进垃圾桶，起身说："那我先出去了啊。"

今天晚上不算忙，王若含坐在护士台后写记录，小悦在她旁边看课外书。

小姑娘安安静静的，挺让人省心。

王若含写完最后一页，合上本子伸了个懒腰。

她喝着水，目光无意间扫过桌上堆的三四本儿童读物。

"哎，悦啊。"王若含的食指落在其中一本的书脊上，蓝底烫金字，写着《小王子》，"这本书能借给阿姨看看吗？"

小悦抬起头，点点头说："好。"

王若含抽走书，摸出巧克力悄悄装进小悦的口袋里，压低声音说："别让你妈发现了。"

很久没看过纸质书的王若含，饶有兴致地翻开这本世界闻名的短篇小说。

"阿姨，"小悦脆生生地喊她，"你怎么看小孩子的书啊？"

王若含恰好看到一句话，将它读出作为答案："因为所有大人也都曾经是小孩啊！"

"而且——"她揉了揉小悦的脸颊，兀自嘀咕，"我得弄懂他一天到晚都神神叨叨些什么。"

凌晨三点四十，夜色浓郁，世界寂静深眠，空荡的街道偶尔响起两声狗吠。

王若含关闭闹钟，蹑手蹑脚地起身下床，刷完牙洗把脸，快速收拾好东西准备出门。

临走前往玄关处的镜子瞄了一眼，她决定上个口红补补气色，这脸煞白，太像女鬼了。

霍骁的车已经停在门口，王若含开门坐上副驾驶座，有气无力地打了个招呼：“早啊。”

看她眼睛都睁不开，还在疯狂打哈欠，霍骁摇摇头：“要不要喝咖啡？”

“哪里有？”

霍骁拿起旁边的保温杯：“我泡了一杯。”

王若含“哦”了一声，接过保温杯，一打开杯盖，咖啡的香气就伴随缭绕的雾气蹿了出来。

她放到嘴边吹了吹，浅浅地抿了口，夸张地“哇”了一声，活动脖子说：“终于活过来了。”

霍骁被她的举动逗笑了，勾了勾嘴角。

他们到达紫金山的时候已经四点半了，爬山观景的人还挺多。

王若含看着表，一边计算一边说：“从这里上山大概要一个小时，我们走快点儿四十分钟可以的。”

霍骁看她一副跃跃欲试的样子，失笑道：“山上有宝贝啊，着什么急？”

王若含看他慢慢悠悠的，好像公园散步的老大爷，不满地“啧”了一声，又跑回来，拽着他胳膊加快脚步往前，“有，快点儿。”

霍骁迈大步子和她并肩走着，右手反握住她的手腕：“那行，快点儿。”

他一步抵得上王若含两步，突然被打乱节奏，王若含惊慌失措道：“哎，慢点儿也行。”

上山的路平缓，没什么陡坡，还算好走。

二十分钟后，平时缺少运动的王若含就开始气喘吁吁了。

霍骁借她一只胳膊扶着休息，等呼吸稍微平缓过来，王若含咬牙，挺直身子要继续往前：“走。”

霍骁看她体力不支，想让她再休息一会儿：“还早，急什么？”

王若含摆摆手：“不早，都快五点了。”

之后她再没停下过，一路向上走去。

凌晨山上空气凉爽，出了汗，风一吹还有些冷。

毫不夸张地说，走上天文台的那一刻，王若含眼含热泪，长长松了口气。

一停下来双腿就发软，她手撑在膝盖上，抬腕看了一眼表，指针显示五点十九分：“刚刚好，还有两分钟。”

霍骁环顾四周，雾气缭绕遮挡视线，远处的景象看不清楚：“什么？”

王若含喘着气说：“日出。”

不过几秒，橙红色的光芒穿透云雾，在天际蔓延。

夜幕缓缓退去，天空从灰黑变为青蓝，太阳冉冉升起，地平线泛着红，世间万物的轮廓又清晰起来。

破晓时分，山林间的蝉鸣鸟啼一并复苏，四方开阔，绯红的朝阳映在人们的眼瞳里。

日升月落每一天都在发生，最寻常不过，但亲眼见证一场日出又是完全不一样的认知体验，这一刻的震撼和美丽无法用语言形容。

最美好的永远来自自然，发生于万物诞生的伊始。

有人惊呼一声，大家纷纷拿出手机拍照。

王若含转过身看向霍骁，打开双臂：“送你个礼物吧。”

霍骁往前走了两步，在晨曦下笑得比平时更温柔。

王若含挠挠脸，有些不好意思地说：“来半个月进了那么多次医院，确实挺晦气的，送你一场日出，希望你开心一点儿。”

霍骁在她面前站定，轻笑一声说：“看来你不是个蘑菇。”

王若含抬眸，和他四目相对。

眼睛是个很危险的地方，乌黑的瞳仁是无底深渊，看久了好像会把人的心魂吞噬。它又总是遮掩不住心事，悄悄释放信号。

小王子泣不成声，所以飞行员放下工具，把锤子、螺丝钉、饥渴和死亡全部抛到脑后。

他说，在一颗星球上，在他的行星上，在地球上有一个小王子需要安慰。他把小王子抱在了怀里。

“霍骁。”王若含失神半晌，不自觉地喊他：“我……”

霍骁蓦地打断她的话：“谢谢你。”

王若含抿了抿唇：“不客气。”

他又重复一遍："真的谢谢你，也很高兴认识你。不管是第一次还是第二次。"

王若含眉眼弯弯地对着他笑。

霍骁微皱了下眉头，很快松开："你说，你怎么总能在我平稳的生活里搞段插曲，让人措手不及？你是个挺有趣的人，你很好，所以还是之前那句话，不用着急，月老在慢慢给你挑呢，祝你幸福，也祝你的好姻缘早点儿来。"

王若含怔在原地，脑袋发蒙，敛目的同时脸上的笑意褪去。

她反应了好一会儿，才迟钝地点点头："谢谢啊，借你吉言。"

霍骁说："下山吧，我送你去上班。"

王若含抬眼看他，神色有些许不自然。

他们这场告别过于郑重，郑重到好像他们以后再也不会见面。

他们回到车上，霍骁随手拿起保温杯，打开盖子，他刚拿起要喝，突然注意到杯口的一抹红印。

霍骁又盖上杯子，原封不动地放回杯架上。

回市区要半个多小时，两人一路沉默，和来时的气氛截然不同。

街道上渐渐繁忙起来，城市开始新一天的热闹。

王若含歪头靠在车窗上，借着补觉发呆。

她从口袋里摸出手机，屏蔽所有人发了一条朋友圈——Sunset。

她现在郁闷到了极点。

白色轿车稳稳地停在医院门口，霍骁打开车锁，说了一句告别："工作顺利。"

王若含点点头，推开车门，一只脚踏了出去，屁股又坐回座垫上，转头问霍骁："以后我还能找你打游戏吗？"

霍骁顿了顿，给出一个模棱两可的回答："如果我有空的话。"

王若含看着他没说话，表情看上去有点儿委屈。

"我平时工作也挺忙的，其实打得不算多。"

"我知道了，再见。"她下了车，头也不回地走进医院，脚步匆匆，更像是在逃跑。

一路上，王若含呼吸急促，终是忍不住低声骂了句"渣男"。

骂出口自己又心虚，人家哪儿渣了。

三个多月前拐他睡觉的人是自己，第二天拍拍屁股走人，拒绝好友申请的人也是自己。

一边说别再有联系，一边又厚着脸皮去找他打游戏的人还是自己。

明明知道这个人不像表面那么温和善良，明明知道他私底下嘴毒又自大，忍不住动摇的人也是自己。

王若含烦躁地揉了揉头发，一天的好心情都毁了。

“若含。”

听到有人叫自己，王若含停下脚步回过头。

秦也抬手，和她打招呼道：“早。”

王若含调整好表情，笑着回道：“早。”

秦也问她：“早饭吃了吗？”

王若含摇摇头。

秦也从包里摸出一袋饼干。

王若含接过，说了声：“谢谢。”

电梯到了，两人齐步走进去。

电梯开始上升，秦也问道：“这两天有空吗？”

“嗯？”

“我妈想去一家新开的餐厅吃饭，问问你和方姨想不想一起去。”

王若含点点头：“那我回去问问我妈。”

“好。”

三层很快就到了，秦也迈步出去，不知道是因为心不在焉，还是出于某种习惯，王若含也傻愣愣地跟着他出去了。

秦也突然停下，她差点儿撞上。

“还是想回来的吧？”秦也揶揄她。

王若含懊悔地叹口气，解释说：“我今天起得太早，脑子还没清醒。”

秦也伸手帮她按了上升键：“上去吧，我先去上班了。”

王若含点头微笑：“拜拜。”

等人一走，她立刻垮下脸，重重敲了两下脑袋，内心恼火：“搞什么啊，太丢人了。”

电梯下来还不知道要什么时候，反正只有两层，王若含决定爬楼梯上去。

她边走边点开微信，删除那条仅自己可见的动态。

看见聊天界面有新消息，王若含点开，是周以发来的：“我的天？什么情况？大清早的有人已经步数破万？王若含你半夜做贼去啦？”

王若含敲字：“什么做贼，我被偷了还差不多。”

周以：“被偷了什么？报警没？”

王若含没有回复，收起手机塞进裤子口袋里，扶着栏杆继续爬楼。

她被偷了一颗少女芳心，报案的话警察能帮忙追回吗？

氛围是种奇妙的东西，营造出来的浪漫或许是假象，但却足够诱导一个人跌落陷阱。

身后是披着晨曦的云雾，清早的空气清新，风也凉爽。

这样的环境，和一个人安静地对视，什么话都没说，又什么话都说尽了。

霍骁差点儿再一次被氛围欺骗，悬起的一颗心又无限沉溺下去。

幸好来之前就做好了准备，他还算坚定，清醒地整理好感情，送给她祝福，然后告别。

回申城的高速上，路过一处服务区，霍骁拐进去停好车。

他拔了车钥匙，问林珊：“我去买杯咖啡，要给你带什么吗？”

林珊正在看什么东西，头也不抬地说：“不用，你自己去吧。”

霍骁独自下车，伸开胳膊活动了下筋骨，最近老是觉得脖子酸痛，但不敢在他妈面前提，怕又挨训斥。

他买好咖啡回来，上车时往旁边瞥了一眼，林珊在刷朋友圈，一张一张照片点开放大，看个好几秒才看下一张。

他认出照片上的人是文映梅文阿姨。

霍骁抿着咖啡，忍不住偷笑：“你到底是讨厌她还是爱而不自知啊？”

林珊抬头看着他，一脸震惊：“你说什么呢？”

霍骁放下咖啡杯，重新启动车子：“没，就是好奇，你俩到底有什么过节？人家是抢你奖学金了，还是抢你年级第一了？”

林珊否认："怎么可能？当然不是，我一直是第一名好不好？"

"那为什么？她和霍教授好过？"

"那更不可能，人家哪儿看得上你爸那种人呀。"

霍骁笑了笑，这话杀敌一千自损八百，把她自己也说进去了，看来他妈也不总是精明的。

"还有，谁说我讨厌她？"林珊低下头，继续看剩下的照片。

霍骁不禁腹诽："还不叫讨厌，上次吃饭说话就夹枪带棒，服务员都看出你俩不对付了。"

过了会儿，林珊终于放下手机，问霍骁："哎，你和那小护士怎么样了？"

霍骁愣了愣，敷衍道："没怎么样。"

显然林珊并不擅长和儿子聊情感问题，毫无技巧，直白地问："我看你的样子，不挺喜欢人家的吗，还没确定关系啊？"

"只是朋友。"霍骁抿了下嘴唇，"而且她在金陵我在申城，不适合。"

林珊哼笑一声："你还真是净挑你爸不好的地方遗传，他第一次拒绝我的理由也是这个，说异地恋不靠谱。"

霍骁问："后来呢？你俩怎么又好上了？"

林珊清清嗓子，一语带过："我考研考过去呗，还能怎么办？"

霍骁挑眉，这么多年一直没问过，竟然还是林珊追的他家霍教授，稀奇了。

"我那时候才二十岁出头，人生刚刚开始，试错的机会多，担心的东西少，但你现在不一样知道吗？所以我劝你认真考虑，真喜欢就别老用距离说事，要决定就是这个人了，就好好聊清楚，怎么妥协怎么让步。"

"妈，"霍骁打断越说越来劲的林珊，"真没有，人家有喜欢的人。"

林珊感到疑惑："你上次凌晨三点多出去，不是去和她看日出吗？"

"啊，嗯。"

"人家不喜欢你？"

霍骁说："我看应该是这样。"

林珊"啧"了一声，话里满是嫌弃："你人格魅力怎么比你爸还差？这都没追到。”

霍骁塞住，生硬地给自己找借口：“我也没追过人啊，谁知道？”

林珊了然：“呵，是啊，像你这样的往那儿一站就有人迷住了，但你当现在的女人和以前一样呢？我和你说啊，现在社会上的小姑娘都清醒得很，你越有套路表现得越完美，人家越觉得你不简单。”

霍骁不理解：“什么意思啊？表现得好还不行？”

“不是，我的意思是，真实的笨拙永远胜过虚伪的体贴，明白吗？”

霍骁皱着眉，似懂非懂。

“我从小教你礼仪举止，告诉你在社交中首先要藏好内心的想法，要温良谦恭，要细心周到，要以对方为先，能忍则忍。但爱情不是这么回事啊，你要是真喜欢一个人，就得打开心扉，这没什么丢人的，喜欢就说喜欢，讨厌就说讨厌，你什么样就什么样。你和叶婵分手的时候我就想说了，你觉得她说什么你都依着她就叫宠，就叫对她好。女人其实很敏感的，探不到真心就明白了，你什么都说好，就是什么都无所谓，就是不够喜欢，不够爱。”

霍骁没说话，目视前方，不知道在想什么。

“三十岁的人了。还要我教你谈恋爱？”林珊又叹口气，“我不催你，你还真不着急找老婆是吧？”

霍骁回：“还真不着急。”

林珊耸肩：“随你便吧。”

王若含盘腿坐在椅子上，手边是方春华刚切好的西瓜，她悠哉地吃着，点开游戏图标。

没立即开启对局，她打开好友列表，ID 为 gdbxpyw 的人上一次登录是 7 天 4 小时之前。

他不是放暑假了吗，做老师的这么忙吗？

突然就没了兴致，王若含退出游戏。

“你怎么还坐在这里？”方春华拎着扫把走了出来。

王若含抬头看了一眼钟：“不才四点吗？”

方春华拿走她面前的西瓜，催促道：“都四点了，你快去换衣服化妆，小秦一下班就过来接我们了。”

王若含觉得好笑："不就吃个饭？还化妆？都认识多久了，至于吗？"

方春华压低声音，神神秘秘地说："你乔阿姨说了，这家餐厅全是落地窗，夜景漂亮得不得了。"

王若含笑了两声："我只关心菜好不好吃，漂亮有什么用？"

方春华一掌拍在她的胳膊上，勒令道："快去换你的衣服！"

王若含不得不屈服，起身回了房间。

五点半，秦也的车准时停在王若含家门口。

王若含跟着方春华上车，却发现乔丽荷已经占了后座的一侧。

两个妈妈异口同声："含含坐前面去吧。"

王若含只能眯眼微笑，关上车门转向副驾驶座。

以前王若含倒是经常和秦也一起出去吃饭，后来他和容欢谈恋爱了，他俩约饭的次数才少了许多，连带着两家人也已经很久没这样一起吃饭了。

路上，秦也问王若含："喝不喝奶茶？"

王若含想了想，摇头拒绝，"不喝了，戒糖。"

秦也笑出了声，质疑道："不会吧？你都戒糖了。"

王若含摸摸脖子，心虚地扯了扯嘴角。

餐厅在一家商城的高层，附近不好停车，秦也让她们三个先上去。

他们提前订了位置，门口的服务员领着她们三个坐到窗边。

王若含每次来这些安静的高级场所就忍不住提口气，举止幅度比平时缩小一倍，不敢大声说话就只能微笑，一顿饭下来脸都要僵了。

乔丽荷点的菜，王若含乍一听菜名，都不知道要吃的是什么。

等凉菜都上了桌，秦也才到，拉开椅子在王若含旁边坐下。

乔丽荷问他："怎么这么慢，找不到停车位吗？"

秦也抿口茶，回答说："不是，门口遇到一个同事，聊了两句。"

听到同事，王若含一下警觉起来，担心地问："不会看到我们了吧？"

方春华说："看到就看到，怕什么？"

王若含忍不住四处张望，总觉得有眼睛盯着自己。

秦也知道她在顾虑什么，轻声安慰道：“没事，安心吃你的饭，两家人私底下聚会很正常。”

王若含点点头，也觉得刚刚自己过度紧张了。

两家人聚会是很正常，但上次的流言蜚语已经给她造成了不少伤害，现在有些草木皆兵。

王若含咬了口椒盐虾，默默把椅子往旁边挪了挪。

杯子里的水空了，王若含刚抬手，秦也就先她一步拿到水壶，替她倒满。

王若含轻声道谢，秦也把一道冰淇淋面包往她面前推了推。

一顿饭吃完，王若含才七分饱，看其余三人不开口，她也不好意思再要主食。

方春华和乔丽荷说要去楼下逛街，让他俩挑部电影去看。

王若含和秦也对视一眼，总觉得这里头有猫腻，大概她俩早就预谋好了。

“行了，你俩去逛吧。”她挥挥手，又对她妈说，“看到喜欢的就买啊，我给你报销。”

在楼梯口分别，秦也问王若含：“有想看的电影吗？”

他拿出手机点开观影小程序，王若含却没有兴趣：“算了吧，看完得好晚，她俩应该不会逛这么久。”

秦也把手机收进口袋，笑了笑说：“我猜，没过一会儿她们就会发消息说她们先走了。”

王若含认同地点点头：“这点儿小心思也太好猜了。”

“那怎么说？”

好不容易出来一趟，王若含也不想就这么回去，一拍手，提议道：“那我们也随便逛逛？”

秦也抬腿迈步：“走。”

路过面包店，王若含难以抵抗诱惑，推门进去。

秦也陪在她身边，看她弯腰认真挑选：“不会还总是拿牛奶面包代替正餐吧？”

王若含眨了眨眼睛，讪讪一笑。

秦也叹气摇头："所以你不长肉，饭还是得吃。"

她往盘子里夹了一块草莓奶油蛋糕和一块芋泥肉松蛋糕，抬头问秦也："你吃吗？"

秦也摇头。

结账时，王若含还在包里翻找手机，秦也已经亮出付款码，店员扫好把袋子递过来，秦也拿在手里，对她说："走吧。"

几十块钱，一定要立刻还清显得太客气、太尴尬，王若含便没多说什么。

他们又去了趟超市打发时间，挑水果的时候王若含多拿了盒芒果和葡萄。

购物车里的东西基本都是她的，这次她就把手机捏在手里，没给秦也抢先付款的机会。

装袋的时候她把芒果和葡萄分出去，递给秦也："我记得阿姨喜欢吃芒果。"

秦也接过，说了声谢谢。

手上提着塑料袋，也没别的地方可去，秦也说干脆就回车上等吧，王若含点头同意。

到了车上，犹豫半天，她还是决定把话说清楚："秦也哥。"

"嗯？"

"你要不还是和阿姨说说，下次别这样了。"

"什么？"

"就……"王若含捋了把头发，"别想方设法地撮合咱俩了，她俩怎么还惦记着这回事？"

车顶的应急灯熄灭了。

秦也抬手摁下开关，啪嗒一声，暖光重新亮起，映着两个人的脸庞。

他们认识十多年了，王若含刚来金陵的时候还是个稚气未脱的小姑娘，他也算是看着她长大的。

秦也轻声问："是不是有喜欢的人了？"

Chapter 05

送你花花

王若含愣怔地看着秦也："啊……"

秦也收回视线，双手扶着方向盘，浅浅笑了下："上次你说陪朋友来的，我进去看了看，是一个年轻一点儿的男人，好像姓霍，是他吗？"

王若含下意识地否认："不是。"

"哦，那是我猜错了。"

王若含咬着嘴唇，小声嘟囔："怎么突然扯到他？"

秦也看着她，会心一笑："早就想问你了，真不是？"

王若含摇摇头："不是。"

"放心吧，找你和阿姨吃饭没别的意思，我妈就是觉得好像你转了科室以后两家人疏远了，咱俩因为那些话好像也不太往来了，可毕竟认识这么久，不想被别人离间了关系。"

王若含松了口气："这样啊……"

时间还早，秦也叹了口气，借着这个机会找个人倾诉一下："我妈最近又开始瞎忙活了，催我结婚。"

王若含挠挠脑袋："可你和容欢分手才没几个月吧。"

"嗯。"秦也沉沉地叹了口气，苦涩地笑起来，"她说我这一个就花了五六年。"

他在车里摸到一盒薄荷糖，自己倒了两粒，又递给王若含："过两天又得见一个女生，说是比我小三岁，留学回来的高材生。"

王若含把糖塞进嘴巴："那你去见她吗？"

"见吧，之前已经推了好几个了。"

王若含看他一眼，咬着糖小心翼翼地问："那……容欢呢？"

秦也敛去笑意："她怎么了？"

"她要是知道你去相亲，就不是大闹口腔科那么简单了，估计会直接掀了金陵城。"

秦也被她逗笑："哪儿有这么夸张？"

王若含耸耸肩："反正谁都看得出来她有多喜欢你，你再试着多哄哄吧，说不定她气儿就消了。"

"不哄了。"

"啊？"

秦也沉声道："这次是我提的分手。"

王若含错愕地看着他，满脸不相信："你提的？"

"嗯。"秦也点头，"真结束了。"

"为什么啊？"

在车内昏黄的灯光下，王若含仔细打量面前的男人，这么多年过去，他的变化也挺大的，从前明朗温暖的秦也变得沉稳寡言，现在的他总是笑得淡淡的，没以前那么潇洒。

直白地说，他看上去没以前那么开心了。

他告诉王若含："我就是觉得，不能总把别人的好当作理所当然，一次两次我乐意哄着纵着，时间久了就累了，折腾不动了。"

王若含没继续问，这个话题太沉重了，不适合再聊下去。

她只是替他难过，曾经真诚地祝福过他，希望他能快乐幸福，得偿所愿。

十八岁到二十三岁，王若含喜欢了秦也整整五年。

不是情窦初开的年纪，她也不是没谈过恋爱的纯情白兔。

她拖着行李箱，在夏末的暑气里第一个看见的人就是他。

那时的秦也是清风，徐徐吹来，漾开涟漪。

他长得好、家世好、性格好、成绩好，王若含总是在每周固定的闺密聊天环节里掰着手指头罗列他的优点。

最终她得出结论："把他拿来做暗恋对象我都觉得自己不配。"

郑筵不满她这么说："别妄自菲薄，你怎么啦？我们含宝多招人喜欢，我昨天遇到你前任，他还关心你来着。"

王若含翻身坐直，严肃起来："哪个前任？"

郑筵说出一个名字："盛逊。"

王若含提高声音："谁？"

陈文欢倒是想起来了："我知道了，就是那个天天在班里说他零花钱一个月一万块的。"

王若含拍了下大腿："哦哦哦，他呀。"

盛逊成绩不错，长得也清秀，人没什么大毛病，就是爱炫富，当时挺多同学看不惯他的。

王若含答应盛逊的表白后，人家每天殷勤地送奶茶、送雪糕，她说她一个人不好意思吃，让盛公子要买就买五份，宿舍姐妹一人一份，最后盛逊就以她太物质为由提出分手。

郑筵突然提起这茬，她们又把王若含的历任男友都扒出来评价了一番，现在回想起来，都是奇葩。

"最绝的是二班学委，你们知道他为什么追我吗？因为他觉得只要和我在一起，我就会把我爸给我的提纲和密卷也给他一份，我的天，我爸要是真给我这种东西，我至于天天吊车尾吗？"

姐妹们早笑开了，这么多年也没什么别的乐趣，就爱听这些八卦消息。

王若含叹口气，在床上躺下："所以啊，现在来个秦也，我是真觉得可望不可即。"

卢杉山怂恿她："你怕什么？你说你们将来一个医生，一个护士，多配啊，现实版的直树湘琴。"

王若含“扑哧”一声笑出来，捂着发烫的脸颊埋进枕头：“拉倒吧。”

大二有一次她偷偷去看演唱会，将近凌晨才结束。会馆外有许多黑心司机等着宰客，要价翻倍。

公交地铁都停了，王若含一个人不愿意也不敢上这些车，咬着牙硬生生耗在路边，无助又绝望。

她用仅剩的手机电量打给了秦也，电话接通后听到他声音的那一刻，她就泪崩了。

那是冬天，夜晚的寒风一吹，带落一地的枯枝残叶。

秦也在路边看到她，下了车一路小跑过来。

王若含不太记得那天他开口问的第一句话是什么，她就记得秦也的手掌好暖，不像自己到了冬天手就冰凉，怎么焐都焐不热。

王若含暗恋人家，真遇到喜欢的人，却别扭上了，心里越关心，面上就越表现得不在意。

她说她没想过别的，就是单纯地喜欢，因为秦也值得她喜欢。

所以容欢出现的时候，王若含也没有很难过，甚至真心替他高兴。

容欢家里是做医疗器械的，她主要负责牙齿矫正这一块，那时候国产的矫正器还不受欢迎，患者基本都会选择进口产品。容欢来医院谈合作，前后往口腔科跑了三四趟，结果最后矫正器的事没敲定，她倒是把口腔科最帅的秦医生拐走了。

那是个和王若含完全不同的女孩，骄傲要强，性格直爽，有什么说什么，爱生气却不爱哭。

原来秦也喜欢的是这样的人，王若含很快接受了这件事，并且悄无声息地了结束五年的暗恋。

郑筵替她可惜，都没表白过，怎么着也得让人家知道一下啊。

王若含摇摇头，不可惜，秦也是夏末的一阵风，他在该来到的时候到来就已经很好了。

只是现在她有些难过和惋惜，因为她比谁都希望秦也能和恋人终成眷属。

回家后，王若含把手机放在梳妆台上，一边卸妆一边和姐妹们语音聊天。

陈文欢："不会吧，他俩真没戏了？"

王若含："嗯，我看好像真凉了。"

陈文欢可惜道："唉，太可惜了，帅气的医生和富家小姐，多般配的设定啊。"

卢杉山接上："王若含，你怎么不上啊？多好的机会。"

王若含十分清醒地说："我对秦也的感情早就结束了，好不好？绝对不吃回头草。"

陈文欢笑话她："明明是你单恋，说得好像你俩在一起过似的。"

王若含哼了一声："陈文欢，你不会说话可以不说。"

卢杉山点点头道："我想也是，你比容欢认识秦也早多了吧，他要是喜欢你早就喜欢了。"

王若含翻了个白眼，这姐妹几个，一个比一个气人！

"我说卢杉山你什么意思啊，我怎么啦？医院里追我的也不少的，好不好？"

卢杉山投降认错："好好好，秦也没看上你是他眼瞎。"

周以问："那你最近有情况吗？四月份去的鸡鸣寺吧，怎么样，桃花开没开？"

王若含换了种语调，放低声音说："你别说，还真开了一朵。"

其他人立刻激动起来，追问是谁。

王若含把嘴上的口红卸干净，含糊其词道："就是遇到个有意思的人，不过悬着呢，以后再说吧，最近没空管这个，我们科室又有个护士要调职了。"

郑筵问她："那你呢？儿科确实不好待，要不你也考虑考虑换科室，起码环境安静点儿。"

王若含回："我觉得儿科挺好的，这个节骨眼儿上也走不了，放心吧，我年轻抗造。"

姐妹几个随口聊着，直到有孩子的喊妈妈，有老公的催睡觉了，才挂断这通语音电话。

王若含无事一身轻，十一点对她来说，才不过刚开始。

她洗漱完，钻进被窝，准备打两局游戏再睡。

看到列表里霍骁在线，王若含不假思索地按下邀请。

见对方迟迟没有动静，她又邀了一次。

两秒后，他的头像框变成了灰色，游戏状态显示“离线”。

王若含握着手机，神色凝重：“他什么意思啊？”

气鼓鼓地打开微信界面，王若含敲字质问：“意思是不想和我打？”

霍骁：“什么？”

王若含：“我邀请你为什么不理我？”

霍骁：“我就上线看一下，没想玩。”

王若含：“呵呵，不用找借口，回申城就翻脸不认人了是吧，亏我还把你当朋友。”

霍骁：“……”

聊天框上方持续显示“对方正在输入中”，王若含抱着手臂等待，看他怎么解释。

霍骁：“有一个学生联系不到人，我上线看看他是不是在打游戏。最近带了个项目，比较忙，没时间玩，没针对你。”

这下轮到王若含失语：“这样啊……”

王若含：“那他在玩吗？”

霍骁：“嗯，已经在游戏里给他发消息了，希望他别是在团战的时候看到。”

王若含：“……”

王若含：“那我不打扰了，你忙吧，拜拜。”

霍骁：“拜拜。”

放下手机，王若含拿走腰后的靠枕，躺下去，望着天花板发呆。

如果秦也是夏末的一阵风，那霍骁呢？

王若含牙痒痒地想，他一定是讨人厌的穿堂风。

霍骁拿着快递盒回到办公室，推门的时候听到里头有说话声，是周以在打电话。

“怎么又夜班啊？”

“你不是说今年医院给你们年假了吗？什么时候能休？快过来找

我玩。”

霍骁捕捉到某个关键词，眸光闪了闪，不自觉地放慢脚步，侧耳留意着她们的通话内容。

“行吧，那你忙吧，拜拜，工作辛苦啊。”周以挂断电话，拿起接水的杯子，看到霍骁站在门口不动，抬手在他面前挥了挥，“怎么定在这儿了？”

霍骁回过神：“啊。”

周以眯眼打量他：“有事？”

霍骁摇头，神色恢复如常：“没事。”

他坐回座位，拿起文具盒里的小刀拆快递。

周以看到他从快递里拆出一个精致的小木盒，好奇地问：“买了什么好东西？”

霍骁打开盒子，推到周以面前给她看。

看到里头的物品，周以情不自禁张开嘴“哇”了一声，小心地拿起盒子里的金属胸针，是《爱丽丝梦游仙境》里的怀表兔子，造型立体仿真，花纹精细且复杂，细观之下没有任何瑕疵，拿在手里也很有质感，不像是一般饰品店里能买到的。

“这个很贵吧？”

霍骁抱着手臂靠在椅背上，轻描淡写地说：“朋友是开古董店的，还行，不算贵。”

周以把胸针放回盒子里，道：“什么情况啊，霍老师。送给谁的？”

霍骁盖好盒盖收进抽屉里，并不正面回答：“你猜。”

周以不吃他这一套，端着水杯回到自己的办公桌前：“我不猜，你爱说不说。”

霍骁笑了笑，打开自己的电脑，想起件事，又转过身问周以：“周老师，能商量件事吗？”

周以从文件上抬头：“说。”

霍骁双手交叠趴在椅背上，眨眼微笑道：“下学期的国情概况给我上呗。”

周以看穿他的心思：“那我帮你上哪一门？”

"大二的写作给你。"

周以想都不想就直接拒绝："不要，你问问 Aaron 愿不愿意吧。"

霍骁"啧"了一声："姐姐，求你了。"

周以装作犹豫的样子："也不是不可以，那你告诉我胸针是给谁的……"

霍骁回避她的目光，拖着椅子重新坐正："我还是问问 Aaron 吧。"

很快主任通知开会，去二楼会议室的路上，周以还揪着这件事不放："到底是谁啊？是我们学校的老师吗？"

霍骁被问得烦了，选择性回答了后半句："不是。"

周以失望地道："哦，那我应该不认识了。"

霍骁偏头看她一眼，清清嗓子，莫名有些心虚。

那天他无意中看到王若含把胸前的兔子发夹给了小患者，就老觉得她制服口袋上少了点儿什么。

他买这个纯粹是一时兴起，拿到手又发现自己似乎没机会也没理由送给她。

就先这么放着吧，也许以后他们都不会再见面了。

"若含啊，你留一下。"护士长开完会，单独点了王若含的名。

等其他同事都出去工作了，王若含舔了下嘴唇："姐，有事吗？"

护士长薛虹冰抽出排班表，指着她的名字后面那一栏问："怎么回事？怎么这个礼拜的夜班都是你？"

王若含回答说："哦，我喜欢上夜班。"

薛虹冰瞪着她："我从业几十年了，还头一次听到有人说喜欢上夜班。"

王若含赶忙赔笑："我不是这个意思，其他人家里不是不方便吗？我没那么多负担，那我能值就值呗。"

薛虹冰叹口气："你考虑别人家里有老人孩子要照顾，你也考虑考虑自己啊，也快三十岁了吧？再说了，咱们科室虽然比不上急诊，但也是人命关天的，不能超负荷工作，知道了吗？"

王若含连连点头："是。"

"以后别老替人家值夜班，让她们有事先来找我，我再安排。"

“好。”

薛虹冰拍拍她胳膊，缓和语气说：“这个礼拜你就辛苦一点儿，注意休息，有问题及时告诉我。”

王若含扬起一个灿烂的微笑：“好的姐，您放心。”

事实证明，护士长的担心还是有必要的，人有时候不能太逞强。

连续熬了几个大夜班，王若含头两天还元气满满，但这么逆转生物钟，很快身体就遭到了反噬。

白天的世界充斥着白噪音，卧室的窗帘没办法完全遮挡光线，再加上工作后神经紧绷没办法立刻放松，王若含开始有些入睡困难。

她以前也不是没这么熬过，去年疫情最严重的时候，几十个小时连轴转都习以为常，可能是临近三十，纵有一颗年轻的心，身体也只能乖乖服老。

林蕙看她脸色不好，担心她的状态，提议道：“没事吧？要不今天我替你，你早点儿回家睡觉。”

王若含摆摆手，今天就是一个小夜班，不用通宵，她倒也不犯困，就是没精神：“我晚饭不吃了，去休息室趴会儿，有事叫我。”

“行，我抽屉里有巧克力棒，饿了自己吃。”

王若含比了个“OK（好的）”的手势，她走进休息室刚坐下，拿出手机想定个闹铃，就看到秦也发来了消息：“在忙吗？”

王若含文字回复道：“现在不忙。”

秦也：“晚饭吃了吗？”

王若含：“还没。”

秦也：“那走吧，去吃晚饭，有点儿事和你说。”

王若含摘下护士帽，想不出是什么事，答应下来：“行，那我过去找你。”

她到三楼的时候，秦也已经等在楼梯口了，一看见她就皱眉问：“怎么黑眼圈这么重？”

王若含捧了下脸：“真的吗？最近夜班比较多。”

秦也点点头，叮嘱她：“注意休息。”

两个人去了食堂，王若含占好座位，秦也去打饭。

她坐着环顾了一圈，还是有些在意周围的目光，但转念一想医院里有那么多医生、护士，也不一定会有人认出他俩，再说清者自清，被看见又怎么样。

王若含轻吐一口气，渐渐松弛下来。

动筷前，她问秦也：“找我什么事？”

秦也把筷子分给她，说：“你知道吧，我妈这两年在做电视剧的制片人。”

王若含点点头，只是不知道他为什么要提起这个。

秦也接着说下去：“最近呢，她手头有电视剧，里头有个角色，是女主的妈妈，我妈觉得方阿姨很合适。”

王若含愣住，怀疑自己理解错了：“什么意思？让我妈去演吗？”

秦也看她的反应，笑了笑说：“看样子她还没和你提。”

王若含重新捋了一下：“乔阿姨想让我妈去拍戏，是这个意思吧？”

秦也点头：“试镜的时候挑了很多演员，结果都不合适，四十岁的太年轻，五十岁往上的又没这个类型。”

王若含问：“什么类型？”

秦也知道得也不多，大概描述了一下：“不是传统的妈妈角色，年轻的时候是舞者，爱漂亮，性格比较潇洒。”

王若含一听，明白了，这个角色方春华本色出演就行了，和她本人太符合了。

“我听我妈说，这个角色的戏份还挺重，所以制片方挑得严。”

王若含有些担心：“那我们家春华行不行啊？毕竟她那么多年没拍戏了。”

秦也告诉她：“试过镜了，如果阿姨愿意，基本就定下来了。”

王若含松了口气，笑道：“那不挺好吗？”

秦也：“但阿姨现在还没正式点头。”

王若含不太明白：“她不想演吗？”

前面都是铺垫，秦也真正找王若含的目的就是为了这个，随即正色道：“不是不想，是有顾虑，所以我妈派我来找你，我妈说如果你能支持阿姨的话，她应该会轻松点儿。”

王若含若有所思地点点头。

秦也犹豫了下，说："其实挺早之前方阿姨就想过复出。"

王若含意识到了什么，脸上的表情有些僵硬："不会是因为我，所以……"

秦也温声安慰她："别想太多，也可能是她自己觉得现在这样的生活也挺好。"

王若含一时有些心情复杂，"你说她也从来不和我说这些，我都不知道。"

秦也轻叹一声："我的任务就到这儿了，找个机会和她好好聊聊。"

吃完晚饭，两个人就各自回去上班了。

王若含心里惦记这件事，却不知道怎么开口提，估计方春华也苦恼着。

十八岁刚来金陵时，她告诉秦也，自己是因为觉得被再婚的老爸抛弃了，所以才来投奔她妈。这番话当时大概也被转述给了方春华，所以后来她开了一家小美容室，带着女儿安稳地过日子。

听到护士铃响，王若含收拾好情绪，投入到工作中。

她忙起来的时候总是不觉得累，也感受不到时间流逝，等一结束才会心力交瘁到无欲无求。

换好衣服，王若含平均五秒打一个哈欠，林蕙叮嘱她："等会儿别在出租车上睡着啊，看着点儿路。"

王若含对她笑了下："知道啦。"

她拖着疲惫的身子走到楼梯口，却被人挡住。

王若含的目光从一双尖头高跟鞋不停上移，最后她仰着脑袋，对上一张精致漂亮但怒气冲冲的脸。

容欢张嘴就道："等你半天了，怎么才下班啊？"

王若含睫毛扇动，呆愣地发出一个"啊"。

容欢上前一步："我有事找你。"

王若含心里一沉，今天不过是和秦也吃了顿饭，难道流言就又满天飞了？她双手交叉护在胸前，警惕道："我和他真没什么，你冷静一点儿。"

容欢一头雾水：“你在说什么啊？”

王若含观察着她的表情，放下手：“那你来找我干什么？”

容欢别别扭扭地吐出两个字：“有事。”

“什么事？”

容欢四处张望了一下：“这里不方便说，能换个地方吗？”

王若含迟疑。

容欢皱起眉头：“你看我都等你好几个小时了，总不能让我白等吧？”

“可是我……”

“我请你吃夜宵，等会儿再把你送回家，行吗？”

王若含抬眸看了一眼容欢，担心她真有事，点头说：“行吧。”

容欢舒展眉毛笑起来，扯起她的胳膊就走。

二十分钟后，她俩坐在一家清吧里，服务员上好酒水，王若含还觉得刚刚发生的一切很梦幻。

容欢双手捧起酒杯，举到她面前：“开始前我想先和你道歉，你离开口腔科有我的责任，对不起。”

王若含拿起杯子，举到一半又突然收回：“我不接受，你这个道歉也来得太晚了。”

容欢“啪”一声放下杯子，她一急语速就快：“不是我不想啊，是那之后秦也不允许我找你，说你看了我会烦，让我别去给你添乱。”

王若含没忍住笑出了声，秦也说得没错，她那会儿表面上装得不在意，其实心里确实是挺想找人打一架的。

“而且……”容欢加重语气，“我得和你说清楚啊，谣言不是我传的，是那几个护士传的，我就是在办公室和秦也吵架的时候，一着急提到了你，但我绝对没说过你的坏话，真的，我发誓！”

王若含早就不在乎了，当时的委屈现在想起来也不过如此，她也知道这件事错不在容欢。

“那你今天找我，什么事？”

容欢灌了口酒，脸色阴沉下去：“秦也最近是不是有新女朋友了？”

王若含瞪大眼睛：“嗯？”

容欢说："我今天去医院，听路医生说他那天在商场里看见秦也和一个女的在一起。"

王若含呼吸骤停，心虚地咽了咽口水："谁啊？"

容欢苦着脸，半是难过半是委屈："说没看清脸，不知道是谁。"

王若含暗自舒了口气，那路医生刚来口腔科没多久，和她不算熟悉，看来是没认出来她。

"应该不是女朋友吧，没听说啊。"她喝了口面前的饮料，问，"那你来找我干什么？你不是一直觉得我也喜欢秦也吗？"

容欢把胳膊放到桌面上，靠近她说："我以前是这么怀疑过，但我想你俩认识这么多年了都没好上，你和他反而是最没可能的，你俩就是单纯的兄妹，对吧？"

"我……"王若含哑口无言，这些人怎么一个个都这么说？

王若含另外点了份小食，忙了一天肚里空空的，啃着鸡翅的她有些口齿不清："你找我就为了问这个？"

"当然不是！"容欢后仰，懒散地靠在沙发背上，一脸苦恼，"我没什么其他朋友，认识的人里也就你和秦也最熟。"

王若含抬头看了她一眼，容欢在她心里一直是个高傲的大小姐形象，没想到也会有这样的一面。

容欢问她："你说说看，怎么哄男人啊？"

王若含耸耸肩："我也不知道啊，没经验。"

容欢转而问："那你以前和你男朋友吵架，都怎么处理的？"

王若含想了想，说："没吵过架，如果到了吵架的地步，我一般都直接分手了。"

容欢睁大眼睛。

王若含晃晃脑袋，把话题拉回正轨："你刚刚的意思是秦也生你气了？"

容欢点点头："理都不理我，给我摆脸色呢。"

王若含光听着都觉得不可思议："秦也给你摆脸色？"

容欢苦笑："嗯，让我不要去找他。"

王若含觉得奇怪："不是你从新房搬出去的吗？"

“他宁愿住在医院都不回家，那我就只能先回我爸妈那儿了。”

王若含抿了抿唇，没想到情况这么严重：“所以你俩到底因为什么吵架？”

容欢摆摆手：“不好解释，反正你帮帮我呗，逛一下商场不算事，要是过两天见家长了，我可怎么办啊？”

王若含放下叉子，一针见血地问：“秦也知道你现在这么着急吗？”

“怎么可能让他知道？”

王若含严肃道：“你得让他知道。”

“怎么知道？”

若含道：“我虽然没什么经验，但我知道，哄男人不用想太多，往俗了走就行，你先一天一束玫瑰花送他办公室，我不信他没反应。”

容欢犹豫：“啊？不好吧。”

王若含恐吓她：“你舍不得面子，明天他就带人见家长了！”

容欢还是迟疑：“哪儿有女的给男的送花的呀？”

王若含摇头晃脑地指点她：“现在角色要换一下了，秦也才是要被哄的小姑娘。”

容欢想想，觉得有道理：“行，那就送花。”

王若含满意地点点头：“这样就对咯。”

突地，她灵光一闪，从口袋里摸出手机。

真花她买不起，但游戏装备里还攒了好多玫瑰呢。

王若含点击赠送，也不多，一天一朵。

她不信那串英文字母没反应。

王若含今天没开车，去清吧坐的是容欢的车，结果出来的时候这个姑奶奶醉了，幸好她喝的是饮料。

王若含搀着容欢，生怕她没站稳摔倒了：“哎哎，这儿。”

无奈她个子不到一米六五，容欢近一米七而且还穿了双高跟鞋，她往旁边一站就像个小丫鬟。

“你家住哪儿啊？我送你回去。”

容欢歪头看着她，眉头紧簇，像是没听懂。

王若含又提高音量重复了一遍：“你家在哪儿？我送你回去。”

容欢终于动了动嘴唇，发出的声音含混不清，王若含分辨半天也没听懂，甚至都没听出说的是不是中文。

挣扎半天，她选择放弃，把人连拖带拽地塞进后座，一路开车去了秦也家。

到他家时已经快凌晨两点了，敲开门，王若含把人推过去，匆匆留下一句："车我开走了，明天让她来医院拿。"

没等秦也说什么，她关上门就走，好人一生平安，她就只能帮到这里了。

这一晚，被榨干精力的王若含沾到枕头就睡，什么烦心事都再没力气琢磨，睡得很沉。

清晨七点，夺命闹铃响起，王若含闭着眼，凭感觉摸到枕边的手机关闭铃声。

"王若含，看看几点了？"房门被推开，方春华拎着拖把，一边拖地一边喊，"你今天不上班啊，快起来。"

王若含翻了个身，在心里默数十秒。

她刚数到"六"，身上的被子就被一把掀开，方春华一掌拍在她的屁股上，严厉地道："别赖了，起来！"

王若含痛呼一声，不情不愿地翻身下床。

洗漱完，她打着哈欠坐到餐桌边上，方春华把碗筷递过来，今天家里煮了粥，配了油条和茶叶蛋。

方春华剥着蛋壳，问王若含："今天下了班要不去趟超市吧，我看冰箱里没什么水果了。"

王若含嘴里塞着吃的没办法开口，摆了摆手。

"不想去啊？"

"我今天还是夜班，而且不知道什么时候回来，你要想去就自己去啊。"

方春华皱眉不满地道："你怎么又是夜班呀？"

王若含还是用一个"忙"字搪塞了过去。

把碗里的粥喝干净，她正要起身，又坐了回去："妈。"

"嗯？"

王若含摇摇头："没事。"

方春华催她："没事你快去上班啊，能早点儿回来就早点儿回来，听到没？"

"知道了。"

"还剩两个蛋你要不带去，饿了吃？"

"不用了。"王若含拿包、穿鞋，"你自己吃吧，走了。"

一上午，她都没等到容欢来拿车钥匙，反而等来了秦也。

他没穿白大褂，看样子是刚来上班："车钥匙给我吧，我给她送过去。"

王若含从抽屉里摸出东西拿给秦也，上头挂了一串吊坠，还有一张两人合照的大头贴。

她顺嘴问了一句："怎么样啊？"

秦也接过钥匙："没怎么样。"

"我还以为你们俩会发生点儿什么。"

秦也勾唇笑了笑："她酒品还算好，没一会儿就睡着了，早上我起来她已经溜了，话都没来得及说。"

王若含也跟着笑道："觉得丢人吧。"

秦也附和："脸皮薄。"他话锋一转，"昨晚你们俩怎么在一起？"

王若含摸摸鼻子："哦，她有点儿事找我。"

"有事找你？"秦也的重音放在"你"上，显然是在质疑两人的关系。

"嗯。"王若含点点头，视线飘忽，"有事。"

秦也看王若含的样子，没再多问，只是感叹："她要是有你一半省心就好了。"

王若含提了提嘴角，欲言又止："话也不能这么说。"

秦也："嗯？"

她深吸一口气，挺直腰背抬头看向秦也。

"越亲密的人看到的越多，你觉得我省心懂事，但你一开始认识的容欢，不也是很好、很聪明的一个女孩吗？人的完全面肯定是有瑕疵的，你也只是没有发现我的缺点而已。"王若含抿唇笑了下。

“她还是挺可爱的，真的，你说她脾气不好吧，但她也敞亮，有什么就说什么。如果她真是温柔乖巧的类型，你一开始也不会喜欢她吧，毕竟温柔的有那么多，你看都没看，偏偏喜欢上了她。”

秦也垂下视线，钥匙硌得掌心有点儿痛，上面七七八八的小挂件他都认识，有些是他送的，有些是两人一起买的。

“也哥，我不知道你俩这次又因为什么吵架，也不管你和她还有没有可能，但是我觉得，你无论如何都要选自己喜欢的人，不要违背内心。如果单纯是为了合适，或者为了应付你妈去接触别人，你这是在作践容欢，也是在作践别人。”王若含小心翼翼地抬眸，“我说的话可能有点儿重，但你能懂的，对吧？”

秦也点点头：“懂。”

王若含呼出一口气，拿手扇风，这一通话说下来，她的脸都红了。

“那我上班去了，谢谢你。”

“行，拜拜。”

看着秦也走出视线，王若含坐回椅子上，双手捧着下巴发呆。

林蕙走过来，拍拍她的肩提醒道：“手机响了。”

王若含回过神，拿起手机，看是周以的来电，摁下接通键。

“喂，怎么了？”

周以说：“喂，含，我同事突然偏头痛，你看吃什么药管用啊？疼得不行了。”

王若含感到一阵莫名的心慌：“偏头痛，哪个同事啊？”

“就我们办公室的王老师，她正好生理期，她说她以前没有头痛过，我看她挺难受的。”

王若含暗自松了口气：“先吃点布洛芬止疼吧，让她多注意休息，别熬夜，实在不行你就送她去医院看看。”

“行，那我先去给她买药吧。”

周以没立刻挂电话，一边走一边问：“你怎么样？工作还行吧？”

王若含玩着手边盆栽的绿叶，懒懒地回答：“就那样。”她坐直身子，来了兴致说，“哎，我和你说啊，周以，我真是人间女菩萨。”

周以笑起来：“你？普度众生了？”

“不是。昨天容欢突然来找我，想问秦也的近况，她喝多了，我直接就把她送秦也那儿了，我刚还劝秦也来着，让他好好想清楚。我真是菩萨，助攻值拉满了。”

“真的吗？我们前两天还担心你会乘虚而入呢。”

王若含“啧”了一声：“我是那种人吗？”

周以说：“我不就怕万一吗，五年青春足够了。”

王若含趴在桌上：“我就没想过要和秦也在一起。”

周以问：“真的没想过？你以前不是很喜欢他吗？”

“是啊。”王若含拨弄着手边的小册子，“但是就算我还喜欢他，现在他俩闹僵了，我乘虚而入，那秦也选择我，也一定不是因为喜欢我。如果拿我和容欢比较，他只会觉得我没什么脾气，很好拿捏，再加上认识这么多年，知根知底，他妈也喜欢我，似乎他和容欢的那些矛盾在我这儿都不会有。”王若含笑起来，“这么分析的话，看来我也不是完完全全输了，你看，我多省事啊。”

听筒里，周以并没有被她的故作轻松逗笑，反而沉沉地叹了口气：“宝贝，咱不要拿自己和别人比较，你有你的优点和独特之处。”

王若含渐渐放平嘴角，和好友倾吐：“其实我还挺难过的，大家原来都这么想，‘王若含和秦医生认识这么多年都没好上，秦也肯定是看不上她呀，只把她当妹妹罢了’。周以，你说我有那么糟糕吗？虽然我确实学历不高，也没什么能力，但怎么大家都理所应当地觉得我配不上秦也呢？”

周以严肃地告诉她：“你想多了来，没人这么觉得，大家只是觉得你和秦也不太合适。”

王若含眨眨眼睛，过了几秒问：“那我和什么样的人合适啊？”

周以想了想：“我也说不上来，但以我的经验来说，我觉得最重要的是，这个人要让你觉得你在他面前怎么样都可以，你在秦也面前能完全放开吗？”

王若含摇头：“不行，在他面前我脏话都不说。”

“看吧，所以你觉得他就算选择你，也不是喜欢真实的你。”周以说，“我要开车了，先挂了啊。”

“行，你小心点儿。”

挂断电话，王若含还没来得及缓口气，就听到紧急铃响了。

她迅速起身，跑进输液室。

看见实习护士手足无措地傻站着，王若含加快脚步走过去，喘着气问：“什么情况？”

实习生回答不上来，一副快要哭出来的样子。

王若含皱紧眉头，俯身检查病人的情况，那是个七八岁左右的男孩，胳膊上起了小红疹，闭着眼表情难受，父母喊他名字没有反应，看样子意识模糊。

医生也赶了过来，检查完后初步推断是药物过敏，实习生反应还算快，第一时间停止了输液。

给患者重新换上葡萄糖，王若含捏着被换下的吊瓶，比照开药单核对了一遍，两眼一黑，觉得头疼。

这实习生分配到王若含的手下有一个月了，看她还算细心，王若含最近就没怎么顾得上，一般的工作，王若含都没在旁边跟着核查，谁知道今天就出了这样的事。

输错液造成的后果可大可小，严重一点儿的可能直接就要了命，好在这次有惊无险，病人的生命体征已经逐渐稳定。

医生向家属说明情况后，她们也真挚地道了歉。

“李欣雪，跟我过来一下。”离开输液室，王若含把人叫走。

那个小姑娘低着头，一抬头两眼盛满了泪水。

王若含翻了翻口袋，摸出一团皱巴巴的纸：“还没骂你就开始哭了？”

李欣雪抽噎着说：“对不起。”

王若含替她擦了擦眼泪，“我也有责任，护士长那边我会去说，虽然家属没追究，但我们按规矩检讨还是得写。我们这个行业的性质特殊，我实习时带教护士就和我说过，也许你去别的地方，人家会告诉你，你刚来犯错是正常的，但在医院，犯错是绝对不允许的。”

她一听这话，眼泪又多了起来。

王若含也没多余的纸，只能打住不再说下去：“好了好了，调节好情绪去工作吧，仔细点儿啊。”

回到护士站，林蕙告诉她：“护士长找你。”

王若含无力地塌下肩，欲哭无泪，林蕙同情地看着她，用口型说了句“加油”。

小心翼翼地推开门，王若含放轻声音叫道：“护士长，找我啊。”

薛虹冰一言不发地看着她，反倒让王若含更加毛骨悚然。

她求饶道：“姐，我知道错了，小李是我的实习生，我该负的责一定负。”

薛虹冰抬了下手：“这事等会儿再说。去年为了奖励大家抗疫辛苦，都给批了五天年假，你还记得吧？”

“记得。”

薛虹冰说：“你把五天假休了吧，再算上两个调休，给你一个礼拜的假。”

如果护士长别的时间说，这肯定是好消息，但在这个节骨眼王若含只感到心凉：“别啊……”

薛虹冰皱眉：“不要放假啊？”

“不是。”王若含一时有些语无伦次，“科室现在正缺人手呢，你给我放什么假啊，姐？”

“咱们科室永远缺人手，放心吧，少你一个能怎么样？”

王若含心里更加没谱：“但是……”

薛虹冰敲敲桌子：“你从二十五号放到月底，下个礼拜就会过来两个护士，别担心人手够不够。这个假期挺难得的，林蕙今年春节前就要走了，你再不休就没机会了，到底要不要？”

王若含赶忙改口：“要要要。”

“出去吧，还有啊，最近多注意休息，打起精神来，别再出错了。”

王若含转身，刚迈出去一步又回过头问：“姐，不是因为要辞了我，所以……”

薛虹冰反问：“为什么要辞了你？”

王若含摇摇头，心中一块大石头落地：“没事了，谢谢护士长，护士长再见。”

“把欣雪叫过来！”

“好嘞！”

王若含突然有了一个礼拜的假期，心情指数逐渐回升。

人生在世，最动听的无非就那几个字——下课、放学、下班、放假。

回家的地铁上，王若含在心里盘算着这七天该去哪儿玩，光想想就够她乐出了声。

要不，她就去申城？

Chapter 06
霍老师

八月底，王若含算是赶上了一趟暑假的末班车。

放假前的最后一天，她把手头的工作都安排妥当，一再叮嘱林蕙要多关照那几个实习生。

下班之后她也没立即回家，而是先去了商场挑裙子，是买给方春华的。

说来也巧，那天她妈陪乔阿姨去挑女主角，小演员没人搭戏，乔阿姨就让方春华去试了试，她的戏感台词不用说，老演员了，再加上这个角色本就和她的性格相符，上场后表现得很出色，最后制片方没敲定女主角的人选，反倒看中了方春华，想让她出演女主母亲这一角色。

回到家，王若含把购物袋递给方春华。

“这是什么呀？”

“你自己打开看看。”

方春华从袋子里拿出裙子，展开看了看，一脸不可置信地看着王若含：“干嘛呀？又不是生日又不是母亲节，怎么给我买新衣服？”

“我听说某人要演电视剧了，我不得先巴结巴结？”

方春华看着王若含，神色有些尴尬："你知道了？"

王若含点头："秦也和我说了。"

方春华把裙子重新叠好："还没决定呢，我没说要去。"

"为什么不去呀？去呗。"王若含玩笑道，"做不成富二代，让我当当星二代嘛。"

方春华被逗笑了："你早就是了好不好？你妈我当年还有粉丝会呢。"

王若含装作被吓到的样子："不得了，要不我辞职给你做助理吧？"

方春华看她一眼，嫌弃地摇摇头："你笨手笨脚的，我才不要。"

王若含也不恼："那到时候让乔阿姨给你安排一个能干的。"

方春华收起脸上的笑容，有些为难地看着女儿。

"怎么了呀？不是挺好的事吗？而且人家都说了这个角色是为你量身定做的，除了你，没人能演出来。"

方春华说："那拍戏的地方在杭城，我看了剧本，虽然角色戏份不多，但也要去一个月，你上大学来金陵之后，咱俩就没分开过这么久。"

王若含不在意地说："那我小时候咱俩还分开五六年呢，不也没什么吗？我那个时候还没手机，想你也不敢告诉爸爸。"

方春华一听这话眼睛都红了。

王若含不习惯这种煽情的气氛，摆摆手说："好了好了，你就安心去吧，我要有空还能去探探班，我还没见过片场是啥样呢。"

方春华嘀咕道："也没什么稀奇。"

王若含"嚯"了一声："那是，女明星你见多了。"

方春华不理她了，起身说要去晾衣服。

过了会儿方春华从阳台出来，王若含还撑着脑袋侧躺在沙发上，方春华看她双目无神不知道发什么呆，一掌拍在了她的胳膊上："还躺着？不是说要去申城玩吗，怎么还不去收拾行李？"

王若含换了个姿势，但没离开沙发："不着急，还早呢。"

方春华叹着气摇摇头："你就喜欢拖……和周以说好了没？明天她去高铁站接你？"

王若含够了个橘子在手里剥着："我还没和她说呢，周以说她最近身体不太舒服，我还在想要不要去。”

方春华把新裙子收好，拖出王若含的粉色行李箱，女儿懒那只能做妈的勤快一点儿：“去呗，她要是不陪你，你就自己出去玩玩，什么步行街啊，武康路，我经常刷到的，漂亮得不得了。”

王若含把一瓣橘子塞进嘴里：“行，先去了再说，反正你又不在家。”

方春华放下收纳袋，跑回卧室取了样东西出来，红色的丝绒小袋，扔到王若含怀里说：“这个忘了给你。”

王若含捡起，拿在手里掂了掂，没什么分量：“这是什么？”

“金饰，你奶奶给你买的，你爸寄给我了，戴着吧，自己出去小心点儿。”

王若含取出红绳，上面穿着的小块黄金是她的生肖，一个笑眯眯的小猴子。

方春华交代她：“有空给你爸打电话。”

王若含把手绳收好，答应道：“行，知道了。”

她躺够了以后起身下了沙发，方春华已经收拾好半个箱子。

一想到一个月见不到面，王若含竟然有些鼻酸：“妈，你要是翻红了，我以后就跟着你混吧。”

方春华正叠着衣服，冷冷地哼笑一声：“想啃老啊？”

王若含不同意这话：“这哪儿能叫啃老啊，我们搞家庭作坊不行吗？”

“我谢谢你啊，好好做你的本职工作吧，我最多就拍这一部，当谢谢你乔阿姨这么多年的照顾了，又不是真复出。”

“为什么不复出啊，演艺圈需要你。”

“演艺圈不一定需要我，但我好吃懒做的女儿肯定需要我。”

王若含撇了撇嘴。

“你的化妆品自己收拾啊，我去给你拿两片面膜。”

“给我拿面膜干吗呀？”

“申城帅哥这么多，万一你有艳遇呢？”

王若含失笑：“借您吉言。”

翌日上午，她拖着行李箱踏上了去申城的高铁。

昨晚睡不着觉，王若含就打了几把游戏，手机忘了充电，现在电量还剩不到百分之二十。

找到座位坐下，看车程有两个小时，她插好插头，连接数据线，打算睡一会儿补补觉。

邻座是对母子，这个小学生大概是要出去玩太兴奋了，一直拉着妈妈问东问西。

王若含戴上耳机，开启降噪模式，屏蔽外界一切干扰。

十一点五十分，闹铃声响起，王若含悠悠转醒，小幅度地伸了个懒腰。

列车播报提醒乘客即将到达申城站，王若含刚想俯身拿充电器，却发现插头不知道什么时候掉了。

她皱眉往旁边看了一眼，小男孩的腿还在一晃一晃的，估计是无意中踢到了。

王若含点开手机屏幕，百分之十五的电量，但愿它能顽强地撑一会儿。

怪自己嫌重不带充电宝，只能自认倒霉，把数据线收进包里后，起身走向车厢过道。

上车前王若含记得自己把行李箱推进了最下面的柜子里，但又不知道是谁帮她挪到了上面的架子上，还被放在了最底下。

王若含无语，这让她怎么拿……

左右没人经过，王若含深吸一口气，抬手想把最上面的黑色行李箱拿下来。

本就细胳膊细腿的，力气不大，这么伸长手臂后更不好使劲，她拿到手后，超出想象的重量全压在手掌上，王若含咬牙艰难地使劲，但还是拿得不稳，行李箱重重地砸在脚边，滚轮碾过她的脚踝，她吃痛低呼了一声。

“哎哎，你小心点儿啊，别把我的箱子磕坏了。”过道上走来一个年轻女孩，指着她说。

王若含轻声说了句“对不起”，抿着唇去搬自己的箱子。

脚踝麻了一下，王若含以为没什么大事，迈步往前走的时候却感到一阵钝痛。

她低头看了一眼，应该没伤到关节，就是外踝有些肿。

一瘸一拐地慢吞吞出站，王若含撑着行李箱把重心放到另一只脚上，真够倒霉的。

排了十分钟的队坐上出租车，王若含给周以打了个电话，对方没接。

手机电量不足，她也没再打，和司机师傅说去J大。

她出门的时候，金陵艳阳高照，申城却是阴天，气温也不高，天空黑沉，让人感觉压抑。

师傅问她："返校啊？"

王若含一下没反应过来："啊，什么？"

师傅说："J大的学生？"

王若含赶紧摆摆手："不不不，我都毕业多少年了，去找朋友玩的，她在那里做老师。"

师傅笑起来："我看你年龄挺小的，那你朋友没告诉你这两天要刮台风啊？"

王若含愣住："什么台风？"

师傅热情地把手机递给她看："你看我刚收到的暴雨通知，开学都暂缓了！你这两天估计门都出不去。"

王若含快崩溃了："怎么又刮台风了？"

师傅叹口气："这两年还真多灾多难，不知道什么时候能好？"

王若含搓了搓脸，真害怕自己绷不住要哭出来。

到地方后，司机师傅还不忘问她："带伞没啊小姑娘？马上就下雨了，你找到你朋友就赶紧找个对方落脚啊。"

倒也不是一件好事没有，起码这个大哥就挺善良的，王若含付完车费，真诚地道了声谢，在心里祝他工作顺利，出行平安。

她拖着行李箱向J大门口走，被保安拦下，问她是不是学生。

王若含说："我找学校老师。"

保安指着旁边的刷脸装置，问："有权限吗？"

王若含摇摇头。

“那你有没有申请过啊？”

王若含根本就不知道有这么回事，还是摇摇头。

保安对她说：“那就不能进了，现在疫情期间学校都有规定的。”

王若含挠挠头发，摸出手机给周以打电话。

还是持续的忙音，机械女声提醒她对方并未接听。

现在手机只有百分之五的电量，王若含收起手机，问保安：“那大哥，这附近有什么店吗？”

保安指了个方向：“你往前走几百米，那边有家咖啡店，学生经常去的。”

“好，谢谢啊。”

脚踝以肉眼可见的速度肿了起来，王若含走两步就不得不停下休息。

几百米的路程她硬生生花了十多分钟才走到，到咖啡店的时候，王若含到前台询问店员，“你们这里有充电宝吗？”

“有的，那里可以借。”

总算松了口气，王若含走到共享充电宝前，扫码租借。

低电量导致网速迟缓，就剩最后百分之一的电量了，她一边在心里祈祷，一边拼命点击不断弹跳出来的授权界面。

耗空电量黑屏的那一刻，王若含没忍住，咬牙骂了句脏话。

该死的开发商为什么要设置那么多道程序，简单粗暴点，扫码就借不行么，非得授权！

没电的手机就是块废铁，听到外头淅沥淅沥响起雨声，王若含心如死灰。

店员小妹温柔地问她需不需要点单，本就没吃午饭，被咖啡香气围绕的王若含早就馋了。但是她摸了摸裤兜，习惯手机支付后出门就再也没有带过现金，只能扬起一个尴尬的笑容，“不用，谢谢。”

她拖着行李箱找了个位置坐下，找路人借手机她不记得几个电话号码，借钱更开不了这个口。

不管了，天塌了也得先容许她独自待一会儿。

面前是块留言板，张贴了一墙的便利贴，王若含无所事事，够到桌上的纸笔也打算写一张。

写什么呢？

她转着笔，先写了一个日期，“2021.8.25”，然后转了句英文，“sunset in this city（这个城市的日落）”，最后署名，“一个倒霉少女”。

雨势渐大，窗外的街道灰蒙蒙的，王若含的心情也是灰蒙蒙的。

门口铃铛声响起，来了个新客人。

“您好，先生，请问需要什么？”

“冰美式，大杯。”

“好的，请问打包还是现喝？”

“现喝。”

王若含一点点转过脑袋，在确认那道熟悉的身影时，抬手捂嘴，热泪盈眶。

一个多月没见，他还是喜欢衬衫配西裤，剪头发了，鼻梁上架了副眼镜，更有斯文败类的感觉。

从进门开始，霍骁就隐约觉得周围有异样。

他刚偏转视线想看过去，就被飞奔而来的一个东西撞了满怀。

踉跄半步站稳，霍骁一脸蒙地低下头，对上一双含泪的双眼。

“霍老师。”怀里的人委屈巴巴地喊他，抑扬顿挫，饱含深情，“您就是我的亲人。”

霍骁：“……”

真是见鬼了！

在店员和顾客们纷纷投来的好奇目光中，霍骁知道他们已经脑补了一出狗血大戏。

他深吸一口气，摁着王若含的额头把她的脑袋从自己胸前挪走，沉声道：“你先冷静。”

王若含吸吸鼻子，哭得鼻头、眼下都泛红，眼泪掉落，霍骁拿了两张纸巾递给她，心里也不自觉地跟着发涩。

“你怎么在这儿？”

王若含哑着嗓子说：“找周以。”

霍骁觉得奇怪："她没和你说她不在申城吗？"

王若含眨眨眼睛："我还没告诉她我来了。"

霍骁更加迷惑了："你不是来找周以的吗？"

王若含张了张嘴，事情的经过还真不是三言两语就能说清的，她一把夺过霍骁手里的冰美式，咕咚咕咚地往下灌了好大一口："是这样的，我放年假了，就想出来玩两天，但周以说最近身体不舒服，我就想我先来了再说，省得折腾周以来接我。"

霍骁点点头："哦，那你现在在这儿干嘛呢？"

王若含举起了手机："我手机没电了，找不到她，你们学校又不让进，我在这儿待了好久了，幸好遇上你了，不然我都得流落街头了。"

霍骁问："没带充电宝？"

"没。"

"数据线也没带？"

"数据线有。"

霍骁闭了闭眼睛，无语至极，指着脚边的地插："这不就有插座？"

王若含跟着看过去，瞪大眼睛惊呼："真的呀！"

霍骁叹气摇摇头："你说你是不是傻子，活该流落街头。"

王若含想回嘴又不知道说什么，气得哼了声，叉着腰埋怨："我今天已经够惨的了，你能不能少说两句啊？你都不知道来的路上我发生了些什么，我现在心情很差。"

霍骁意识到自己不对，摸了下后脑勺，轻声说："对不起。"

"你刚刚说，周以不在啊？我记得她说她今天要来学校开会的呀。"

霍骁回答："昨天她老公就把她接走了，和院里请了假，我是刚开会完过来的。"

王若含担心周以："她没事吧？到底哪儿不舒服？"

霍骁掀开唇角："你倒也不用太担心，说不定是好事。"

"什么意思？"

"我听主任说的，她的样子不像生病，更像是有了。"

王若含用力捂嘴不让自己尖叫出声，激动之下语调都变了："真的吗？"

霍骁说："今天应该是去医院检查了吧。"

王若含搓搓大腿，先前霉运带来的郁闷一扫而尽："我就说她怎么一直不接我电话，是好事是好事。"

她一会儿哭一会儿笑，霍骁看着她挑了下眉，问："那你现在打算怎么办？"

王若含咬着吸管琢磨："要不……我去溪城找周以？"

霍骁干咳一声，不是很赞同："你去干什么？要是真的，也等周以状态稳定点儿再去，先别添乱了，人家有老公陪着呢。"

王若含点点头："说得也对。"她叹口气，颇为苦恼，"那我现在怎么办啊，我总不能又回金陵吧？"

霍骁挺了挺背："不还有我吗？"

"你？"

"之前在金陵周以把我托付给你，现在就当她又把你托付给我了，放心吧，你想去哪儿，我带你去。"

王若含敛眸低头喝水，故作迟疑道："这样啊……"

霍骁以为她不愿意："我是本地人，跟着我玩就对了。"

"好吧。"

霍骁往窗外看了看："雨好像小了点儿，走吧。"

王若含问："去哪儿？

"先送你去酒店，订在哪里了？"

王若含摸摸头发："我没订，我本来以为可以去周以那儿蹭一蹭，而且我一个人也不敢住酒店。"

霍骁想想也是，她看起来手无缚鸡之力的样子，脑子也不好使，确实不太适合住酒店。

他想了个办法："要不你先住我家吧，行吗？"

"啊，不好吧，那你呢？"

霍骁说："我这两天住我爸妈那儿就行了。"

王若含藏住失望的情绪，点头微笑："这样哦，那就麻烦你了。"

有人帮忙拿行李箱就是好，王若含一身轻松地跟在霍骁身后。

他的车就停在门口，把箱子搬上后备厢后，霍骁坐进驾驶座。

王若含殷勤地递了纸巾给他，却没想到他开口第一句是：“你的脚怎么了？”

她愣住，有些意想不到，其实已经好很多了，她也没一瘸一拐地走路，不知道他是怎么看出来的。

“脚踝磕了一下，可能是软组织挫伤，没事。”

霍骁哦了声，想着她是护士，说没事应该就真没大碍。

他把自己的充电宝拿给王若含，启动车子上路。

“谢谢啊。”王若含把手机充上电，心里终于踏实了。

车上，霍骁随口问道：“最近怎么样？”

王若含说：“就那样，上班下班，医院反正永远忙不完。你呢？”

“我也那样，马上开学了。”

看霍骁把车又开进了J大，王若含不解：“你不回家吗？”

“拿个东西。”

门卫认得他的车，这一次畅通无阻，王若含趴在窗边上，好奇地打量着这座校园。

路上行人寥寥，阴雨朦胧下教学楼肃穆庄严，树上的枝叶簌簌作响，四周安静寂寥。

霍骁停好车就下去了，说马上回来。

手机终于可以重启，王若含一点进去就看到周以的未接来电，她赶紧回拨过去。

刚接通，周以就着急地问她：“你怎么给我打这么多电话，怎么了？”

“啊，没事，就想问问你怎么样了？”

周以压低声音说：“我昨天在办公室又觉得浑身没力气，吃不下东西，李至诚就来接我了，今天陪我来医院了，刚做完检查，在等结果呢。”

“行，你好好休息啊。”

“对了，你放假了吧，决定去哪儿了吗？”

王若含揪着包带，到底怕她担心没说实话：“你就别管我了，我一个人随便找个地方潇洒潇洒呗。”

“好，那你注意安全啊，李至诚不让我用太久的手机，不和你说了啊。”

“行，拜拜。”

王若含没等太久，霍骁很快就回到了车上。

她重新系好安全带，视线里却多了样东西：“这是什么？”

霍骁把木盒又往她面前递了递，一本正经道：“不知道，刚刚捡到的。”

“啊？”

“可能是听说你是今天最惨的人，所以老天爷掉了块馅饼下来吧。”

王若含反应过来，扬唇笑了下，接过那个小盒子：“送我的啊？”

“嗯。”

王若含打开盒子，轻轻取出胸针放在掌心，不禁“哇”了一声：“好可爱啊，你哪里买的？”

“路过看到，觉得不错。”

“特地给我买的？”

“当然不是，”霍骁矢口否认，“也不知道送给谁，就给你吧……”

王若含眯眼打量他，对这话的可信度持保留意见。她把盒子放进包里，满意道：“谢了啊，刚好能别在我的工作服上。”

霍骁左手握拳抵在嘴边，用咳嗽声藏住笑意。

公寓离学校不远，霍骁住在七楼，带着她上去，进电梯时特地说了一句：“我家比较简陋，你将就住两天吧。”

王若含只当他是谦虚，看这个小区的环境，房子能简陋到哪里去。

到了楼层，电梯门缓缓向两边打开，是一梯一户的户型。

霍骁摁门锁输密码，和王若含说：“317926，你记一下。”

“三一什么？”

霍骁看了她两秒，打开门之后没立即进去，问王若含：“你生日什么时候？”

“六月十二。”

霍骁操作着面板，扬了扬眉：“你也是双子座？”

“难道你也是？”

霍骁点头："我六月初七，比你大五天。"

王若含笑了声："是一年又五天吧，别把自己说得这么年轻。"

霍骁停下动作偏头瞪了她一眼："密码我换好了，你的生日，这总忘不了吧？"

王若含摇摇头："忘不了。"

霍骁提着行李箱进屋，从柜子里拿了双新拖鞋。

王若含换好鞋，迫不及待地进屋，想看看青年才俊的家会是什么样。她扫视一圈后，笑容渐渐僵住。

简陋，原来是这样的简陋法。

黑白灰的色调，一切家具都简洁板正，沙发、电视机、地毯，明明该有的都有，但就是觉得整个空间空空荡荡的。

她憋了半天，只能憋出一句："你家还真……干净啊……"

霍骁打开空调，给她倒了杯水："按我妈的意见装修的，说是什么，极简性冷淡风？"

王若含笑了两声，腹诽这叫性无能风才对吧。

霍骁回房间收拾了下自己的东西，主要就是一个电脑包，其他的东西他爸妈家都有。

"你有什么问题就打我电话。"

王若含点点头，正在认真研究客厅的电视机："行，知道了。"

换好鞋手握上门把手，霍骁又回过头说："明天有暴雨，最好先别出门，楼下就有超市，你可以晚上去买点儿吃的囤着。"

王若含又点点头："不用操心啊，我都几岁了，你快回去吧，等会儿雨又大了。"

霍骁又看了她一眼，橙色的 T 恤，牛仔背带短裤，鞋是双奶白的运动鞋，点缀着糖果色的 LOGO，看起来实在不像个大人。

"那我走了。"

王若含朝他招招手："拜拜。"

霍骁家虽然看上去冷清无趣了一点儿，但这台电视机还真不错，画质清晰，网速流畅，可惜家里没游戏手柄，要不然玩起来肯定很爽。

晚上王若含叫了份外卖，又用 APP（应用程序）在超市买了一堆零食。

霍骁的冰箱原来是空荡荡的，连瓶啤酒都没有，现在已经被王若含用汽水和酸奶装得满满当当。

等外卖小哥送过来时，她才发现自己买多了，整整两大购物袋，吃不完就当便宜姓霍的那个小子了。

毕竟是借宿在人家家里，王若含只在客厅、洗手间和厨房三个区域活动，也不准备睡卧室了，就在客厅沙发上将就一下，反正她个子小，睡在这里绰绰有余。

晚上，她姿态慵懒地躺在沙发上，喝着可乐看电视，瞄到茶几上的木盒，王若含伸长手臂够到怀里，把那枚小胸针取出来，拿在手里仔细观赏。

她认出这是《爱丽丝梦游仙境》里的怀表兔子，不得不感叹做工精细，连表盘上的数字都画出来了。

王若含将它小心翼翼地放回盒里。

看到手机屏幕在闪，她拿起一看，接通后放到耳边："喂，怎么了？"

听筒里，霍骁问："能商量一件事吗？"

"什么？"

"让我住回我家。"

王若含握着电话，腾一下站直了身子，确认道："你要回来？"

听背景音霍骁像是在户外，背景音里有行车的喇叭声。

大概是难以启齿，他沉默了好一会儿才说："出了点儿小问题，我被我爸妈赶出来了。"

王若含："啥？"

霍骁不愿在这个时候多聊，直接问："所以能不能回去？"

人家的房子，王若含没有拒绝的理由："当然当然，这是你家。"

挂断电话后不到五分钟，门铃声就响了，看来霍骁刚刚就在楼下。

王若含走到玄关处开门："到底怎么回……你的额头怎么了？"

她不知道霍骁仅仅出去五个小时，怎么脑门上就多了个包？而霍骁同样不知道，他仅仅离开五个小时，他的家是如何面目全非的。

客厅茶几上摆满了五花八门的零食，门口还有一袋吃剩下的外卖，深灰色的沙发上多了一个粉色抱枕和一条毛毯，随意地摆放着，显然刚刚有一个人以极其舒服的姿态躺在这里。

另一边的单人沙发成了临时衣架，靠背上还放着几件女士内衣。

王若含的视线跟随霍骁的看过去，呼吸一滞，她扯起毯子就甩了过去，遮住她乱七八糟的衣物。

她仓促地解释："啊，我其他地方都没动，就借用了一下你的沙发。"

霍骁走到厨房，发现餐桌上摆着一束花。

王若含跟到他身边说："超市打折我就买了一束，我看正好有个空花瓶。"

"哦，"霍骁的目光落在冰箱旁的一堆纸盒上。

王若含赶紧蹲下，飞快地整理好抱在怀里："我看你冰箱挺空的，就买了点儿饮料，你放心，我会收拾干净的。"

"没事，就堆这儿也行。"

王若含又放下怀里的盒子，试探着问："你是不是有洁癖？"

霍骁一脸疑惑："谁告诉你的？"

王若含理所当然道："你这种人设一般都有。"

霍骁更加疑惑："哪种人设？"

王若含答不上来，转移话题："渴不渴，要不要喝饮料？"

霍骁问："买了什么？"

王若含拉开冰箱门，学着礼仪小姐的动作为他展示："可乐、雪碧、芬达，酸奶、鲜奶、椰奶，要哪个？"

整整两层冷藏架都已经被堆满，霍骁着实被吓了一跳："买这么多？你喝得完吗？"

王若含挠挠脑袋，网上购物没实感，她就是挑自己想喝的加入购物车，也没想到会有这么多："喝不完，可以留着给你喝啊。"

看着霍骁不为所动的表情，王若含眯起眼："你不会只喝白开水和黑咖啡吧？"

霍骁嗯了一声："我妈严令不许喝任何碳酸饮料。"

王若含拿了瓶鲜奶塞到他手里："那你喝奶。"

霍骁抿了抿唇："我乳糖不耐受。"

王若含抿唇，默默取回牛奶自己喝。

霍骁问："晚饭吃的外卖？"

王若含喝着牛奶说："那家还行吧，虽然小面不算正宗，但我这人不挑食，给我什么都能吃。"

霍骁听出她的暗讽，没搭理她，他合上冰箱门，转身环顾一圈他的家。

王若含的适应能力挺强，看来她过得很快活。

她把家里弄得乱糟糟的，又好像让这里难得地热闹起来。

霍骁说："你要是不方便的话我也可以收拾东西去住酒店。"

王若含摆摆手："这是你家，我怎么好意思自己住，然后让你去酒店啊？没事，你还睡你的房间，我睡客厅就行，反正你家沙发也挺宽敞。"

霍骁最后又确认了一遍："真没关系？"

王若含用力点了下头："没关系。"

霍骁脑门上的鼓包实在是显眼，王若含忍不住好奇："你的额头怎么了？"

霍骁抬手摸了下，疼得倒吸一口气："没事，被砸了一下。"

王若含猜测："和你爸妈吵架了？"

霍骁扯了下嘴角："更确切地说是单方面挨训。"

王若含鼓了鼓腮帮子，不知道该不该继续关心下去，怎么说也是即将同居的室友，这种时候是不是该多问两句，再给对方做做心理辅导工作，但她担心自己问多了霍骁会烦，怪她多管闲事要赶她出去……

"我洗澡睡觉了。"霍骁说着就往主卧走。

王若含暂停自己丰富的心理活动，问他："要不要给你冰敷一下额头？"

霍骁温声拒绝："不用了，你早点儿休息吧。"

房门关上，主卧自带卫生间，很快王若含就听到了隐隐约约的水流声。

王若含回到沙发上，突然变得不太自在。

刚刚她还能姿态妖娆地贵妃躺，但现在怎么坐怎么奇怪。

她把单人沙发上的衣服重新叠好，内衣藏在最底下。

也没了看电视的心情，王若含索性关闭电源。

霍骁出来的时候，王若含正缩在毛毯里刷手机。

他怀里抱了床薄被，放到她身边："盖这个吧，晚上可能会冷。"

"哦……"王若含盘着腿坐起，看他把被子铺开。

霍骁抬了抬下巴，问："你随身还带着这些东西？"

王若含圈紧手里的抱枕，用了好多年，表面的布料有些旧了："嗯，出门都带着，能给我安全感。"

霍骁铺好被子，又去厨房倒了杯水，路过电源开关时他停下："那我帮你关灯？"

"行。"王若含钻进松软的被子里，上面沾着一股淡香，她找了个舒服的姿势躺好。

"啪嗒"一声，屋内霎时漆黑一片。

"晚安。"霍骁说。

王若含刚要说晚安，话到嘴边又收回，她坐起身，看向霍骁的方向说："其实我现在还不困。"

霍骁端着马克杯，又打开客厅的灯："所以……"

王若含挪动屁股，给他腾了一块位置，拍拍沙发垫："我们来交换，我告诉你我今天发生了什么倒霉事，你也告诉我你发生了什么。"

霍骁觉得好笑："为什么？"

"一起比惨，痛苦减半嘛，说不说啊你？"

"行。"霍骁坐过去。

王若含先开始："我今天上高铁，手机充电器被旁边的小孩踢掉，搬箱子还被砸了脚踝，一路提心吊胆到微信消息都不敢看，就怕手机没电关机，去找周以她不接我电话，最后在借到充电宝前一秒自动关机，身上没有现金外面还下雨，要是没遇到你，我都不知道怎么办。"

霍骁低头喝水，终究没忍住，"扑哧"一声笑了出来。

王若含急了："哎，你这人有没有同情心啊？我都这么惨了，你还笑得出来。”

霍骁清了清嗓子，收敛笑意：“对不起。”

“那你呢？”王若含指了指自己的额角，“说出你的故事吧……”

霍骁向后靠在沙发背上，放松下来说：“也不算倒霉，还是我工作上那些事。一个觉得我在混日子，一个说我没认真对待这份工作。”

王若含简直不敢相信：“你爸妈不喜欢你现在这份工作？”

霍骁撇撇嘴：“我妈不喜欢，她想让我走外交的路，我爸倒还行，我干什么他都无所谓，就是太苛刻。”

王若含暗自吸了一口气，人与人的差距大概就是如此吧！她要是能当上名校老师，不，她要能考上名校，方春华都能乐到大摆三天宴席。

王若含抱着膝盖，下巴撑在手臂上，看向霍骁问：“那你喜欢自己的工作吗？”

“我也说不上来，但现在这样挺好的。”

王若含不知道在想什么，不走心地恭维说：“嗯，你挺适合当老师的。”

霍骁问她：“你知道我之前为什么讨厌周以吗？”

王若含摇摇头。

霍骁叹了口气：“本来一起面试那几个人都不是我的对手，我以为这份工作稳了，谁知道半路杀出一个你闺密，而且她的研究方向还是我们系主任一直感兴趣的，我差点儿被她比下去。”

王若含自然维护周以：“那是我们周以厉害，你嫉妒她呀？”

霍骁挑了下眉，反问道：“为什么要嫉妒？她不还是我的手下败将。”

他这副欠扁的样子看得王若含恼火，拿起抱枕就砸了过去。

霍骁抬手护住自己，连声求饶：“好了好了，我错了。”

王若含收手，警告他：“看你以后还敢不敢说周以。”

霍骁揉了揉被砸乱的头发，无奈至极：“不敢，不敢了……”

回到刚刚的问题，王若含接着问：“那你就因为这个看不惯周以吗？”

霍骁摇了摇头。

“倒也不能这么说，就是把心里的恼火和憋屈发泄在了她身上。要是J大的工作没了，我会被我妈狠狠嘲讽，说我连这个都不行，然后还必须老实地听她安排准备外交部的遴选。还有就是，我看了周以的论文，研究方向是两性关系，我在国外见过不少像她这样的女孩，也听过她们的演讲。我欣赏她们的聪明独立，但我不喜欢纸上谈兵。你要讨论一个社会问题，写几万字的高谈阔论不是关键，口诛笔伐再鞭辟入里，还是得有现实意义。你得真为社会做出点儿什么才能算实绩，光会写漂亮论文有什么用？我看不惯的是这些人，或者说我对她们有偏见。”

霍骁说了好长一段话，大概是觉得口渴，俯身去拿自己的杯子。他喝了口水，又补充道：“不过周以不是这样的人，听说她在英国的时候参加过一个社会组织，专门为一些受到侵害或不平等对待的女孩提供保护和帮助，我感觉挺有意义。”

王若含撑着下巴，出神地盯着他，什么社会问题什么论文研究，她不懂，就是觉得谈起这些的霍骁突然和自己有了距离感，但也不得不承认，这样认真的他是很有魅力的。

但女人毕竟是女人，王若含一下就抓住了关键，问霍骁：“你说周以不是这样的人，那谁是？”

霍骁喝水的动作停住，愣了一瞬后才回答：“就是有这样的人。”

王若含点点头，在心里笃定肯定是有一个这样的具体的人存在，没打算放过霍骁，继续逼问：“不会是你的前任吧？”

他不需要回答是还是不是，仅凭反应王若含就知道她猜对了。

她点点头，说：“哦，原来如此。”

霍骁被她看得心里发毛：“什么？”

王若含故弄玄虚：“我懂了。”

“你懂什么了？”

“我就是懂了。”

霍骁好像明白了，但又说不清楚，晃晃脑袋，起身说：“我回房间了，你睡吧。”

他关了客厅的灯，听到卧室房门的落锁声，王若含把抱枕抱在怀里，重新躺好。

王若含脸朝着沙发背，她没困意，还睁眼琢磨着事儿。

三个月前的花房，一个躲在角落痛哭流涕的伴娘小姐遇上了同样心情不佳用脏话骂人的宾客先生。

他俩当时的心境应该差不多，同是天涯沦落人。

因为不知对方的姓名和身份，所以无所顾忌，想着不过是路人，很多话脱口而出。

在半山腰的玻璃栈道上，两个恐高的人不得不有了第一次真正意义上的肢体接触。

到达实地的那一刻，他俩都狠狠松了口气，对视一眼又大笑起来。

手牵在一起时心跳加速是因为对高空的恐慌，吊桥效应早就揭示，但这一刻开始，悄悄变化的心绪又无法控制。

她只是为了一夜情所以才提出邀请的吗?

也许她说出来的时候是不想让自己后悔，所以一键加速，管他呢，反正不会再见。但第二天早上，沉浸在前一晚绯色浪潮里的她，肯定是舍不得的。

她好不容易遇上这么一个无论外貌、性格都戳在自己审美点上的人，当然不想只有一夜。

回到自己房间给手机充上电，王若含把西装脱下挂好，在口袋里摸到一枚领带夹。

叶子造型，很特别，在她短暂的记忆里这就是他的标志。

然后她发现，那好像是恋人送给他的礼物，上面刻着 Xavier 's YE。她有这个想法的同时，如被一盆冷水泼下。

对方的微信好友申请她当作没看见，后来周以问过她一次，说有人捡到了她的东西。

王若含摇摇头，说她没有丢过东西，可能是搞错了，就这么应付了过去。

她记得有一次周以在群里说：“这个世界真的好小，我一个研究生同学竟然是霍骁前任。”

王若含当时不在意地回：“不是这个世界小，是你们这些学霸的世界小。”

“我记得我还把叶婵的照片发给你们看过，我以前可喜欢她了，真是大家闺秀，不得不说和霍骁还挺般配。”

周以的话萦绕在耳边，王若含翻了个身，立式空调亮着一点儿红光，她盯着空调发愣，满脑子都是“和霍骁还挺般配的”。

心情逐渐烦躁，王若含一把扯过被子盖住脑袋，都怪白天从霍骁手里抢过来的那杯冰美式，害得她现在睡不着。

第二天一大清早，霍骁就起床了，此时王若含刚睡了一小会儿，听到有人走动就醒了。

“醒了？”霍骁正往杯子里倒热水，已经换了一套休闲的居家服。

王若含揉揉眼睛，懒洋洋地嗯了一声。

霍骁问她：“早饭想吃什么？”

王若含打着哈欠：“随便。”

霍骁拿起手机：“那我点麦当劳了？”

王若含起身走进卫生间：“行。”

几分钟后她再出来，霍骁正坐在沙发上看电视，国际频道的早间新闻。

英语播报听得王若含心生不悦，就算过去这么多年，她依然痛恨英语听力。

她拉开冰箱门想拿瓶酸奶，霍骁说：“我烧了水，刚起床就别喝冰的了。”

他一回头，看见已经打开瓶盖“咕咚咕咚”喝起来的王若含，极短地皱了下眉头，选择不再多嘴。

不到半小时外卖员就将餐品送达门口，霍骁一样一样拿出来，摆了大半张桌子。

王若含问：“你怎么点了这么多？”

霍骁说：“多么？我按照你上次的量点的啊。”

王若含：“……”

吃饭的时候，霍骁问她：“午饭想吃什么，我等会儿出去买菜。”

王若含质疑：“你做饭？”

她看他冰箱空空的，也不像平时会开火做饭的人。

霍骁："嗯，我做。"

王若含认真地发问："你会吗？"

霍骁抬眸看向她，微微笑了一下："只要出国留过学，就没有不会做饭的。"

"哦？"王若含挑眉，"那我就期待你的厨艺啦。"

饭后王若含主动收拾残局，寄人篱下，这点儿觉悟还是要有的。

霍骁进书房办公，王若含就在沙发上看电视，怕打扰到他也不敢开太高的音量。

九点半的时候，他回卧室换了身衣服。

出门前霍骁又问了一遍："有什么想吃的？"

王若含不好意思开口："我都行，你看着做。"

霍骁心里没底，提议道："要不一起去？"

王若含眨眨眼睛，小声说："可我不太想出门……"

"那我买回来你别说不吃。"

王若含伸出三指发誓："我保证，你做什么我吃什么。"

外头的天阴沉沉的，这两天时不时就会有雷阵雨。

果然，霍骁出门后不到二十分钟就开始下雨了，不时还会劈下一道闪电。

王若含走到窗边，大雨冲刷着世界，看这架势估计一时半会儿也停不了。

她拿起手机给霍骁打电话。

接到电话的时候，霍骁刚从路人那儿得知外面下大雨了，正要向卖伞的货架走去。

"喂。"

"喂，怎么了？"

"你带伞了吗？外面下雨了。"

霍骁把手中的伞放回架子上："没。"

王若含又问："那你开车了吗？"

"没，我就在小区门口的这家超市，出来拐个弯就到了。"

王若含说："那你等等我，我去接你。"

霍骁的嘴角往上扬了扬，他头一次这么喜欢下雨天："好，玄关柜子里有把长柄伞，那把大一点儿。"

"知道了。"

结完账他拎着购物袋在门口等着，没一会儿就看见有个人影从雨幕中远远走来。

黑色雨伞像一株巨大的蘑菇，她在其下显得小小的。

"霍老师。"王若含看见他，停下招了招手，又加快步伐小跑过来。

霍骁站在原地，雨下得又密又急，风是凉的，他的世界好像就剩下眼前人。

王若含跑进屋檐下，收了伞扶着腰喘气，T恤和发尾还是湿了："我一开始走错了，没找到大门口，你等很久吧？"

霍骁摇摇头，抬起胳膊，用手背把她脸上的水珠擦掉。

那很像一个揩泪的动作，他曾经也对她做过这个动作。

霍骁接过她手里的伞，撑开说："走吧。"

王若含伸出手："要不要我帮你拿点儿东西？"

霍骁抓着她的手搭在自己撑伞的右胳膊上："不用，不重。"

王若含收了收手指："那走吧。"

两人并肩走在伞下，不疾不徐地向家走去。

风携着雨丝把头发吹乱，耳边是呼啸的风雨声和怦然的心跳声。

到楼下时霍骁收伞，王若含拿回自己的手，紧紧握成拳。

在电梯口他们遇见了邻居，是对年轻夫妇，打过招呼，男人看着王若含问霍骁："这是你女朋友啊？"

霍骁和王若含对视一眼，点头："嗯。"

王若含对他们笑了下。

四个人前后走进电梯，年轻夫妇旁若无人地说着家常话。很快六楼到了，他俩说完再见后走出电梯。

等电梯门重又合上，霍骁说："不然不好解释。"

"嗯？"

"不说是女朋友，不好解释你为什么在我家。"

王若含点点头："懂。"

到了家门口，霍骁一手拿伞一手拎着购物袋，停在旁边对王若含说："开门。"

"哦。"王若含俯身，输入自己的生日，明明知道霍骁是怕自己不记得原密码所以改了一个，但这么按下去还是觉得奇怪。

"嘀"一声大门打开，王若含先进去了。

"咔嗒"一声门锁上，塑料袋被放在地上，她背对霍骁站着，不知为何心脏跳得飞快。

她有预感接下来会发生什么，从他帮自己擦去脸上的雨水后事情就开始朝着不可控制的方向发展。

王若含收紧呼吸，不敢再继续想下去。

"我突然很想做一件事。"霍骁的声音贴得很近。

王若含咬了咬下唇："什么事？"

"回头。"

王若含低着脑袋，慢吞吞地转过身子，不敢呼气。

他突然向前迈步的时候，王若含下意识地后退。

霍骁紧跟过来，拉近彼此的距离。

王若含没再退，撩起眼皮看着他。

同样淋了雨，霍骁还是斯文干净的样子，他好像从来不会狼狈。

他的手捧住她左边脸颊的一刻，王若含的呼吸颤了一下。

霍骁没有犹豫地俯身凑来，唇瓣落下之前，王若含却别开脸一把推开他，然后屋里响起一声清脆的阿嚏声。

王若含揉揉鼻子，低下脑袋，尴尬得不敢抬头。

"我去倒杯热水给你，别感冒了。"霍骁越过她走进餐厅。

王若含搓搓脸，站在原地，懊悔不已又不知所措。

霍骁在厨房忙碌，王若含不知道该不该过去帮忙。

犹豫了半天，她还是选择放弃，缩在沙发上心不在焉地看电视。

"吃饭了。"霍骁端着最后一道菜出来。

"哦。"王若含穿好拖鞋站起身，先去洗了手。

桌上摆着一荤一素一汤，都是家常菜，朴实但下饭。

王若含惊叹一声："不错嘛，没骗人。"

霍骁把碗筷递给她："那当然。"

王若含很给面子，一碗饭吃得干干净净："等会儿我来洗碗吧。"

霍骁摇头："不用，有洗碗机。"

"那行吧。"

王若含离开餐桌，想去冰箱里拿饮料，霍骁出声制止她："等会儿再喝，凉。"

"哦。"王若含停下手上的拉环动作，把易拉罐放到桌子上。

外面下着暴雨，没法出门，整个下午王若含都在客厅看电视，霍骁在书房工作，除了倒了一次水，就再也没出来过。

明明早上他们也是这样的相处模式，但王若含总觉得哪里不一样了。

可能一切都归咎于自己那个没眼力见的喷嚏吧……

一直到了睡觉前，两人都是这样相处的。

霍骁照常出来倒水，回房前顺带关了灯。

"等等。"王若含出声制止了他，"你现在困吗？"

霍骁收回手："今天晚上也要交换吗？"

"可以吗？"

"交换什么？"

王若含舔了下嘴唇："谎。你有什么事骗过我吗？"

Chapter 07

星 星

霍骁拧紧眉头，像是在认真回忆，而后点头承认："有。"

王若含盘腿坐好，正色道："我也有，那就还是从我开始吧。"

她吸了下鼻子："我不是不关心你的姓名、身份，相反，我其实从一开始就知道你是霍骁。"

霍骁起初没理解这话是什么意思，稍稍反应过来后，提出疑问："一开始是指一见面还是……？"

王若含回答："在花房里我不知道，但是下了玻璃栈道后，我就猜出你是谁了。"

霍骁看着她："怎么猜到的？"

王若含顿了顿才说："你的那些事早在我们群里被扒光了，我看过你的一张照片，有个大概印象，你说你上次来的时候也差点儿死在这儿，我问你什么时候，你说单位团建，我就猜到了你是谁。"

霍骁仔细品味这句话，勾唇笑了笑："原来我这么早就暴露了。"

王若含："轮到你了。"

霍骁往前走了两步，坐到单人沙发上，遵守游戏规则，同样坦白道："我加你不是为了要回西装，就是想认识你。"

王若含装傻充愣："为什么？"

霍骁反问她："你觉得呢？"

王若含护住前胸，整个人向后倾："馋我的身子？"

霍骁毫不留情地逸出一声嗤笑："我其实比较欣赏你有趣的灵魂。"

他的意思就是她没有好看的皮囊咯，王若含翻了个白眼："谢谢啊。"

霍骁大概是觉得这次的交换很有意思，继续问："还有吗？骗过我的？"

王若含想了想，自己都不太确定地说："应该没了吧。"

霍骁笃定地道："肯定还有，要换我们就一次换干净。"

王若含咬着嘴唇，下了狠心说："还有就是，没想过有后续是假的，但那会儿我说不想再有交集是真的。"

霍骁一直都很疑惑："为什么不想？"

王若含挠挠脸："就……你在医院的那些表现和态度让我觉得，我好像有把柄在你手里，在你面前我就会很别扭，反正就是和你相处不太自在。"

霍骁到底是个男人，就算不是直男，但有时候也没办法理解女人那些弯弯绕绕的小心思，他根本没抓住重点，反而觉得这话逻辑有问题。

"什么把柄？我难道会用你屁股上的痣威胁你什么吗？"

"我不是这个意思……等等，我屁股上有痣？"

霍骁回避她的视线："难道你不知道？"

王若含回："我怎么可能知道，你屁股上有眼睛啊？"

霍骁皱紧眉头："其实也不是屁股，就腰下一点点，有一颗。"

王若含扯过被子裹住自己，用看流氓的眼神警惕地看着霍骁。

霍骁咳嗽了一声，回到刚刚的话题："那你说说看，我为什么会让你觉得别扭？"

王若含说："就是吧，虽然你这人做事都挑不出错，但我会觉得你看我的时候，不真诚，不敞亮。我知道你心里有别的想法，但我又捉摸不透，这就让人觉得很烦。"

霍骁若有所思地点了点头："那你希望我是什么样的？"

王若含伸出手掌比了比："就现在这样啊，简单一点儿，真实一点儿，喜怒哀乐都表达出来。"

霍骁："行，我知道了。"

"我的第二个谎是……"霍骁看向王若含的眼睛，"看日出那天我祝你的好姻缘早点儿来，其实我当时心里想的是你可千万别过得太幸福。"

王若含诧异道："为什么？你这人怎么这么恶毒啊，见不得人好？"

霍骁也没说下去，随她怎么揣测。

"交换完了吗？"他问。

"差不多了吧。"

"不早了，早点儿睡觉吧。"霍骁说着就准备起身。

"哎，"王若含叫住他，清清嗓子，"那以后我们就敞亮点儿相处。"

霍骁问："敞亮的意思是什么？"

王若含回答："就是想说什么就说。"

"那想做什么也都可以做吗？"

气氛陡然安静下来，一时间没人再说话，他们想到了同一件事。

半晌，王若含轻轻说道："当然，如果对方不排斥的话……"

霍骁紧咬着她的尾音开口："我现在想吻你，你排斥吗？"

王若含抱着膝盖，半晌后，幅度很小地晃了晃脑袋。

客厅里陷入更深的安静，连呼吸声都暂停了。

霍骁抬步的时候，王若含心脏开始飞速跳动，紧张地咽了咽口水。

"啪嗒"一声，卧室的吊灯熄灭。

黑暗带来了恐惧感和不安感，她伸手往前探，想抓住什么东西。

她抓住了一只带着体温的手。

眼睛渐渐适应了黑暗，王若含隐约看见一个轮廓。

她躺在沙发上，喉咙干涩，呼吸急促。

窗外的风雨停了，世界万籁俱寂，衣料摩挲的声音格外清晰。

霍骁的唇先落在她的颈侧，浅浅掠过，然后向上游移。

王若含咬着下唇，提起一口气，全身紧绷。

唇角被亲了一下，她听到黑暗中的一声轻笑。

王若含刚想说什么话，嘴就被堵住了，微张的状态给了对方最好的可乘之机。

霍骁的吻缓慢轻柔，一如这个人一般，总是不急不躁。

没有任何不适，王若含渐渐沉溺在这个吻里，放松了神经和肢体，在某些时刻给予回应。

他把她圈在自己和沙发之间，但没压着，没用力，一只手捧着她的脸，另一只手撑在沙发背上。

什么话都没说，也不知道亲了多久，最后两人都出了汗，呼吸灼热地黏在一起。

一个绵长但不算激烈的吻，最后霍骁在王若含唇上啄了一口，算是结束的标志。

“今天就到此为止。”他嗓音低哑地说道。

王若含点头。

“晚安。”

王若含小声回应：“晚安。”

霍骁起身离开，卧室门被轻轻带上。

王若含捡起掉落在地上的毛毯抱进怀中，长舒了口气。

她的脑袋晕乎乎的，还没缓过来，本以为说开了两个人就不用再尴尬了，谁料到最后会是往这个方向发展，她越加不知道要怎么面对霍骁。

恍惚间她又回到那个神志不清的夜晚，怎么每次他俩撞上，故事的起承转合都这么刺激……

这晚翻来覆去难以入眠的不止王若含，卧室里的霍骁从英文小说切换到备课笔记，再翻出备忘录查看待办事项。心思没办法安定，他看什么都集中不了注意力。

他索性打开许久未登录的游戏，关掉活动广告页面。

在收件箱里领取好友“糯糯豆豆子”赠送的21朵亲密玫瑰，霍骁挠挠头发，看不懂了。

他截图到微信，发消息问：“这是什么意思？”

王若含也没睡，很快回：“什么什么意思？”

霍骁："你给我送那么多花干什么？"

王若含："……我看错 ID 送错人了。"

王若含："要不你还给我吧。"

霍骁："这怎么退还？"

王若含："你也送我 21 朵呗。"

霍骁失笑摇头，送过去的玫瑰花只能变成两人间加升的亲密度，她是这个心思。

他故意说："不好意思，我装备里没这么多，暂时还不了。"

王若含："那就先欠着吧。"

霍骁："这算不算交换？玫瑰也要交换？"

王若含："对，公平。"

一股冲动涌上头脑，霍骁飞快地打字发送："那我刚刚吻了你一下，要不要也还回来？"

等了半分钟也不见回复，霍骁放下手机，猜测她大概是选择装死不回了。

他一只手枕在脑袋下，侧躺进被窝。

客厅响起一阵脚步声，霍骁睁开眼，卧室的房门被急匆匆地打开。

他刚要撑着身子坐起来，就有道人影蹿了过来，抓着他的肩膀，弯腰凑在他的脸上用力亲了一口。

可她没找对位置，亲在了他的下巴上，亲完还转头就走，"砰"一声带上房门。

一切发生得太快，霍骁用手背蹭了蹭下巴，反应过后来，没忍住笑出了声。

他是捡了个什么神奇物种带回家。

连续两晚的失眠让王若含遭受到来自身体的报复，昏昏沉沉睡了一觉后，醒来全身酸痛无力。

"起来了？"霍骁把做好的三明治放进冰箱里，她饿了随时可以拿出来吃。

王若含一副睡眼惺忪的模样，懒懒地回了声："早。"

霍骁看了一眼钟，提醒她："不早了，已经下午一点了。"

王若含犹如老僧入定，坐在沙发上不动了。

霍骁绕过去，发现她又闭上了眼睛："还困的话就去床上睡吧。"

王若含半梦半醒地摇了摇头："不用。"

霍骁叉着腰叹了口气，二话不说就把人抱起扔到了卧室床上，临走前交代："下午我要开个线上会议，你要是醒过来麻烦动静小一点儿。"

身下是柔软的床铺，王若含翻了个身，把自己裹进被子里，好闻的味道让人身心舒畅，她蹭了蹭枕头，答应道："好的。"

等再次转醒，王若含刚坐起身就感到头痛欲裂，睡太久了，思维和身体都变得迟钝，她缓了好一会儿才恢复力气下床。

在卫生间刷牙的时候，王若含一边活动脖子一边朝外头喊："霍老师，你家枕头睡得还挺舒服的，哪儿买的啊，链接分享给我呗。"

洗漱完，她打着哈欠走到冰箱前拿出一瓶椰奶，随手带上门的时候没把握好力度，制造出一声巨响，给她自己都吓了一跳，也恍然想起好像有人叮嘱过她动静要小一点儿来着。

王若含喝着椰奶，一点儿一点儿偏转过目光向客厅看去，直到对上一道死亡视线，她心肺骤停。

霍骁正戴着耳机坐在电脑前，而界面一看就是会议。

王若含这次是彻底被吓清醒了，鞠了个躬，叼着椰奶瓶拔腿就往卧室跑。

霍骁用口型对她说了四个字，王若含匆匆瞥了一眼，用膝盖想都知道是骂人的话。

等卧室门关上，霍骁才解除话筒静音，重新集中注意力回到会议上。

手机屏幕亮了，显示有一条新的微信通知，霍骁拿起手机解锁。

他本以为是王若含发来的检讨书，却没想到是周以。

周以："你家刚刚是谁在说话？"

霍骁抿了抿唇，斟酌后回复："你觉得呢？"

周以："女朋友？"

霍骁："你觉得是就是吧。"

周以："妈呀，那你女朋友的声音真的好像我闺密，刚刚给我吓一愣。”

五点四十分，霍骁敲了敲卧室的门：“出来吃饭。”

他今天做了水煮鱼，还炒了蔬菜。

没几分钟，房里传来一阵脚步声。

“好香哦！”王若含走出来，睁圆眼睛赞叹，装作一副什么都没发生过的样子，在餐桌边落座。

看她拿起筷子就要夹向浸着辣油的鱼，霍骁拍了下她的手，制止道：“先吃两口菜垫垫，一天没吃正餐了。”

王若含收回手，摸摸被他打红的地方，拖长尾音“哦”了一声。

“哎，霍骁。”王若含叼着筷子，抬起那双狗狗眼看着他，诚恳地询问，“能去买点儿酒吗？这么下酒的菜，我想喝酒了。”

本想开口拒绝，但霍骁看了她一会儿，还是没忍心，抬了下手：“跟我过来。”

王若含跟着霍骁走进书房，看着他打开最底层的柜子，把最外面的一沓书拿走，里头用纸箱装着的竟然全是酒。

王若含跪坐在地上，扒拉着箱子左瞧瞧右看看，好多品种她都不认识。

看不出来啊，霍骁这小子有点儿东西。

王若含拿出一瓶包装精致的洋酒仔细端详，问霍骁：“你把酒藏这儿干什么？”

霍骁说：“放外面怕我妈看见，她有的时候会过来。”

王若含给他比了个大拇指，举高手里的洋酒，扬起一个诚恳的笑容：“我能喝这个吗？”

“随你，但是……”

没等霍骁说完话，王若含欢呼了一声，抱着酒一路小跑回餐厅。

霍骁摸摸眉毛，在心里补完后半句话——但是这瓶度数有点儿高。

王若含翻找出两个玻璃杯，美滋滋地给自己倒了小半杯。

她问霍骁：“你喝不喝？”

霍骁摇头。

“喝吧。”王若含已经给另外一杯也倒上了，“不然我一个人喝多无聊。”

霍骁无奈，接过那杯酒，起身从冰箱里又拿出一瓶可乐。

王若含看了一眼，嘲讽他：“不是吧，兑着喝算什么真男人？”

霍骁打开拉环，把冒着泡的汽水倒进她的杯子里：“这酒容易醉。”

王若含豪爽地拍了拍胸脯：“姐们是谁？我很能喝好不好？你看不起我啊？”

霍骁已经开始头疼了，她这副德行哪儿学来的……

他哼笑：“我难道还不知道你的酒量？”

王若含叼着杯口，突然抬头问：“那你上次醉了吗？”

霍骁给自己的杯子里倒了半杯可乐，举起浅抿了一小口，尽管被冲淡了些，但辛辣的酒液还是让他皱起眉头：“如果我回答了，那我等会儿可不可以也问你一个问题？”

这已经是两人默认的游戏规则，王若含点头：“当然。”

霍骁放下杯子，面无表情地说：“没醉，但也不清醒。”

王若含抱着酒杯，又喝了一口：“这样。”

“那你问吧。”

“不着急。”霍骁往她碗里夹了一片鱼肉，“先吃饭。”

王若含杯子里的酒就没断过，霍骁算了算，她起码喝了大半瓶。

等吃完了饭她还抱着酒瓶不肯撒手，霍骁有些后悔给她拿酒了。

“别喝了。”霍骁试图拿走她怀里的酒瓶，被王若含灵活地躲开。

“不差这么点儿，你别小气嘛……”

霍骁扶着腰，无语地笑了。

王若含带着酒瓶跳到沙发上，打开电视机，还拆了包牛肉干。

霍骁大开眼界，原来这也能续喝。

她穿着幼稚的T恤和背带裤，偏又一副老成世故的酒鬼样。

霍骁烧了壶开水，故意严肃地警告她：“敢吐我沙发上我就赶你出去住桥洞。”

王若含摆摆手：“小霍，你这话就太伤人了啊。”她趴在沙发背上，面朝霍骁，搓了搓自己的脸，“你看我，一点儿反应都没有，根本就没醉。”

霍骁收拾好桌子，洗净手走到客厅，王若含还维持着这个姿势，他弯腰捏了下她的脸，“你觉得我会信你的话吗？”

王若含拍开他的手，擦了擦脸颊上的水：“不信就不信。”

霍骁坐到单人沙发上：“那趁你没醉，我可以问了吧？”

王若含大手一挥：“问。”

霍骁直直地盯着她，道：“我就想问，既然那个时候知道我是谁，那拉着我去开房是为什么？不是什么莞莞类卿吧？”

王若含没听明白：“什么叫莞莞类卿？”

霍骁直白地问：“你有没有把我当成别人？”

王若含的表情看上去更茫然了：“谁？”她有些不理解霍骁的意思，“不是，我为什么要把你当成别人啊？”

霍骁顿了顿：“周以告诉我，你有个喜欢很多年的人，是秦医生吧？”

王若含的脑子快转不过来，这都什么跟什么啊：“你认识秦也？”

“上次在你们医院，就是他给我看的牙。”

“哦……”王若含点点头。

霍骁接着问：“所以我和他像吗？”

王若含皱眉思考，认真道：“说实话，有一点儿。”

霍骁心下一沉，面上反倒轻轻笑了：“所以你是把我当成他了。”

王若含又不知道他在说什么，揉揉脑袋否认：“不是，我没这么说。”她有些急躁了，“你为什么觉得我要把你当成秦也？”

霍骁反问：“那你为什么想和我睡觉？”

听到这话，王若含脸颊通红，动了动嘴唇，不知道怎么回答，索性闭眼狠狠骂了句：“霍骁你是不是有病？”

开了口她就失去了控制，把话一股脑地全部倾倒出来：“你就这么爱当别人的替身啊，你小说看多了还是电视剧看多了，你有脑子嘛你，就不能是一见钟情？感觉到了我就想和你睡觉怎么了？你懂什么叫成年人的爱情吗你？”

“真是搞不懂。”王若含双颊通红，后背上都出汗了，她穿上拖鞋离开沙发，语速极快地丢下一句，“我今天睡房间你睡沙发吧。”

王若含走出去两步，胳膊被人拉住，她被迫停下，回过头面向霍骁。

他的眉梢眼尾都带着笑意：“我也喜欢你。”

王若含一会儿惊恐地看着他，一会儿又局促地挠挠脖子，嗔怪道：“你犯什么病？”

“那你刚刚不是和我表白了吗？”

王若含瞪大眼睛：“我说什么了？”

“你说一见钟情，不就是你喜欢我吗？”

王若含高声反驳：“我就是打个比方，我也可以是见色起意啊。”

霍骁得意一笑：“谢谢。”

“你谢什么？”

“你夸我好看啊。”

王若含提起一口气，抬手戳了下霍骁的额头：“我喝多了还是你喝多了？”

霍骁笑着摇摇头。

王若含臊得慌，不想搭理他了：“让我进去。”

霍骁收起玩笑的语气，看着她说：“我是认真的。”

王若含撇开脸。

“你让我敞亮点儿，那我就敞亮了。我人生里还是第一次遇见你这样的人，有的时候我觉得你无法理解，有的时候又很奇怪地觉得你好像是世界上的另一个我。王若含，我认真地说一次，我喜欢你。”

王若含缓慢地点了下头：“哦，我要进去了。”

霍骁没一定要个回复，松开手后温柔地说：“晚安。”

王若含迈步走进卧室，轻轻关上房门。

她一动不动地愣了三秒，然后双手捧住脸，嘴角的笑容终于可以肆意地绽开，她踢了拖鞋一下蹦到床上，左右翻滚把自己裹进被子里，狠狠捶了两下枕头，发泄着此刻的情绪。

敲门声响起的时候，王若含火速整理好表情，拉开被子躺进去，拿起手机摆好姿态，清清嗓子说：“进来。”

霍骁打开房门，告诉她：“我进来拿衣服。”

王若含点点头，一脸认真地盯着手机主界面。

离开之前，霍骁又折返回来，一只膝盖搭在床沿上，俯身亲了她一口。

“你不排斥吧？”

王若含小声说：“你亲都亲了。”

霍骁笑了下，揉了揉她的刘海，边走边叮嘱：“早点儿睡觉。”

要不是这大床结实，王若含今晚真的可以把床捶烂。

她折腾到后半夜也没办法平静下来，心跳加速，只要一想到霍骁和她说话的样子就开心到不行。

胡思乱想了很多事，王若含躺在床上，一会儿换一个姿势。

早知道就喊他进来了，她开始后悔，那沙发睡她还能凑活，霍骁会睡得舒服吗？

王若含这一晚基本没怎么睡，清早她听到卧室里有动静，翻了个身睁开眼。

她一醒来就看见了半裸的躯体，皮肤白皙，腰窝性感，肌肉线条清晰，王若含一下清醒了，眼睛完全睁开。

霍骁套好上衣，回身问她：“醒了？”

王若含吸了下鼻子：“嗯。”

霍骁说：“那起床吧，今天好像不下雨，要不要出去玩？”

王若含没回答，用被子挡住半张脸：“所以我们是在谈恋爱吗？”

霍骁愣了愣，很快笑起来：“如果你不排斥的话。”

王若含松开被子，朝霍骁张开双臂：“那你抱我起来。”

霍骁稳稳地抱住她，让她挂到自己身上：“这就使唤上了？”

王若含拿脸颊蹭了蹭他：“我真是好大的架子。”

话都被她说完了，霍骁失笑，把人带进洗手间。

“我去做早饭，想吃什么？”

王若含说：“你做什么我吃什么。”

霍骁捏了下她的脸：“这么乖？”

“那我说我要吃煎饼果子你也不会摊啊。”

霍骁：“刷完牙赶紧出来。”

王若含朝他嘻嘻笑了下。

等漱清嘴里的泡沫，她拿毛巾擦了擦脸，一蹦一跳地出去找霍骁。

客厅里没人，厨房也没人。

他出去买早饭了？

王若含坐在沙发上等了一会儿，很快就听到了开门声。

霍骁拎着两袋早餐回来了，是煎饼和豆浆。

他身上大概是有什么磁吸力，王若含一看见他就想和他贴在一起。

她抱着霍骁的腰，笑得眉眼弯弯："去买啦？"

不会摊煎饼果子的霍骁嗯了一声："早上好。"

"早上好。"王若含又补一句，"男朋友。"

王若含吃饭喜欢跷着二郎腿，霍骁前两天就看不顺眼了，今天终于可以理直气壮地说出来。毕竟身份不一样了，男朋友啰嗦两句就不能说是多管闲事。

"坐好，别跷二郎腿，对脊椎不好。"

"哦。"王若含咬着煎饼，不情不愿地放下腿，让她这么规矩地坐着实在太煎熬了，腿怎么放怎么难受。

换了六七个姿势，王若含拖着椅子往霍骁那儿靠了靠，抬腿架到他的身上，终于舒服了。

腿上多了份重量，霍骁垂眸看了看，裤腿下的一截脚腕白皙而纤瘦，他无奈地摇摇头，只能任由她挂着。

"叹什么气啊霍老师？"王若含晃了晃身子。

霍骁说："感叹一下，甜蜜的烦恼。"

王若含笑得合不拢嘴："少来了你。"

吃过早饭，王若含回房间换了身白色泡泡袖连衣裙，还抓紧时间化了妆。

她踩着小碎步出来，十分少女地拎着裙摆转了一圈，摆好姿势，问霍骁："怎么样？漂亮吗？"

霍骁放下手机，"哟"了一声："盛装出席啊，王小姐。"

王若含把头发绑成马尾："那不得给霍先生一点儿面子，我告诉你啊，我上次这么精心化妆还是周以结婚的时候了。"

“哦，”霍骁抿唇笑了笑，“那四舍五入也是因为我。”

王若含“啧”了一声，捶他说：“什么因为你，你少自恋。”

霍骁顺势把她的手牵在掌心：“走了。”

王若含点点头，挽住他的胳膊：“走！”

上了车，霍骁问她：“说吧，想去哪儿玩？今天听你的安排。”

王若含想了想，使了个坏心思，用娇滴滴的声音说：“我也不知道呀，人家没怎么谈过恋爱，请问霍老师你约会的时候一般都干什么呀？”

霍骁才不踩她的陷阱，学着她的语气回道：“我也不知道呀，人家也没怎么谈过恋爱呢。”

王若含做出一个惊讶的表情：“不会吧不会吧？”

霍骁发动车子，打着方向盘：“那就逛街、吃饭、看电影了啊，不准说我没新意。”

王若含还是不依不饶：“行呗，谁让咱们霍老师没怎么谈过恋爱呢。”

霍骁拿她没办法，等遇到红灯，他停好车，伸手掐了掐王若含的脸。

王若含嫌弃地拍开：“你把我的粉底都蹭没了！”

“王若含。”霍骁扭过身子看着她，“有没有人说过你嘴很欠？”

王若含嬉皮笑脸道：“没呢，大家只说我嘴很甜。”

霍骁凑过去亲了一口，还咂了咂嘴，认真地评价道：“没甜味啊？”

王若含瞪他一眼，拿出镜子补妆，埋怨霍骁：“你看看你，我的唇釉也被蹭掉了。”

霍骁问：“所以我今天还不能碰你的脸了？”

“对。”王若含咬重字音，“难得化一次妆，还没拍张照呢就被你破坏了。”

“对不起。”

王若含瞄他一眼，虽说平日里的霍骁是老谋深算的玉面狐狸，但这副委屈巴巴的样子又好像一只萨摩耶，怪招人心疼的，她开始反思刚刚自己的语气是不是太凶了。

王若含合上刚打开的唇釉盖子，在下一个路口停车的时候，倾身亲在他的脸颊上。

“那我亲亲你。”

霍骁抿了抿唇，嘴角出现上扬的弧度：“这还差不多。”

路上，王若含想起一件事，问霍骁：“你说，要是我这次没来申城，没碰上你，我们俩是不是就得错过啊？”

霍骁顿了顿，侧目看了她一眼，肯定道：“不会的。”

王若含偏头看向他。

“我和院里的老师换了课，以后周六到周二都有空，我之前顾虑的因素比较多，觉得我们异地，不合适，但是后来我想，周以都能两地跑，并且和她老公感情稳定，那么我也可以。距离不是问题，何况我们离得也不算远。”霍骁说，“所以如果你没来，我就会去找你。”

王若含收回目光，两只手绞在一起，突然低落道：“你在天文台上和我说那些话的时候，我以为我们俩要完蛋了。”

“对不起。”

王若含摇摇头，深吸一口气：“不说不开心的了。”

霍骁舒展开眉目：“嗯，不说了。”

上午的商场客流量不多，他们点了两杯奶茶，打算随便逛逛，吃顿火锅，下午看场电影。

路过一家杂物店，王若含拉着霍骁拐进去，对霍骁说：“我想给你买个东西。”

霍骁：“什么？”

王若含神秘地笑了笑：“一个年轻人玩的东西。”

霍骁的表情跟着古怪起来。

王若含捏他的侧腰：“你想什么呢霍骁？。”

霍骁摇摇头否认：“我什么都没想啊。”

王若含在一排发圈前停下，抬高下巴问霍骁：“知道这是什么吗？”

霍骁理所当然道：“发圈啊，我又不是傻子。”

王若含翻了个白眼：“你就是傻子，这不是普通的发圈，这是你有女朋友的象征。”

霍骁不解：“就这？”

王若含挑挑选选，找出一根蓝色绳圈，中间有一颗黄色的星星，她问霍骁：“这个怎么样？”

霍骁说：“不错，挺适合你的。”

王若含拿着在霍骁的手腕上比了一下，点点头，道：“就这个了。”

她排队付完账，然后拆开包装，把发圈套在了霍骁的手腕上，左右看看后评价：“不错。”

霍骁抬起胳膊：“给我戴的？”

王若含挑了下眉：“嗯。”

霍骁牵起王若含的手，作势要往前走：“你要想戴情侣手链，我们去专柜买条好的。”

“不是，”王若含拉住他，解释说，“手腕上有发圈的男孩子就是有女朋友的象征，年轻人都这么玩。你怎么连这个都不知道啊霍老师？懂不懂风趣？我看你才是个蘑菇。”

霍骁笑了，颔首道：“这样哦。”

他拨了拨那颗星星：“这就代表我有女朋友了？”

王若含点头。

霍骁突然不嫌弃这廉价又幼稚的小东西了。

王若含又兴高采烈地拉着他去逛下一家，“我们给你家也买点儿装饰品吧，现在也太像样板房了。”

霍骁说：“随你。”他松开手，看王若含认真地在货架前比对。

他盯着她，目不转睛，嘴角含笑。

这是霍骁第一次遇见这样的姑娘，名字里就带了两个“口”，比谁都能说，常常话赶话能把他气得血压飙升，恨不能揍她一顿，但她又是他能想到的所有美好的代名词——可爱、善良、温暖、勇敢。

这么望着她，霍骁回看自己，为那些他身上存在的不完美、不可爱、不善良而有些心虚。

“霍老师，你看这对杯子可爱吗？”王若含一左一右地举起两个马克杯，放在脸颊边展示。

白色的杯身，上面是两只手绘的小动物，叉腰生气的狐狸和汗颜害怕的兔子。

霍骁收回散乱的思绪，回过神来，点点头评价："可爱。"

王若含爱不释手地捧着这对杯子："那你买给我呗，家里用。"

"行。"

王若含朝他甜甜地笑道："谢谢霍老师，霍老师真好。"

霍骁揉了下她的脑袋："不客气。"

挑好杯子，王若含继续去下一个购物区搜寻。

霍骁突然叫她："王若含。"

王若含回过头："嗯？"

"我三十岁了。"

王若含不知道他为什么突然提起这个："我知道啊，怎么了？"

"所以我是认真的。"

"什么认真？"

他们站在一墙的抱枕前，左右还有来往的其他顾客。

这样的氛围实在不适合许下什么承诺，霍骁轻轻呼出一口气，温柔地笑着："去选吧，没事了。"

王若含看了他一眼："哦。"

她走出去几步，觉得不对劲，又回过头，挽着霍骁的胳膊，一脸严肃地问："你不会是有什么年龄焦虑吧霍老师？"

霍骁还没来得及回话，她就自顾自地继续说："我刚刚不该嘲笑你的，你不要放在心上嘛，三十岁也不算老。"

霍骁失笑，掐了下她的脸颊："我是那个意思吗？"

王若含眨眨眼睛："那我怎么知道你是哪个意思？"

霍骁刚张口就被一阵铃声打断，从口袋里摸出手机，见家里的来电，摁下了接通键。

"喂，妈。"

霍骁和电话里的人说了两句话，脸色逐渐下沉。

王若含担心地看着他，用嘴型问："没事吧？"

霍骁对她摇摇头。

挂断通话后，霍骁告诉她："我爷爷高血压犯了，不舒服，我得回去看看。"

"怎么高血压犯了？"

霍骁叹了口气："也没说清楚，我先送你回去。"

王若含拒绝道："不用了，你赶紧去吧。"

霍骁不想给她留个不完美的约会，沉吟后开口："这样好吗？你跟我一起去，你在车里等我，应该很快就好，我回去看看情况。"

王若含点头："行，听你的。"

霍骁捏了下她的手背："抱歉啊。"

"说什么呢，快走吧。"

霍骁爷爷家不在市区，从商场过去大概要四十分钟。

一路上，看他担心家里的状况，王若含也没主动开启别的话题，让他好好开车。

车子拐进一栋黑瓦白墙的别墅，霍骁把车停在院子里，远远看见站在门口的林珊，不知道她踱了多久。

听到汽车的动静，林珊抬起头，迈步走了过来。

"你在这儿等我，我去看看情况。"霍骁对王若含说完后，熄火下车。

"来了？"林珊问。

霍骁点头："妈。"

林珊的烦躁情绪都写在脸上，她朝他挥挥手，自己走到车边："你快进去吧。"

王若含还在车里呢，霍骁见状赶紧制止："妈，你干嘛？"

林珊和儿子抱怨道："你爸吵得我头疼，我到你车上坐一会儿清静清静。"

霍骁没锁车，林珊说着就抬手拉开车门，他根本来不及阻拦。

和里面的人四目相对，林珊愣在原地。

坐着的女孩朝她笑了笑，乖巧地喊："阿姨好。"

霍骁张了张嘴，正在想怎么介绍王若含的身份，就见林珊提起一口气，拿手指着霍骁，颤抖着声音怒斥："你……你大逆不道！"

面对突如其来的指责，霍骁睁大眼睛，一脸惊恐："我怎么就大逆不道了？”

坐在车里的王若含左右看看，大气不敢出，她是长得有多反人类，霍骁才会被说大逆不道啊？

“你看看，”林珊指向车里的人，糟心地说，“你的学生都下手？啊？她才多大？”

这实在是误会大了，霍骁无语，王若含咬着下唇，这一刻竟有些想笑。

“不是，妈，这不是我的学生。”霍骁慌乱地解释，“你哪儿看出来的啊？”

林珊冷哼一声：“你身边的女孩子我哪个不认识？你少来蒙我。说，大几的？”

霍骁放弃辩驳，看向王若含，没好气地说：“哎，问你大几的？”

王若含瞪他一眼，拎着包下车，讪讪地笑了笑，对林珊说：“阿姨，我不是霍骁的学生。”

当着外人的面，林珊把脸颊边的头发捋到耳后，缓了缓表情：“那你也还在上学吧？”

王若含赶紧摇头：“没没没，我没那么年轻，毕业好多年了。”

霍骁提着她的衣领拉到自己身边，和林珊正式介绍：“这是王若含，我和你说过的护士，现在是我的女朋友。”

林珊惊讶了一瞬，上下打量霍骁：“女朋友？什么时候的事？”

霍骁回：“最近。”他又补充一句，“哪里是学生，都三十岁了。”

王若含用胳膊肘撞了下他的腰，露出一个灿烂的笑容，对林珊说：“阿姨您好，我刚过二十九岁生日，还没到三十。”

闹了出乌龙事件，林珊倒也没表现得很尴尬，态度很自然地就转了过来，朝她亲切地笑了笑：“哦，是若含啊，哎哟，你看你长这么漂亮，阿姨还以为你是哪来的小姑娘呢！”

这话说得王若含倒不好意思起来，捧了捧脸说：“哈哈，我确实长得显小。”

他们在门口折腾了好一会儿，林珊催他俩进去：“快去屋里吧，刚刚医生来看过了，你爷爷没事了，你去说两句好听的哄哄他开心。”

王若含为难地看着霍骁，小声问："我也要去吗？"

霍骁牵起她的手："既然被我妈看见了，不进去不太礼貌，没事，我在呢。"

王若含点点头，轻轻呼出一口气，心里还是有些忐忑。

进了屋里，王若含规行矩步，目视前方，不敢往别处看。

门口站着个阿姨，知道霍骁要来，一早准备好了拖鞋。她看见王若含，面上不动声色，也没多嘴问什么，只默默地从鞋柜里拿出一双女式拖鞋，放到王若含脚边。

霍骁叫她"杨婶"，王若含对她轻轻点了下头。

"爷爷在房间里呢，去吧。"

霍骁往楼上走，林珊带着王若含在沙发上坐下。

"杨婶，家里还有没有水果？再去倒杯水来。"

杨婶应好，不一会儿就端来一盘切好的哈密瓜。

"若含，霍骁带我去过你家店里，我认识你妈妈的。"林珊说。

王若含笑着回道："嗯，我知道。"

"你妈妈一看年轻的时候就是美女，没想到你长得更漂亮。"

王若含摆摆手说："没，我妈还嫌弃我没遗传她的全部优秀基因。"

林珊笑起来。

王若含小口咬着哈密瓜，难得举止那么淑女，她在心里偷偷想，霍骁的妈妈也没他说得那么可怕嘛，看上去挺亲切。

过了会儿，楼梯上走下一个中年男人，身材略微有些发福，但五官周正，穿着衬衫西裤，戴一副金边眼镜，一看就是个学者。

王若含悄悄瞄了一眼，比对了下，看来霍骁长得像妈妈多一点儿。

看见沙发上坐着的人，霍弈行问林珊："这是谁啊？"

林珊回："你儿子的女朋友，漂亮吧？"

霍弈行对王若含微微笑了笑，偏过脑袋的同时却沉了脸色，压低了声音，紧张地问林珊："多大了，不是他的学生吧？"

他们果真是夫妻俩，脑回路都一样。

"不是，"林珊摇摇头，使了个眼色，"做护士的，比儿子小一岁。"

"哦。"霍弈行点点头，神色恢复过来，"不错，挺漂亮的。"

作为霍骁的父母，他们自然要关心几句，但气氛并没有王若含想象中那么紧张。

他们问她怎么和霍骁认识的、在一起多久了，还有霍骁平时对她怎么样。

至于她的家庭状况，那些什么结婚生子、对未来的打算，他们好像并不在意，一个字也没提。

王若含对霍骁的家庭背景有个大概的了解，今天这么近距离地接触后，她觉得自己以前可能是杞人忧天了，他爸妈还是挺好相处的。

他们聊了一会儿，夫妻俩就说起家常话来，王若含参与不进去，又不好在长辈面前看手机，只能保持着微笑发呆，在心里祈祷霍骁快点儿下来。

已经到中午了，杨婶在厨房准备午饭，霍弈行对王若含说："若含，等会儿和霍骁留下，一起吃了饭再走吧。"

王若含应好。

林珊问："你都喜欢吃什么呀？也不知道你要过来，我让杨婶给你们加菜。"

王若含自然不好意思开口，只说："我都行的，不用加菜。"

林珊一拍手，想起什么来了："我记得霍骁说你是在山城那边长大的吧？"

王若含点头："我爸是山城人。"

林珊朝厨房喊："杨婶，你再做道辣菜。"

王若含道："不用麻烦的。"

林珊说："没事，杨婶很会做川菜的，就是可惜我们家没什么人能吃辣，正好你在，让她展示展示。"

直到开饭前霍骁才从楼上下来，爷孙俩说了好久的话，他嗓子都冒烟了，先喝了半杯水。

王若含叉了块哈密瓜给他，霍骁拍拍她的手："怎么样？"

王若含回："挺好的。"

父子俩前两天刚吵过，霍弈行还在气头上，对霍骁没有好脸色，板着脸斥问他："我和你妈坐在这儿呢，怎么，眼里就女朋友没父母了？"

霍骁抿了抿唇，转向他俩喊：“爸、妈。”

林珊碰了下霍弈行：“你把你老子气得高血压，多亏儿子上去哄的，还没见你对他说声谢谢呢。”

霍弈行“啧”了一声，横眉瞪着林珊。

林珊撇撇嘴：“怎么？我说错了？”

她起身进厨房帮杨婶，顺带把王若含也叫走了：“若含，来帮忙摆摆碗筷。”

王若含有眼力见，知道林珊是想给父子俩留个空间，起身跟过去：“好。”

她们进了厨房，林珊吩咐杨婶说：“我看爸是不下来吃了，你等会儿送上去，别忘了给他吃药。”

杨婶正在盛饭，家里每个人的碗都是固定的，颜色不一样，林珊走过去，把霍弈行碗里的饭分了一勺放进霍骁的碗里：“别给霍弈行吃那么多，多给霍骁盛点儿。”

“若含，你吃那么多够吗？”

王若含看着满满一碗饭，连连点头：“够了。”

林珊把碗递给她：“那你端出去吧。”

“好。”

等菜都摆上桌了，林珊喊客厅里的父子俩：“过来吃饭了。”

王若含看了一圈，桌上的菜口味都偏清淡，幸好杨婶后来多做了一道下饭的麻婆豆腐。

饭桌上，霍父霍母并没有对她表现出特别的关照，也没把话题一直放在她身上，从进门开始就是如此，态度温和，说不上热情，但这样至少不会让她有太多负担。

一桌人专心吃着饭，很少说话，偶尔随口聊两句，和往常生活一样。

霍骁往王若含碗里夹了一块鲫鱼肉，轻声问她：“好吃吗？”

王若含说：“好吃，麻婆豆腐很正宗。”

霍骁笑了笑：“我还是头次吃到杨婶做的豆腐，托你的福。”

看王若含一个人吃了大半碗豆腐，杨婶笑得很开心，对她说：“姑娘你下次来，婶婶给你做剁椒鱼头。”

王若含眼睛亮了亮：“真的啊？那太好了，我超喜欢吃鱼头。”

霍骁看着她，有些意外，没想到王若含能那么轻松自如地和他的家人相处。

饭桌的另一头，霍弈行和林珊对视一眼，夫妻俩心照不宣，他们想到一处去了。

“老许家的儿媳妇刚过门，说实在的，我还挺羡慕。”霍弈行和林珊说悄悄话。

林珊给他夹了一筷子青菜：“你不是从来都不过问他的情感问题，我还以为你不关心呢。”

霍弈行反驳道：“不过问又不代表不关心。”

林珊看了看旁若无人的年轻情侣，她和丈夫的想法一样。

叶婵是个很优秀的女孩，原先所有人都觉得她和霍骁条件相当，是天造地设的一对，但最后并没有如愿。而眼前这个姑娘，说起来和霍骁完全不是一个世界的人，但今天这么一看，林珊打消了原先的顾虑和担心。

她看得出来，霍骁的人生里也许会遇到很多个“叶婵”，但只会遇见一次“王若含”。

儿子大概也意识到了这一点，所以看着那姑娘的眼神里，总是带着前所未有的爱惜和珍视。

吃过饭，林珊帮着杨婶一起收拾，让霍骁和王若含去客厅坐会儿。

霍弈行不想当两人的电灯泡，躲进了楼上的书房里。

厨房水池边，杨婶洗着碗筷，和林珊小声说：“我觉得这个姑娘比上个好。”

林珊其实心里也这么想，但她只说：“这个更讨人喜欢一点儿。”

杨婶说：“我看，骁骁也更喜欢这个。”

林珊把碗摆在沥水架上，朝外头看了一眼：“也许这个才是适合他的。”

饭后他们坐了没多久，霍骁借口下午订了电影票，要先走。

林珊送他俩到门口，让霍骁有空多带王若含回家里玩。

回到车上，王若含重重地舒出一口气。

霍骁揉了揉她的脑袋："还好吧，没那么夸张吧？"

王若含鼓了鼓腮帮子："在一起第一天就见家长，谁的恋爱经历这么刺激啊？"

霍骁说："可你表现得很好呀。"

"真的吗？"

"真的，我爸妈特别喜欢你。"

王若含却有些不相信："你没骗我吧？我也没觉得他们对我特别满意啊。"

霍骁和她说："他们就是这样，但我看得出来。"

王若含咬着嘴唇，有心事了。

霍骁捏捏她的脸蛋："怎么还不开心了？"

王若含摇摇头："没不开心。"

霍骁一眼看穿她的心思："今天是意外，我也不想太早考虑生活里的琐碎事，以后的问题以后再解决，现在呢，我们应该先好好想想看什么电影。"

王若含重新笑起来："嗯，走。"

"走。"霍骁发动车子，"谈恋爱去。"

车上，王若含翻了翻正在上映的影片，选中了一部悬疑推理的影片。

她把预告片拿给霍骁看，一脸期待："怎么样？不错吧？是不是很有意思，我看评论都说好看。"

电影整体走的是压抑黑暗风，预告中画面切换紧凑，配乐鼓点密集，通过主角间的对话抛出一个又一个矛盾点，看得人也跟着紧张起来。

霍骁微不可见地皱了下眉头："不错。"

王若含却听出他话里的迟疑，侧目看向霍骁："你是不是不喜欢悬疑片？"

霍骁否认："没有，挺好的。"

王若含眯了眯眼："还是你怕了？"

"怎么可能？"

王若含了然地点点头，安慰他说："这又不是恐怖片，没什么吓人的。"

霍骁扯了扯嘴角，在心里嘀咕——不吓人，那还剪得这么惊悚。

看电影，可乐、爆米花自然不可少。霍骁排队去买，王若含在休息区坐着等他。

今天是周末，又逢雨后初晴，很多人出来玩，许多情侣牵手约会。

王若含把微博首页都刷完了，霍骁才回来，把饮料和爆米花桶放到桌上，取好的电影票给王若含拿着。

“怎么这么久啊，人很多吗？”

霍骁说：“遇到了学生，聊了两句。”

“学生？也来看电影啊？”

霍骁点头，用眼神示意了个方向：“班长和学委，呵，我都不知道这回事，怪不得那天上课我让他俩读课文，其他人在底下笑得那么开心。”

王若含看过去，小情侣青涩地牵着手，还挺般配，她捂嘴笑道：“怎么大学生也爱起哄啊？”

霍骁摸出手机：“我得赶紧和周以分享一下。”

王若含咬了咬嘴唇，笑容消失：“那个……”

霍骁问：“怎么了？”

王若含：“你说我们俩好了的事，要告诉周以吗？”

“那当然了。”

王若含绞着手指：“但我不知道要怎么说。”

霍骁愣住，收起手机，没了八卦的心思：“我也有点儿不知道怎么开口。”

王若含努努嘴，出主意道：“要不咱循序渐进，由浅入深，先铺垫好了再官宣？”

霍骁揉了揉她的刘海：“哟，四字成语学得不错啊。”

王若含“啧”了一声：“别打岔，严肃点儿。”

霍骁轻声笑了笑，他没有王若含想得那么复杂：“别想太多了，找个机会直接告诉她，说起来她还是红娘呢。”

王若含嘟囔：“那万一她也是西王母呢？”

霍骁算是听明白了：“哦，你是担心你闺密不同意我和你在一起，是吧？”

王若含的眼睛看向了别处："我可没这么说。"

霍骁却认真道："如果周以真不同意，你会怎么样？"

王若含吸了口可乐，沉默以对。

她的态度惹得霍骁心里不爽，堵了一口气似的，忍不住撒气道："周以是你妈呀？"

王若含掀起眼皮瞄他："你凶什么凶啊？"

霍骁嘴硬："没凶。"

王若含捡了颗爆米花塞他嘴里，焦糖味的，刚出锅。

霍骁还是一副心情不太好的样子。

正好电影快开场了，王若含拉着霍骁起身去检票："走啦，霍老师。"

霍骁终于缓和了脸色，反牵住王若含的手，并肩走进影厅。

他们在最后一排坐下，霍骁把中间的扶手拿走，王若含自然地向他靠去。

离开始还有三四分钟，王若含凑到他耳边说："我没有别的意思，你别往心里去。"

霍骁垂眸问她："我真有那么差劲吗？"

王若含怀疑自己听错了："谁说你不好了？"

霍骁摇摇头，影厅灯光熄灭，四周昏暗下来。

王若含借着微弱的荧光看向霍骁的侧脸轮廓，她口拙，不知道是不是自己说错了意思，让他误会了。

"霍骁。"她轻轻喊他。

霍骁捏了下她的手背，打断她的话："看电影吧。"

王若含吸了吸鼻子，心不在焉地把目光转向大屏幕。

她刚一看过去，画面上就是血腥的分尸现场，没有一点儿准备，王若含的心"咯噔"一下，她下意识地抓紧霍骁，指甲掐进肉里。

"嗞……"霍骁低呼一声，疼得吸气。

王若含赶紧松开，摸摸他的胳膊，颤着声音道歉："对不起对不起……"

霍骁摇摇头，无奈地低声笑了："你看你自己都怕，还拉我来看。"

王若含深呼吸，调整了一下坐姿："我刚刚没准备好，就这？眼睛都不眨的好吗？”

霍骁“嚯”了一声：“谁怕谁是小狗。”

王若含：“那肯定不是我。”

霍骁拈了两颗爆米花，一颗喂给王若含，一颗自己吃。

王若含拿起可乐，自己喝了一口后递给霍骁。

可乐的气泡在舌尖炸开，冰爽而畅快。

霍骁想，和身边这个人谈恋爱真是非同凡响。

他开始看以前不会看的电影，吃以前不会吃的东西，喝以前不会喝的可乐，担心以前从来没有的烦恼。而不可否认的是，他也开始变得鲜活。

“王若含。”

“嗯？”

霍骁没有继续说下去，拿出手机在键盘上打字。

过了一会儿，王若含的手机屏幕亮了亮。

她解锁屏幕，备注为“玉面老狐狸”的人发来了一段文字：“就算玉皇大帝不同意，我也不打算放过你。”

王若含“扑哧”一声笑了：“咱俩谈恋爱难道伤天害理啊？”

明明肩并肩坐着，偏个头就能说话，两个人倒喜欢上这样的对话方式，像是学生时期偷偷传小纸条，隐秘而暧昧。

霍骁回：“拐了神女回家当然有违天规。”

王若含拿手掩着下半张脸。

一场近两个小时的电影结束，散场时，霍骁问王若含：“凶手到底是谁来着？”

王若含摇摇头：“我还想问你呢……”

两人相顾无言，谁让他俩大部分时间都在心猿意马。

“等上线了再看一遍吧。”

“好。”

“晚饭想吃什么？”

王若含摸了摸肚子：“中午吃太饱了，还不饿。”

“那买点儿菜回去吧，你饿了我再做。”

“行。”

两人从超市提着购物袋回来，王若含接到了方春华打来的电话。

霍骁先进屋，接过她手里的袋子放到玄关上，看王若含一只手拿着手机不方便，又蹲下，替她解开鞋上的扣子，把拖鞋拿到她脚边。

“我挺好的呀，今天出去玩了。”

“怎么样？签名给我要到没？”

“谢谢老妈。”

“你还在组里呢？什么时候结束啊？”

母女俩聊了一会儿，现场有工作人员喊方春华，要开拍了。

王若含又叮嘱了几句才挂断电话。

霍骁从厨房出来，问她：“阿姨去拍戏了？”

“嗯。”王若含盘腿坐在沙发上，神气地挑了挑眉，“我现在可是星二代，抓紧时间巴结我啊。”

霍骁笑了笑，如她所愿，绕到沙发后给她捏肩：“阿姨以前就是演员吗？”

王若含说：“嗯，她最开始是在金陵话剧团上班，后来去拍了几部电影。我妈说可能我们这代人不知道，但她当年还挺火。”

“那怎么……”

他开了个头后又停住，王若含知道霍骁想问什么，索性自己回答了：“她有次去山城拍戏，遇见了我爸，他俩恋爱后，我妈就留在那儿了，也就没再继续拍戏。”

听到这个故事的人都会惋惜，霍骁也不例外。

王若含撑着下巴笑了笑，说：“别露出这副表情，我妈说她不后悔，她本来就没什么事业心，既然觉得当下和我爸在一起是最快乐的，就这么做出选择了。”

“那后来为什么又分开呢？”

“过得不开心了呗！我妈一直都是这样的，开心就在一起，不开心就分开。”

霍骁在脑海里回忆方春华的样子，那确实是一个潇洒而美丽的女人，就算褪去星光，她也风华不减。

“可惜了，我妈说我从基因开始就笨，外貌专挑我爸的大脸塌鼻子长，智商却要遗传她的。”

霍骁张开手掌包住王若含的脸：“你这还大？都没我手大。”

王若含抓住他的手挣脱开，龇了龇牙。

“智商倒确实不高。”

王若含加重语气：“嫌我蠢了，是吧？”

“是啦是啦。”她阴阳怪气地哼哼道，“不像某位叶小姐，名校毕业出国留学，大家闺秀聪明漂亮，能进大企业上班，哪儿像我，就是一普普通通的小护士。”

霍骁沉下脸奇怪地道：“你是怎么知道叶婵的？”

王若含没好气地说：“她是周以同学，我当然听说过了，你以为我不知道你俩那点儿破事啊。”

“霍骁，你说，”她瞪大眼睛，掐着霍骁的脖子凶巴巴道，“你是不是嫌弃我了？”

霍骁哪儿敢啊，坐到沙发上，伸手把人抱进怀里，撞了下额头：“我根本没这么想，不要胡说八道，也不要乱吃醋。”

王若含拱了拱鼻子。

看她不为所动，霍骁换了种方式，问道：“那我问你，如果世界上有两种职业，一种是需要游历世界的探察家，你要去各地旅游，记录下你看到的那些山川湖泊，植物、动物，但注定一生寂寂无名，没有多少人会记得你。另外一种是光鲜亮丽的地理学家，你哪里都不需要去，就坐在你的办公室里，安安稳稳地把探察家的见闻编辑整理成文字，你会选择哪一种？”

王若含不假思索：“那当然是探察家了，这不就是公费旅游吗？多好啊，天天坐办公室有什么意思？”

霍骁点点头：“这就对了。”

王若含不解：“什么对了？”

霍骁笑着说：“我不喜欢漂亮的花瓶，再珍贵也不喜欢，我就喜欢会给我拔萝卜的兔子，再普通都喜欢。”

Chapter 08
好喜欢你

王若含低头，用胳膊挡住脸。

霍骁紧张起来："怎么了，哭了啊？"

王若含摇摇头放下手，仰起脑袋发出一阵放肆的笑声。

霍骁无语："你笑什么？"

王若含抿唇想憋住笑意，尝试后还是"扑哧"一声破防："难得听你嘴里吐出人话，怪新鲜的。"

霍骁动了动腿，赶她下去。

王若含搂紧他的脖子又贴回去："干嘛？"

霍骁揪着她脑后的马尾，让王若含抬起头："你说你，能不能别总是破坏气氛，我还有后半句要说呢。"

王若含委屈道："那我忍不住嘛，还有什么呀？快说。"

霍骁松开她，起身走向厨房："忘了。"

王若含跟过去："肯定没忘。"

霍骁把菜放进水池里："真忘了。"

王若含不相信，不依不饶地要他说。

霍骁瞥见王若含光着脚，皱了皱眉："鞋呢？"

王若含不以为意："哎哟，大夏天又不冷。"

霍骁态度坚决："夏天也不行。"

霍骁背对着她弓了弓身，王若含灵活地跳到他的背上。

"霍老师。"王若含把手伸到他面前，比了个爱心手势，"爱你哟。"

霍骁轻嗤一声，背着她到客厅穿鞋。

王若含是个厨房白痴，只生了张嘴等着吃，帮霍骁洗完菜之后，她就被赶了出去，霍骁嫌她碍手碍脚。

行吧，不打扰霍大厨发挥，她趴回沙发上打游戏。

一局游戏刚开局，王若含就接到了电话，是一楼工作室的姐姐打来的，说停电了，隔壁邻居家里都好好的，就她家，不知道是不是因为线路老化。

电源的问题不解决，姐姐们就没法招待客人，周末人又多。

王若含坐了起来，顶着挂机被举报的风险退出游戏，试着联系方春华。

她妈没接，估计还在拍戏，王若含咬着指甲盖，翻了翻联系人列表，能求助的也只有秦也。

"喂，也哥。"

"怎么了？"

"我们家好像停电了，我现在人在申城回不去，我妈又不在，你有空吗？能不能帮我回去看看？"

秦也答应说他来联系电工师傅。

王若含道完谢，算是松了口气。

霍骁听见她在打电话，语气着急忙慌的，出来关心道："怎么了？"

王若含低着头发消息："哦，我们家停电了，已经找人去看了。"

霍骁问："没事吧？"

王若含朝他笑了下："没事。"

她的年假没剩下几天了，王若含退出聊天界面，看了看高铁票。

家里一直没人也不行，原计划今天就该回去了。

王若含愁眉苦脸地看着手机，开始纠结。

“霍老师。”

“嗯？”

“我可能明天就要回去了……”

霍骁愣了愣，这两天都快忘了这事了：“这么快？”

“也不快，今天都28号了。”

霍骁放下手中打蛋的碗筷，走到王若含面前：“要不后天再走？”

王若含眨了眨眼睛，轻易就动摇了：“那行，后天。”

霍骁叹口气：“你来都没好好玩过。”

王若含上前半步圈住他的腰：“我来又不是为了玩的，这不拐到一个男朋友，不虚此行了。”

霍骁十分受用地笑了：“松开，我要做饭去了。”

王若含才不撒手：“那你什么时候能来找我？”

“还没走呢，就想着下一次见面了？”

王若含坦然承认：“对啊，让我有点儿盼头。”

霍骁认真想了想：“开学事情有点儿多，我也不确定具体时间，但国庆我肯定去找你，行不行？”

王若含满意地点点头：“行。”

霍骁很快就炒好了两道菜，一荤一素，他俩凑活一口正好。

吃饭的时候，王若含的手机铃声响了，她拿起接听，放到耳边“喂”了声。

“修好了是吧，行，那就好，谢谢也哥啊！”

等她挂了电话，霍骁夹了块肉放到她的碗里，问：“秦医生啊？”

“嗯。”

“你们两家关系挺好啊？”

王若含停下动作，细细品了品，觉察出不对劲：“霍骁，你是不是吃醋了啊？”

被戳穿的霍老师一脸淡定，摇摇头否认：“没啊，吃什么醋，这有什么可吃的？”

“那就好。”王若含故意说，“男人嘛，不能那么小心眼，要大度，你说是不是？”

霍骁忍不下去了，咬牙警告她："王若含，你最好给我适可而止。"

王若含朝他吐了下舌头："有人不让别人乱吃醋，自己却小肚鸡肠，我不说是谁。"

霍骁真是被气笑了："你有完没完？"

王若含可会看脸色了，赶紧说："吃饭吃饭，红烧肉都要凉了。"

霍骁叹口气，想着家里要不要也备点儿降压药。

吃过晚饭，王若含提议再找部电影看看。

霍骁同意，把从家里带回来的水果洗净装盘。

他坐到沙发上，看到屏幕上一双沾满鲜血的双手，终于明白王若含的意图了。

"合着在这儿等我呢？"

王若含笑嘻嘻地抱着霍骁的胳膊："这部电影我想看很久了，不是一般的恐怖片，很精彩的。"

霍骁一副不太情愿的样子："就不能换点儿别的看看？"

王若含甜甜地笑着："不行呢……"

她还把客厅的灯关了，整个屋子只留电视机的幽幽荧光，氛围感十足。

王若含故意压低了声音："霍老师，要是太害怕的话，可以躲进人家怀里来的哟！"

霍骁"呵"了一声："谢谢，你多虑了。"

比起那些冲击感十足的画面，这部片子更多的是用一些细微的声音营造骇人的氛围，比如这段持续而没有规则的水滴声，听得人心里发毛。

霍骁胆子不小，但也承受不住近两个小时的精神污染。靠着在心里默念"富强民主文明和谐"，他表现得还算泰然自若。

这部片子评分高也不是没道理，它不是纯粹吓人，剧情逻辑还挺吸引人的。

霍骁看得全神贯注，直到耳边响起一阵轻微的鼾声。

他起初以为是电视里的音效，但那效果实在太立体了。

霍骁偏头看去，发现一直靠在他身上的王若含不知什么时候睡着了。

她睡着了？

“王若含。”霍骁拍拍她的脸。

王若含嘴里嗯了声，向后倒去，一只腿还架在他的身上。

霍骁哭笑不得，把她喊起来：“你不是吧？”

王若含揉揉眼睛，恢复了些意识：“我睡着了么？”

“嗯，都打呼噜了。”

王若含用手背擦了擦嘴角，不承认：“你胡说，我从来不打呼噜。”

霍骁笑着没说话。

王若含打了个哈欠，问他：“放到哪儿了？”

霍骁说：“家里的玩偶都是死掉的小孩附身的。”

王若含挠挠脸，哦了一声。

霍骁还是想不通：“你怎么这都能睡着啊？”

王若含伸了个懒腰，又靠到他身上去：“这窸窸窣窣的声音太让我ASMR。”

霍骁：“什么东西？”

王若含解释说：“我说颅内高潮，你懂吧？”

霍骁：“……”

王若含拱了下鼻子：“我不是那个意思。”

霍骁：“……”

王若含双手交叉护住前胸，“你不会觉得我在暗示你吧？”

霍骁：“……”

王若含睁着大眼睛，浓密纤长的睫毛扑扇扑扇的：“我真没那个意思哦……”

屋里安静了一会儿，霍骁深吸一口气，伸长胳膊摸到遥控器，电视关闭后客厅一片漆黑。

王若含伸手去抓他，被霍骁握住腰抱到了身上。

“下次说这种话之前，拜托先照照镜子。”

王若含问：“怎么了？”

霍骁的声音低沉：“一副急着要和我上床的样子。”

他说得太直白，语气里听不出情绪，王若含吞咽一下，心跳频率加快。

“先洗澡？”

王若含被他放到卫生间的洗手台上，指了指外面：“帮我把卸妆水和化妆棉拿过来，在行李箱里。”

霍骁听话地出去拿东西。

王若含的手撑在两边，两条腿一晃一晃的，她看着霍骁拿出一片化妆棉，沾湿卸妆水后敷在她的脸颊上。

似乎是想到了什么，她问：“霍老师，你知道我对你最心动的一刻是什么时候吗？”

霍骁：“什么？”

王若含笑了笑：“第二天起来，我发现你还帮我把妆卸了的时候。我当时就想，你这男的太上道了，前女友调教得真好。”

霍骁放轻动作擦去她脸上的化妆品：“纠正一下，不是前女友调教的。”

“哦？你还无师自通啊？”

霍骁说：“你睡着之前一直嚷嚷要卸妆，说什么带妆睡觉会烂脸。卸妆水什么的是我打电话和前台要的，还去搜了视频看怎么用。”末了他又补充道，“还有你睡觉是真的打呼噜。”

嘴角的笑刚扬起又僵住，王若含气急败坏，抬腿要踢他：“那肯定是我太累了，你少抹黑我的形象。”

霍骁控制住她不安分的腿：“好好好，你太累了。”

王若含看着他，又问：“我素颜丑吗？”

霍骁答：“不丑。”

“真的？你好好看看再回答。”

霍骁直接拿化妆棉盖在她的嘴唇上，不让她继续说。

“真的，要是少说两句话会更漂亮。”

王若含挣脱开：“我就不。”

霍骁拿她没办法，换了张干净的化妆棉继续卸其他部位。

“霍老师。”

“又怎么了？”

王若含抚了抚他的眉毛：“有句话五个月前我就想告诉你。”

“什么？”

王若含望向他的眼睛，轻轻说：“你认真起来的样子，好让人着迷。”

霍骁安静地看了她一会儿，那双黑葡萄似的眼睛亮闪闪的，是他第一次见她就沦陷的地方。

他拿下架子上的毛巾，用温水浸湿，拧干后给王若含擦脸，然后在她素净白嫩的皮肤上落下细密温柔的吻。

“这样的认真呢？”霍骁的唇似有似无地贴在她的唇边。

王若含的呼吸起伏由他主导，她从干涩的喉间发出一声“嗯”。

霍骁又亲了亲她的鼻尖，不满意她的回答，追问道：“‘嗯’是什么意思？”

王若含撇开脸，嗔怪了句：“啰唆。”

霍骁笑了笑，把衬衫袖子挽起，替她打开淋浴间的水龙头，调好水温说：“你先洗，我马上回来。”

王若含奇怪地道：“你刚才没买啊？”

霍骁说：“忘了。”

王若含眯了眯眼，不相信。

“走了，怕有人等不及。”

王若含被逗笑，推了他一把：“快去快回。”

她跳下洗手台，褪去衣服走进淋浴间。

外面传来开门落锁声，霍骁出去了。

温水落在皮肤上，雾气氤氲，王若含放松神经，脑海里浮现出某些画面。

事后她从来没有回想过那一夜的场景，不想面对也不敢面对。

这一刻像是时光回溯，某些熟悉的感觉再次冲击大脑皮层，牵扯出久远的回忆，王若含发现她原来记得那么清楚。

那是三月的一天，人间春意初融。

那个周末，沐心山庄被包了下来，婚礼在周日举行，周六供受邀宾客自行游玩。

王若含请了两天假，住进民宿房间后，拉开窗帘赏了赏外面的景色，第一句话就是问周以："你老公还有没有什么兄弟朋友的，能不能介绍给我？"

周以笑着说帮她留意。

卢杉山用胳膊碰了碰王若含，怂恿道："依周以老公的人脉，婚礼上肯定有不少青年才俊，你给姐妹们加把劲，带一个回来。"

王若含翻了个白眼："我谢谢你啊，怎么带？"

卢杉山拍了拍身下粉色的被子："你看看来的路上到处都是鲜花气球，这么浪漫的气氛，最容易产生冲动了，好不好？"

王若含抓起一把花瓣高高抛起，仍由它们落在身上："借你吉言啊。"

下午，新娘的姐妹团在准备明天接亲环节的游戏，王若含忙里偷闲，溜出去散步。

民宿后有个小公园，人工湖里养了天鹅和观赏鱼。

王若含走到湖边，挑了处晒不到太阳的长椅坐下。

阳光晴朗，湖面澄澈，波光粼粼，她拿起手机取景拍摄，很快就有些无所事事。

听到不远处传来动静，附近的人都围了过去，王若含也从长椅上起身。

她努力踮脚，看到的只有一个又一个后脑勺。

正要放弃的时候，她听到人群中有个男人高声喊道："有没有医生？"

王若含毫不犹豫地回身向人群中挤过去。

还好她个子小，费力挤到中心，王若含喘了口气问："什么情况？"

一个三四岁的小孩正捂着喉咙，脸涨得通红，看上去呼吸不畅，极为痛苦。

家长蹲在边上，束手无策，只能干着急。

刚刚叫医生的男人还算冷静，告诉王若含："吃糖卡在喉咙口了。"他极快地打量王若含，"你是医生？"

王若含摇头："但我有办法。"

海姆立克急救法她是学过的，王若含把手机和肩包取下塞到男人怀里，弓腿站稳，把小孩从背后抱到怀里，让他坐在自己的腿上，同时双手交握，贴在他胸部下方肚脐上方的位置，收紧双臂猛烈施压。

反复几次后，男孩终于吐出一颗圆形糖果。

王若含放松手臂放下他，帮他顺了顺气："好了好了，没事了。"

小孩被吓坏了，立刻大声哭起来。

"谢谢姑娘，谢谢谢谢。"孩子妈妈的一颗心终于落地，把儿子抱在怀里，嘴里嘀咕了几句方言，听上去意思是以后不许再吃糖。

那个男人把包和手机还给王若含，王若含接过，说了声谢谢。

她甩了甩酸痛的手臂，额头上竟冒了层汗。

男人说："幸好有你，我虽然看过这种急救方式，但没亲身试验过，不敢上去。"

王若含抬起头，他长得还挺好看的，眉眼温润，谈吐气质都让人很舒服。

她说："你做得很好，也多亏有你。"

要是贸然尝试，如果方法错误，海姆立克急救法也有可能导致患者肋骨骨折，他在第一时间寻找专业医生是最正确的选择。

男人朝她笑了笑："你是护士吧？"

王若含没点头，只说："一个路见不平的美女罢了。"

她把包重新背好，群里卢杉山已经在让她赶紧回去了。

王若含一边走路一边打字回："这小小山庄里还真藏了个帅哥。"

她再次遇见霍骁是第二天午宴之后，也差不多这个时间点。

新郎、新娘在花房里宣读誓词的时候，王若含作为伴娘就站在新娘身侧，看着周以动容哭泣，也眼眶酸涩。

仪式结束后，宾客移步宴会厅，王若含酒量不行，敬酒环节就让陈文欢陪着周以了。

她坐下吃了几口菜，心里有事，索性一个人溜出去，又回到了半山腰的花房。

这里被装饰得梦幻绚丽，粉色玫瑰搭配浅灰色丝带，据说都是新郎一手设计。中间的小道上铺了一地羽毛，刚刚穿着白纱的新娘就是从这里款步向新郎走去。

王若含站在门口，失神地望着这一屋的美好。

手机铃声突然响起，打破了安静，王若含拿起一看，是她在口腔科的护士长打来的。

“喂，护士长。”

“小王，你真决定好了要转科室啊？”

王若含抿着唇：“嗯。”

电话里，护士长叹了口气：“何必呢？你马上就可以升职了，而且咱们口腔科，别人都抢着要来。”

“姐。”王若含打断她的话，“我真想好了，不用劝了，儿科那边正好缺人，我去挺好的。”

“行，你决定了就行。”护士长停顿了下，说，“我是相信你的，你不是那种人。”

王若含眨了眨眼，眼珠子向上看。

委屈的时候最怕人关心，她吸吸鼻子说：“谢谢姐。”

那天容欢来办公室找秦也，两个人大概是吵架了，之后科室里莫名其妙就有了些不好听的传言。

“听说王若含是靠着秦也的关系才进的口腔科。”

“听说王若含一直对他居心不良，看上去单纯，其实很有心机。”

“听说王若含还总是和同事换班，就是为了能和秦医生一起上、下班。”

……

普罗大众只爱刺激新鲜的八卦消息，不关心无趣的真相。

一出狗血的三角恋大戏就这么传开了，王若含成了恶毒的“绿茶”。哪怕秦也在所有人面前严肃澄清过，她还是觉得周围人看她的眼神很奇怪。

王若含大概能猜到这些话是从谁那里传出来的，有个同事以前经常和她换班，一次两次她还会顾及人家有急事，次数多了她也是会烦的。

有一次她拒绝后，那人就阴阳怪气地冒出一句：“不会是秦医生明天不上班你也不想来了吧？”

王若含现在想想都觉得可笑，老好人的下场永远都是挨欺负。

付出的好心被当成理所当然，拒绝帮忙反倒成了“小气”“冷漠”“自私”。

她转科室不是怂了，以前一直觉得医院的环境相较来说单纯，但没想到也有勾心斗角。

如果整天应付这些社交关系，她干不好事。

她一退再退，受到损失的还是她，而她明明什么都没有做。委屈涌上心头，王若含再牙尖嘴利，真遇到事也只会躲避。她在花房的角落里缩成一团，埋头开始掉眼泪。

“凭什么我要帮他啊？立学霸人设前不掂量掂量自己几斤几两？找人写论文这种法子都想得出来，他也算是用尽毕生智慧了，让他滚一边去，有这么做慈善的吗？老子笔下的字价值千金，他一个肚里没墨水的人担得起吗？”

王若含听了一会儿，竟觉得声音有些耳熟。

“谁跟他是兄弟？吃过两次饭就要我讲义气？我是菩萨啊？也没见他逢年过节给我送点儿贡品啊。他是没手没脚还是没脑子？天天想着图方便！隋艺，我和你说，不是一回事，他读大学那会儿毕业论文就是我帮他改的，我当举手之劳卖个人情，不是等着今天他可以得寸进尺。说我小气就小气呗，这个忙我就是不帮，别说大纲，标题我都不会帮他想。一个阴沟里的臭蛆，学术风气就是被他这种人败坏的。骂我就骂我呗，爷不在乎，爷只怕染上一身腥臭味。”

男人挂了电话，宽阔的胸膛起伏了一下，看样子气还没消。

“那个帅哥。”王若含抬起头，说，“你要不再骂两句来听听？”

他大概是不知道还有别人，吓得后退半步：“啊？”

王若含站起身，往他面前走了两步：“你再多骂两句呗，听得我太爽了。”

男人挠挠脑袋，有些尴尬道：“那个，你没事吧？”

王若含这才意识到自己还一脸泪痕：“哦，没事。”

眼前人和几分钟前的状态截然不同，温声向她道歉：“不好意思啊，我不知道这里有人。”

王若含摇摇头，擦去滑落到下颌的泪珠：“没事。”

男人垂眸看了她几秒，然后抬手碰了下她的脸颊，指节刮过眼睑下方，像是替她擦去泪水。

他解释道：“沾了根羽毛。”

王若含拍拍脸：“哦，谢谢。”

“你不会是……”男人欲言又止。

“什么？”

“新郎的前任？”

王若含扑哧一声笑了出来：“你看我像吗？”

“那你怎么了？”

王若含耸了下肩：“和你一样，遇到点儿烦心事。”

现在虽然天气晴朗但气温不高。王若含只穿了件抹胸礼服，花房的门没关，风吹进来，激起一层鸡皮疙瘩。

男人把手里的外套递给她，王若含接过，道了声谢。

他却没有收回手，又问她：“要不要一起出去走走？”

王若含轻轻把衣服搭在身上，过长的袖子让她只露出一点儿手指尖，在男人的搀扶下她重新穿好高跟鞋：“去哪儿？”

霍骁说：“咖啡馆今天可能不营业，往里走有个人工湖，要不去看看？”

王若含应道：“行啊。”

他们走到室外，微凉的风吹乱发丝，王若含拢紧外套。

霍骁和她换了位置，默不作声地替她挡风。

外套上有好闻的男士香水味，清爽而温和。

王若含总是忍不住偷偷地嗅。

他们到了湖边，走下木阶时，她听到霍骁说：“我有个问题。”

王若含抬起头看着他：“什么？”

霍骁问：“昨天在这里的人是不是你？”

王若含收回目光：“我以为你早就认出我来了。”

霍骁轻声笑了，眉眼舒展开，在午后的阳光下更显得温柔：“昨天你好像没化妆。”

王若含歪了歪脑袋：“意思是我妆前妆后差别很大吗？”

霍骁笑着摇头：“没有，是今天更漂亮了。”

被人夸了谁不开心？王若含忍不住翘起嘴角：“那当然，毕竟今天是伴娘。”

霍骁恍然惊醒：“哦，我就说你怎么那么眼熟，刚刚在台上我盯了你很久。”

王若含嗤他：“少来，你不看新娘看什么伴娘？”

霍骁为自己申辩：“我说真的，新娘是别人的老婆，有什么好看的。”

王若含掀眼，认真打量起面前这个男人，长得太斯文秀气也不好，容易让人轻信，不抱防备心。

她提议：“要不我们来交换吧？”

“交换什么？”

“你刚刚因为什么……破口大骂，我也告诉你我为什么躲在角落哭。”

霍骁有些犹豫：“为什么？”

王若含转身趴在拉杆上：“一起比惨，痛苦减半嘛，再说了，不然我们在这儿聊什么啊？”

霍骁想了想，道：“行。”

王若含咬着嘴唇，想了半天，最终憋出一句：“我遇到个傻子。”

霍骁说：“我也遇到个傻子。”

王若含：“……”

好像这也不是个很好的话题，她挠挠脸：“我不知道怎么和陌生人开口。”

霍骁搓搓鼻头：“我也是。”

“不过挺想不到的。”王若含转身，用后腰抵着栏杆，“我还以为你是个很温柔很有礼貌的人，没想到你骂起人来这么……”她语文不好，想不出精确又不冒犯人的形容词，索性说，“这么帅……”

霍骁显然听出她在恭维自己，勾唇笑了笑：“你难道不觉得我这人很奇怪？”

“奇怪什么？”

“表里不一。”

王若含无所谓地说：“阴暗面吗？谁都会有，很正常。”

霍骁不认同：“是吗？可是有的时候我都觉得自己虚伪。”

王若含问道：“你讨厌自己吗？”

霍骁摇头：“讨厌阴暗面，这部分让我心虚，因为我知道真实的我没有别人眼中那么好，不过换个角度想，我又挺感谢自己的阴暗面的，做个俗人怎么了，自私一点儿又怎么了，俗人至少不累。”

王若含被一言击中，认同地点头：“英雄所见略同，我又不是来人间当菩萨的。”

霍骁失笑：“你不是路见不平的美女吗？”

王若含不好意思地捂了下脸：“别提了行吗？随口一说的。”

霍骁眼里的笑意更盛。

正常的社交步骤应该先交换名字，再逐步介绍个人信息，慢慢地了解对方，但王若含和霍骁并没有。他们跳开这些环节，聊的话题随心所欲，对彼此的认识也许还停留在陌生人阶段，但又好像猛然间拉近了不少距离。

他们沿湖步行，走过一座木桥，快要到尽头了。

王若含看了一眼时间，说：“我应该要回去准备晚宴了。”

霍骁点头：“好，那回去吧。”

半山腰有一段路是玻璃栈道，脚下的地板是全透明的，可见淙淙溪水和茂密的山林。

踏上栈道前，王若含目视前方，清清嗓子给自己打气。

她突地发现旁边这个人也和她一样犹犹豫豫。

他们对视一眼，心领神会。

“你恐高？”

“你也是？”

“走吧。”霍骁深呼吸一口气，向她伸出手。

王若含这次实实在在地搭上去，让他们的掌心相贴：“病友互帮互助啊。”

霍骁纠正道：“是男生女生向前冲。”

王若含笑起来，满眼都是眼前这个男人，全然忘却了对高空的恐惧。

肢体接触会带来奇妙的化学反应，人们也总是用这样的方式表达两个人的亲密关系。

有什么不一样的情绪在悄悄变化，王若含走了一路，心不在焉地琢磨了一路。

他们走到民宿大堂，她脱下外套还给霍骁。

两人告完别，她心一沉，又转身把人叫住：“哎。”

霍骁回过头：“怎么了？”

王若含咬了下嘴唇，鼓起勇气说：“我听说，今天晚上花神咖啡馆会变成小酒吧招待客人，要一起去喝一杯吗？”

霍骁的长睫一敛一掀，他没把话说透，但又挑明道：“是目的单纯的那种喝酒吗？”

王若含看着他，摇了摇头：“我想快点儿了解你，再多一点儿。”

霍骁沉默了好半晌：“这种事经常干？”

王若含诚恳而坦然：“不，是第一次。所以你拒绝也没关系，爱迪生失败了一千多次才发明电灯泡呢。”

霍骁的嘴角有了弧度：“那你比爱迪生厉害。”

听到门口的动静，王若含拉回思绪，关闭花洒，扯下毛巾擦了擦身子，然后套上自己的睡裙。

“回来了？”她打开浴室的门，迎面就撞上霍骁的怀抱。

他亲得有些急，呼吸不稳，急促地喘着，但很快就松开了，说：“等我。”

王若含搂着他的脖子没撒手，霍骁看着她，用眼神询问怎么了。

她什么都没说，只是凑上去吻他的下巴。

霍骁便什么都懂了，把人抱起，最后两人是湿淋淋地出来的。

被子被掀开，落了一半在地板上。霍骁的吻先落在王若含的肩头上，薄唇沿着她的锁骨游移。

“我确实比爱迪生厉害。”王若含抬手揉了揉霍骁的右耳垂，上面有颗不显眼的痣，她骄傲地说，“我第二次也成功了。”

霍骁笑着，胸腔震动，声音近在耳边：“怎么到了这个时候话还是那么多？”

王若含仰起上半身去亲他，霍骁却有意往后躲，她皱了皱眉，不太高兴的样子。

霍骁便立刻俯身，笑着送给她一个缠绵而炙热的吻。

这样的感觉如同置身热浪中，波澜迭起，浑身潮湿黏腻。越紧密相贴，体内却越感到空虚，王若含收紧手指，没入他的发间。

霍骁的鼻息擦在她的皮肤上，密密麻麻的痒由点及面，遍及全身。

房间里没开灯，眼前的昏暗加深了感官的暧昧。

在即将决堤前，霍骁松了手，倾覆过来吻住王若含的唇。怀中的人已经敏感脆弱到极点，大口喘了两下，眼尾泛红挂着泪。塑料袋拆开的细小声音在安静的屋子里被放大。

霍骁隐约说了句话，王若含没听清。刚要开口所有字音又都在喉间被冲破挤碎。

那根幼稚的皮筋还戴在霍骁的手腕上。

某种意义上，他真正占有了一颗星星。

上一次他们醉意朦胧，神智不清。这一次他们清醒地相爱，然后跌落进海浪，看风雨来袭，看船只触礁，看万物淹没。

“小王子。”霍骁轻轻念叨，“欢迎来到我的行星。”

后半夜，王若含迷糊地转醒，霍骁也没睡，一只胳膊被她枕着，另一只手拿着手机。

“醒了？”

王若含点点头，翻身圈住他的腰。

“怎么后天就要回去了？”她含混地抱怨。

霍骁提醒她：“不是后天，过零点了，是明天。”

王若含吸吸鼻子，抱得更紧。

她的声音闷在被子里：“好喜欢你哦，霍老师。”

霍骁假装没听见：“什么？”

王若含抬起脑袋："我问你这么晚了在看什么呢？"

霍骁按熄手机屏幕："明明不是这句。"

王若含埋进他的胸膛："那你明明听见了。"

霍骁弯唇笑起来。

"你真对我一见钟情啊？"

王若含拉高被子躲进去："怎么又回到这个问题了？"

霍骁一同钻进被子里，捏了捏她的脸颊："我看你也不像随随便便的人，当时哪儿来的胆子啊？"

王若含抓住他的手腕，语重心长道："人生是需要一些冲动的，霍同学。"

"你要不再冲动一下留在我这，别走了吧。"

王若含闭上眼，拍拍霍骁说："继续睡吧，离天亮还早呢。"

霍骁叹了口气："谁说距离不是问题，我看距离是很大的问题。"

王若含翻了个身，随口接话："哪里又是问题了？"

霍骁没回答，从背后揽住她的腰抱进怀里。

在意识又空白前，王若含嘀咕道："眼前最要紧的问题应该是怎么和周以交代我们俩的事。"

霍骁没想太多："我刚看手机，她好像说要回来了，我找机会铺垫一下。"

王若含打着哈欠嗯了一声。

翌日中午，王若含被一阵门铃声吵醒。

门铃响了半天也没见霍骁开门，她以为是送外卖的，揉揉眼睛起身开门。

门缝拉开，王若含看见对方手里提着个纸袋，正要伸手接过，那人却提前松了手，一袋东西滚落在地上。

她在心里埋怨这个外卖小哥怎么这么笨手笨脚，抬头一看却如同被雷劈中，彻底石化。

门后的人看样子比她还震惊，微张着嘴，一副灵魂出窍的模样。

王若含勉强挤出一个笑容，挥挥手说："周以，你怎么来了？"

周以一言不发，从口袋里摸出手机，拨了通电话。

听到卧室里自己的手机铃声响起，王若含问：“你打我电话干什么？”

周以面无表情：“万一你有个双胞胎妹妹呢！”

王若含呵呵笑道：“幽默了啊，周以。”

周以掀起眼皮凉凉地看着她，王若含立刻噤声，摆正脸色，弯腰捡起地上的橙子，毕恭毕敬地迎周以进屋。

“你怎么来了？找霍骁有事啊？”

周以拿起玄关上购物袋里的小票，是霍骁昨晚随手扔这儿的。

看到上面的字，周以冷笑了一声：“我再不来你俩孩子都有了吧？”

“胡说。”王若含踮脚抽走她手里的纸，“再快也没你快啊。”

她弯下腰，用指腹轻轻摸了摸周以的肚子，还看不出弧度，打招呼：“你好呀，我是你干妈。”

周以拽着王若含坐到沙发上，抱着手臂拿出做家长的气势道：“你给我好好说清楚，怎么回事？”

王若含抓抓头发：“你要不让我先去洗个脸，再慢慢和你说？”

周以不答应：“你什么样子我没见过，快说。”

王若含咳嗽一声，心想着霍骁到底去哪儿了呀，怎么还不回来！

“我和霍骁谈恋爱了。”

周以摇摇头：“这个我看出来了，我问你怎么谈的，什么时候开始的？怎么是霍骁？”

她的表情痛苦，她放下指着王若含的手，拍了下大腿，怨恨地叹了口气。

王若含皱着脸缩着身子，一副弱小无助的可怜样子：“事情是这样的，我们第一次见面是在你结婚的时候。”

周以想了想，脑子里有了个大概的方向。

“那天晚上找不到你，你说你有了艳遇，不会就是霍骁吧？”

王若含点点头：“就是他。”

周以想起小票上的东西，紧张起来：“你俩那天晚上，不会……”

王若含挠挠脸，一切尽在不言中。

周以捂着胸口，一时难以消化：“不是吧，王若含？！”

王若含说："那你老公把山庄搞得和城堡一样，浪漫得能拍电影，就应该想到会有寂寞的男女在其中就如同干柴遇到烈火吧……"

周以提起一口气："我的新婚夜，我和李至诚忙到瘫，啥也没干洗漱完就睡了，你和霍骁倒是帮我把洞房美美地办了，我谢谢你俩啊……"

王若含摆摆手："客气了啊，周以，大家都是好朋友嘛。"

周以又叹了口气，感叹道："造孽啊！"

王若含噘着嘴，好像是要哭出来似的，抓住周以的手抱在怀里，担心地问："你真反对我和霍骁在一起吗？"

周以说："也不是反对，就是太突然了我还没准备好。"

王若含马上甩锅："那谁让你突然过来的，我和霍骁本来是准备慢慢告诉你的。"

周以冷笑一声："谢谢啊，真贴心。"

王若含拿起一个饱满新鲜的橙子，殷勤道："我给你剥一个，霍骁应该马上就回来了。"

周以问："那你俩这次是怎么回事？是不是上次在金陵就……？"

"上次没有，我不是放年假想来找你的嘛，然后你不在，我那天在你们学校门口正好碰到霍骁了。那两天又是台风又是下大雨的，我又不敢住酒店，他就让我住他家里了，反正过程里还有好多事儿，结果就是现在我和他确定关系了。"

周以仔细回忆了一下，恍然大悟，其实一直都有迹可循。

"我说呢，他在金陵病了那次，一开始说不用麻烦，一听我闺密是这家医院的护士，又改口了，说什么还是来个人帮忙照看一下比较好。"她戳戳王若含，"原来那个时候他就有了小心思，想见你来着。"

王若含"哟"了声："他也太有心机了吧。"

周以："我当时是真没往别的地方想……你和叶婵完全不是一个类型。"

王若含给周以递了瓣橙子："叶婵是什么类型？"

周以边吃橙子边说："叶婵吧，聪明漂亮不用说，就是性格比较强势，我以前就感觉她这个人得失心挺重。"

王若含鼓了鼓腮帮子，情不自禁地拿自己跟叶婵做比较。

周以压低声音：“不过之前听说件事。”

王若含把耳朵凑过去：“什么？”

“圈子里传的，说她这人有点儿小聪明，很会私底下和导师、领导什么的打关系。”周以顿了顿，“不过你也不能说她不干净吧，这也是能力的一部分，只是大部分人不喜欢这样，还是觉得实力更重要。霍骁那个时候看不惯我，就是觉得我和叶婵一样，他看我男朋友是富二代，钱教授的项目选了我没选他，以为我背后有关系呢。”

王若含撑着下巴，看上去有些失落。

周以察觉到她的情绪，摸了摸她的脑袋，轻声问：“怎么了？”

“你说，霍骁是不是也和秦也一样啊，就是因为遇到一个比较强势的前任，累了，所以就想找个好拿捏的。”

“怎么会呢？”

“我就是害怕。”

周以问：“霍骁知道你私底下什么德行吗？”

王若含点头：“知道啊，他没少被我惹毛过。”

周以笑起来：“那不就好了，你和叶婵不一样，而且明明你比叶婵更难拿捏，我看霍骁和你在一起才累吧。”

王若含佯装生气：“你什么意思啊，周以？”

周以赔笑道：“我是让你不要多想。”

她俩聊着天，霍骁终于回来了，开门后的表情和几十分钟前的王若含如出一辙。

霍骁问周以：“你怎么来了？”

周以白了一眼，回：“捉奸。”

霍骁关门进屋，放下手里的袋子，坐到王若含身边，问她：“没事吧？”

王若含摇摇头，摸了摸他的胳膊让他放心。

周以偷偷翻了个白眼：“我那天走得太急，没拿办公室钥匙，看你家近所以就来找你要，给你发微信也没回。”

霍骁从口袋里拿出手机，解释道：“刚刚开车没顾上看。”

他起身去给周以取钥匙，问她：“吃饭了吗？我买了菜正准备回来做。”

周以起身走向门口，本来就想拿钥匙，现在已经耽误了不少工夫：“不了，请了两天假，我还有好多事没做呢，你俩慢慢吃吧。”

王若含拿起那一袋橙子：“你东西落下了。”

周以摆摆手：“留给你俩吧，就当我送的恋爱礼物，祝你俩甜甜蜜蜜。”

看她的态度不反对，霍骁松了口气：“改天请你吃饭。”

“那必须的，我是红娘。”周以摸摸肚子，“这儿还有个小丘比特。”

送走周以，霍骁问王若含：“你们都聊什么了？”

王若含回：“她就问我们俩怎么好上的，我把该交代的都交代了。”

霍骁笑了笑：“还说要铺垫呢，这倒好，直接重磅出击。”

王若含捶了他一拳：“别说了，我刚才一开门差点儿吓晕过去。”

霍骁把她抱在怀里亲了亲：“还好周以赞成这门亲事。”

礼尚往来，王若含也在他的下巴上回亲了一口：“我们霍老师这么好，谁会不同意？”

在申城的最后一天，霍骁开车送王若含去高铁站。

在热恋期分别无异于遭受酷刑，王若含加倍黏糊，直到要检票了才松开霍骁，一步三回头地进了站。

她回到金陵，方春华给她打了通电话，问她在申城都玩什么吃什么了。

这可把王若含难住了，因为她这一趟根本算不上旅游。

还好她机灵，运用语言的艺术，巧妙回答说：“就看看帅哥，赏赏风景，吃吃本地菜呀。”

这句话的实际意思是她有男朋友了，看了看马路街景，吃了男朋友做的饭。

方春华说：“你玩得开心就好，我马上就能回家了。”

“好的，辛苦了，女明星。”

方春华在电话里笑起来：“什么女明星，挂了。”

王若含拿下手机，第一时间点开霍骁的微信。

王若含："我到家啦！"

霍骁秒回："好的。"

王若含："你吃饭了吗？"

霍骁："回家里吃了。"

霍骁："我发现一个能和我爸妈和平吃完一顿饭的办法。"

王若含问："什么？"

霍骁："聊你就行了。"

王若含在屏幕后翘起嘴角偷笑。

王若含："我的外卖也到了。"

霍骁："去吃吧。"

放下手机，王若含把麻辣烫包装拆开，塑料碗里装着满满的食材，红油漂浮，辣味鲜香。

不知道是不是吃了两天家常菜把嘴养刁了，王若含尝了两口，竟觉得有些反胃。

她给霍骁发消息说："完蛋了，除了霍老师做的菜吃什么都不香了，这麻辣烫差点儿给我吃 eure 了。"

霍骁的关注点却很清奇："eure？我怎么不认识这个单词，德语吗？"

王若含："是岚语。"

霍骁发了个问号。

王若含："你不上网冲浪啊？"

王若含："你读一读，读起来是不是很像呕吐的声音？"

霍骁回了一串省略号。

几分钟后，霍骁发来一段文字，语气严肃到王若含怀疑他是不是在给学生群发通知。

"我去了解了一下，这样的语言表达方式确实能在网络上达到娱乐的效果，但也可能造成文化乱象，用多了之后还会影响正规英语的学习，尤其现在网上那么多未成年人，口语发音本来就不成熟，还是少看这些东西比较好。"

王若含一边觉得这样一本正经的霍骁很可爱，一边打字回复："wall

gend how eye knee（我爱你的谐音）。”

霍骁：“……”

见好就收从来不是她的风格，王若含只爱火上浇油。

晚上，周以拉了个三人小群。

她缓了一天，还是觉得不可思议，诚恳地问道：“我很好奇，你们平时是怎么相处的，两个杠精在一起也能和谐共处？”

霍骁：“负负得正。”

王若含：“杠上开花。”

霍骁：“天生一对”

王若含：“how pay（好配）。”

霍骁：“再中英混谈我打断你腿。”

微信界面显示“王若含撤回了一条消息”。

周以点点头，懂了，这就叫“恶人自有恶人磨”。

Chapter 09
唯　一

复工后第一天是早班，王若含早早起床。

七天假期休息充足，她犹如能量满格的超人，活力十足。

出门时碰上来上班的薇薇姐，王若含和她打了个招呼。

“若含，怎么几天不见感觉你又漂亮了？”

王若含摸摸头发：“真的吗？”

“是的呀。”

王若含的脚步更加轻快，她一路哼着歌去取车，嘴角就没下来过。

九月的第一天，街边的树叶已有泛黄的迹象，凉风阵阵，空气清爽。

学生们开学了，怕早高峰拥堵，王若含提前了二十分钟上班，路上顺便买了早餐。

林蕙和她是一个班，踩着点才到。王若含已经换好衣服，催促她动作快点儿。

林蕙从抽屉里摸出一条巧克力棒，拆开包装咬了一口，朝王若含挥挥手，嘴里鼓鼓囊囊的，口齿不清：“你先去吧，我马上来。”

王若含笑道：“你的抽屉是聚宝盆吗？巧克力棒永远不断。”

林蕙也朝她傻傻笑了笑。

这个女孩是她转来儿科之后认识的第一个同事，也是在这里交的第一个朋友。

担心之前的风言风语，王若含刚来的时候不敢和新同事多交流，怕被排挤，怕被讽刺，反倒像个没毕业的实习生。

她记得是林蕙和她主动说的第一句话就是问她要不要吃巧克力棒。

看对方态度友好，王若含偷偷问林蕙，其他同事有没有在背后议论过她。

林蕙摇摇头，一脸疑惑："为什么要在背后说你啊，大家都谢谢你呢，你不知道我们儿科平时有多忙，又吵，没人愿意转过来的。若含，你真是天使。"

现在想起来，王若含依旧会觉得内心柔软。

她又多看了一眼林蕙，轻轻合上休息室的门，走到岗位。

午休吃饭的时候，王若含把这件事分享给霍骁。

霍骁在电话里说："也就你们这些护士姐姐间能这么友爱，我第一次见周以心里想的全是，这个女的跩什么呀。"

王若含被他逗得笑出了声："干嘛呀，我们周以是外冷内热的，好不好？"

"嗯。"霍骁认同地点头，又问她，"三点下班？"

王若含："对，你什么时候下课啊？晚上打游戏吗？"

霍骁说："今天下午没课，但我妈让我回去一趟，晚上再说吧。"

"行。"

挂电话之前，王若含问霍骁："对了，下周五你能过来吗？"

"怎么了？"

"过节啊。"

"嗯？"霍骁一时间想不出是什么节日，七夕节过了，生日也早过了，纪念日还太早。

王若含告诉他："教师节啊，霍老师，忘记了？"

霍骁哑然失笑："这也能庆祝？"

"那当然了，您可是辛勤的园丁，无私的蜡烛，是徐徐春风，润物无声，你……”王若含噘了噘嘴，自己都说不下去了，耍赖撒起娇来，“哎呀，我就是想找你玩嘛，行不行啦？”

霍骁问：“想找我玩还是想我？”

王若含翻了个白眼：“想你想你好想你，行了吧！”

霍骁心满意足道：“好的，下周五我过去。”

结束和异地女友的通话，霍骁去校外的咖啡店买了份三明治，简单应付午饭。

林珊今早打电话来说想清理一下家里的杂物间，那里头堆了很多霍骁以前的东西，喊他回去，看看有什么能扔的，赶紧处理掉。

霍骁记得半个月前家里刚进行过一次大扫除，他有时候都要怀疑林珊是不是有什么特殊癖好，需要靠断舍离来获得心理上的快感。

霍弈行和林珊夫妻俩住在市中心的一栋小高层里，户型和霍骁那套差不多，一梯一户，两个人住刚刚好。

霍骁开锁进门，鞋还没换呢，就听到林珊喊道：“先拿消毒液洗洗手！”

门口的柜子上摆满了消毒用品，霍骁摁出免洗液，在手上搓着。

林珊对他说：“我和你爸的东西都理得差不多了，还有几箱应该都是你的。”

霍骁哦了一声，向杂物间走去。

林珊跟在他身后问：“午饭吃了没？”

霍骁回：“吃了。”

“食堂吃的？”

霍骁嗯了一声。

三大箱东西，外头套的纸壳都有些损坏了，就怕里头的东西已经受潮，是该重新整理一下。

霍骁把衬衫袖子卷起，开始干活。

第一箱都是他小时候房间里的摆件，喜欢过的漫威角色手办、映着卡通人物的笔筒，还有奶蓝色的小台灯。

这些东西最难处理，留着好像也没什么用，但扔了又怪可惜。

看他犹豫不决的样子，林珊出主意：“你要是想留着，就带回你自己家里放着。”

霍骁把东西放回原位，问：“你是要把这屋腾出来吗？”

“嗯。”

“怎么了？”

林珊回答说：“我想请个阿姨，同吃同住，这个房间就给她住。”

霍骁愣住：“怎么要请阿姨了？”

虽说条件不错，但也不是什么大富大贵的人家，霍弈行是搞学问的，林珊从事记者工作，这么多年家里从来没请过阿姨，有时两人忙不过来，就喊杨婶来给他们做顿饭打扫打扫卫生。

霍骁不明白为什么家里要突然请个阿姨。

林珊看他一眼：“小子，你还以为你爸妈年轻呢？我俩生你的时候本来就晚，你爸六十岁了，我也到退休的年纪了。前两天扫地我刚抻到了腰，你爸又总说我做的菜太淡，找个阿姨来帮帮忙挺好的。”

意识到父母正在老去，这一刻霍骁的心情沉重起来：“你怎么都不和我说一声？”

林珊笑了笑：“又没什么大事。”

霍骁不说话了。

“好了好了，你清你的东西吧。”

温情地表达爱与关心显然不是这个家的主题，霍骁别扭，林珊也别扭。

他把注意力重新放回面前的箱子上，第二箱全是照片，有些是用相框装着的，有些是相簿，还有些用信封装好，厚厚的一沓。

霍骁打算挑些带走，放进自己的公寓。

看见年轻时候的父母，还有稚嫩的自己，霍骁脸上露出了笑容。

他和霍弈行长得挺像的，可惜他爸中年发福影响了颜值，霍骁暗自决定以后多多健身，决不能沦落至此。

最底下是个牛皮纸袋，封面已经褪成灰白色，霍骁打开，把里头的照片取出来。

这上面的林珊看上去年纪更小，应该是上大学的时候。

霍骁乐了，妈妈的少女时期也挺爱臭美，白色头箍和格子连衣裙，穿着小皮鞋，清纯而温婉。

这沓照片里有很多陌生的面孔，霍骁猜测是林珊的老同学，有几个现在还有往来的叔叔阿姨他能认得出来，其中最好辨认的应该还是文映梅，她的变化最小。

霍骁一张张翻阅过去，突然停下，拿起其中一张凑近仔细看。

这张照片上没有林珊，右边的女人是文阿姨，她挽着的男人身材高瘦，穿着笔挺的西装，两人看上去亲密又登对。

霍骁捏着那张照片拿给林珊看，“你怎么会有文阿姨的照片？”

林珊看了看：“哦，相片是我拿去洗的，我这儿都有备份。我都忘了这张照片了，还是我拍的呢。”

霍骁疑问：“这上面的男人是谁啊？怎么感觉怪眼熟的？”

林珊说：“你的李老师啊，认不出来？”

霍骁惊讶地瞪大眼睛：“谁？”

“李慎朗，大三不是教过你吗？我和你说过他是我学长。”

这个信息让霍骁一时间难以接受：“文阿姨和李老师？”

林珊轻描淡写地说：“嗯，好过。”

霍骁想再追问下去，林珊却不愿意多说了，抽走照片，催他快去整理自己的东西。

花了一个下午的时间，霍骁帮忙把杂物间的东西都清空了。

今天霍弈行不在家吃晚饭，霍骁陪林珊吃完才走。

等回到自己公寓，霍骁把带回来的纸箱放在玄关上，喘了口气才去倒水喝。

王若含虽然来了不到一周，但留下的痕迹不少。餐桌上的情侣杯，沙发上的印花抱枕，书柜里格格不入的四五个小玩具是她路过自动贩卖机抽来的盲盒。卧室床头柜上多了盏小夜灯，造型是坐在星球上看日落的小王子。

她存在过的痕迹都是那么可爱而明亮，让这个家多了颜色，有了温度，让人光是看着都心生欢喜。

他打开拿回来的纸盒，一边收拾一边给王若含打电话。

“喂。”

“喂，霍老师。”

霍骁一听她的声音，皱眉问：“怎么嗓子哑了？”

王若含说：“下班和同事去吃牛蛙了，太辣。”

霍骁松了口气，还以为是她遇到什么事哭了：“不是昨天还说嫌外卖油腻？”

“新店开业，全场六八折，有羊毛当然要薅了。”

霍骁笑了声：“是你薅别人的羊毛，还是别人割你的韭菜啊？”

王若含懒得和他玩这些话术，转而问：“在干嘛呢？”

霍骁把相框摆在电视机下：“收拾东西。”

他好像听到冰箱门开关的声音，厉声呵斥：“你刚吃完辣的就吃冰的？”

王若含明显愣了一下：“你在我身上装监控了啊？”

霍骁说：“我这是熟知你的生活习惯，起床先开冰箱，回到家先开冰箱，吃完饭站起来第一件事也是先开冰箱。”

王若含咬了口冰棍：“太辣了我降降火嘛。”

霍骁叹气摇摇头，隔着几千公里又管不着她：“你还会嫌辣？丢不丢山城人的脸？”

王若含可不吃他这一套：“哎，入乡随俗，我现在是金陵人。”

霍骁也幼稚上了：“你再说一遍你是哪里人，我要告诉周以你叛变了。”

王若含说：“她不也叛变了？最近变甜酸口了，我看她现在是溪城人。”

霍骁问：“那你什么时候来做做申城人？”

王若含呼吸一紧，拍拍脸颊收住失控的表情，装傻充愣：“我为什么要去做申城人？”

霍骁也没操之过急，只是说：“上次都没带你好好玩。”

“总有机会的。”

霍骁换了个话题：“晚上准备干什么？”

王若含回答：“好久没玩石塑黏土了，打算做串手链。”

霍骁笑起来：“你还真是少女啊。”

王若含听不出这是夸是贬，蹙眉问：“什么意思？”

“觉得你可爱。”

王若含哼了声，实际嘴角早就翘了起来：“下班没事干，又不想总是打游戏，就找点儿事打发打发时间啦。”

“嗯，挺好的。”

两个人都在干自己的事，手机放在一边开着免提，随口说两句废话，往常空闲的夜晚好像不再无趣，哪怕现在还是一个人，也不再感到孤独。

提到手工活，王若含兴致勃勃地分享起她上学时候的事。

“我也不知道是贴吧还是空间，反正那会儿超级流行给男朋友织围巾，我们班上那些妹子，织两个月都织不完，你猜我花多久？”

“一个星期？”

“不不不……”王若含绘声绘色道，“我三天就能织一条！那个冬天我上课织下课织，虽然赚了不少钱，但手指头也粗了。”

王若含对着手机上的图片小心地捏出一个狐狸脑袋的造型，又用刻刀描绘出脸部细节。

她说完，好半天没听到霍骁的声音，抬起头，停下手中的动作，对着手机喂了一声：“霍老师？霍骁？你在吗？”

扬声器里终于传来他的声音：“我在。”

王若含舒了口气：“我还以为你掉线了。”

那头又是一阵沉默，王若含察觉到不对劲，拿起手机放到耳边，语气急切起来：“怎么了？发生什么事了吗？”

霍骁像是难以启齿的样子，好半晌才说：“我今天回去收拾了些老照片带回来，刚刚想把我们家的全家福拆开换个新相框。”

王若含放柔声音：“嗯，然后呢？”

霍骁像是哽住，低哑道：“我发现底下有张纸，是B超（B型超声）图。”

王若含问：“你小时候的？”

“不是。”霍骁顿了顿，“写了年份，1987年9月，但后面又写了个‘骁骁’。”

王若含挠挠头发，弄不懂了：“什么意思啊？”

霍骁说：“我爸妈是1987年元旦结的婚。”

王若含猜测：“那就是在生你之前还怀过呗？”

霍骁叹了口气，心里存疑："不对啊，那为什么从来没有人和我说过呢？还一直藏在全家福底下，名字也是'骁'？"

王若含没想太多："可能是意外流掉了，怕提起大家伤心，所以不说了吧。"

霍骁还是觉得奇怪："可我妈说她和我爸……算了，改天我问问吧。"

插了个题外话，霍骁心里有了心事，明显有些心不在焉。挂电话之前，王若含让他好好休息，别想太多。

她听着歌，专注地捣鼓手中的黏土。

狐狸捏好后，她又做了一个小王子，几颗星星和一顶王冠。

等待风干的时间，王若含撑着下巴发呆。

霍骁刚刚说她"少女"，王若含隐隐约约知道这话是什么意思，说她还跟个小姑娘一样呗，再直白一点儿就是"幼稚"。

虽然年龄逼近三十岁大关，但她的心理年龄似乎还停留在二十岁出头的状态，加上本身长得又显小，身边的人也当她是个小孩。

之前她没觉得什么，日子也就这么一天天过，但现在不一样了，人生到了一定阶段，该考虑的还是得考虑。

有难题找亲妈，王若含拿起手机，点进和方春华的聊天框。

她先发了一声"妈"过去。

半分钟后，方春华回了条语音："怎么了呀？我刚下戏。"

王若含笑嘻嘻地拨了电话过去："喂，妈。"

"有事说事，没钱了？"

"不是，我就想问问你。"王若含抿了下唇，一鼓作气地说道，"你觉得恋爱谈多久可以结婚啊？"

方春华以为她闲着没事干，敷衍地回答："随你多久。"

王若含不满地抱怨："你认真点儿，和你说正经事呢。"

方春华听出不对劲来："哟，有情况了？"

王若含清清嗓子，故作深沉地嗯了一声。

方春华激动起来："谁啊？"

王若含回答："你见过的，霍骁。"

"哦，搬花架那个。你上次不还说没戏吗？"

王若含不好意思道："感情的事谁也说不准嘛，那会儿我确实觉得他不行。"

方春华问："他和你求婚了？"

王若含想了想，那随便一句"申城人"怎么也算不上求婚，也是便否认道："没，我就是问问。"

方春华笑了笑，心里了然，她告诉女儿："对的人，认识第二天结婚都没关系。错的人，就像我和你爸，认识多久都没用，怎么着都得分开，你再看看秦也和容欢。说白了，结婚和谈恋爱是两回事。"

王若含撑着下巴趴在桌上："那什么叫对什么叫错呢？"

方春华叹了口气："比如我和你爸，我还是觉得爱情是婚姻的基础，我一直和你说，人再孤独都不要找个人随便凑活过日子，女人一定要嫁给喜欢的人，我们本来在婚姻里就吃亏，你要嫁个不爱的，只会更加委屈。所以我从来不给你安排相亲，没必要，女人这辈子离了男人就不能活了吗？我觉得我人生最快乐的日子就是离婚之后。"

王若含笑笑："看出来了。"

方春华接着说："但感情不是保障，我和你说啊，你妈我活了这么久，悟出一个道理来，你就看，结婚的时候，父母不满意、不喜欢的人，往往最后都会散的。你奶奶不喜欢我，你外公外婆也不喜欢你爸。但那会儿我俩觉得彼此是命中注定的，父母的反对反倒让我俩更坚定。现在看，就是自己感动自己呢，别人比我俩清醒多了，不合适就是不合适，可惜我们当初没听进去。"

王若含好奇道："那奶奶为什么不喜欢你啊，你说你长得漂漂亮亮的，家庭条件也不错，那会儿还是个小明星呢。"

方春华呵了声："以前哪儿像现在，看到明星就觉得高人一等？你奶奶一开始没表现出来，刚嫁过去怀了你，也对我挺好的，但心里的嫌弃慢慢就能感觉出来。你爸是老师，你爷爷是村支书，他们一家都思想传统，觉得女人就该主内，但我不可能做家庭主妇啊，你知道我什么时候学会做饭的吗？那是你来了金陵我才开始学的。他们觉得我不是个好媳妇，我也觉得他们没把我当一家人看，最后大家都不开心，哪儿还能过得下去？"

王若含心一沉，嘴里嘀咕："完了。"

"什么完了？"

王若含哭丧着脸："霍骁他们一家都是知识分子，他爸还是教授呢，不会也嫌弃我吧？"

方春华说："霍骁他妈上次来过店里，我看着还行啊，挺和善的，不像是刻薄的人。"

"妈，不是。"王若含失落道，"霍骁看起来也是挺温和的人，你不知道他私底下嘴多毒，可会骂人了。"

方春华一惊："什么？"

王若含意识到自己说错话了，赶紧转移话题道："没什么，反正我和他刚在一起，离结婚还远着呢，以后再说吧。"

方春华却着急道："别以后，你和我说清楚，什么叫会骂人，他不是老师吗，脾气好不好啊？他对你到底怎么样啊？你的眼光真有点儿让人害怕。"

王若含只能昧着良心说："霍骁人很好，表里如一，什么事都依着我，从来不发脾气，你就放心吧。"

以防方春华再问东问西，王若含说完再见，匆匆挂断了电话。

她发出一声疲惫的叹气声，无力地想，如果真能永远二十岁就好了。那时候她谈恋爱只顾着开心，不用考虑现实的琐碎，能在一起就在一起，分开了也不会觉得过去的日子是浪费时间。

王若含用食指拨了拨还未成形的狐狸石头。

所有浪漫奇妙的开端，最终都是会落入俗套。哪怕是童话，故事也永远在"王子和公主幸福地举办了婚礼"之后戛然结束，之后的生活如何，却不再说了。

那么小王子和狐狸先生呢？他们能走到哪一步？

王若含揉揉脑袋，觉得头疼。

恋爱果然有毒，她一直秉持着"快活一天是一天"的原则，居然也会担心未来，因为时间而感到焦虑。

睡前，她照常收到了霍骁的晚安问候。

王若含道完晚安，却没有放下手机，咬了咬嘴唇，琢磨着打下一行字："我今天有点儿难过。"

霍骁问："怎么了？"

王若含想想还是作罢："没事，少女总是多愁善感的，你不懂。"

霍骁："你不说我怎么知道能不能懂？"

王若含翻了个身，还是决定说出来："我以前是个挺乐观的人，不担心自己会失去什么，现在却有点儿害怕了。"

霍骁："怕什么？"

王若含："和你谈恋爱很开心，但我们三十岁了。"

霍骁立刻明白了。

聊天框上出现了很久的"正在输入中"。

王若含安静地等待着他的回复。

然而等来的并不是长篇大论，霍骁删删改改之后只一句话："所以是多么不容易，我在一群奇怪的大人里发现了一个可爱的小女孩。"

霍骁又说："除了你不会再有别人了，怕什么，担心什么，最困难的关卡已经过去了。"

王若含用力揉了揉起雾的眼睛，打字回复："好。"

这一次霍骁回了条语音，最会讽刺挖苦人的是他，最高傲自大的是他，最温柔的也是他："睡吧，睡醒了就有 sunrise（日出）了。"

大概是夜深人静太容易让人情绪敏感，好在有霍骁，他的这一句让王若含满血复活。

她搓搓脸蛋，放下手机盖好被子，等待着日出的到来，日出之后又是崭新的一天。

她回到金陵的日子与往日也没什么不同，只是习惯发在小号上的废话转移到了和男朋友的聊天框。

他们没有固定的时间用来联系，有什么话想说就发条消息，对方没有立刻回复也没关系。

他们依旧保持着各自原本的生活节奏，只是多了个人分享，多了个人关心。

这天王若含上的是夜班，夜里凉，她套了件外套打算去附近的小吃店买份小笼包当晚餐。

还没到六点，她在楼道里等电梯，随手打开微信看了看。

五分钟前，容欢竟然给她发了消息，问她今天上什么班。

王若含回复：“夜班，有事？”

容欢又问：“你吃饭了吗？”

王若含：“正要去。”

容欢：“你人呢？”

王若含：“电梯口。”

容欢：“等等，我马上来找你！”

电梯门缓缓打开，王若含四处张望了一下，往旁边退了几步走到窗户边。

很快容欢就出现在了楼梯口，她穿着西装和半裙，看样子是刚下班，手里还拿着一个保温袋。

王若含问她：“怎么了？”

容欢把保温袋拿给她：“晚饭。”

王若含指着自己，不可思议道：“给我的？”

“给你。”容欢顿了顿，还有后半句，“和秦也的。”

王若含眯了眯眼睛。

容欢说：“馄饨是我自己包的，粉色盒子是你的，另一个白色大一点儿的，你帮我拿给秦也呗。”

王若含奇怪地问：“为什么你不自己给他？”

容欢不回答，挽着她的胳膊，甜甜地笑着说：“以后你的晚饭都我包了，我给你送饭。”

王若含冷笑了一声：“然后我再帮你跑腿？”

容欢不说话，默认了。

“你俩还没和好啊？”

容欢啊了一声，嫌自己丢人。

王若含拎了拎保温袋：“那你这是要干什么？”

容欢反问她：“看不出来吗？追夫火葬场了。”

王若含极力抿唇，还是没憋住，“扑哧”一声笑了出来。

容欢瞪了她一眼。

楼梯口也不方便说话，两人去食堂。

没看出来，容欢这大小姐做饭还挺好吃，馄饨是蒸过的，她还自己调了酱汁。

馅料肥瘦相间，咸淡适中，王若含开心享用着免费的晚餐。

“哎，”容欢指着王若含口袋上别的小徽章，“你这小兔子好可爱啊！”

王若含低头看了一眼，得意扬扬地抬起下巴：“可爱吧，我男朋友送的。”

容欢瞪大眼睛：“你谈恋爱了？”

“嗯，刚谈。”

容欢点点头：“哦。”

王若含瞥她一眼：“怎么感觉你很开心？”

“能不开心吗？秦也妈一直想让你做她的儿媳妇，这你应该知道的吧？”

王若含往嘴里塞了个馄饨，逃避回答。

不知道是不是恋爱中的人都容易有圣母心，看着容欢为情所困，王若含有些同情。

她向容欢坦白道：“其实，你们刚分手的时候，阿姨就想撮合我和秦也了。”

容欢耸了下肩：“猜到了。”

王若含皱着眉：“不过那会儿秦也的态度也挺奇怪，感觉他明知道乔阿姨的心思，但默认了，还顺着她的心思来。”

容欢耷拉着眉目：“秦也是不是还和你说，他想和你试试之类的话？”

王若含下意识地嗯了声，意识到不对后又赶快解释：“也不是这样，你别误会啊，我和他没什么事。”

容欢笑了下：“我知道，怪我自己吧。”

王若含闭上嘴，安静地听她说完。

容欢深呼吸一口气，缓了缓才开口。

“他说我不懂珍惜，在感情里没有责任感，觉得我不成熟，也不够爱他，反正吵了挺多次的。我当时又委屈又生气，我就说可能我们俩就是不合适吧，我故意激他去找别人试试看，也许我和他就是没办法在一起，所以折腾这么久也没换来好结果。”

王若含叹了口气，心里酸涩。这两个人都放不下对方，但现状又缠绕出一个死结，不知道该不该解，也不知道怎么解。

她是看着秦也和容欢怎么认识又怎么相爱的，要是他俩到最后没成，她都觉得可惜。

最后一只馄饨下肚，王若含盖上盖子：“放心吧，晚饭我给你送，我再帮你探探他的口风。”

容欢双手合十朝她拜了拜：“谢谢你啊，除了你我真没别人可以求助了。”

王若含笑起来：“谁让我人美心善呢……”

容欢恨不得抱着她亲一口，以前忌惮她是情敌，其实容欢挺喜欢王若含的，她长得像个粉团子似的，谁能抵抗甜妹呢。

“你明天想吃什么？”

王若含想了想：“不知道，随便吧。”

容欢眨眨眼睛：“要不你顺便去问问秦也？”

王若含翻了个白眼：“你直接说想知道秦也想吃什么不就行了？”

容欢不好意思地笑笑。

快六点半了，容欢拿起自己的包，起身：“秦也应该要下来吃饭了，我先走了啊。”

王若含看着容欢匆匆离去的背影，笑着摇了摇头，没几分钟，秦也果然出现在门口。

王若含起身叫住他，把手里的保温袋递过去。

秦也刚发出一个字音又停住，转而问：“容欢来了？”

他本想问“这是什么”，但一眼认出那是家里的保温袋。

王若含惊叹道：“哇，这你都能猜到？”

秦也的情绪看上去没什么起伏：“她和你说什么了？”

王若含摇摇头：“没什么，收买我给你送饭罢了。”

秦也勾唇笑了笑：“她也不嫌累。”

王若含握拳咳嗽一声，凑前一点儿，压低声音说：“她这次是真转性了啊，忙前忙后的。”

秦也垂眸看了一眼保温袋，上面印着黄色小熊，当时是因为有段时间容欢胃不舒服他买来的，秦也就自己在家里做了饭让她带公司去吃。

一向心软的人坚决起来是最难动摇的，秦也说：“再看吧。”

掰着手指头数着日子，终于到了星期五，王若含一下班就直奔高铁站，接男朋友去了。

远远看见推着行李箱的男人，她撒开腿跑过去，扑到霍骁怀里。

“哎哟，我的腰，是不是吃胖了点儿？”霍骁嘴上说着，但手臂搂得更紧了。

贴了好一会儿，王若含才跳下来，皱起鼻子嗅了嗅，问：“怎么这么香啊？”

霍骁举起手里的纸袋：“是啊，怎么这么香啊？”

王若含拿过袋子，打开一看，里头是一份打包好的猪扒包，空气里的香味就来源于这。

她的微信名很有特点，随心情而定，固定格式是“嗷呜一口 xxx”，最近馋猪扒包了，所以她改成了“嗷呜一口猪扒包”，不知道霍骁什么时候发现的，现在是特地买了带过来。

他怎么总能在这些小心思上带给她惊喜，上次的奶茶，这次的猪扒包，王若含心里又甜又酸，霍骁也太好了。

“我走之前去茶餐厅打包的，听办公室的老师说是什么网红餐厅，有点儿凉了，回去热一下再吃。”

王若含点点头，嘴角始终扬着，一手拿着纸袋，一手牵起霍骁：“走，先回家。”

王若含开车来的，路上她想起一件事：“上次照片的事，你后来问你爸妈了吗？”

霍骁摇头：“没找到机会，以后再说吧。”

今天店里调休，一楼没人。

下车前，王若含拔了钥匙，想拿手机却发现旁边的收纳盒里没有。

“我的手机呢？”

霍骁问她：“你带在身上了吗？”

王若含四处翻找：“带了呀，我上车前还给你打电话了。”

霍骁取出自己的手机：“我给你打个电话看看。”

王若含皱着脸挠挠头发。

她看着霍骁在通讯录一路滑到底，才找到她所对应的联系人名称。

王若含身体前倾，凑过去瞄了眼：“为什么叫制服女鬼啊？”

霍骁闻声抬起头，王若含的脸就在眼前，吓得他一哆嗦。

“为什么给我备注这个？”王若含脸色阴沉，在树荫下显得煞白，冷着声音问，“制服可以理解，女鬼是什么东西？”

霍骁舔了舔嘴唇：“那个……”

王若含瞪大眼睛逼近，眼白多得吓人：“快说。”

霍骁都不敢直视她：“你走路没声音，像鬼一样，那个时候觉得好玩就改了。”

王若含捏紧拳头捶他：“你才像鬼！”

霍骁伸开手掌包住她的手，温声哄道：“好了好了，我们先找你的手机。”

电话拨出，两秒后，熟悉的铃声在车厢内响起，王若含循声看去，在纸袋里找到了手机，恍然惊醒：“哦，我随手塞在这儿了。”

瞟到屏幕上的来电人名称，王若含心虚地一把捂住，却不料某人早就尽收眼底。

“玉面老狐狸？”霍骁冷冷地哼了一声，挂断电话，车厢内重归安静。

“这不比制服女鬼还难听？”

“哪里难听了？玉面多好，狐狸也不差吧。”

“那制服女鬼多有特点，多生动形象。”

“呵呵，狐狸起码在阳间，女鬼算什么？”

究竟是“玉面狐狸”难听还是“制服女鬼”更难听，两个人吵到家门口都没吵出个结果。

后院的花草依旧生机盎然，霍骁在他曾经问过名字的花叶络石前停下，摸着叶子偷偷道了声谢。

要不是有这个借口，当时他还真想不出还有什么可聊的。

“这好养吗？”霍骁问王若含。

“还行吧……”

霍骁点点头，想在他们家阳台也种一盆。

“我有东西要给你。”王若含双手背在身后。

霍骁说：“我也有。”

他送给王若含的是一个月兔香薰，通体白色，耳垂、脸颊、鼻头和爪子是粉色的，可爱软糯。

霍骁记得她收藏了很多烛台，所以投其所好送了蜡烛。

王若含自然喜欢，拿到手就忍不住惊呼。

“我的呢？”霍骁摊开手掌。

王若含把手链放到他的掌心：“纯手工制作，全球限量，只此一条。”

霍骁轻轻笑了声，把东西拿起仔细看，是用石塑黏土做的挂件穿成的，主题是《小王子》。

有狐狸，有王冠，有星星，霍骁转了一圈：“怎么没有玫瑰？”

王若含说：“因为这是小王子和狐狸的故事啊。”

她抬眼看着霍骁，轻声开口：“霍老师。”

“嗯？”

“昂贵的领带夹我送不起，我也不想打肿脸充胖子，我们俩确实存在一些经济条件上的差距，我知道可能你会嫌幼稚，但是我花了时间，用了心，我觉得这是我能给你最好的东西。”前半段话说得卑微而真诚，王若含拍拍胸脯，又一改神情，学着粤语腔调，豪气道，“你放心，从今往后跟着大哥我，一定会让你幸福的啦。”

霍骁抬手，抓住王若含头顶的丸子头，晃了晃她的脑袋，咬牙说：“你啊！”他把人抱进怀里，心脏像一块柔软而潮湿的海绵，“我没有说不好，我很喜欢。”

王若含圈住他的腰，拿脸颊蹭了蹭霍骁的胸膛，像只乖巧的兔子般依偎在他的怀抱中。

“晚上想吃什么，我请你？”

霍骁的下巴放在她的脑袋上：“都行。”说完他又补充一句，“别再喝粥就行。”

王若含笑起来，想起上次霍骁在金陵的经历，一波未平一波又起，进出医院那么多次，喝粥喝了大半个月，简直就是来渡劫的：“那今晚好好犒劳咱们霍老师。”

猪扒包被两人当点心吃了，面包酥脆肉饼冒汁，俩人一人一半，已经吃了半饱。

晚餐他们在附近的一家猪肚鸡吃的，店面不大，但开了许多年，王若含经常来，老板都认识她了，看见她就说：“好久没看见你们俩来了。”

王若含看了霍骁一眼，摆摆手给老板使眼色：“不是，这是我男朋友，第一次来。”

老板又仔细瞧了瞧，尴尬地补救道：“哎哟，我真是年纪大了，快找位置坐吧。”

他们找了个里头的位置坐下，王若含把餐具拆开，往杯子倒好茶。

霍骁抬起茶杯浅浅抿一口，说：“老板说的是秦医生吧。”

王若含整个人僵了下，小心翼翼地去看霍骁的表情：“嗯，以前他们家也住在这儿，下班了我俩就会来吃夜宵。”

霍骁：“哦。”

王若含有些想笑：“怎么委屈巴巴像个小怨妇啊？”

霍骁皱眉：“哪儿有？”

王若含不再打趣他，陈年老醋还吃，让他自己一个人慢慢品去吧。

很快他们的猪肚鸡锅就上桌了，汤底是奶白色的，食材丰富，隐隐有胡椒的香味。

王若含先舀了碗汤暖胃，她随口问霍骁：“酒店订好了？”

霍骁点头：“还是上次那家，也挺近。”

王若含放下勺子说：“其实我妈不在，你也可以住家里的。”

“不了。”霍骁夹了块鸡腿肉放到她的碗里，“酒店也挺方便的。”

王若含兀自嘀咕：“那你也不能每次来都住酒店啊。”

霍骁提议：“要不你晚上来陪我住？”

王若含等的就是这句话：“既然你都这么说了，行吧，我勉为其难地同意了。”

霍骁笑着问：“明天不上早班吧？”

王若含也笑起来：“不上，放心。”

霍骁放下筷子：“那要不现在就走？”

王若含咳嗽一声，提醒他说：“今天教师节，能不能有点儿为人师表的样子？”

“为人师表什么样子？”

王若含说：“成熟稳重，又温柔又严肃，衬衫扣子扣得一丝不苟，戴副金边眼镜就更好了。”

霍骁质疑：“这就叫为人师表？”

“嗯，小说里的都这样。”

霍骁“嚯”了一声：“喜欢这样的啊？”

“什么？”

霍骁挺了挺腰，把衬衫领口最上方的纽扣扣好：“可惜了，眼镜没带。怎么样同学，还满意吗？”

王若含：“干嘛呀？”

霍骁已经进入角色：“和老师说话什么态度，想老师罚你是不是？”

王若含拿桌上的餐巾纸扔他：“能不能正经点儿？”

霍骁稳稳接住，板着脸说：“同学，不要再挑衅老师，惹老师生气的后果是很严重的。”

王若含用手挡住脸，笑得一抖一抖的。

霍骁拍拍桌子指着她：“还笑？放学你给我留下来。”

王若含握拳收住：“好了好了，戏多了啊。”

霍骁还意犹未尽：“这位同学思想不成熟，老师必须好好教育你。”

过道还有来往的服务生，看他们的眼神越来越奇怪，王若含给霍骁喂了一块猪肚，希望能堵住他的嘴：“你少说点儿吧，等会儿人家真以为我俩有问题了。”

霍骁嚼完猪肚咽下，好奇地发问：“同学，你到底怎么长得啊？明明没差多少啊，怎么老有人觉得我吃嫩草呢？”

王若含嘚瑟地晃了晃：“家有娇妻不好吗？你就偷着乐吧。”

霍骁呵了一声：“是啊，闹钟都不用定了，我每天早上都是笑醒的。”

王若含眉飞色舞地挑衅：“霍老师可真要注意保养了，别过两年走出去人家以为咱俩是父女。”

霍骁保持微笑：“没事，我多吃你补补就行。”

王若含翻了个白眼。

晚上他们没吃主食，和霍骁折腾到半夜，王若含翻了个身，腿搭在他的腿上，喊饿了。

霍骁拍拍她：“睡吧，睡着就不饿了。”

王若含带着哭腔道：“饿得睡不着。”

“想吃什么？”

“小笼包，别的也行。”

霍骁无奈，爬起给她找吃的。

大半夜的点不到外卖，套房里有厨房但也没食材，霍骁只能烧水泡面。

王若含裹着被子坐在地毯上吃完，终于满足了。

霍骁连着被子把她抱起，带进卫生间刷牙。

“王若含。”

“嗯？”

“我觉得总这样好像也不是办法。”

王若含嘴里有泡沫：“什么？”

霍骁摇摇头，揉了揉她的头发：“算了，以后再说吧。”

第二天王若含上班前，特地买了杯咖啡提神。

随着气温下降，秋乏也席卷城市，白日里她越来越提不起精神。

五点半的时候，容欢出现在科室门口。

她也不常来，三四天来一次，每次都带着丰盛的爱心晚餐。

秦也拒绝过两次，她不听，说是给王若含送的，他那份才是顺便，让他爱吃不吃。

秦也拿她没办法，只能由着她来，估摸以她的性子也坚持不了多久。

王若含接过保温袋，挠挠脸问：“今天秦也不上夜班吧？”

容欢说："他换班了，在的。"

王若含震惊道："这你都知道？你买通谁了？"

容欢刚要开口，不知看到了什么，脸色瞬变。

王若含回过头去，看见秦也从楼梯上走了过来。

容欢拔腿就想逃，秦也伸出手拉住她。

"不是说要追吗？看到我就跑算什么？"

容欢瞪着王若含："你告诉他的？"

王若含无辜地眨眨眼睛："嗯？"

好不容易逮住了，秦也拽着容欢不撒手："别老麻烦人家，听到没？"

王若含在一旁不敢插话，心里默默想，她不嫌麻烦，有人送饭给她吃，她高兴还来不及呢。

容欢低着头，手上暗暗使劲想挣脱开："那换我拿给你，你会吃吗？"

秦也反问："我为什么不吃？"

容欢不信，秦也深吸一口气，重新说："以后要送，自己来三楼找我，不认识路还是嫌给我送饭丢人？"

容欢摇摇头。

电梯口人多，秦也带着容欢离开，让王若含先去吃晚饭。

容欢被拉着胳膊，边走边回头对她喊："你上次说想吃咖喱饭，我今天试了试，你尝尝好不好吃？"

秦也听见后，笑了笑："你们俩什么时候这么要好的？"

容欢刺他："要不是有你，我俩还能更好。"

秦也不说话了，千错万错都是他的错。

医院外有便利店，秦也拿了瓶鲜牛奶，容欢要了杯关东煮。

秦也结完账，两人在就餐区坐下。

容欢把面前的纸杯推过去："快吃吧，等会儿没时间吃晚饭了。"

秦也抬眸看着她，问："你呢，吃了吗？"

容欢点点头："吃过了。"

两个人已经好久没这么面对面说话了，容欢一时间不知道怎么开口。

秦也大概是吃不惯这些小吃，吃了两口就放下了。

容欢见状，作势要起身："我再去给你买个茶叶蛋？"

秦也摇头："不用，你坐着。"

"容欢。"

被他喊出名字，容欢激灵了一下："嗯？"

秦也说："我试过了。"

容欢茫然地抬起头。

"那些所谓适合我的人，我有试过，好像不太行。"

秦也就说了这一句话，休息时间没多久，他起身把未开封的牛奶塞到容欢手里，让她早点儿回去，夜里可能有雨。

容欢站在屋檐下，捏着冰凉的纸盒，眼眶发热。

她回到停车场，坐上车后没立即启动车子，发了一会儿的呆，给王若含发消息。

"和男人道歉要怎么道啊？他到底是生气还是没生气啊？我这方法到底管用还是不管用啊？"

王若含吃完饭，决定还是把秦也那份放到他的办公室桌上，容欢的咖喱饭做得不错，不吃可就错过了。

她哼着歌回到护士台，却在走廊的长椅上看见了一个熟悉的身影。

"霍老师？"王若含惊喜道。

霍骁看见她，脸上却没笑意，冷冷地问："去哪儿了？"

王若含说："吃饭呀。"

霍骁的声音不带温度："你同事说你去三楼送饭了。"

王若含："啊……"

霍骁挑明道："你刚刚是不是去找秦也了？"

王若含说："是，也不是，不是我给他送饭，是他女朋友给我送饭。"

"他女朋友为什么要给你送饭？"

这更不好解释了，王若含脑子空白："因为……"

她说不出来，选择放弃。

"他女朋友和他吵架了，最近给他送饭想弥补一下，顺便给我做了一份，我刚刚把秦也那份送到他的办公室，不是我要给秦也送饭，你误会了。"她这番话说完自己都嫌绕，"哎呀，反正我清清白白，堂堂正正！"

霍骁说不上生气，也知道他们两人之间没什么，就是心里发酸，秦也还是梗在他喉间的一根刺。

他把手里的打包袋递给王若含："也不知道你吃过了，饿了的话，留着当夜宵吧。"

王若含苦着脸喊他："霍老师。"

霍骁摆摆手："你好好上班吧，我先回去了。"

他买的是小笼包，王若含心里更难受了。

从口袋里摸出手机，她想着给霍骁发句什么过去。

看到容欢的求助消息，王若含敲字："我也想知道呢！"

天底下果然没有免费的午餐，这代价大了点儿。

王若含值完夜班已经是清早八点，回家简单洗漱换了身衣服，心里有事，她没法安心补觉，索性直接去酒店找霍骁。

霍骁昨天就把另一张房卡给她了，王若含拎着顺路买的早饭，直接刷卡开门。

他已经起来了，正坐在沙发上打电话。

两个人对视一眼，霍骁面不改色，视线跟随着她，嘴里还在和电话那头的人说话。

王若含提起苹果肌朝他笑了下，放轻脚步进屋，怕打扰到他，先去了卧室。

几分钟后听到外面没声音了，王若含扒着门框，悄悄露出脑袋。

霍骁在对着笔记本电脑敲字，不知道是不是在忙工作。

王若含迈出一只脚，整个人又往前跨了一步，但还是站在门口没动。

好一会儿，霍骁从屏幕上抬眸，看王若含一直扭扭捏捏要上不上的，忍不住问："你在那儿卡 bug（漏洞）呢？"

"不是，我在前摇（游戏术语，指释放技能不流畅）。"

"过来。"

王若含听话地一路小跑到霍骁身边。

"你忙完啦？"

霍骁合上笔记本电脑放到茶几上："早饭吃了没？"

王若含摇摇头："你吃了吗？我买了。"

霍骁说："还没。"

王若含又小跑回去，把早饭取来："这家的鸭血粉丝是自己熬的汤底，不是味精调出来的，你尝尝看。"

霍骁接过她递来的筷子，第一口总是下意识地先喂给王若含。

王若含嘴里含着粉丝，用可怜巴巴的目光看着霍骁："你还生气吗？"

霍骁喝了口汤："不气了，就是有点儿……"霍骁不知如何形容，"说不出来，反正就是奇怪。"

王若含拧着眉毛，不太明白。

霍骁叹了口气："已经不知道第几次了，总有人把我认成他。现任身上有前任的影子，谁听了不会多想？"

王若含问："你觉得，我是因为你像秦也才喜欢你的吗？"

霍骁摇头："我不想，但总会有这样的感觉。"

"不是！"王若含抓着霍骁的手，神情严肃地道，"不是因为你像秦也才喜欢你。每个人都有一个最能戳中的理想型吧，秦也算是，你也算，只是可能他出现得比较早。不是因为你像秦也，而且你俩除了外表像一点，性格完全不一样。秦也比较温和稳重，我都没见过他发脾气，也没见过他有什么负面情绪，他好像永远都是心平气和的样子。"

霍骁越听越不对："哦，合着我不稳重，我脾气不好？"

王若含身子向后倾，摆摆手："我没这么说。"

霍骁扯了扯嘴角，看上去心情更不爽了。

王若含跪坐在沙发上，又往前挪了一点儿，问霍骁："你认识魏思恒吗？"

"有点儿耳熟。"

"《剑琢》里的男二号，当年特别火，2012年还是2013年，在片场被烧伤毁了容，之后就退圈了，以前老说他公子如玉，长得特别清秀。"

霍骁回忆起来一些："哦，他啊。"

王若含一拍手，一激动语速也快了："我和你说，我以前迷他迷得要死，你知道他退圈我哭得有多伤心吗？我三天没吃饭。"

她边说还边比了个三的手势，霍骁掐了下王若含的脸颊："所以呢？又关他什么事？"

王若含拿开他的手，捂着脸说："我是想告诉你，我的初心是魏思恒，也许我就喜欢这种长得白白净净、瘦瘦高高，看起来温温柔柔的人。所以要这么说的话，你和秦也其实都是我在凡间寻来的替代品。"

霍骁闭了闭眼，极力忍住不让自己的怒气失控："王若含，你觉得你这样解释，我的心情会好点儿吗？"

王若含眨眨眼睛："难道没有吗？"

霍骁咬着牙把王若含的脸颊揉搓到变形："当然没有！"

王若含抓住霍骁的手腕，哭着喊疼。

霍骁立刻心软，卸了力气。

"我话又没说完。"王若含报复性地踹了霍骁一脚，"脸都被你掐大了。"

女孩子皮薄肉嫩，这么一弄，王若含双颊像打了腮红一样，霍骁开始愧疚，帮她揉了揉。

"我喜欢秦也，不对，都不能叫喜欢。我十八岁刚来金陵，在这里除了我妈谁都不认识，开学的时候是秦也帮我搬行李，是他周末带我出去玩。我觉得护理学读不下去了，也是他劝我、鼓励我。你要说我没有动心，那是很难的。他比我大四岁，我和我妈生活在一起，我心里可能也需要一个可以依靠的男性角色，但是对秦也的喜欢，其实也更像寄托。他和容欢在一起的时候，我也只是小小地难过了一下，很快就释怀了。郑筵说我其实根本没多喜欢他，毕竟我都没对这个人产生过占有欲。只是人有的时候，不想心里总是空落落的，所以想找个人爱一爱。我后来想想也是。"

她对秦也的喜欢是杯水，不温不热，平静清澈，只要原封不动，就能一直存在下去，但不会沸腾、不会满溢。所以王若含暗恋他五年，也没想着告白，没想着把这个人占为己有。

但遇到霍骁时就不一样了，只认识的第二天晚上她就拐人家开房去了。真正的悸动是烈火燎原，看一眼火花都在血管里噼里啪啦炸响，是危险的、冲动的、滚烫的。

王若含圈住霍骁的脖子，趴在他的怀里，亲昵地拿脑袋蹭他，像只黏人的猫。

“我来的时候想了几句话，可能有点儿肉麻，你别笑我。”

霍骁已经有些想笑了，咳嗽一声，保证道：“不笑你。”

“你那天提到《小王子》，我就去找来看了一遍。玫瑰并不稀有，花园里到处都是，但是狐狸只有一个，对吗？”挨得太近，王若含能清晰地听到霍骁的心跳声，“遇到你之前，我也不是多主动的人，你太难得所以才不想错过。我很肯定的是，我这辈子可能会遇到很多很多秦也，但只会遇到一个霍骁。”

霍骁收紧手臂，把人牢牢地圈在怀里。

王若含说：“世故、嘴毒、人前一套背后一套，但是能懂我说的所有话，能理解我的每一种情绪，能陪我玩也能教我大道理的人，只会是你了。”

他们很少在交谈间提到“爱”这个字，但又把爱藏在了每个说出口的句子里。

霍骁忍住鼻酸，含着笑意说：“就这？你还可以再肉麻一点儿的。”

王若含捶他：“有些人开始蹬鼻子上脸了。”

霍骁亲了亲她的脸：“困不困？”

王若含打了个哈欠：“困啊。”

“去睡会儿。”

王若含的声音有气无力：“你陪我。”

霍骁抱着她起身：“好，陪你！”

他明天就要回去，而王若含的职业并没有双休，醒来又得去上班，就算霍骁每个礼拜都过来，他们也聚不了多久。

入睡前，王若含闭着眼睛，脑子里迷迷糊糊地盘算着。异地不是大问题，但终究也是个不可忽略的因素。

她问霍骁：“国庆节你来吗？”

霍骁回应她：“来。”

“但我没什么假期。”

“没关系，抽空见面就行。”

王若含点点头：“好。”

没和霍骁谈恋爱前，王若含没觉得自己的生活有多枯燥，但霍骁一走，她干什么都觉得没意思。

临近下班时间，她坐在护士台里，掰着手指等下班。

容欢转着车钥匙走过来的时候，王若含一愣："你怎么来了？"

"谈工作来了。"容欢放下手里的文件夹，和她吐槽道，"妇产科的郭主任嘴也太严了，无论我怎么打听，都是一点儿消息不透露。"

王若含笑笑："正常，他们平时被问男问女问得多了呗，都是老手了，嘴严得很。"

容欢问："你要下班了吗？"

王若含看了一眼表："快了。"

"喝下午茶吗？我朋友圈里看到有同学新开了家咖啡店。"

王若含问道："你不找秦也？他今天不上夜班吗？"

容欢扯开一个微笑，凑近王若含说："妹妹，我的生活里也不是只有男人的，前两天追得太紧了，正好松松手，让风筝自由地飞一飞。"

王若含挑眉："你别玩脱了就行。"

容欢"啧"了一声："到底去不去？"

"去。"王若含说，"正好有事要问你。"

容欢说的咖啡店在江边的一家独栋小屋里，装修得很精致。

她俩在二楼找了处座位坐下，要了两杯咖啡和两块蛋糕。

"你刚刚说是什么事？"

王若含放下饮料杯，搓搓大腿说："就是，你见多识广嘛，你说说，我们护士转行，干什么比较好啊？"

容欢问："你要辞职啊？"

王若含摇摇头："还没决定。"

"怎么想着要辞职了？"

王若含说："我男朋友在申城，离金陵说近不近说远不远。他哪怕周末来看我，我也没假期陪他。"

容欢点点头表示理解："但你们俩不是刚谈吗？不着急想这些吧。"

王若含："我也没想好，就当了解一下。"

"那你是要去申城工作？"

"不，就想换个稳定点儿的，但也不想混饭吃。"

“你让我想想啊……”容欢因为从事医疗器械工作，对医院比较熟，也认识不少医务工作者。

护士专业性强，如果真要转去其他行业，找一份称心如意的工作并不容易。

王若含这两天已经在网上查了不少资料，但都没什么实质性的建议，她吃着盘子里的蛋糕，心里发愁。

“哎，”容欢放下勺子说，“我记得秦也有个同学在外面开了家私人诊所，之前我也和他们谈过合作。你以前在口腔科待过，倒是可以去问问，他们那儿的护士工作比较轻松，待遇也挺好。”

王若含眼睛亮了亮，但又不太自信：“私人诊所？人家看得上我吗？”

容欢一晃脑袋：“让秦也去说说呗。”

王若含感到为难：“那我不真成关系户了……”

容欢撇撇嘴：“那我帮你问问？”

王若含微笑颔首道：“谢谢。”

容欢感到无语：“怎么换我问，你就很心安理得的样子？”

“不知道，反正不想麻烦男人。”王若含弯着眼睛甜甜地笑道，“谢谢你啦。”

容欢哼了一声：“先说好，我也不保证能成，最多帮你留意一下。”

“没事，我也不着急。”

容欢喝了口咖啡，放下杯子问她：“国庆节什么安排？”

王若含语调轻快地回，“男朋友来看我。”

她这一副泡在蜜罐里的样子，容欢直呼：“再秀你就要遭天谴了。”

王若含嘻嘻笑了下，说：“不过我也没什么假期，玩不了什么。你呢？打算出去玩吗？”

容欢摇摇头，以前每年这个时候她都会和秦也去旅游，但今年恐怕是没希望了，“我也应该是工作吧，这批监护仪得在年底之前谈下来。”

王若含举起杯子，和容欢碰了下杯，以咖啡代酒，也算是同病相怜了。

Chapter 10

消灭远距离

国庆节当周是好天气，时常下雨的九月底，天终于放晴了。

十月一号的早上，秋高气爽，街道两旁的桂花开了，清甜香味混在空气里。

王若含白天不用上班，一早就开车去高铁站接人。

离火车到站还有十分钟，她趴在等候区的栏杆上，玩单机游戏打发时间。

人群里突然传出一阵骚动，爱凑热闹的本性驱使，王若含立马抬起头。

“真的好帅！”

“戴着口罩都好帅！”

“是不是明星啊？不像吧？”

“应该不是，哪有明星坐高铁的，而且都没工作人员跟着。”

旁边的妹子你一言我一语地激烈讨论着，王若含凑过去，问：“谁啊？哪儿有明星？”

妹子指给他看：“就那边走过来的四个，个子都好高，不知道是不是明星？”

王若含踮起脚，努力仰着脖子往前看。

她们说的人正在扫码做出站检查，王若含大概看了一眼，虽然都戴着口罩，但气质出众，确实不像一般人。

“不会真是明星吧。”她嘀咕着，偷偷拿出手机想要拍照。

那四个帅哥前后走了出来，妹子们屏住呼吸只敢偷偷瞄，王若含胆子大脸皮厚，眼睛一眨不眨盯着他们。

他们刷完卡停下脚步，指着她这个方向说了几句话，然后其中一个径直向她走来。

王若含惊讶地瞪大眼睛，直到那人站在她身前，她仰起脑袋，不确定地喊：“霍老师？”

霍骁站定，在她脑门上弹了一下：“看到我难道值得惊讶吗？”

王若含摇摇头，歪着身子越过他，指着后面三个男人问：“他们是谁？”

霍骁说：“不认识。”

王若含：“啊？”

不认识，那怎么都特热情地和她招手，其中一个还喊了句：“小嫂子好！”

王若含朝他们笑着点了下头。

“你朋友啊？”

霍骁不太情愿地“嗯”了一声。

“怎么都不和我说一声？”

“路上再说，先走吧。”

他俩一动，后面三个也跟着走过来。

路人好奇地打量他们，王若含埋着头，脚下加快了速度。

她的车空间不大，后排座位上还堆了好几个毛绒玩具，这一下子坐了三个男人，再挤也只能先将就一下了。

霍骁简单和她介绍了一下，最高的叫隋艺，年龄也最小，运营一家MCN 机构，平台上好几个百万粉丝的网红就是他公司的。

也是喊王若含“小嫂子”的那个，怪不得穿这么潮，性格也最外向。

另外两个气质相近，叶图南和程清和，都与霍骁同年，而且都是学法律的，现在一个在律所，一个在法院。

听到这二位的职业，王若含在心里倒吸一口气，看起来不苟言笑的人，都不好惹。

霍骁还提到一个人，叫许麟，也是他们的朋友，刚订婚，不过这次没一起来。

昨晚上他们一起吃饭，霍骁提到国庆节要去金陵找女朋友，其他几个一听来劲了，说也要来玩。

霍骁起先没答应，但他们压根不需要霍骁同意，直接买好了车票。

路上，霍骁叹口气："真不想管你们。"

隋艺呛他："也用不着你管，你们俩玩你们的呗。"

叶图南帮腔："就是，你们要过二人世界，我们绝不打扰。"

王若含干笑了两声，这一车的精英，她可不敢怠慢，专心开车。

开过一个十字路口，她问霍骁："酒店订了吗？还是上次那家？"

霍骁回头问："三位爷，怎么说？"

隋艺左右看看，使了个眼色："要不要搞点儿男人的浪漫？"

叶图南点头："搞啊，好不容易出来一次。"

程清和说："可惜了，许麟不在。"

"他在也一样，一个妻管严，哪次不是没玩尽兴就溜了。"

王若含偏头瞥了眼霍骁，心里飘过好几条弹幕。

什么叫男人的浪漫？

不是她理解的那个意思吧。

她怎么越听越奇怪？

霍骁把手机扔给隋艺："那你快点儿找好。"

"OK！"几分钟后，隋艺把屏幕举起给他们看，"这家不错，评分最高，说设备什么的都挺新，而且服务好，前台二十四小时在线。"

"行，就这个吧。"霍骁接过手机，帮王若含导航。

王若含吞了口唾沫，小声喊："霍老师。"

"嗯？"

王若含欲言又止，想想还是算了："没事，你们开心就好。"

假期车流量多，中间还堵了半个多小时，到达目的地后，王若含把他们放下，不好停车，她又沿周围绕了一圈。

等王若含再返回门口时，却只有霍骁一个人。

“他们呢？”

霍骁系好安全带：“不用管，我们先吃。”

“好吧，吃什么？”

“火锅？”

王若含点头：“行，正好馋虾滑了。”

霍骁看着她，突然笑了。

“笑什么？”

霍骁说：“一般情况下你不是应该说这个不吃那个也不吃，然后又来一句‘都行’让我猜你到底想吃什么吗？”

王若含呵了声：“你们男人怎么回事？要求多不行，要求少也不行？”

“行，行得不能再行了。”

他们进了一家连锁火锅店，服务生大声吆喝，店内飘着辣椒香味。

王若含坐下，对霍骁说：“火锅还是得去川渝吃才正宗。”

霍骁问她：“你平时会回去吗？山城那边。”

王若含回答：“以前是过年的时候回去，这两年都待在金陵了，今年看看有没有机会吧。”

霍骁又问：“那你和你爸呢，联系还多吗？”

王若含摇摇头，微微笑着说：“他是一个特别温吞的人，和我妈就是两个极端，不太主动联系我。”

“而且，”王若含顿了顿，“我后妈又给他生了一个，他们现在过得挺好的，可能也不太会想起我。”

服务员来给他们倒水，这个话题也就这么过去了。

菜是王若含点的，她一边灵活地转着笔，一边问霍骁：“毛肚吃吗？”

霍骁摇头：“不吃。”

“鸭肠？”

“不吃。”

“卤肥肠呢？”

“不吃。”

“腰片？”

“内脏都不吃。”

“那鸭血呢，这总可以吧？”

“……勉强能接受。”

“那猪脑花你肯定也不吃了。”

霍骁：“嗯嗯。”

想吃的全部被否定了，王若含只能多点两份肥牛补偿自己。

她放下笔，把菜单递给服务员，沉沉地叹了口气。

霍骁喝着水，一脸无辜地问：“怎么了？”

王若含微笑着摇摇头，在心里给自己拼命暗示：“他是公主，公主挑剔麻烦一点儿没关系，不要骂他要爱他。”

他们点的是鸳鸯锅，一半是牛油麻辣锅底，一半是酸甜番茄锅底。

吃饭的时候，霍骁问王若含：“阿姨是不是回来了？”

“还没，快了，下个礼拜杀青。”

霍骁把一个虾滑夹到她的碗里：“行，过两天你收个快递。”

“什么？”

“杀青礼物，送给阿姨的。”

王若含向他伸出手：“那我的礼物呢？”

霍骁笑起来：“你为什么有礼物？”

王若含找不到借口，耍赖道：“不能有吗？我就想要。”

霍骁放下筷子，假装在口袋里四处摸索：“找找啊，有什么能给你的。”

他哎了一声，好像真找到了什么。

王若含看着他从风衣口袋里取出一个小盒子推了过来，睁圆眼睛不敢相信：“还真有啊？”

霍骁抬眉：“看看？”

王若含打开，里头是四个小巧的香薰蜡烛，小熊软糖造型，粉色、红色、紫色、黄色，透明的像果冻，捏在手里小小一个。

她惊喜地问：“你都哪儿找来那么多蜡烛的？”

霍骁感叹道："我都快成蜡烛收藏爱好者了。"

王若含小心地把蜡烛收好："那你刚刚怎么不给我？"

霍骁说："这不等你问我要吗？"

王若含捏紧拳头，可恶。

吃完饭，霍骁好心地打包了红糖糍粑和炒饭，带回去投喂给酒店里的三个人。

"要上去看看吗？"霍骁问她。

想到"男人的浪漫"，王若含有些犹豫："可以……吗？"

"为什么不可以？"

王若含半信半疑地跟着霍骁上去，看装修和布置，和一般的酒店好像也没什么差别。

"你们经常一起出来玩吗？"

霍骁说："也不是，以前在外面上学见不到面，这两年联系比较多。"

"哦。"

他们坐电梯到了五楼，霍骁用房卡刷开房门。

门缝一点点扩大，里头的声音也传了过来。

"程清和你没毛病吧？老子倒在你面前都不知道扶一下吗？举手之劳啊，大哥！"

"你用你那点儿脑子想想，扶你我不就暴露位置了？"

"别说了，你就是自私！"

"二十分钟零杀，隋艺你干吗呢？是遁入空门不杀生啊，还是今天是国际斋戒日？"

王若含站在门口，目瞪口呆。

所谓"男人的浪漫"，原来就是一间豪华四人电竞套房？

中文说得不过瘾，他们又飙起一串王若含听不懂的外语。

她皱着眉眯着眼提着苹果肌，无语至极。

这就是仪表堂堂的青年才俊？敢情和霍骁一样，都是披着萨摩耶皮的白狐狸。

王若含抬头问霍骁："你们平时私底下都是这样的啊？"

霍骁干咳一声："也不都这样。"

王若含提了提嘴角，皮笑肉不笑。

那三个人玩得正欢，又都戴着耳机，等霍骁走进去拍了拍他们的肩才发现有人进来了。

隋艺看见王若含，立刻放下跷着的二郎腿，挺胸抬头招了招手，正气凛然地道："嫂子。"

王若含朝他点了下头，把手里的打包盒放到桌上："给你们随便带了点儿回来，趁热吃。"

叶图南和程清和刚刚抽了烟，霍骁帮他们开窗通了通风。

送完饭，他和王若含没待多久，打算去楼下走走，等会儿王若含还得回去上班。

走进电梯，霍骁问她："是不是吓到你了？"

王若含摇摇头："就是感觉好像进了男大学生宿舍。"

霍骁掀起唇角，浅浅笑了下："其实私下里也就是一群俗人。"

"你们认识很多年了？"

"嗯，父母那辈关系好，所以小时候就认识了。"

王若含"哇"了一声："那就是发小啊。"

霍骁没认可这话："以前关系也不算好，看对方都挺不顺眼的，是后来才玩到一起的。"

王若含点点头："那也很难得。"

酒店一楼有个小花园，王若含挽着霍骁的胳膊，两人沿着羊肠小道散步。

人工池里养了锦鲤，王若含起了兴致，拉着霍骁去看鱼。

好几尾金色的鲤鱼，在水里灵活地游动。

王若含举起双手在空中画了个圆，然后掌心相对，闭上眼睛，神情严肃，嘴里还念念有词。

这个举动让霍骁忍俊不禁，他问："这也能许愿？"

王若含睁开一只眼睛："嘘，别打扰我。"

霍骁抿唇闭嘴，做了个"请"的手势。

王若含神神道道了好一会儿才结束她的许愿仪式。

霍骁问她："许了什么？"

王若含晃晃脑袋：“不可说，不可说。”

霍骁嘁了一声：“不说，我猜也能猜到。”

“那你猜猜看。”

“肯定是求暴富有钱呗。”

王若含笑了下，没说到底是不是。

他们走了一圈，王若含馋冰淇淋了，他们又去附近的麦当劳买了两个麦旋风。

王若含舀了口冰淇淋，摸出手机看了一眼时间，离上班还剩一个小时，等吃完差不多就得走了。

她叼着木勺，沉沉地叹了口气，有气无力地把下巴搁在霍骁的肩上。

“怎么了？”

王若含噘了噘嘴：“霍老师，你会不会觉得我工作太忙了啊？”

“怎么突然说起这个？”

他俩坐在窗户边，屋外的阳光洒了一缕进来，照在身上暖洋洋的。

“你总是大老远地跑过来，我还没什么时间陪你，有点儿愧疚。”

霍骁戳戳她的额头：“真新鲜，你还会愧疚呢？”

王若含翻了个白眼，捏紧拳头举到他面前：“我是认真的。”

霍骁张开手掌一把包住，刚刚握了冰淇淋，他的指尖有些凉：“那也没办法。”

王若含又难受又心疼：“我就是觉得你每次光在路上就要花两三个小时，好费时间，我以前从来不觉得申城离金陵有那么远。”

霍骁捏了捏她的手背：“你知道成年人的通病是什么吗？”

“什么？”

“大家好像越来越不愿意花时间了。看电视剧要倍速播放，进店要手机点餐，不愿意排队，也不愿意等，好像每一分每一秒都特别宝贵，经不起浪费，但其实你人生里的大部分时间没那么重要，都是虚度过去的。”

霍骁的声音如他的外表一样干净清朗，每次他正经说话的时候，王若含都觉得这人好像是发着光的，她总是好奇讲台上的霍老师是什么样。

他说：“路上的两三个小时我可以看电影、看书，甚至还能批改一下学生的作业，就算什么都不做，我还能想你，没什么浪费的。”

提醒她离上班时间还剩半个小时的铃声响了，王若含关闭闹钟，抬头对上霍骁含笑的眼睛。

她戳戳霍骁的肩："你们文化人都这么出口成章的吗？"

霍骁抬高眉毛："我们一般管这个叫有感而发。"

王若含左右看了看，确定没人注意到他俩，倾身靠过去，唇瓣落在霍骁的唇上。

冰淇淋的香甜还残留在齿间，很轻很快的一个吻，王若含直起上半身，舔了下嘴唇，放轻声音说："我上班去啦。"

霍骁看着她，安静地点了下头。

王若含甩了甩手："那你松开呀。"

"哦。"霍骁依依不舍地松开手，摆出一副委屈的表情，看上去像是被抛弃了。

王若含于心不忍，又弯腰亲了亲他的脸颊："要是真暴富就好了，我就能做个混吃等死的昏君，每天和你寻欢作乐。"

她越说越不正经，霍骁被逗乐了，赶她道："快上班去吧。"

霍骁和隋艺他们在金陵待了四天，临走前一晚，王若含才抽出时间和他们一起吃饭。

地点还在上次那家火锅店，叶图南说他家的红糖糍粑做得很好吃。

等菜上桌的时候，隋艺捶着后腰喊酸，一会儿又说脖子疼。

叶图南嗤他："让你昨晚玩到凌晨四点，我起来上厕所还看到你的屏幕亮着，活该。"

隋艺啧了一声，为自己辩解："难道出来一次，我不得玩尽兴了再回去啊？"

隋艺哀叹一声，抱怨道："以前还能去许麟家打游戏，他娶了老婆之后也不行了，所以我说别结婚，被女人管东管西的，一点儿都不自由。"

程清和掩嘴咳嗽一声，示意他别乱说话。

隋艺看看王若含，赶紧解释："嫂子，我不是那个意思啊。"

王若含笑了笑："没事，懂的，都懂。"

叶图南举起杯子，转移话题道："哎，还没问过呢，你俩怎么认识的啊？怎么霍骁来金陵参加个研讨会，回来就多了个女朋友？"

霍骁和王若含对视一眼，他把回答的任务丢给她："你说。"

王若含眨眨眼睛："啊……我闺密是他同事。"

隋艺问："哪个闺密。"

霍骁说："周以。"

闻言，其他三人沉默了，面面相觑，不知所措。

还是隋艺先大胆发言："你，不知道霍骁他……"

王若含无所谓："知道啊，心怀鬼胎撩人家嘛，周以早在群里和我们分享过了。"

被提起黑历史，霍骁清清嗓子，战术性喝水。

"唉，可惜啊。"王若含拍拍霍骁的肩，"你那点儿招数都哪儿学来的，太老套。"

叶图南翘起嘴角，帮霍骁说话："别说，我们 Xavier 也就失手了这么一次。"

"不。"霍骁却表示否定，用大拇指指着王若含说，"对她也无效，一开始都不理我。"

程清和觉得奇怪："套路不管用，那你俩怎么好上的？"

霍骁拍了拍胸脯："用心呗。"

猝不及防被塞了一嘴狗粮，其他三人拖长尾音咦了一声，嫌霍骁肉麻。

王若含心里偷着乐，嘴上却嫌弃地说："那你还不是没追上周以。"

霍骁哼了一声："我又不真喜欢她。"

王若含皱眉："那你撩人家干嘛？你当时不是讨厌她吗？"

霍骁欲言又止："说了你也不懂。"

隋艺插话道："我懂。没什么比看着一个你讨厌的人却对你爱得死去活来更大快人心的了。"

王若含惊恐地瞪大眼睛，把椅子往远离霍骁的方向挪了挪："你变态啊。"

霍骁夹了颗花生米砸在隋艺身上，咬牙警告他："不懂就别瞎说。"

他转而问王若含："看过《甄嬛传》吗？皇后前期不也表现得端庄善良，还对甄嬛频频示好？只有傻子夏冬春才讨厌谁就给谁脸色看，你看，活不过三集吧。”

王若含挠挠头发，表情更迷惑了。

霍骁拍了拍她的脑袋：“Baby，成年人的世界是很复杂的。”

王若含撇撇嘴，小声嘀咕：“爱过就承认呗，周以看不上你不是应该的吗？”

霍骁叹口气，用看傻子的眼神看着王若含，这种杀敌一千自损八百的话都说得出来。

他挑起一抹笑容，钩住王若含的椅子把她拽回来：“是啊，所以这不将就一下，来找你了吗？”

王若含愣住，终于反应过来，一个弹跳起身作势要打霍骁：“你什么意思啊？！”

隋艺看热闹不嫌事大，不劝架反倒挑火：“嫂子，他说你比不上人家，找你就是凑合。”

王若含龇牙咧嘴，像只急眼要咬人的兔子，逼问霍骁：“你早就这么想了是不是？”

霍骁冤枉极了：“我没这么想。”

“别解释了。”王若含吸吸鼻子，擦了擦根本不存在的眼泪，“终究是错付了。”

霍骁牵住她的手，语气缓和：“我刚刚是开玩笑的，你哪里比不上周以了？”

王若含转过脑袋不看他：“我笨，成绩差。”

“那我找个女博士又能怎么样？”

王若含又说：“我好吃懒做，菜也不会做几道。”

霍骁：“我勤快，我会做。”

“我性格不好，脾气暴躁爱骂人。”

“我就喜欢你这股劲儿。”

“我长得不高。”

“我也就一米八，差不多得了。”

“我不漂亮。”

霍骁把手机举到她面前，凶巴巴道：“你照着镜子再说一遍，不漂亮？你瞎呀。”

程清和、叶图南和隋艺三人互相看看，拿起自己的杯子要起身。

霍骁和王若含终于意识到还有旁人在，抬起头一脸蒙地看着他们：“怎么了？”

叶图南挥挥手：“你们吃吧，我们换张桌子，清静清静。”

隋艺举起一只手，掌心对着自己，假装在照镜子，用娇嗔的语气问：“我怎么长得这么难看呀？宝宝你说是不是？”

程清和配合地揽住他的肩，两人脑袋靠在一起：“宝宝，我不允许你妄自菲薄，你就是全天下最漂亮的小公主。”

叶图南笑得直不起腰。

霍骁团了团纸扔向他俩：“有完没完？恶不恶心？”

这一通调侃让王若含臊红了双颊，捂着脸拼命往霍骁身后躲。

“坐下好好吃，不闹了。”霍骁招手让他们回来。

三人重新坐回去，斥责他俩：“别太腻了，哥们不爱吃酸的。”

霍骁冷笑回击：“哥们，我也不爱吃油的。”

王若含帮腔道：“锅里的牛油都没你们油。”

霍骁夹了一块肥牛到王若含碗里，王若含抽了张纸帮霍骁擦了擦嘴角，两人相敬如宾，其他三人看了又想走。

刚才他们还在吵架，对付起外人来又夫妻同心了。

叶图南举起杯子，敲敲桌面，说要敬这对腻死人的情侣一杯。

他和霍骁初中的时候同班，他俩也是五个人里最先熟络起来的，霍骁什么样的人他最清楚。

为什么是眼前这个姑娘入了霍骁的眼，前几天刚见面的时候他还不明白，现在大概懂了。

她看着甜美乖巧，但不绝对温顺，会使小性子，但不作，真实、有趣、没包袱，和她相处起来很轻松。

她和霍骁称不上所谓的门当户对，但意外契合，他们的气场是相融的，两个人在一起很和谐，是种独特的般配。

杯壁碰到王若含手里的可乐瓶，叶图南看着她，真诚地送上一句祝福：“希望你俩长长久久，永远热恋。”

隋艺呵了声："还是别了吧，快冷淡冷淡，这热恋的火已经烫到兄弟们了。"

程清和立刻入戏，抓住隋艺的手放到嘴边："宝宝哪里烫？我帮你吹吹。"

五个人笑闹着吃完一顿火锅，第二天王若含还要上班，霍骁没让她送。

要分别的时候，三个兄弟挺有眼力见，勾肩搭背地唱着《光辉岁月》先上楼了。

霍骁张开手臂，王若含上前一步贴过去，被他紧紧抱在怀里。

想到下半年的法定假期已经用完了，王若含叹口气说："下一次见面不知道是什么时候。"

霍骁安慰她："还有周末呢，我有空就来。"

王若含撇着嘴，委屈道："好舍不得你哦……"

霍骁撩起她的刘海，亲在她的脑门上："很快就见面了。"

王若含拍开他的手，瞪着他重新整理好自己的发型："干吗呀？"

霍骁解释说："刚吃了火锅，头发油。"

王若含推开他："你赶紧回去吧！"

霍骁笑着去搂她："别，再待一会儿。"

十月中旬，方春华终于回来了，出去当了一次明星，果然不同凡响了。

她到家的时候，一身优雅的连衣裙，遮阳帽、墨镜、口罩一样没落。

相比之下，刚起床还穿着睡衣的王若含简直像误入片场的助理小妹。

"妈咪，"她噘着嘴凑过去抱住方春华，"好想你哦！"

方春华嫌弃地躲开："你的衣服怎么就随便搭在沙发上？我和你说过多少遍要挂好，不然又吵着说找不到了。还有你几天没拖地了啊，王若含？"

王若含褪去笑容，收回手，搓搓脸颊做出一个鬼脸，看来她妈还是她妈，一点儿都没变。

"这是什么东西？怎么就这样放在这里。"

王若含从冰箱里拿了瓶酸奶，回头看了一眼："哦，那是霍骁送给你的，我还没拆呢。"

方春华惊喜地瞪大眼睛："这么大？什么呀？"

王若含叼着勺走过去："我看包装上写的是按摩椅。"

"哎哟！"方春华拍手惊呼一声，"按摩椅啊！"

她想要好久了，这霍骁刚当上女儿男朋友没多久，就这么上道，上次见了面长相也是她喜欢的，方春华对这个小伙子更满意了。

她兴致勃勃地拿了剪刀要拆开，塑料膜都没撕就要插电体验一下。

王若含看她一脸享受地躺了上去，喝了口酸奶问："舒服吗？"

方春华笑得合不拢嘴："舒服，小霍太贴心了。"

王若含拍拍她，赶她下来："你收拾行李，让我按一按。"

方春华不让，踢她说："你去，女婿都知道孝敬我，亲女儿不要表现表现？"

王若含"啧"了一声："什么女婿，别瞎喊。"

机器力道适中地捶打在肩颈和腰背上，方春华美滋滋地喟叹一声："问问他什么时候来家里吃饭。"

王若含走回楼上卧室，懒洋洋地回答："知道啦。"

转眼就到了十一月，金陵的气温一降再降，已经是冬天了。

前两天街道边梧桐叶还是金黄的，落了一场雨，草木就干枯凋零了，世界一片寂寥。

王若含站在店门口，搓了搓手跺跺脚。

"来了来了。"林蕙一路小跑过来，把袋子里的奶茶拿出递给她一瓶，"焐焐手。"

天气越来越冷，她俩约了今晚一起吃牛肉火锅。

吃饭的时候，林蕙随口问她："打算什么时候结婚啊？"

王若含愣了愣，抖抖锅里的筛子，把烫好的牛肉片夹到碗里："我还没想好。"

林蕙叹了口气："快年底了，我妈又要开始给我安排相亲了。"

"你比我还小两岁呢，不着急。"

林蕙扯了扯嘴角："在我妈眼里，二十六岁就约等于三十岁了。"

王若含说："那你妈应该学学我妈，她都五十了，还觉得自己十八岁呢。"

林蕙被她逗笑了，转而问：“那你男朋友呢，他家里不催吗？”

“不催吧，反正没听他说过，而且我俩现在是异地，说这些还太早。”

林蕙又问：“你不是说想转去私人医院吗？没成？”

王若含摇摇头：“托朋友去问了，说那里现在不缺人，也可能是看不上我吧。先这样吧，把 2021 年过完了再说。”

林蕙用力点了下头，会心一笑，举起面前的奶茶杯：“含姐说得对！”

霍骁有空就会来金陵找王若含，两个人常常一起去探店，快把附近的美食都吃遍了。

他来的几天王若含肯定是不住在家里的，方春华也不管她，偶尔还会喊霍骁到家里吃饭。

快到年底了，霍骁说要给学生们准备期末周，他手底下还有几个研究生，工作忙，已经两周没来了。

王若含和林蕙吃完饭，开车回了家。

停好车，她一边往院子里走，一边给霍骁拨了个电话。

“喂，霍老师。”

“嗯，吃饭了吗？”

“刚吃完。”

“在外面呢？”

“嗯，今天好冷。”说着王若含就吸了下鼻子。

霍骁的声音严肃起来：“快点儿回家，多穿点儿衣服，别臭美不穿羽绒服。”

王若含低头看了一眼自己身上的粉色呢子大衣，睁眼说瞎话：“穿着呢，面包服，裹得像只熊一样。”

霍骁不信：“真的吗？你开个摄像头给我看看。”

王若含紧张起来：“为什么呀？”

“我没见过熊长什么样，让我看看。”

王若含抿了抿唇，心虚地就要结束对话：“不和你说了，我到家了，拜拜。”

“拜拜。”

王若含推开门，最近一楼工作室要搬地址，客厅里堆满了纸箱，方春华正在收拾屋子。

“快过来帮我打包，你老娘的腰都快断了。”

王若含应了一声，放下包，脱下外套，去帮她打包。

方春华扶着腰起身：“我去楼上拿箱东西下来。”

王若含哗啦一声撕开胶带：“哦。”

几分钟后，听到哎哟一声，王若含动作僵住，随之而来是一声重物落地的闷响声，里头的玻璃瓶滚落下来。

王若含心一沉，立马站起身朝楼梯上跑过去。

方春华正坐在台阶上，捂着后腰正痛苦地呻吟。

“怎么样？撞到腰了？”

方春华点点头。

这个年纪最容易骨质疏松，摔一跤不算小事。

王若含小心地扶着她站起来，立刻决定去医院。

“别急啊，马上到。”

方春华平躺在座椅上，疼得额头上冒冷汗，还不忘伸着手指叮嘱她：“你慢点儿开。”

到了医院，王若含马不停蹄地挂号就诊，医生看了片子，所幸没有腰椎骨折，但这两天活动肯定是受限制了。

折腾了一个多小时，方春华和王若含又为要不要住院吵上了。

“用不着！”

“怎么用不着？你在家谁照顾你？”

方春华还是一脸不情愿。

王若含语气强硬起来：“医院有护工，而且我下班了也能直接过来，比在家方便，听我的。”

方春华继续找理由：“那医生不也说了医院床位紧张。”

王若含不愿和她多说：“不行，必须住院。”

方春华气鼓鼓地瞪着王若含，王若含没理她，直接去办理了住院手续。

王若含帮方春华办好住院手续，她还得回家拿东西。

回到家里，王若含沉沉地叹了口气，楼梯上一片狼藉，客厅里堆满了杂物，她望着眼前的一切，烦躁和疲惫涌上心头。

她没给自己太多陷入情绪里的时间，揉揉头发后利索地把地上的瓶瓶罐罐收拾好，又上楼去拿方春华和自己的生活用品。

现实不是童话，充斥着鸡零狗碎。

拎着大包小包的东西回到医院，王若含推开房门，看见方春华躺在床上，正望着窗外漆黑一片的夜景发呆。

她轻轻地喊："妈。"

方春华回过神："来了。"

王若含走到床边，往杯子里倒了杯热水递过去。

她看见方春华眼底红红的，脸上的神色不太自然。

"怎么了？"

"什么怎么了？"

说话鼻音也很重。

"哭了？"

方春华否认："什么哭了，没哭。"

王若含缓和表情，笑笑说："和我说说呗，我青春期的时候可是啥事都和你分享的呢。"

方春华露出笑容，拿起杯子喝了口水："我也不知道怎么了，可能人一生病就容易多想。突然觉得自己看起来很潇洒，很果断，其实都是装的，偶尔也后悔着呢。"

王若含问："后悔什么，和老爸离婚吗？"

方春华垂下视线："我就是在想，是不是我不愿意妥协，也不愿意让步，为了我那点儿自尊心，硬是过不下去了。可能退一步问题就解决了，也不至于老了生病了，没人照顾。"

王若含不高兴了："不是还有我吗？"

方春华看着她，笑了笑："这不一样，子女和伴侣还是不一样的。"她又叹口气，"不过也没后悔药。"

王若含第一次见到这么脆弱又柔和的方春华，捧着脸蛋，胳膊肘抵在床上，突然问了个很哲学的问题："妈，人到底是生来孤独，还是生来缺爱呀？"

方春华想了想说："孤独所以缺爱，但爱到最后的结果往往还是孤独。"

时间不早了，王若含把方春华的牙刷和毛巾取出来，让她洗漱完早点儿休息。

方春华抓过她拿回来的包看了看，皱眉问："我化妆台上的护肤品呢？你没拿吗？"

王若含翻了个白眼："您都这样了还想着皮肤管理呢？"

"医院里这么干，我不得做好保湿？"

王若含无语："我明天回家帮你带过来。"

病房里还有张小床，她把带来的抱枕和毯子铺好，准备就在这里将就一下。

这两天王若含几乎都是住在医院里的，下班了就换身衣服去病房里照顾方春华，她静卧在床，喝水都得有人递。

王若含拿起手机的次数也大大减少，几乎没什么闲暇时间。

有时霍骁下午发了消息，她晚上才有空回。

病房里请了个护工，做事挺认真的，但毕竟是外人，有些事方春华不好意思麻烦她。

这天王若含上完一个大夜班，和同事交接完工作已经八点多了，她拆了根林蕙的巧克力棒，换好衣服就去找方春华。

躺在床上这么多天都没洗过头、洗过澡，方春华爱干净，嫌身上不舒服了。

王若含用毛巾沾湿帮她擦了擦身子，换了套新衣服，又往水盆里倒了热水，搬到床边给她洗头发。

"你还记得不？"方春华平躺着说，"你四五岁的时候，我也这样把你抱到腿上给你洗，你小时候不知道为什么，特别讨厌洗头，我说那就去剪个光头吧，你一听就哭，之后再也不敢闹了。"

此时的王若含满手都是泡沫，用指腹给她按摩着头皮，说："我现在也很讨厌洗头。"

方春华笑了笑："但你爱漂亮了。"

"好了，我去拿吹风机给你吹吹。"

"别忙了，让小陈帮我吹就行，你快点儿回家睡个觉。"

王若含自顾自地插好电源："没事，我还不困，珍惜吧，难得女儿伺候你。"

方春华"嘁"了一声："你也知道难得。"

从医院出来已经快中午了，王若含简单吃了口饭。

她最近睡眠质量不太好，病房的小床睡得不习惯，她又不敢睡得太深，怕方春华半夜有事喊她听不见。

大概是因为缺觉，王若含感觉头有些重，不敢疲劳驾驶，她打了辆出租车回家。

休息了不到五个小时，她又得起床上班，效果也是适得其反，一觉醒来她感觉脑袋更昏沉了，像被人揍了一顿，全身都累。

王若含正在回霍骁的消息，刚打下一句话还没来得及摁下发送键，护士铃就响了。

把手机塞回口袋里，王若含站起身，眼前突然发黑，头晕目眩，耳边的声音越来越远，她一个失重栽了下去。

隐隐约约听到有人喊她的名字，王若含被人扶起，整张脸全无血色。

她趴在休息室缓了几分钟，意识才重新清醒。

"没事吧？"同事给她倒了杯水。

王若含摇头，去摸自己的手机。

"护士长让你今天早点儿下班，回家好好休息。"

王若含摆摆手："没事，可能有点儿低血糖。"

"你自己多注意身体。"

王若含提起脸部肌肉朝她笑了笑："知道了。"

她聊天聊到一半就没了人影，霍骁又发来好几条消息，还打了通语音电话。

王若含回拨过去，那头很快接起。

"喂。"

"喂，怎么突然不见了？"

王若含回："我上班呢，有病人喊护士。"

"你的声音怎么这么虚啊？"

王若含故意提高声音："是吗？医院要注意保持安静的嘛。"

霍骁勉强信了，问她："你看到我后来给你发的消息了吗？学生考级，后天的课被冲了，我过去看你？"

王若含想都不想就拒绝了："别。"

"怎么了？"

"我最近忙，要不等元旦前再说？"

"行吧，那你注意身体，好好休息，不打扰你工作了。"

"好，拜拜。"

挂了电话，王若含搓搓脸，现在整个人状态太差了，无精打采的。

在护士长的强烈要求下，王若含被放了半天假。

她回家躺了会儿，没睡，怕这会儿睡了半夜又睡不着。

等差不多到她下班的时候，她又开车回医院去看方春华。

推开病房门看见乔姨和秦也在，王若含笑着打了声招呼。

乔丽荷问她："若含刚下班？"

王若含"嗯"了声。

他俩每次来探望方春华都带不少东西，前两天的雪梨都没吃完。王若含挑了几样水果，说要洗给他们吃。

方春华觉得住院的日子无聊，每次乔丽荷一来，方春华就拉着她说好多话。

她们两个老闺密聊着天，秦也插不上话，也到水池边帮王若含洗水果。

口袋里的手机响了，王若含甩甩手上的水摁下接听键。

"喂。"

"喂，霍老师。"

"下班了？"

"嗯。"

"在家吗？"

"啊。"

有人敲门，秦也应了声："请进。"

护士进来说："换药了。"

王若含瞪大眼睛提起一口气，赶紧捂住手机，不知道霍骁有没有听见。

从对方长久的沉默来看，他应该是听见了。

王若含心里一沉，走出病房，试探着喊了一声："霍老师？"

霍骁冷了声音，加重语气问："你现在到底在哪儿？"

王若含抿了抿唇，如实回答："医院，我妈摔了一跤住院了，没什么大事。"

她听到电话那头传来一声叹息，霍骁似乎是松了口气。

"什么时候的事？"

"就前几天。"

"为什么不告诉我？"

王若含不知道怎么回答，她本来也没打算瞒着，但那几天他俩都忙，微信都不怎么聊，等过后又觉得好像没必要再说，说了也只是给对方平添担心。

霍骁有些生气："王若含，你知不知道我是你男朋友？"

他一凶王若含就委屈得鼻酸，脑子一热，话脱口而出："我告诉你了又能怎么样呢？你在申城也帮不了我什么呀。"

"那谁能帮你？秦也？"

王若含心都拧在一起了，难受得说不出话。

沉默良久，王若含吸吸鼻子，小声解释："我不是那个意思，我就是不想麻烦你，不想让你为了这个担心。"

霍骁叹了口气："可是你现在就在让我担心。"

王若含咬着嘴唇，眼眶发涩："对不起。"

霍骁说："我后天过来找你。"

王若含有些哽咽："霍老师。"

霍骁缓了缓语气，沉声道："我不知道你是怎么想的，但我希望，不管是什么时间，不管我在哪里，你遇到问题，第一个打电话求助或者倾诉的人都要是我。"

“王若含，比起你告诉我你遇到了什么事，你和我说‘没事’的时候，更让我放不下心。”

王若含用手背挡住眼睛，所有的压抑、难过、疲惫都被勾了出来，泪水瞬间凝结成泪珠落下。

霍骁温柔地哄她：“不哭了，等我过去。”

给王若含打电话之前，霍骁已经批改了一天的论文，每一份他都得详细批注并给出指导意见，一投入工作就忘记时间，抬头的时候才发现已经这么晚了，连晚饭都忘了吃。

霍骁起身，活动活动酸痛的腰背，到厨房烧了壶热水，并用这个空档给女朋友打了通电话。

本想闲聊两句放松一下，没想到他要操心的事又多了一件。

霍骁把热水倒进马克杯，上面的图案是个正在发火的狐狸，而另一只配对的杯子上是只委屈的兔子。这么一看，这两个杯子还真形象。

霍骁端着杯子回到办公桌前，看了电脑屏幕很久却没办法集中注意力。

他深吸一口气，拿起手机，找到一个备注为“李慎朗教授”的联系人。

三声“嘟”音之后，电话接通，听筒里传来一道成熟而清润的男声。

“喂，李教授，是我，霍骁。”

“霍骁？怎么想着给我打电话了。”

霍骁笑了笑：“想问问老师，回报母校现在还有机会吗？”

李慎朗当然听出他的话外之音：“怎么？是方勤思还是J大对你不好啊？”

霍骁回答说：“没，方主任对我好着呢。就是有点儿私人原因，想去金陵工作。”

李教授挺意外的：“哟，什么原因啊？你家里同意了？”

霍骁没详说：“家里那边还在沟通，先请老师帮我留意着。”

早在一年多前霍骁回国时，李慎朗就探过林珊的口风，但霍骁最终选择了申城J大。暑期的学术研讨会上他也见了这个曾经的学生，霍骁没能如林珊的愿在外交上闯出天地，李慎朗虽觉得可惜，但这样的孩子到哪儿都是人才，用不着操心。

他应了声好，但没下担保："每年想来的人都不少，老师我欣赏你，也欢迎你来，但这件事不是我一个人说了算的。"

"我知道的，谢谢老师。"

隔天晚上，霍骁就订了机票飞往金陵，他没告诉王若含，自己找了酒店先歇一晚。

第二天，王若含上白班，霍骁在酒店简单吃完午餐，买了些礼品去医院看望方春华。

病房里还有护工，看见他来了，方春华很惊喜。

"你什么时候来的啊？王若含说你最近工作挺忙的。"

霍骁把怀里的花放到床头柜上，笑着对方春华说："希望阿姨您早日康复。"

方春华让他赶紧坐下："若含还在上班呢，应该马上过来了。"

小陈正在切梨，好奇地打量着这个陌生的年轻男人，问方春华："姐，这是谁啊？"

方春华笑呵呵地说："我女儿男朋友。"

小陈笑道："很帅呢。"

霍骁对着她礼貌地笑了笑。

四点多的时候，王若含推开病房的门，看见霍骁坐在床边，她立刻小跑过去，但碍于还有其他人在，只能和他勾勾手指。

霍骁小声问她："饿了吗？"

王若含回："还行，你现在饿不饿？"

方春华看他俩旁若无人的样子，叹口气摇摇头，说："你俩快去吃晚饭吧，小霍都在这儿陪我一下午了。"

王若含牵起霍骁的手："那我俩走啦？"

"快去快去。"

他们前两天刚吵了架，再见面多多少少还是有些尴尬的。

王若含挽着霍骁胳膊，手被他握着放进大衣口袋里，但没像往常一样絮絮叨叨说个不停，一路走到停车场他们都没说什么话。

上车前，霍骁朝她伸出手："我开吧。"

“好。”王若含把车钥匙递过去，自己绕到副驾驶座一侧坐进去。

霍骁问：“想吃什么？”

王若含想了想：“有点儿想吃日式拉面。”

霍骁打转方向盘上路：“我知道一家，带你去。”

他开出去一段路，王若含看看他，奇怪地问：“不用导航吗？”

霍骁笑了，提醒她：“我好歹也是在这儿生活过四年的人。”

“哦。”王若含低着头，扯自己的毛呢外套，“忘了你在这儿上过学。”

霍骁带她去的拉面馆就在N大附近，正值饭点，街上有很多大学生。

停好车，霍骁说：“我也好久没来了，没想到居然还开着。”

王若含打开车门，一阵冷风灌入，她搓搓脸：“快进去吧，好冷！”

霍骁把她揽进怀里：“熊一样的面包服呢？”

王若含搂住他的腰：“见男朋友当然要穿得漂亮一点儿。”

霍骁十分受用地笑了。

店面不大，是典型的日式装修，空气里飘散着面食的清香。

吧台边上正好还剩两个座位，霍骁和王若含坐下，点了两份招牌面。

屋里暖和，王若含解开外套扣子。

夏天的时候她习惯扎个丸子头，冬天嫌脖子冷，常常是披着头发。

她抬手把头发捋成一束，想绑马尾却发现手腕上没有头绳。她正要松手的时候，霍骁从自己手腕上取下发圈递到她面前。

蓝绳中间一颗黄色的星星，是刚谈恋爱时王若含买给霍骁的。

她和霍骁对视一眼，接过发圈，利索地给自己绑好头发：“你一直戴着呢？”

霍骁说：“见你的时候戴着。”

很快他们点的招牌面就上桌了，豚骨汤底，配了大块的叉烧肉和溏心蛋。

王若含先喝了一口汤，满足地喟叹一声，冬天就该吃碗热乎的拉面。

她问霍骁：“你以前经常来这家吃吗？”

霍骁摇头：“不经常，吃过几回吧。”

王若含看了看旁边几桌的大学生，好奇地问：“那你们学校好玩吗？”

霍骁失笑：“学校能有什么好玩的？”

王若含觉得他在凡尔赛（网络用语，表示用一种低调的方式炫耀）。

“N大耶，我来金陵那么久还没进去看过，我就想知道一流学府里头是什么样的。”

霍骁把一块叉烧肉夹到王若含碗里：“以后有机会带你去看看。”

他俩又商量起明天的安排来。

王若含说她明天也是白班，可以一起吃晚饭。

霍骁却皱了皱眉：“明天晚上我有约了。”

王若含蒙住：“和谁？”

霍骁回答说：“一个老师。”

“行吧。”

吃过饭，王若含还要回医院，先把霍骁送到酒店。

大概是心里都有事，两个人分别时没像以前一样腻烦半天。

王若含看着霍骁走进大堂才重新发动车子离开。

她降下车窗，让冷风吹乱刘海，沉沉地叹了口气。

方春华已经能下床慢慢走路了，王若含打算后天就给她办出院手续。

等她妈吃完晚饭，王若含回了趟家，把这两天堆积的衣服洗了晾好。

她刚坐上沙发喘口气，就接到了霍骁的电话。

“喂。”

“喂，能来接我吗？”霍骁说话的气息有些不太稳。

王若含问：“你在哪儿呢？”

好在人还算清醒，霍骁报了个地址，王若含立刻穿上外套，拿了车钥匙出门。

到地方的时候她远远看见门口站了两个男人，一个是霍骁，另一个年龄稍长，她不认识。

王若含赶紧停好车跑过去，霍骁脸上泛红，一靠近就能闻到身上的酒气。

她扶着他的胳膊，皱了皱眉：“喝酒啦？”

霍骁眨眨眼睛：“还行，不多。”

他抓着王若含的手，力道很重，面向李慎朗介绍：“老师，这是我女朋友。”

那男人看上去还是神态自若的，王若含对他笑了笑，乖巧地喊：

“老师好。”

李慎朗点点头：“你好，快接他回去吧，这孩子酒量不行。”

霍骁把胳膊搭在王若含的肩上，整个人的重量也一并压了过来，王若含咬牙扶稳他，问李慎朗：“老师您住哪儿？我先送您回去。”

李慎朗指了个方向：“我就住这儿附近，走回去就行，你们俩快回去吧。”

“哎哎。”王若含腾出一只手挥了挥，“那老师再见。”

霍骁也不知道是真醉了还是假醉了，李慎朗一走，他就把王若含抱进怀里，下巴搁在她的肩上，亲昵地蹭了蹭她外套帽子上的绒毛。

“怎么了？”王若含抚着他的背。

“先回家。”霍骁说。

王若含把霍骁带回了自己家，让他先坐在沙发上，她去煮杯蜂蜜水。

霍骁却不肯离开她，走哪儿跟哪儿。

厨房狭窄，她在柜子里找蜂蜜，霍骁就从背后搂着她，像个大型挂件。

王若含觉得好笑，放下蜂蜜罐子，回过身问：“到底怎么了呀？”

霍骁又逼近一小步，王若含的后腰抵着灶台。

霍骁的声音低沉，他身上总是有淡淡的香味，中和了满身酒气，不至于让人排斥：“我觉得异地还是不太靠谱，你说呢？”

王若含脸上的笑容僵住，心跳停了一拍：“什么意思？”

“我们俩现在的状态可能需要调整。”

王若含顿了顿，再出声时带着不明显的哭腔：“怎么调整？”

热水沸腾，发出“咕嘟咕嘟”的声音。

霍骁刚要开口，王若含推开她，取下水壶倒进杯子里，舀了一勺蜂蜜搅匀。她端起自己的粉色马克杯递给霍骁：“喝吧。”

霍骁没接，神色严肃地喊她名字：“王若含。”

王若含撇开视线：“嫌烫是吧，那就凉一凉再喝。”

她要出去，被霍骁扯住胳膊拉回来。

王若含胸口起伏了两下，终于装不下去，用力推了把霍骁，提高声音说：“是你当时说距离不是问题的，霍骁，我信你了。”

她抬起头，霍骁才发现她眼眶里含着泪，赶紧去搂她："怎么哭了？"

王若含揉揉眼睛。

"当时我没想太多，但你也感觉到了，我们俩再这么下去问题会越来越大。"

王若含颤抖着声音问他："所以呢？"

"所以我决定这个学期过后，转到N大来。"

情绪刚酝酿到顶峰，却不是她想象中的那句话，王若含愣住，一时没反应过来："啥？"

"最快明年开年，我就搬到金陵来，学校那边应该没什么大问题，房子我也在看了。"

王若含挠挠脸，脸上还挂着泪："你说真的？"

霍骁叹口气："虽然我今天喝了点儿酒，但我很清醒。"

王若含不信："一加一等于几。"

霍骁感到无语："三。"

王若含一拳捶在他的肚子上："到底醉没醉？"

霍骁抓着她的手放到自己的左胸膛上："没醉，我现在很认真。"

王若含要求他："那你再说一遍。"

"我明年……"

"等等。"王若含捂住他的嘴，飞快地跑去客厅，再回来的时候手里握着手机，"我要录下来，省得你明天醒过来不认账了。"

"你要不直接录个像？"

"好主意。"王若含点开相机，对准霍骁，"好了，三、二、一，开始。"

霍骁只能无奈地配合她，抱着手臂，看向摄像头说："我，霍骁，将于明年前往N大任职，并且搬到金陵生活，和女朋友王若含结束这该死的异地恋。"

他说完后，王若含看着屏幕，像是呆住了，一动不动。

霍骁抽走她的手机："满意了吗？"

王若含却没有表现得很开心，还是感到迟疑："真得可以过来吗？"

霍骁点头："真的，就算不行，以我的本事，还怕在这儿找不到工作吗？"

王若含又笑又哭，踮脚搂住他的脖子："太好了！我真快受不了这异地的苦了。"

霍骁的手掌覆在她的后脑勺上："我也受不了。"

王若含戳戳他的背："你以后说事情先说重点，别铺垫那么多。"

霍骁笑了笑："怎么？你以为我要说什么？"

王若含"哼"了一声，不回答。

霍骁偏头凑唇过去亲她，从耳朵尖到额头。王若含觉得他呼出来的气息扫在脸上很痒，扭动着身子想躲。

霍骁哑着嗓音说："好久没见面了。"

这话还有一层意思，王若含听懂了，把手边的杯子拿到二人中间，隔开他将要落下的吻。

"先把水喝了。"

霍骁轻叹一声，接过杯子大口喝完，而后是"咚"的一声，瓷杯磕在大理石的台面上。

王若含被他托着腿抱到了身上，一路走出厨房上了楼。

"最里头那间，别走错了。"她提醒他。

霍骁这会儿却假惺惺地犹豫起来："在你家，可以吗？"

王若含睨他一眼："不可以，那你把我放下来。"

老狐狸还是老狐狸，霍骁腾出一只手关上房门，扫视一圈，看见满屋子的粉白壁纸和大大小小的玩偶摆设，连床单都是粉色的，忍不住笑出了声："不可以也晚了。"

霍骁很喜欢亲她的脸颊，她生了一张圆脸，颊边又肉乎乎的，捏上去手感很好。

他埋在王若含的颈侧，眸光闪了闪，突然张嘴咬住她的一小块皮肤。

霍骁以前从来没有过这样的行为，王若含被他这突如其来的一下惊得一颤，心脏暂停一拍后开始加速跳动。

不知道是不是酒精的作用，霍骁今天的表现与往常不太一样。

一个事后会帮对方耐心卸干净妆容的男人，王若含从前只见过他克制温柔的一面，但这次像是发泄，比往常更投入卖力，像是希望用此忘却些什么。

他们是最亲密的，王若含敏感地察觉到他的情绪很低落，霍骁不再是温润如玉的公子，而是变成了酗酒的失意者，企图在热浪翻涌中麻痹自己。

她在贴合起伏中无措地抱紧他，不知该如何安慰，甚至感到了些许害怕。

洗完澡，霍骁从衣柜里找出一件卫衣套在王若含身上，把她抱回了卧室，用被子盖好，然后自己走出了房间。

王若含下楼去找他的时候，霍骁正靠在餐桌边喝水。

听到动静，他在昏暗中抬起头，看见她光着腿、光着脚，皱起眉走过去："怎么下来了？"

霍骁随手拿起沙发上的毯子，包裹住王若含抱在怀里。

他上半身只穿了一件薄毛衣，手很凉，王若含搂紧他，轻声问："我怎么觉得你不是很开心？"

霍骁没说话，抱着她回了房间。

王若含有些困了，打了个哈欠，眼皮也粘到了一起："今天到底为什么喝那么多酒？回家的时候就觉得你不太对劲。"

霍骁和她躺进被窝，屋里开了空调，他把上衣脱了。

王若含的手贴上来，沾了寒气冰冰凉凉的，激得霍骁瑟缩了一下。

他把被子盖过她的肩头，把她整个人拢进怀里，下巴蹭着她松软的刘海。

霍骁还是不愿意开口。

王若含严肃地把那天他说的话还回去："我是你女朋友，我也希望无论什么事，你能求助或者倾诉的人是我。"

霍骁笑起来，捏了捏她的脸颊："哟，还给你学会了？"

王若含拍开他的手，催促他："快说，不然等会儿我睡着了你哭都没人给你擦眼泪。"

霍骁摸摸眉毛，又打起太极来："这事还不好说。"

王若含在被子里屈起膝盖去顶他的肚子："不聊了，睡觉！"

霍骁赶紧认错："我说，在说呢……"

他叹了口气，问："你还记得有一次我和你说，我在全家福后面翻出了一张B超图吗？"

王若含点点头："记得。"

"今天和老师聊起我妈，我听他话里的意思，我妈曾经为了进新闻司，放弃了不少东西，他和我感叹人生世事无常，越想抓在手里的东西，可能也流失得越快，回过头想想，真的值得吗？"

王若含闭上眼睛，又想打哈欠了："能不能说重点啊？"

霍骁停顿几秒，说："我猜，那个孩子不是意外流产，应该是我妈打掉了，为了一个工作的机会。"

王若含睁开眼睛，扬起脑袋去看霍骁。

霍骁的表情还算是平静，只是眉心蹙着，像是不解："名字都取好了，看照片也好几个月了，她一开始是想生下来的吧。"

王若含找到他的手握住："霍骁。"

"她从毕业开始就在为外交部工作，她有梦想有抱负，我觉得这么选择无可厚非，但是为什么……"霍骁深吸一口气，又缓缓吐出，"为什么要把'霍骁'这个名字又给我呢？还一心要我去走她没走完的路，那我算什么？"

听他这么说，王若含感觉喉咙口堵了一块石头，硌得生疼，皱着眉像是要哭出来的样子。

霍骁却松开眉头，浅浅笑了笑："不说了，睡觉吧。"

王若含圈着他的腰，收紧手臂说："别想太多了，也许事实也不是你想得那样。"

"嗯。"霍骁亲在她的额头上，"不想不开心的了，睡觉吧。"

金陵的冬天潮湿而寒冷，北风刮动玻璃窗户发出闷吼声，月色照在大地上，苍白而寂寥。

在王若含十年不变的粉色少女心的小屋里，被窝柔软温暖，他们相拥着进入梦乡。

那些现实的琐碎，飘落一地的鸡毛，先忘了吧，沉睡将一个美好的童话世界又短暂地归还给他们。

霍骁和周以换了课，他一直等到方春华出院了才走，还亲自下厨做了一顿饭。

这下，方春华对他更满意了，开始每天和王若含打听他俩的感情进展。

学校的离职手续并不那么好办，霍骁还在带几个研究生，两边工作都要慢慢交接，在来金陵前他都得两头跑。

元旦前，房子也看好了，离医院挺近，是个复式，总面积不大，王若含最满意的地方是阳台，她可以在这儿种些花花草草。

房东是对小夫妻，因为生了二胎以后打算搬到大房子里去才卖的，家具和装修都还挺新，他们搬进来稍稍收拾一下就能住。

跨年的时候，霍骁和王若含也没去大街上凑热闹，就窝在小家里度过的，投影仪上是某卫视的跨年演唱会，帅气的男团在劲歌热舞，王若含一边吃着火锅一边跟随音乐挥舞手臂，霍骁坐在她旁边，频频被她的手误伤到。

“王若含，你能不能消停一点儿？”霍骁终于忍不下去。

“Kseven！Kseven！”王若含跳到沙发上，指着霍骁喊，“一起来！”

霍骁回给她两个眼白。

在午夜前的最后一分钟，王若含和霍骁裹在毛毯里，相互依偎着听电视里的女歌手唱抒情歌曲。

“霍老师，我今年最幸运的事就是遇到了你。”

“我也是。”

“我爱你。”

“我更爱你。”

十二点的钟声敲响，城市禁燃烟火，但丝毫不影响节日的气氛。

手机不断蹦出消息提示音，大家都在相互祝福，群里红包刷个不停。

霍骁和王若含的第一声“新年快乐”送给了彼此，然后他们在2022年的第一天，交换了第一个甜蜜而绵长的吻。

霍骁来金陵时，王若含就和他住在新房子里，平时她还是住回自己家。

每次她一回来，方春华就要打趣她是“回娘家了”。

美容室自从搬到街边的店铺里，生意也好了一点儿。

年初乔姨说又有部戏想找方春华演，王若含表示全力支持，但妈妈自己还有些犹豫。

马上就春节了，山城那边的人打了通电话过来，说奶奶想让她今年过年能回家。

她倒也不是不想回去，奶奶从前就很疼她，但是回山城就意味着方春华得一个人过年了，王若含有些不忍心。

方春华觉得没什么，安慰她说：“我去丽荷家就行了呀，你回去吧，你奶奶都七十多岁了，平时又见不上面，过年了该回去一趟。”

王若含算了算，她的假期从初二到初四，那她就初一晚上坐飞机过去，住一晚，吃顿饭，初三早上就回来。

上飞机前，她给霍骁打了通电话。

男朋友还是有些不舍得：“本来还打算去找你，红包都包好了。”

王若含笑起来，放轻声音：“我初三就回来了。”

“行，你注意安全。”

“知道了。”安静了几秒，王若含又喊，“霍老师。”

“嗯？”

王若含说：“其实我有点儿紧张。”

霍骁温柔地道：“你说。”

“我那个弟弟也快上高一了，我怕我到时候去了，往他们中间一坐，显得我像个外人似的。”王若含说完，又自己否定道，“我可能是有点儿太杞人忧天了，算了，不能多想。”

“要不我现在订机票过去陪你？”

“可别。”王若含赶紧阻止他，“我把男朋友带过去，总显得怪怪的，好像我怕他们欺负我一样。”

霍骁叹了口气：“可我就是怕他们欺负你。”

王若含被他逗笑了：“怎么可能啊，你是不是电视剧看多了？”

“怪我没个正式名分，以后结婚了陪你去是不是就理所应当了？”

他说这话的口吻稀松平常，但又不像开玩笑，似乎真是在认真考虑这个问题。

王若含摸了摸发热的脸颊，找借口说："要登机了我挂了。"

飞机落地的时候已经是夜里十点多了，王若含睡了一觉，一边捶着酸痛的脖子一边走出廊桥。

王昌元说来接她，王若含没想到一同的还有她那个弟弟。

她离开山城的时候王睿轩才两岁多，模样生得挺清秀，小时候一口一个姐姐，长大了看见她却别别扭扭的，手插在卫衣口袋里，也不抬头看她，被王昌元碰了下才懒懒地喊了一声，"姐。"

王若含朝他笑笑，客套地说："小轩是不是又长高了？"

王昌元接过她手里的行李箱，应道："是啊，一米八了，比我还高。"

"我拿吧。"王睿轩拉过杆子，自顾自地走在了最前面。

王昌元小声对王若含说："到青春期了。"

王若含看了看男孩清瘦的背影："还行，挺乖的。"

她坐进车里，暖气烘热皮肤，王若含拉下一点儿拉链，搓了搓冰凉的手。

路上，王昌元扶着方向盘，冷不丁地问："你妈最近怎么样啊？"

"挺好的。"

"嗯。"

他们到楼下的时候，崔燕就开好了门等他们进来。

王若含乖巧地喊："崔阿姨。"

"哎哎……"崔燕伸手去接她肩上的包，"含含又漂亮了。"

家里没有王若含的房间，她本来说要订个酒店的，王昌元不肯，女儿难得回来一次，住酒店像什么话，说他会安排好。

王若含要是早知道方法是她睡弟弟房间，让王睿轩住书房那张小床，打死她都不会同意回家住的。

王若含提议道："要不我睡书房，小轩回房间住，我个头小，没事的。"

崔燕摇头："那怎么行？"

“你就好好睡吧。”崔燕帮她把被子铺开，屋里就只有她俩，“你弟弟巴不得住书房呢，他可以玩电脑。”

王若含笑了笑：“那好吧。”

时候不早了，崔燕打了个哈欠，往常这个点，她和王昌元早就已经睡了。

“含含，你收拾好了就早点儿睡啊。”

“知道了。”

收拾完行李箱，王若含躺在床上，男孩的房间里果然都是手办和模型，蓝色的壁纸看得她心情压抑。

她给方春华报了声平安，她妈没回她，大概是已经睡觉了。

王若含放下手机，揉了揉小腹，她上飞机前没吃晚饭，这会儿整个人放松下来，才感觉饿了。

她走出房间，想看看家里有没有什么吃的。

主卧的灯已经关了，王若含尽量放轻动作，也没开灯，打着手机的光四处搜寻。

听到书房传来开门声，她直起腰，看见王睿轩走了出来。

他换上了睡衣，是一套灰色运动装。

注意到客厅有人，他停下脚步，两个人对视了几秒。

“你在干吗？”

王若含舔舔嘴唇：“找吃的。”

王睿轩继续他未完成的动作，摸黑走到冰箱前，从里头拿了瓶酸奶，打开盖子就往嘴里灌。

从小到大，亲戚们都说姐弟俩长得不是很像，王若含自己也觉得，她和这小子的关系不算亲密。本就差了十多岁，还不是一个妈生的，但单论生活习惯，他俩还是有几分相似的。

“别找了，客厅没有。”王睿轩对她说。

王若含泄气地塌着背，大过年的，别说花生瓜子了，连颗糖都没有。

“那家里有泡面吗？”

王睿轩摇摇头：“你饿了？”

王若含笑了下，没回答，心里想的是："你难道看不出来吗？。"

"自热火锅吃吗？"

王若含抬起头，两眼放光："吃！"

"过来。"

王睿轩把她带进书房，折叠床上的被子还是整整齐齐的，电脑屏幕显示着上局对战的结果。

"你先坐。"

王若含看着他从一沓作文书后掏出两包辣条，又在最底下的柜子里取出一副旧了的羽毛球拍，然后是两大盒某品牌的自热火锅。

她微张着嘴，叹为观止，怪不得他要睡书房。

"番茄味和麻辣味，要哪个？"

"辣的辣的。"

王睿轩把左手的盒子扔给王若含。

王若含拆着包装，问他："你妈平时不让你吃零食吗？"

王睿轩坐回电脑前，操控鼠标开启一局新的游戏："你没受过她这种荼毒吗？"

王若含笑着摇摇头："没，她那会儿对我还挺好的。"

王睿轩撇撇嘴，和她分享道："前两天出去买年货，她硬是不肯买外头的瓜子，说有添加剂，吃了会得老年痴呆，然后买了生的要自己回来炒，哪儿有这么夸张？"

王若含"哈哈"笑起来。

等待火锅煮开的期间，她拆开一包辣条，挪到弟弟身后，围观他打游戏。

看了一会儿，王若含随口问："哎，小伙子，有喜欢的女生吗？"

王睿轩说："爸是我班主任，你说呢？"

"这怎么了？"王若含嘴里还有辣条，口齿不清地说，"他也教过我，我不照样跟男生走得近？"

王睿轩小声嘀咕了句："听说过你的丰功伟绩。"

"听说过什么？"

"爸说你高中的时候一次和两个男生走得近，一个帮你做数学作业，一个帮你做英语，他每年都会和班里说一遍，拿你当反面教材，让大家别学你。”

王若含倒吸一口气：“造谣！他在造谣！”

王睿轩反问她：“有区别吗？”

“有，怎么没有？”王若含义正词严，“起码我这个人人品没问题，我只是不爱做作业。”

“火锅好了，你快吃吧。”王睿轩提醒她。

王若含坐回小床上，揭开盖子，浓郁的牛油香味飘散开来。

她夹了一块土豆吹了吹气，吃之前又抬头对王睿轩说：“下次他要是再在你们班里提起，你得帮姐澄清一下。”

王睿轩没搭理她。

活了近三十年，王若含还是头次深刻体会到自热食品的魅力。

吃饱喝足，她擦了擦嘴角，和弟弟道：“我回去睡觉了，你也早点儿休息，年轻人少熬夜。”

“年轻人扛得住，拜拜。”

走到门口，王若含又退回来，问他：“你有微信吧？”

王睿轩说：“有啊。”

王若含把自己的手机递过去：“加我，姐姐给你买个皮肤。”

“真的？”

“快点儿，就当是新年红包了。”

王睿轩连游戏都不打了，双手离开键盘鼠标，接过她的手机输入自己的微信号，笑着说：“谢谢姐姐。”

他们见面这么久，这是他喊得最走心的一回，王若含满意地点点头：“走了。”

给弟弟发完红包，王若含发现霍骁发了消息过来，问她睡了没。

王若含回复说：“没，刚找弟弟吃完夜宵。”

霍骁：“哟，看来相处得不错。”

王若含：“现在的小男孩太好收买了，一个皮肤就甜甜地喊我姐姐了。”

卧室里还有张书桌，王若含坐到椅子上，和霍骁切换到视频通话。

看到她身后的背景，霍骁问："这是弟弟的房间？"

"嗯，他睡书房去了。"

"这么多奖状呢？"

王若含感觉霍骁是在夸自己，骄傲道："那可不，听我爸说他中考考了全校第八呢。"

霍骁赞许地点点头："不错，问问他有没有兴趣来N大。"

王若含被逗乐了："他才刚中考完呢。"

两个人说了会儿话，王若含坐在椅子上，抱着膝盖看屏幕，突然发现不对劲："霍骁，你脸上怎么了啊？"

霍骁躺在床上，开了一盏床头的小夜灯，光线昏暗，所以她刚刚一直没注意到。

霍骁的颧骨处好像是肿了一块，有些泛紫。

霍骁侧了侧脸，解释说："撞到门框上了。"

王若含皱眉埋怨："大过年的，你也不小心点儿。"

"没事。"

王若含打了个哈欠，揉揉眼睛说："不早了，我睡了，明早还要去奶奶家拜年。"

"睡吧，晚安。"

王若含回到床上，在被子外盖上她带来的小毯子。

她闭上眼还是有些担心霍骁，怎么撞门框上能撞到这样啊，想起她那次去申城，霍骁和家里吵完架额头上就多了个包——不会又吵架了吧？！

她胡思乱想着，又把自己的猜测否定了，大过年的，应该不至于。

因为去金陵工作，霍骁和以前的老师同学又渐渐熟络起来。

他没留在国内读研，和国内的朋友联系得也不多，所以许多事情后来才知道。

圈子也就那么大，多吃几顿饭，关于林珊和文映梅的陈年旧事他就都打听到了。

她俩是同班同学，成绩都挺出色，还一起被选进外交部。

林珊一开始在欧洲司工作，常常驻外访问，她的目标从学生时期就很明确，她要做外交部的发言人。为了进新闻司，她在二十八岁的时候放弃了一个孩子，和丈夫大吵一架，当时身边的亲朋好友没人能理解她。

听到这些的时候，霍骁还是站在林珊一侧的，论阅历、学识、口才、能力，她大有可为，俗世对一个妇女的要求不该限制住她，她蕴藏的能量应该被看见。

也许是她太要强，压力太大，上任没多久，林珊在工作上犯了一次错误。具体情况没人知道，没过多久，她所在的职位就传言要替换成文映梅。

而最戏谑的是，这时文映梅已经从外交部辞职，理由是她要与丈夫结婚，决定换份安稳的工作。

霍骁想，她妈也许不是真的讨厌文阿姨，只是无法理解对方的价值观和做出的取舍。

有能力胜任者放弃机会，与机会失之交臂的人只能怨天尤人。

文映梅当时的男友是李慎朗，而两人最终并没有修成正果，她这么多年也没有嫁人。

林珊在两年后生下了霍骁，如今也算家庭圆满。

两个女人像对照着成长，说不上谁幸运谁不幸，只是让人唏嘘。

一年里林珊和霍奕行总要吵个十次八次，以前霍骁听不懂他们在争辩什么，现在他总算能明白了。

大年初一，从外公家吃完饭回来，父母的争吵声又充斥在整间屋子里。这次吵架的起因是吃饭的时候，一桌子学者专家说到现在被热议的“外交天团”，二姨提了一嘴林珊，说替她感到可惜。

全家人都知道这是林珊的雷区，她立刻沉了脸色，强忍着吃完饭，一回家就朝丈夫撒气。

“鼠目寸光，她一个游手好闲的绣花枕头还有资格讽刺我？”

霍奕行没觉得，回顶了一句：“人家好歹是公司总裁，怎么到你这儿就是游手好闲了？”

林珊冷哼一声：“还不叫游手好闲？大学混个工商管理的学位，这个职位不就等于我爸喂到她嘴里的吗？从小到大干不出点儿实事来，投资有哪一笔是成功的？”

“人家有人家的生活方式，你以为谁都和你一样拼命？”

“我这叫拼命了？你们的价值观有问题吧，霍奕行，我还没说你呢，霍骁现在这么贪图安逸就是和你这个爹学的。”

霍奕行没想到矛头会指向自己：“贪图安逸？什么叫贪图安逸？进学校教书就叫贪图安逸？”

“我问你，你毕业的时候为什么不选外交或者进公司？你口语不好？你能力不行？不是，你是不想满世界跑，你不想激烈的竞争环境，你要稳定的工作混生活，不争不抢地继续做你的读书人。你承不承认学校比大部分职场环境轻松？你永远待在你的舒适圈里，你在课堂上说错一个单词可以纠正，学生看你犯了错也不会觉得有什么，甚者会觉得你平易近人。”

林珊深吸一口气，声音有些颤抖，指着霍骁说：“霍骁的家庭背景优于大部分人你同意吧？我从他三岁开始就教他外语，带他出国玩、参加宴会，认识国外的朋友，他早就走了一条捷径，他凭什么说放弃就放弃？世界上有多少人得付出比他多得多的努力，他就是和你一样不懂得珍惜，不知道自己已经享受了多大的优待。他已经比其他人幸运得多了，为什么不能努力一点儿？拼命不好吗？别人辛辛苦苦爬上来，我都给他搭了座梯子都不愿意踩一踩。”

在他们争论的时候，霍骁一言不发，坐在沙发上，盯着茶几上鱼缸里的金鱼发呆。

他想起上次王若含对着人工池里的锦鲤许愿，不知道这个有没有效果，姑且试一试吧。

很多人希望自己能够咸鱼翻身、一夜暴富或事业成功。

霍骁却在此刻偷偷祈祷，希望自己能变成一条懒得翻身的咸鱼，谁也不是，什么也不用干。

Chapter 11
求　婚

新年的第一天，霍骁在父母激烈的争吵声中怀疑人生，实在不吉利。

他揉了揉胀痛的太阳穴，从沙发上起身，径直朝大门走去。

这一举动立刻把霍奕行和林珊的注意力都吸引过去。

林珊朝他喊："正说你呢，你去哪儿？"

霍骁拿起玄关上的车钥匙，一脸无所谓地回道："你俩继续，我出去透口气。"

大概是这副懒懒散散的样子又一次印证了林珊眼中的"不求上进"，她气冲冲地走向霍骁，发狠地推了他一把，斥责道："你什么态度？"

脸颊撞到门框上，后腰磕在大理石的台沿上，霍骁吃痛地皱紧了眉头，扶住旁边的柜子才勉强站稳。

林珊下手没轻重，没想到这一推会这么重，自己也愣住了，又后怕又担心地道："没事吧？"

霍奕行走过来，见机责怪林珊："你看看你都在干什么？大年初一都不消停！"

刚熄的火又尽数燃起，林珊瞪着眼睛吼回去。

霍骁闭了闭眼，捡起地上的车钥匙，快步开门离开。

他没管身后父母的呼喊声，也没管这寒冬腊月他连外套都没拿。

满大街喜气洋洋的气氛里，他显得格格不入。

一阵寒风刮过，霍骁打了个哆嗦，加快步伐向车子走去。

回到自己家，霍骁洗了把脸，脸上被撞的地方有些肿。

他还有闲情逸致地想，年初一就挂彩，看来今年的路坎坷崎岖，不好走了。

坐在沙发上，霍骁打开微信翻了翻历史消息，群里从昨天开始就异常热闹，有晒年夜饭的，有讨红包的，还有隔空唠嗑的。

霍骁发消息问："有人下午没事吗？打不打牌？"

隋艺第一个回复："我在我姥家呢。"

隋艺："看这大黄狗！"

许麟说："陪我老婆，你们玩吧。"

叶图南倒是表示可以，但程清和半天没回复，隋艺说他是昨晚上的酒到今天都还没醒。

两个人，斗地主都凑不齐，霍骁打消了念头，从衣柜里随便找了件外套穿上出了门。

店铺几乎都没开门，霍骁沿街走到尽头才发现一家正在营业的网吧。

他拉开玻璃门走进去，老板是个年轻男人。

"还开着呢，你不回家过年？"

老板取下嘴边的烟："没家可回，上机吗？"

霍骁点头："上。"

店里除了他一个客人都没有，老板上下打量他一眼："那你呢？怎么不回家过年？"

霍骁笑了笑："我？我被家里赶出来了。"

老板同情地看了他一眼，从口袋里摸了根烟递给他。

霍骁拒绝，说自己不抽烟。

老板又从背后的零食架上拿了听可乐。

霍骁接过，笑着说了声“谢谢”。

他开的是个小包间，空间私密安静，他有好多年没进网吧了，没想到现在的店内环境都这么高级了，设备也比那个时候高级。

霍骁端游玩得不多，也没闲心打游戏，挑了部电影，纯粹是打发时间。

摸到易拉罐冰凉的杯壁，霍骁突然打了个喷嚏，揉揉鼻子，可别是感冒了。

五点多的时候，他接到了王若含的电话。

乱糟糟的情绪在听到她声音的那一刻奇妙地平息了。

还好他的生活再怎么鸡飞狗跳，也会有只粉色的毛绒兔不断提醒他——美好常存。

这世上总有东西是可爱的。

王昌元那边的亲戚，王若含都不太熟，初二在奶奶家吃饭时，去年刚嫁过来的堂嫂更是才知道他还有个女儿。

有嘴碎的姑婆，神神秘秘地说：“你们不知道若含亲妈是干什么的吧？”

王若含坐在其间，尴尬地扯了扯嘴角。

姑婆夸张道：“明星呢！去香港拍过戏的！”

其他人议论起来，主位上的奶奶用杯子敲了敲桌面，沉下脸色：“别听她瞎说，吃菜。”

她一发话，其他人都不敢多言。

但过了会儿，王若含听到旁边的堂嫂小声问堂哥：“真的是明星啊，红不红？叫什么名字，我上网搜搜看。”

她心里只觉得无奈。

饭桌上，大家都对她很关心，上了菜第一个让她吃，杯子里的饮料空了一半就立刻给她满上。大家知道她爱吃虾，一整盘河虾都放到了她面前。

只是关心到过于客气了，王若含坐在他们中间，却始终觉得自己并不是这个家中的一员。

她没留下吃晚饭，下午就收拾东西准备去机场了。

王昌元和崔燕都让她再多住一晚，王若含推拒，说妈妈一个人在家，她得回去陪她妈。

他俩便没有再多说，登机前王昌元把王若含拉到一边，给她塞了一个很厚的红包。

“我听说，你妈妈又去拍戏了？”

“嗯。”

王昌元点点头：“挺好的，她天生就该在镜头前。”

王若含喊了声：“爸。”

“怎么了？”

王若含看了一眼远处的崔燕，把原本想问的问题收了回去，笑了笑：“你和崔阿姨多保重身体，还有小轩，我男朋友还问他以后愿不愿意考来 N 大呢。”

“男朋友？”王昌元感到惊喜，“你什么时候交男朋友了？”

“去年，大学老师，教英语的，可高可帅了，有机会带回来给你看看。”

“好好好。”王昌元满意地点点头，欣慰地看着女儿。

王若含抿了抿唇，又说：“还有，我那个时候偷偷改志愿去金陵，不是觉得你和阿姨对我不好，你别多想。”

王昌元摇摇头：“我后来也后悔，以前一直觉得你妈是个长不大的小孩，离婚的时候把你给她我不放心，但现在看，你和她生活也挺好的。含含，你也别觉得爸爸不关心你，爸爸其实……”

王若含吸吸鼻子，打断他的话：“好了好了不说了，我走了，你和阿姨回去慢点儿开。”

她到家时已经将近凌晨，两天内的大部分时间都是在路上奔波，王若含发誓明年年假她一定哪也不去，就躺在床上睡觉。

远远看见家里还亮着灯，王若含感到奇怪，怎么这么晚了方春华还没睡。

她开门进屋，朝里喊了声：“妈？”

方春华听到声音，小跑到门口：“哎哟，你总算回来了。”

王若含换鞋进屋，一脸疑惑道：“怎么了？”

方春华说："路上我也不敢催你，我问你，你今天和霍骁联系了吗？"

王若含动作僵住，隐隐有种不好的预感："早上和我说了几句话，我今天没什么时间看手机，什么事情啊？"

"他妈妈联系我，让我问问你，霍骁今天有没有找你，你那会儿在飞机上，我就说等你回来了再说。"

王若含的心不自觉提了起来："他怎么了？"

"就说联系不上人了，去他家敲门也没人理，我看，估计是实在没办法了才来问你的。"

王若含拿出手机给霍骁打电话："怎么突然联系不上了呢，他家里出事了吗？"

方春华也挺着急的："人家没和我细说，我想这大过年的，不会出什么事吧？"

电话那头无人接听，王若含想起昨天视频时他脸上的伤，胸口发闷像堵了块石头。

他明明就是有事！

"我去申城找他。"说着王若含就拿起车钥匙要出门。

"哎。"方春华拦住她，"这大晚上的你开过去啊，你累不累啊？"

"那我也没办法睡着啊，放心吧，值夜班值惯了。"

她火急火燎地系好鞋带，方春华拦不住她，只能跟在身后叮嘱："到地方了告诉我一声，小霍家里要是没事也记得和我报声平安。"

王若含关上车门："知道了妈，你快回去睡觉吧。"

方春华拍拍车窗，最后说："慢点儿开，千万注意安全。"

上高速前，王若含去二十四小时便利店买了罐咖啡。

她一直试图拨打霍骁的电话，得到的回复始终是"您拨打的电话已关机"。

她转而联系隋艺，幸好他还没睡，就是不知道在哪儿，背景音嘈杂，说话都得吼。

"霍骁？他怎么了？"

"没怎么，晚上一直不回我消息，不知道在干嘛，我就问问你。"

“嫂子放心啊，他估计就是没注意手机，男人嘛，心大。昨天还在群里问大家出不出来打牌呢。”

挂了电话，王若含揉揉头发，看来霍骁也没和那几个朋友在一起。

她能肯定的是霍骁一定又是和父母吵架了，否则林珊不至于联系方春华。

深夜的高速公路上车辆寥寥，王若含尽量让自己不去多想，把注意力放在方向盘上。

凌晨三点，她把车停在小区外的街道上，下车后一路跑着找到霍骁的公寓。

“叮咚。”王若含摁下门铃，拍着门喊：“霍骁！霍骁！”

无人应答，她扶着腰气喘吁吁地按密码锁，试着输入自己的生日，上次霍骁怕她记不住所以用了她的生日，不知道后来有没有改回去。

“嘀”的一声，王若含庆幸地呼出一口气，按动门把打开大门。

屋子里漆黑一片，比室外还冷。

王若含摸到墙上的开关，试探着喊：“霍骁？”

听到卧室里有动静，王若含立刻跑过去。

当见到那个让她提心吊胆，从金陵连夜赶到申城的人正躺在被窝里时，王若含心里的一颗大石头总算落地了。

霍骁大概是被她吵醒了，艰难地想要起身，他的嘴唇没有血色，面颊上有病态的酡红。

王若含开了灯，不适应白炽灯的光亮，霍骁用手挡着眼睛。

她担心地问：“怎么了？不舒服啊？”

霍骁摇摇头，嗓子是哑的：“你怎么来了？”

王若含再张口就带了克制不住的哭腔，埋怨他道：“你知不知道你吓死我了，怎么打你电话也不接，你妈一直在找你。”

霍骁揉了揉脑袋，睁不开眼，有气无力地说：“头晕，我好像睡了很久。”

王若含用手背去摸他的额头，触到的皮肤滚烫：“你发烧了啊？”

“是吗？”

王若含记得他家里有医药箱，立刻去客厅抽屉里找。

他的体温是37.8摄氏度，还好是低烧。

王若含又去厨房烧了壶水，找出退烧药，想起霍骁可能一天都没进食了，打开冰箱翻找可用的食材。

霍骁缓了缓神，从床上爬起来，进卫生间洗漱整理了一下。

他一出来就看见王若含在厨房忙碌的身影，在这寂静的凌晨，他的心软得一塌糊涂。

“你开车过来的？”

王若含像是生他气了，冷冷地嗯了一声。

“别弄了，快睡觉去吧，我没事。”

王若含回身瞪他一眼：“拜您所赐，我两点的时候刚喝了杯咖啡。”

霍骁摸着自己的左胸膛：“你这样我良心不安。”

王若含关了煤气灶，端着一碗面出来：“那你就不安着吧，等好了再赔偿我。”

她摘下围裙，在霍骁面前站定，直视着他：“是不是和家里吵架了？”

霍骁很严谨地回答：“家里吵架了，但我没和他们吵。”

“那你怎么又发烧了？”

霍骁用手背蹭了蹭额头：“应该是那天没拿外套就出门，吹到了冷风。”

王若含叹了口气，抿着嘴去抱他：“我那天晚上就觉得你不对劲，吓死我了。”

霍骁拍了拍她的背，轻声说：“对不起，让你担心了。”

王若含哼了一声：“所以让你以后好好补偿我，天底下哪儿有我这么好的女朋友啊？”

霍骁掀起唇角：“一定。”

他说：“一年里在你面前发烧两次，怎么显得我好像特别体弱多病？”

王若含回应：“没关系，反正我的专业就是照顾病人。”

她这副乖巧的模样让霍骁心生柔软，忍不住弯腰去找她的唇，被王若含伸手挡住。

“你发着烧呢，注意点儿，病人该有病人的样子。”

霍骁感到无奈：“好吧。”

王若含想起件事，说：“还得和你妈报声平安，你的手机呢？她打你电话一直没接。”

“应该是忘记充电，自动关机了吧。”

王若含板着脸瞪他。

霍骁讨好地笑了笑：“我一个三十岁的人还能怎么样？你们就是瞎操心。”

王若含把手机给他，让他和家里打通电话。

霍骁拿到手机却没下一步的动作，愣了几秒后又放到一边，找借口说：“这么晚了，算了，明天再说。”

他坐下吃面，王若含就放了一点儿盐，味道很淡。

霍骁一天没吃东西，胃一抽一抽地疼，吃了一半就放下了筷子。

王若含问：“是不是我做得不好吃啊？”

霍骁摇头：“不是，我有点儿吃不下。”

家里没有退烧药，王若含只找到两包感冒冲剂，泡好后递给他：“那你先吃药吧，明天起来再吃点儿好的。”

“嗯。”

霍骁还是头晕，感冒药又有催眠的副作用，喝完药他就被王若含赶去床上睡觉了。

她还从衣柜里翻出一条法兰绒毛毯盖在被子上，把霍骁裹得紧紧的。

“好重啊，我都翻不了身了。”

王若含帮他掖好被子：“没有退烧药，只能用原始办法发发汗，不许踢被子啊，好好睡觉。”

霍骁失笑：“真把我当你科室里的小孩啊。”

王若含哼道：“你今天的表现可不就是一个小孩？”

霍骁侧过身子，闭上眼睛不说话了。

王若含继续说：“离家出走还失联，你最多是初中生。”

“好了好了别骂了，留点儿面子。”

王若含及时打住，轻轻拍了拍他："睡吧。"

过了会儿，霍骁又在黑暗里睁开眼睛，喊了声："含。"

王若含还坐在他的床边，应道："嗯？"

"你爸妈是什么样的啊？"

"什么什么样的？"

"他们怎么教育你的？不过你是女孩，应该是宠着长大的吧……"

"也不是，我小时候可皮了，是班里的问题学生，到了高中我爸还是我老师，我也不知道收敛，该闯的祸一样闯。"

霍骁笑了笑："没少挨打吧？"

"那倒没有，我爸是特别儒雅的一个人，批评学生都要引经据典、循循善诱，我都没见他骂过人。他真的是个好老师，每次开学都会和班里的同学说，'学习和很多事一样，不一定每个人都擅长，都能做好，但大家既然坐在这儿了，就要努力学，老师和你们一起加油。'"

霍骁轻声说："真好。"

王若含趴在他的身上，在这夜深人静里说会儿悄悄话："这就是亲爹妈呗，我吧，从小到大成绩不好，但我妈特别好笑，每次别人在她面前说自己孩子考了多少名，拿了什么奖状，我妈一定要比回去，'我们家若含今年运动会拿了短跑冠军，教室里的黑板报老师点名要她画，能文能武，多棒呀！'"

王若含学着方春华的语调，又自顾自地笑起来："你说她是不是瞎说，能文能武，也就她能说得出来。"

霍骁摸着她的头发，问："你知道我刚刚在想什么吗？"

"什么？"

"我有点儿怀疑，我是不是他俩亲生的。"

王若含"噌"一下坐直身子，不可思议道："你说什么呢？"

"我就随便想想。"

王若含推他一把："你电视剧看多了吧，少脑补这么多戏行不行？"

霍骁抓住她的手："不是，我就是回想了一下，好像从小到大没听他俩夸过我什么，我在他俩眼里就是满身的缺点，真不像亲生的。"

王若含苦着脸："你还满身缺点？那你爸妈看我岂不是……"

霍骁晃了晃他的手："那不一样。"

他轻叹一口气："不说了，困了。"

"那你睡吧。"王若含帮他盖好被子，"晚安。"

已经将近天亮，王若含在沙发上眯了一小会儿。

七点多的时候，她起床，打开霍骁的房门，他正在里头熟睡。

他额头上闷了层汗，王若含仔细帮他擦干，把最外层的毯子往下揭了揭，又测了次体温，37.2 摄氏度，已经在降了。

上午十点多的时候，她开车去了霍骁父母家，路上看到一家水果店开着门，王若含挑了两箱草莓。

昨晚霍骁别扭不肯说，她便替他和二老报了平安，想来想去还是得再登门拜访一次。

开门的是林珊，王若含笑着和她打招呼："阿姨过年好。"

"你好你好。"林珊去接她手里的水果，往她身后看了一眼，问，"霍骁没和你一起来啊？"

王若含解释说："嗯，他还是有点儿发烧，我就没叫醒他。"

林珊问："吃药了吗？"

王若含回答："就吃了感冒药，我等会儿去药店买。"

林珊说："他吞不了药丸，不好买，家里有他吃的药，你等会儿拿点儿回去。"

"好的，阿姨。"

林珊让她先在沙发上坐一会儿，她在准备午饭。

王若含没让自己闲着，脱下外套进厨房帮她。

"叔叔呢？"

"早上去一个姑父家拜年了，过会儿就回来。"

林珊在切菜，王若含开始剥蒜。

"你昨天怎么找到他的？"

王若含回："就在家里，我开门进去发现他在睡觉，发烧昏睡一天了，所以听不到敲门声。"

林珊奇怪："你知道家里密码？"

王若含点点头，老实回答："上次霍骁怕我记不住，改成了我的生日。”

林珊呵了声：“我就说呢，我怎么输都不对，还以为他和我过不去，故意改的。”

王若含有些尴尬地笑了笑。

林珊把豆腐下锅：“上次看你喜欢吃，我就问了杨婶怎么做的，第一次做，不好吃别嫌弃阿姨啊。”

王若含连忙摆手：“不会不会。”

“若含，厨房油烟大，你出去等着吧，没什么要帮的了。”

“行。”

退出厨房，王若含小心翼翼地打量四周，果然如霍骁所说，他妈是一个极简主义者。

家里没有任何一处多余的摆设，也见不到一处的杂乱无章。

可干净是干净，却少了点儿家该有的温馨。

林珊炒完最后一个菜没多久，霍奕行就回来了。

王若含从沙发上站起身，喊道：“叔叔好。”

霍奕行点点头，问她：“霍骁呢？”

“他还有点儿发烧，我就没喊醒他。”

“快来吃饭了。”林珊摘下围裙，招呼他俩过去，“我炖了鸡汤，若含你等会儿带回去。”

“好。”

开吃前，霍奕行从口袋里摸出一个红包递给王若含。

王若含不敢接：“不用了，叔叔。”

霍奕行又往她面前递了递：“是霍骁姑公给的，他都三十岁了，老人家还每年包一个，你拿着吧。”

听了这话，王若含才接过来：“那我转交给霍骁。”

林珊对她说：“若含，尝尝麻婆豆腐。”

“好。”王若含用勺子舀了一口，品尝后夸道，“好吃，很正宗。”

林珊笑了笑：“那你多吃点儿啊，我们这儿不怎么做辣的菜，不知道合不合你胃口。”

王若含说：“没事，都挺好吃的。”

林珊看向霍奕行："你看看，女儿就是贴心。"

王若含抿了抿唇，有些犹豫地开口："昨天，霍骁和我说，他有些怀疑自己是不是你俩亲生的……"

霍奕行和林珊都怔住了，他们没料到霍骁会有这样的想法。

王若含接着说："他说他就是随便想想的，我当时也没反应过来。他觉得从小到大你们俩都没怎么夸过他，他做得再好，好像你俩都不满意。"

霍奕行和林珊没说话，王若含深吸一口气，一鼓作气道："我和别人想得不太一样，我喜欢霍骁身上的缺点。我知道，他给人的第一印象永远是温和、谦逊、有礼貌，非常聪明优秀的一个人，但我喜欢他，恰恰是因为他的不温和、不谦逊，和他外表截然不同的那个不完美的一面。那样的霍骁让我觉得，他是很鲜活的。你们肯定比我了解他多得多，所以叔叔阿姨，也多夸夸霍骁吧，他已经很棒了。"

她一番话说完，掀起眼皮悄悄瞄了眼两位长辈，挠挠头发不好意思地说："是不是不该在吃饭的时候说这些啊？"

林珊整理好表情，对她摇摇头，重新露出笑容："快吃吧。"

王若含见好就收，没再多说，霍奕行又问了些她的近况，把话题岔开。

吃过饭，林珊把药和汤都打包好拿给王若含。

送走她，林珊回餐厅收拾桌子，和霍奕行说："我总算知道他为什么会喜欢这个丫头了。我以前觉得叶婵和他多般配啊，那小子却对人家冷冷淡淡的，敢情就是不够喜欢。"

霍奕行翻着报纸，搭话道："叶婵就是一个年轻版的你，他看了能喜欢？"

林珊啪一声把抹布甩在桌上："你又要和我吵架是不是？"

霍奕行收好报纸，逃到书房里："不敢，我这身子骨禁不起你推。"

"霍奕行！"

王若含拎着东西回到家，霍骁已经起来了，换了身衣服在找水喝。

她放下袋子进屋："你醒了怎么没给我打电话？"

霍骁说："刚起没多久。"

王若含抬手摸了下杯子，是凉水，抢过杯子不让他继续喝了，转身去烧热水。

“你妈熬了鸡汤，还给你拿了药。”

霍骁问：“你去我家了？”

“嗯，我来都来了，不得去拜个年啊，你快吃饭吧。”

霍骁靠在桌子上，看着她笑道：“知道了。”

“哦，还有。”王若含想从口袋里摸红包给霍骁，拿出来的却有两个，她自己都一愣。

她先把其中一个写着“岁岁平安”的拿给霍骁：“这是你姑公给你的。”

另一个红包上写着“幸福美满”，王若含想了想，也许是走之前霍骁父母偷偷塞进她口袋里的。

霍骁把红包又放回她的手上，说：“都是给你的，拿着吧。”

王若含受不起：“那我怎么好意思啊，这是你长辈给你的。”

霍骁不以为意：“拿着吧。”

王若含睫毛一敛：“那我先帮你收好。”

霍骁坐下吃饭，王若含陪着他，在一旁玩手机。

“哎。”她说，“你妈说今天晚上要去你一个伯伯家里，问你愿不愿意一起去。”

霍骁和她确认：“是大伯吗？”

“是吧。”

“那我去。”

“行，那我回她。”

霍骁轻轻笑出了声。

王若含抬起头：“你笑什么？”

“我妈和她儿子说话，怎么还要找你传话啊？”

王若含嘟囔道：“谁让你和家里闹别扭。”

霍骁严肃地纠正：“没闹别扭。”

王若含顺着他说：“好好好，没闹。”

霍骁问她：“你想一起去吗？”

王若含直摇头：“不去，都不认识，我在家等你好了。”

“行，我到时候带点儿吃的回来。”

王若含昨天一晚上没睡好，下午就回房间里补觉了。

霍骁近两天没看手机，一打开就是上百条未读消息。

他翻了翻，没什么特别的，大多是来送新年祝福的。

出门之前，霍骁放轻脚步去卧室看了看王若含。

她怀里抱着抱枕，是上次来申城他们一起挑的，脸颊睡得红扑扑的，像打了层腮红。

霍骁刮了刮她的脸，又俯下身子，在她额头上落下一吻。

在去大伯家之前，霍骁回了趟父母家。

他们再见面时，林珊先说了声：“回来了？”

霍骁嗯了一声。

“鸡汤喝了吗？”

“喝了。”

“烧退了吧？”

“差不多了。”

林珊看他一眼，朝屋里喊：“霍奕行，再拿条围巾。”

霍奕行拿出来的围巾到了霍骁手上，林珊嗔怪他说：“感冒了也不知道多穿点儿……”

霍骁乖乖围好，下楼时，他提议：“坐我的车过去吧。”

林珊发话：“开你爸的车，他今天不喝酒，等会儿让他送你回去。”

霍奕行不高兴了：“谁说我今天不喝酒的？”

“我说的。”林珊瞪他一眼，先行上了车。

霍骁看着他俩，浅浅笑了笑，有的夫妻相敬如宾，但也有的夫妻永远唇枪舌剑。

大伯每年都在家里设宴，大伯母掌勺，客厅里摆了两张圆台，一屋子人热热闹闹的。

霍骁是他这一辈中年龄最小的，也就剩他还没成家，小辈们都能爬能走会说话了，围着他要红包，他身上的现金全被抢光了。

大伯母笑呵呵地对孩子们说：“也别光要红包呀，快催你小叔叔娶老婆。”

家人们纷纷应和。

“就是啊，就剩你一个了。”

“霍骁抓点儿紧啊！”

“我们橙橙说想要个妹妹，霍骁听见没？”

堂哥见他杯子里是开水，想给他倒杯酒。

霍骁还没开口，就听林珊说：“他有点儿感冒，别让他喝了。”

堂哥拍拍他的肩：“怎么现在体质这么差啦？小时候还和我大冷天的去河里游过泳呢。”

其他长辈听他一提起，想起这回事来：“霍昕，你还说呢，那次你弟弟回来就发烧了，你被你爸抓着打。”

对于小时候那些事情，霍骁的记忆都很模糊，他隐约想起个大概。

霍奕行有一年在国外进修，林珊也跟着他去了，就把霍骁寄养在大伯家。

那段时间里，他和所有小男孩一样，跟着堂哥霍昕闯祸挨打，然后哭着认错，等忘了疼了继续上房揭瓦。

他回想起来，童年里也就那段时间自由自在的，没有作业、试卷和比不完的赛。

饭吃得差不多了，霍骁离开饭桌，去楼上给王若含打了个电话。

“醒了？”

“嗯。”电话那头的声音懒洋洋的。

“别睡了，起来吧，再睡晚上就该睡不着了。”

“好。”

“我过一会儿就回去了。”

王若含还没完全清醒，声音软软糯糯的：“嗯，等你。”

挂了电话，霍骁随手打开微信看了看。

有学生祝他新年快乐，霍骁回了声祝福，又附带一句：“给自己养肥膘的同时也别忘了你瘦巴巴的论文。”

学生回了个痛哭流涕的表情包，霍骁被逗得笑出了声。

听到楼梯上的脚步声，霍骁抬起头，看见霍奕行走了上来。

“笑什么呢？”

霍骁把手机塞进口袋里，说："催学生交论文，跟我哭呢。"

霍奕行说："也就你们这些年轻老师哄着他们写，我们那个时候哪儿像现在这样，都是一路骂过来的，谁惯着呀，也没见怎么样。"

"爸，时代不一样了，教育方式也得与时俱进。"

霍奕行叹了口气："今天若含来家里，和我们说了几句话，我后来想想，也反思了一下。"

霍骁抬眸看向他："她说什么了？"

父子俩站在过道里，各占一个对角，楼下的孩子们嬉笑打闹，他们这么平静地交谈，似乎是第一次。

"替你委屈呢，让我们多看看你的好，别老骂你。"

霍骁质疑："她敢这么和你们说话？"

霍奕行说："话肯定不是这么说的，但我觉得是这个意思。"

霍骁笑了笑。

"我呢，对学生也这样，就挑不好的说，也不留情面，帮你们找出错误才能改正，但不代表我看不到你们的好，谁哪里突出，谁擅长什么，我都记在心里。我听他们老说我凶，严师才出高徒。"

霍骁点头说："我知道。"

霍奕行顿了顿，问："你是不是知道了什么事？"

否则霍骁不会突然胡思乱想。

"嗯。"霍骁坦白，"全家福后面的B超单子，我看见了。后来也听说了，妈在生我之前，还有过一个小孩？"

他的回答和霍奕行想得八九不离十，林珊不喜欢他抽烟喝酒，霍奕行也好久没碰了，这会儿有了烟瘾，心头痒："对。"

霍骁点点头，没再出声。

"你别瞎想。"霍奕行对他说，"其实本来也给你取了别的名，是你妈说还是叫'霍骁'吧，怀上你的时候也是差不多在九月，我和你妈都觉得，也许是你又回来找我们了，没别的意思。"

"你妈是个特别积极的人，我都怀疑你姥姥怀她的时候是不是喝多了鸡血，没见过比她还要强的人，什么都要争第一，对自己永远不满意。但是吧，我年轻的时候就是被她身上这股劲儿吸引的，我也就是普通家庭出来的，没什么大的抱负。是因为她嚷嚷着要当外交官，我才想去考翻译，考了两次没考上，我就回学校继续读书了。我能有今天，其实是你妈成就了我。”

霍骁听懂他的意思，说：“我明白，从小到大你们在我身上花了不少心思，我比大多数人起点高，你们让我很早就有机会接触不一样的世界，在多元文化下成长。出国留学我也没担心过钱的问题，我既然在享受着这些特权，就不会怪你们什么。但是爸爸，我是一个独立的人，不是你们根据自己的意愿就能捏造的木偶，对吧？”

霍奕行没法反驳他，以沉默作为应答。

他没几年就要退休了，回顾一生，几乎大半辈子都待在学校里，霍骁博士毕业前说以后想从事教育行业，他心里是支持的。

他带过无数个学生，有的出类拔萃，平步青云，有的泯然于众，再无消息。霍骁永远是他倾注心血最多的那个。

他刚出生时，霍奕行和林珊就总是担心，越衣食无忧，就越可能养出个不学无术的纨绔子弟。

霍骁是在别人羡慕的目光中长大的，在同龄人里他很容易拔尖。所以打压他的锐气，锉其锋芒的，恰恰是他们。

霍奕行从小教导霍骁为人处世要温良谦恭，他觉得这才是儿子该有的样子。但身为父母就有权力制定这样的规则吗？他们精心雕刻出一个模具，要求他照着生长，又自认为付出许多，还要怪他不体谅父母用心。

温和谦逊自然好，但要是恃才傲物又怎么样呢？

从前那么多文静乖巧的女孩里，他不也是一眼瞧见了强势外向的林珊吗？

人没有该有的样子。

霍奕行最后说：“老有人问我，霍老师啊，让你最骄傲的学生是哪个，我都说那当然是我儿子。这话不是用来应付的，我内心一直都这么认为。”

他说完就迈步下了楼，霍骁站在原地反应几秒，挠了挠眉毛，这王若含到底是怎么说的，见鬼了，霍教授都会夸人了。

霍骁下去的时候，姑嫂们正在收拾桌子。

林珊从厨房出来，拿了一个保温饭盒递给霍骁：“剩的菜不多，也不知道她爱不爱吃。”

霍骁说：“没关系。”

林珊摆摆手：“喊你爸早点儿送你回去吧，若含等着吃呢。”

“妈。”霍骁叫住她，干咳一声，“也不是人人都想爬到山顶的，我就想做个渡人的桥梁，这对我来说也很有意义。”

林珊没看他，半晌后丢出一句：“你爱当什么当什么。”

她扬声朝屋里喊：“霍奕行，别坐着了，起来送儿子回家。”

霍骁看着眼前的场景，如释重负般地呼出一口气，扬起了这几天来最轻松的一个笑容。

霍骁回到家，刚要摁密码，门就从里面打开了。

他惊奇道：“你怎么知道我回来了？”

王若含得意地说：“听到你的脚步声了。”

她这次来得匆忙，没带什么换洗衣服，洗完澡后上半身套了一件霍骁的卫衣，宽宽大大的，袖子多出一大截，显得她更小了。

霍骁把打包盒拿到餐厅：“去洗手来吃饭。”

王若含应好。

“我大伯母做菜挺好吃的，可惜红烧肉都吃完了，忘了给你留一块尝尝。”

王若含捋起袖子，搓搓手准备开吃：“够了够了，这些不要太丰盛。”

她吃饭，霍骁坐在一旁刷朋友圈，时不时抬头看她一眼。

“这个三丝春卷是我妈包了拿过去的，你多吃点儿。”

王若含夹起春卷咬了一口，有些凉了，表皮没有刚出锅的酥脆，但里头的馅很香，她竖了大拇指，评价道：“好吃。”

霍骁笑了笑。

“哎。”王若含放慢咀嚼的动作，装作不经意地提起，“你回家后有没有和你爸妈说什么啊？”

霍骁放下手机看着她：“我还想问你呢，哪儿来的胆在我爸妈面前帮我说话的呀？”

王若含努努嘴：“看你们仨别扭，我又不能装作什么都不知道。再说了，还不都是为了你，你说不出的话那只能我帮你说咯。”她倒吸一口气，慌张道，“是不是他们觉得我多嘴了呀？”

“没有。”

“那你们……？”

霍骁耸了下肩：“还是那样呗。”

王若含失落地啊了一声，以为自己能起点儿作用呢。

霍骁又补充说：“但是能相互理解了吧……”

王若含松了口气：“那就好。”

“怎么感觉你比我还紧张我的家庭关系？”

王若含低头继续吃菜：“我是不想看到你不开心。”

霍骁怔了怔，随后轻轻笑了。

他靠在椅背上，垂下视线说：“其实我不怪她，真的，你还记得你和我说，你妈妈是生了你之后，不再接戏拍的吗？”

王若含：“嗯，后来有个戏想找她，她也拒绝了。”

霍骁问她：“是因为你吗？”

王若含回：“应该是吧，她说既然选择生了我，就要负责，不想让我的童年有缺失。”

霍骁说：“我妈也一样，她二十多岁的时候被外派到欧洲，也是各地跑，是因为有了我，最后才决定换到报社工作，在申城定居。因为这个，她总是和我说女人有多辛苦，她们为了平衡事业和家庭有多不容易，我经常听到她和我爸吵架的时候，说你们男人身在福中不知福。叶婵也是，她也是一个标准的女权主义者，甚至有些激进，我以前听多了这话会觉得烦，谁活在这个世界上容易啊，男人也有男人的辛苦，为什么说得好像世界上的便宜都让我们占了一样？”

王若含安静地听着他说完，发表自己的观点：“但在这个社会上，男性确实更好生存一些，你们在生理上就占了优势呀。”

霍骁点点头。

“是的，没错，周以有一次和我讨论过。对我来说，二十四岁到三十五岁漫长充盈，我可以没有顾虑地一口气读完博士，再去考虑我今后的事业，但是这十年对她们来说就太匆忙了，女性承担着更大的生育和家庭责任，过了三十岁就不是最佳生育年龄，三十五岁在职场上又是个坎，她们的人生好像被划成了一个又一个期限。你看，哪怕是潇洒的你，也会在别人的婚礼上为自己的单身焦虑。”

王若含抬了抬眉毛，没有反驳他。

霍骁继续说：“所以我现在好像能理解了，我妈怨我爸没上进心，因为她为了家庭不能四处奔波，而我爸没有太大顾虑，却只想着留校做个安安稳稳的大学老师。她因为我牺牲了自己的志向，所以希望我将来能帮她走完她没有走完的路。我不怪她，她再怎么说都是我妈，但是我有选择自己人生的权利，对吧？”

王若含很用力地点了下头：“你说得对。”

霍骁觉得她的动作很可爱，忍不住伸手掐了掐她的脸颊：“最近是不是胖了？”

王若含捧住自己的脸：“胖了吗？”

“好像，捏起来感觉肉多了。”

王若含拒不承认：“热胀冷缩吧，冬天显胖。”

霍骁失笑：“哦，还有这样的说法？”

王若含理直气壮：“嗯。”

餐厅的灯光是暖黄色调，屋里的空调开到了27摄氏度，餐桌上的花瓶里插着他俩一起拼的乐高玫瑰，他们手边的马克杯是一套的，一杯盛着热水，一杯是冰可乐。

霍骁看着眼前的一切，真切地感受到什么叫温馨。他们俩组成了一个家，是的，家。

朋友圈里有人发了一段视频，是迪士尼乐园的烟花，霍骁拿给王若含看，问她：“要不我们明年也去迪士尼过春节？”

王若含放下筷子，对着屏幕双手合十闭上眼睛。

霍骁歪了歪脑袋：“这也能许愿？”

王若含默念完心愿，睁开眼睛：“当然了，能蹭则蹭。”

霍骁问：“那你这次又许了什么呀？”

王若含回：“和上次一样。”

霍骁没再问下去。

“你刚刚是不是说明年去迪士尼？”

“可以考虑，等到时候再说吧。”

王若含不满意他的说法：“别到时候再说啊，到时候你又不带我去了怎么办？”

霍骁无奈：“还有一年呢，万一到时候是你不愿意去呢？”

王若含瞪大眼睛：“我不会，我从小的梦想就是去迪士尼。”

霍骁认输：“好，行，一言为定，明年春节去迪士尼。”

“不行，口头说不算。”王若含起身去找自己的手机。

霍骁惊了：“不是吧，这你也要录视频？”

王若含举着手机，指着他：“快点儿，看着镜头保证。”

霍骁翻了个白眼，举起三个手指说：“我保证明年春节带王若含去迪士尼看烟花。”

王若含说：“不去你是小狗。”

霍骁跟着说：“不去我是小狗。”

王若含初四还要回金陵上班，霍骁家要拜的亲戚都拜完了，就跟着她一起回去，也正好陪陪方春华。

人在新年伊始总是容易在冲动之下立一些洗心革面的目标。

看着霍骁每晚睡前都会坚持半个小时的阅读，总是用游戏打发时间的王若含深感羞愧，决定痛改前非，也学着他多看书，多提升提升个人文化修养。

躺在床上，她捧着手机逛网店，霍骁凑过去看了一眼：“哟，买书呢？”

王若含咬着指甲盖，神情专注：“嗯，这家店有活动，我多买两本。”

霍骁粗略地浏览了一下她的购物车，皱着眉头：“你是不是照着什么书单买的？”

王若含“嗯”了一声：“还有什么冷门的书，怎么了？”

霍骁把手里的期刊杂志合上，轻轻拍在王若含的脑门上：“笨蛋啊，这种书单杂七杂八的，很多是营销出来的，用来装装门面可以，但你别为了读书而读书。”

“啊？”她直起身子看向霍骁，“那我看什么？”

霍骁说：“你要真想学到点儿什么，不如多看两遍名著，那是真正的文化瑰宝，永不过时。”

“名著？”

“对，我家里有一套典藏版，你要想看我下次带给你。”

王若含犹豫：“那都是文言文吧？”

霍骁反问她：“难道你看不懂吗？”

王若含眨眨眼睛，去摸自己的 iPad：“反正有电视剧，我看剧也是一样的。”

早知道会是这样，霍骁摇摇头。

元宵节那天，方春华和乔丽荷说要去寺庙里祈福。王若含白天不上班，便拉着霍骁一起去。同行的还有秦也，王若含看到他手上又戴上了戒指，就知道容欢还是把他哄了回去。

见面打完招呼，她问秦也：“容欢呢，不一起来？”

秦也解释说：“家里今天有宴席，她来不了。”

王若含点点头，这些大家族就是传统。

霍骁向秦也伸出手，笑着说：“秦医生，好久不见。”

秦也握上去，有些意外道：“咱俩见过吗？”

霍骁指了指自己的脸颊：“我这颗智齿可是你拔的，忘记了？”

“哦。”秦也回想起来，笑了笑，“是你啊，那个时候戴着口罩，我没记清长相。”

他又看向王若含：“我就说你那天怎么突然跑来口腔科了？”

他们到了寺庙，进门时，乔丽荷特地回身叮嘱小辈们：“左进右出，等会儿记得从右边的门出来，千万别走中间那个。插香的时候是先中，再左，后右。还有啊，千万别拍佛像，门槛不能踩，要跨。”

王若含开小差，拉着霍骁说：“拜佛还这么多讲究呢？”

霍骁嘘了一声，提醒她：“专心听讲。”

今天游客多，灵谷寺香火旺盛。

进去后，霍骁和王若含手牵手走在小路上，碧瓦朱墙，寺庙里幽静古朴。

王若含问霍骁：“你来过这儿吗？”

霍骁说：“以前来过一次，夏天的时候这里能看到萤火虫，很漂亮。”

“我倒是没来过，金陵的寺庙就去过鸡鸣寺。”

霍骁弯了弯唇角：“求姻缘？”

“嗯。”王若含挽着他的胳膊，“这不就把你求来了？”

寺里有一片池塘可以投硬币祈福，王若含摸了摸口袋，没找到硬币。

霍骁说：“寺里还有棵许愿树，咱们去那儿吧。”

“好。”

心愿要写在红丝带上，霍骁还在措辞，却见王若含已经写完了。

他感到惊讶：“写这么快？”

“嗯。”王若含把丝带举起捋平，“我的愿望很简单，就是不知道佛祖能不能看懂。”

霍骁凑过去看，艰难地辨认出那歪歪扭扭的狗爬字写着“希望我们家老狐狸永远住在极昼里”。

“什么叫永远住在极昼里？”

“你都看不懂吗？”

“不懂，你解释解释。”

“笨蛋啊，极昼里太阳永不落。”

写着心愿的红色丝带被霍骁系在了枝丫上，风将它们吹起，吹到天上去，说给佛祖听。

霍骁说：“我以前从来不信这些。”

王若含挽住他的胳膊：“那是因为你以前心里没有牵挂。”

霍骁弯了弯唇角：“对，但是现在有了。”

晚上他们回到金陵的小家，王若含从自家花园里搬了几盆花草到阳台上，马上就到春天了，她小心照料着。

客厅里有一面柜子，整整两层都被王若含拿来放她收藏的烛台和霍骁送给她的香薰，各式各样，看得人眼花缭乱。

上次方春华来了一趟，问她是不是打算在家里开博物馆。

霍奕行说干脆把这套房子买下来，林珊不同意，觉得买房还是要再多考虑考虑，两个人为了这事又拌了几句嘴。

霍骁和王若含对此倒是没什么想法，他俩对未来也没有仔细打算过，就想把当下的每一天过好。

霍骁在厨房里做饭，王若含趴在沙发上打游戏。

队友挂机，害她输了一局游戏，王若含猛捶了几下手边的抱枕发泄怒火，朝厨房喊："霍老师，你做好了没啊？"

"马上，饿了？"

王若含抿着嘴，翻过沙发背去找他："快来陪我打游戏，队友一个比一个菜，我又掉了一颗星。"

霍骁正忙着调酱料，随口敷衍她："要不你别打了，名著看完了？"

王若含一脸不高兴："结局不好，我不想看了。"

霍骁摇头叹息："那你随便找个什么玩吧，别打游戏了。"

王若含捋起袖子，来了兴致说："要不我来帮你吧？"

霍骁点头："行，你把汤圆煮了，会吧？"

王若含"啧"了一声："那当然了，你小看我。"

闻到锅里的香味，王若含问："你在做什么啊？"

霍骁回答："水煮牛肉。"

王若含很捧场地说："哇，霍老师在开辟新菜单了！"

霍骁戳了下她的额头："'嗷呜一口水煮牛肉'，你就差把这几个字写在脸上了。以后想吃什么就直接告诉我，省得我还得时不时去看你的微信名。"

"想吃什么直接告诉你？"

"嗯。"

王若含笑嘻嘻地去抱他的腰，贴在他的耳边不知羞地开黄腔。

霍骁听了脸颊冒热，严肃警告她道："少白日宣淫。"

王若含指指手腕上根本不存在的表："到点了，已经是晚上了。"

现在没工夫收拾她，霍骁先记在心里。吃过饭，王若含还得回医院值夜班。

今天是元宵节，霍骁多煮了一些汤圆，让她带去医院和同事们分一分。

送王若含到医院楼下，霍骁叮嘱她："明天早上我来接你，饿了就先吃早饭。"

夜里气温低，王若含戴上毛茸茸的耳罩，朝他挥了挥手："知道啦。"

重新启动车子上路，霍骁通过后视镜看着她一路走进医院大楼。

粉色的毛呢外套很亮眼，一晃一晃的。

正逢佳节，街道上热闹非凡，到处挂着红灯笼。霍骁买了个兔子灯回去挂着，就当是参与参与，添点儿喜气。

一个人的夜晚，他也没什么乐子可找，躺在沙发上，电视里播着王若含看了一半的电影，他随手回着亲朋好友的节日祝福。

点开叶婵的聊天框时，除了“元宵节快乐”，还有一句：“Xavier，我要结婚了。”

霍骁愣了愣，打字回复：“恭喜，打算什么时候办婚礼？”

分手后，两个人几乎没再说过话，如今一切释然，他们只当彼此是认识多年的老友。

叶婵说：“四月，在爱尔兰。”

霍骁：“真好，祝福你。”

叶婵：“你呢？后来有没有遇到那个能让你真正心动的人？”

霍骁抬眸，看见茶几上的马克杯，上面那只委屈的兔子活像某人。

他说：“嗯。”

叶婵问：“真的吗？她是一个什么样的人啊？”

霍骁想了想：“简单又复杂，温顺又反叛，柔和又坚韧，我很难去具体地形容她，但是她和我曾经设想的另一半好像完全不一样。”

叶婵一语道破：“所以她才会打动你。”

霍骁微微一笑：“是的。”

叶婵：“她也是学校的老师吗？”

霍骁回：“不是，是护士。”

叶婵：“哇，那你们是怎么认识的？”

霍骁：“朋友的婚礼，也可以说是缘分吧。”

有句话他从来没和别人说过。

他们第一次见面的时候，在花房里、在玻璃栈道上、在花神咖啡馆里，他就觉得，那是一个他天生就该遇见的人，迟到了，但好在不晚。

每年的五月二十日是N大的校庆日，今年也是这所名校一百二十周年华诞。

金陵古都钟灵毓秀，以教育而闻名，适逢N大校庆，社会贤达与各界海内外校友都会回校庆祝。

林珊和丈夫霍奕行也在受邀行列，两人一早就赶来金陵。

五月底已是初夏，阳光灿烂，清风徐徐吹来，草叶蓬勃生长。

霍骁是学校的在职教师，王若含作为家属也去校园逛了逛。

校庆周事务多，他刚陪着李慎朗接待了一位老校友，得空时已经过了饭点。

霍骁一边走出学院，一边给王若含打电话。

“喂，你在哪儿呢？”

王若含的声音听上去惬意极了：“篮球场，看男大学生打篮球呢。”

她说着还傻笑了两声，霍骁深吸一口气，咬牙说：“等着，我马上来找你。”

他到的时候，王若含正盘腿坐在长椅上看男生打篮球。

她老远就看见一个瘦高的年轻男人走了过来，注意力也不在那群大学生身上了。

霍骁快三十二岁了，即将升任副教授，这几天工作需要，所以他穿得都很正式。白色衬衫未打领带，西装裤挺阔，勾勒住一双笔直的长腿，鼻梁上还架着眼镜，一路走过来，吸引了不少路人的目光。

“饿不饿？”

王若含点点头：“饿了。”

霍骁伸手拉她起来：“走吧，带你吃饭去。”

王若含搭上去，借着他的力道起身，霍骁牵住就没再松开。

走出篮球场，王若含悄声说：“看到了吗？大家看我的眼光都很羡慕。”

“是吗？也许是羡慕我呢？”

王若含笑了笑，臭美道：“也是，教授家有娇妻，年轻貌美，真让人好生羡慕啊。”

霍骁提醒她：“下个月也要三十岁了，不年轻了。”

王若含白他一眼：“我说我看上去年轻不行吗？”

霍骁顺着她说：“行。”

中央大道两旁栽种着法国梧桐，这也是金陵闻名天下的标志。

树木参天，阳光透过枝叶间的罅隙在柏油路上投下斑驳的光影。

霍骁把手里的纸袋递过去，和王若含说："校庆纪念品，我也给你拿了一份。"

王若含欣喜地接过，纸袋上印着学校的校徽和校庆寄语，她好奇地问："里面是什么呀？"

"说是什么盲盒抽奖，你打开看看。"

一听是盲盒，王若含停下脚步，兴致勃勃地取出里面的纸盒，巴掌大小，拿在手里没什么重量，她放到耳边晃了晃。

霍骁问："能听出是什么？"

王若含摇摇头："能听出个鬼。"

她直接打开，里头是枚兔子造型的小戒指，还有两只耳朵。

王若含满脸失望："就这个啊？"

霍骁眨眨眼睛："什么叫就这个？"

她把戒指拿给霍骁看："这还没我自己捏得好呢，瑕疵这么多。"

霍骁皱了皱眉，咳嗽一声挪开目光："哎，还有张纸，你看看写了什么，万一有惊喜呢？"

王若含已经不抱希望，不情不愿地取出纸条展平。

上头写着"恭喜你中了大奖，请凭兔子戒指找工号是 22039815 的老师兑换"。

王若含瞪大眼睛刚惊喜了一秒，又垮下脸说："那我怎么知道工号 22039815 的老师是谁啊？这个游戏设计有 bug。"

霍骁抱着手臂，叹气摇了摇头："我的工作证每天放在门口，你就不知道看一眼？"

王若含"噌"的一下抬起头，神情茫然。

霍骁把她手里的兔子戒指拿走，从口袋里摸出一个丝绒小盒。

"喏，你的大奖。"

王若含呆在原地，好半晌说不出话，也不敢伸手去接。

于是那位年轻帅气的教授在梧桐道上单膝跪了下去，打开盒盖将真正的戒指呈给他的女友。

方形粉钻，在阳光下闪烁生辉。

“回到N大教书的时候，我就想，会不会我们在这座城市早就遇见过，火车站、新街口、鸡鸣寺或者是夫子庙。李教授问我，为什么想来这里，只是因为不想和你异地吗？其实没那么简单，认识你之前，我对我的未来没有太清晰的打算，也不着急恋爱结婚。是你让我坚定，让我学会爱和被爱，让我开始认真规划自己的人生并为之努力。很幸运世界上有个这样的你，有时候让我不解，有时候又让我觉得你是另一个我，我什么都不说你就知道我在想什么。我一直在思考，如何更加准确地向你表达‘我爱你’。后来有一天我终于找到了答案，王若含，是你把我驯服。”

微风吹来，梧桐叶飘落在地。

“所以，你愿意嫁给我吗？”

王若含早已热泪盈眶，用力点头，把手伸给霍骁。

戒圈套在无名指上，霍骁把她揽进怀里。

有路人祝福，吉他社的学生更是围着他们唱起了歌。

满世界的喧嚷里，王若含踮脚在霍骁耳边说：“我会对你负责的。”

那个年轻的教授穿着得体的衬衫西裤，却没人注意到他手腕上有一根幼稚的星星发绳。

那是他被驯服的套圈。

世上的人大多爱他的完美一面，只有一个，喜欢他的一切。

“如果你驯服了我，

我会因为你而爱上日出。

如果你驯服了我，

我会因为你而走出人群。

如果你驯服了我，

我甚至会喜欢上风吹梧桐的声音。

如果你驯服了我，

我会需要你，

并且因为你的存在而满足，而幸福。”

番外 1

山间小夜晚

山间小屋被闪烁的灯串包围，荧荧的光线打在粉色玫瑰铺就的小路上。

三月里的春天，夜间气温下降，凉风含着花草的淡香。

王若含已经等了二十七分钟，吸吸鼻子，在心里暗自决定，再等最后三分钟。

毕竟是出来见爱慕的对象，在这个气温只有几摄氏度的山里，她不怕死地穿了一件仅到膝盖的奶黄色泡泡袖连衣裙，脖子上还特地戴了一条珍珠项链，这是去年生日时姐妹们集资给她买的礼物，几千块呢，她一直没舍得戴。

一阵风吹乱额上的碎发，王若含拨了拨刘海，摁亮手机屏幕，页面上的数字又跳转了一下，还有两分钟。

看来对方是要失约了，又或许他本就没说要来，可那句“那你比爱迪生厉害”是什么意思，她会错意了吗？

太冷了，王若含搓搓胳膊，在原地打转取暖。

除了冷，此刻她倒也没什么别的想法，内心还算平静，没有因为对方的迟到而焦躁，也没有因为对方的爽约而感到失落。

她抬起头，月光散落在枝叶上，星星稀疏，只数到了三颗。

时不时地有人出入小屋，都搭着伴，路过王若含时，对她投来一记或好奇或无意的目光。

王若含忽视那些打量，解锁手机屏幕，打开前置摄像头对准自己。

精心卷过的头发被风吹得乱糟糟，鼻头泛红，眼眶也被吹出泪水，这个样子实在是太狼狈。

王若含叹了口气，无奈地扯了扯嘴角，最后的一分钟也结束了，她放下手机准备离开。

下山时，她必须要走过透明的玻璃栈道，到了晚上这块地方更恐怖了，脚下的山林黢黑幽深，弥漫着雾气，像是魔法世界里的禁林，不知名的怪物猛兽蛰伏其中。

王若含晃晃脑袋，赶走脑内怂人的联想，深吸一口气，冷风吹起胳膊上的鸡皮疙瘩，现在头发和后背也开始发麻。

男人迎面大步跑来的时候，她刚把右脚踏出去。

他还穿着白天那身西装，扣子解开，衣摆在风中飘起。

那一刻王若含说不上是欣喜还是安慰，吸了吸鼻子，竟有些想哭。

她的目光始终在霍骁身上，看着他朝自己一点儿一点儿靠近。

霍骁看见不远处王若含的身影，脚步停了一瞬，手叉在腰间喘了两口气，然后大步走了过来，在她面前站定。

王若含搓搓被冻得僵硬的脸，弯着眼睛问他，“你不怕高了呀？”

霍骁垂眸看了一眼地板，像是才反应过来，提起一口气飞快地撇开视线，拉着她的胳膊就往前走，回到实地才说话。

在对方正欲开口时，王若含抢先说道：“你再晚来五分钟我就走了。”

“抱歉。”霍骁的唇色很浅，有些干裂，他解释说，“工作上有点儿事要处理。”

王若含歪了歪脑袋：“你很忙吗？今天是星期天，而且都这么晚了。”

霍骁没回答，借着路灯的光认真看了她几秒，然后把西装外套脱下披在了她的肩上。

“晚上冷，你怎么只穿这么点儿？”

王若含说：“我以为你很早就会来。”

这下迟到的那个人负罪感更重了。

“进去吧。”

王若含拢紧他的外套，跟在他的身后走向小屋。

这里原本是一家咖啡馆，白天山庄被包下举行少东家的婚礼，晚上为了给宾客们自由庆祝，所以临时改成了酒馆。

现在是晚上九点，在里头享受夜生活的大多是年轻男女，相识或素未谋面，喝酒或聊天。

没空的桌子了，王若含和霍骁就在吧台边坐下。

“喝什么？”

王若含说：“你点吧。”

霍骁浏览完菜单，对调酒师说：“两杯热红酒，谢谢。”

王若含坐在高脚椅上，两条腿一晃一晃的，她一直盯着那位气质清冷，五官干净帅气的调酒师，眸光闪烁，眼里带着笑。

霍骁看她目不转睛，视线也跟着看过去：“你认识啊？”

王若含终于收回目光看向他：“不认识。”

“那你一直盯着人家？”

王若含偏过身子，凑近了一点儿，和霍骁说悄悄话：“我听说这是新郎的一个好朋友，找了自己店里的调酒师过来做临时工，都说他长得很帅，果然名不虚传。”

霍骁眉梢轻挑，对此不作评价。

很快两杯热红酒端到了他俩面前，醇厚的红酒加以苹果、橙子、柠檬烹煮而成，带了香甜的果味，一口下去，驱走了身上的寒意。

王若含用双手捧着玻璃杯，小口小口地抿。

“这个好好喝。”她的眼睛大而圆，像晶莹饱满的黑葡萄，在灯光下亮晶晶的，“怎么做的呀？”

调酒师听到她的提问，抬起头回答：“把水果和香料还有冰糖放到锅里一起煮就行，很简单，自己在家也能做。”

王若含问：“香料？有哪些啊？”

“丁香、八角、肉桂，还有迷迭香，也可以根据自己的喜好调整。”

王若含皱起眉头：“丁香、八角，还有什么来着？”

调酒师的嘴角出现了弧度，他随手撕下一张便笺纸，在上面写好配料递过去。

王若含接过便笺纸，朝他甜甜地笑了笑：“谢谢你啊。”

霍骁握着酒杯，默不作声地看着两人互动。

听到他轻轻笑了一声，王若含看过去，问：“怎么了？”

霍骁放下杯子：“没什么，就觉得你们俩刚刚的画面像电影。”

王若含没太懂：“什么电影？”

“在酒吧邂逅帅气调酒师，然后……”霍骁打住，没继续说下去，“就那种电影。”

王若含点点头：“哦。”

屋内的灯突然熄灭，墙上的幕布亮起荧光，投影仪播着经典老片《史密斯夫妇》。

不知道是谁挑的，大家看到片名都心领神会地笑起来。

看到画面上男、女主在电闪雷鸣里伴着抒情音乐舞动身姿，彼此的视线总是黏在一起，唇几欲贴合又分开，王若含拿起杯喝了口酒，凑近旁边的男人小声说：“我好像知道你说的是什么电影了。”

周围昏暗，他们靠得很近，霍骁隐约闻到了她身上的酒香味。

“嗯。”

“但你放心。”王若含说，“我真的只是很单纯地想知道热红酒怎么做，对他没有任何想法，便笺纸上也没有悄悄留下微信号，不信你可以检查的。”

霍骁是真地被逗笑了：“我为什么要检查？”

其实彼此都心知肚明，王若含没有点破，在黑暗里扬了扬唇角，又大胆地向他靠近一点儿：“那你觉不觉得我们现在这样像电影？”

在霍骁侧过头来的一瞬间，王若含退了回去，目光落在屏幕上，举起杯子喝了口酒，好似无事发生。

霍骁不知道她是不是故意的，但是他的心情发生了一些变化。

“不是说想多了解我一点儿吗？可你到现在什么都没问。”他忍不住提醒她。

王若含撑着下巴，眼皮微垂，看样子是有些醉了：“我好像没什么想问的。”

霍骁点了下头，心里泛起一丝不爽快：“那就是不想了解了。”

王若含只说：“问能问出什么呢？又不是做访谈节目。”

霍骁看着她，没说话。

王若含问：“你明天走吗？”

霍骁回答：“其实是今天晚上。”

王若含怔住，突然忘了下一句话要说什么。

“那你……”

霍骁没有多余的耐心，索性坦白道：“我也想快点儿了解你。”

电影里的背景音激烈嘈杂，为了听清对方的话，他们的脑袋得挨在一起。

“那你想知道什么？”

“我什么都不想知道。”

耳朵上被灼热的呼吸擦过，王若含瑟缩了一下。

她能清楚地感受到自己过快的心跳频率，喉咙干涩，她咽了咽口水：“那走吧。”

霍骁点头：“走吧。”

从酒馆出来，他们并肩下了山回到民宿，两人中间始终差着一步的距离，像是两个素不相识的陌生人。

他们先后进了电梯，霍骁在面板上按下楼层，王若含站着没动。

轿厢飞速上升，心脏也飘浮在半空中。

“叮——”，电梯门向两边打开，霍骁迈步出去，王若含还是没动，低头看着自己的鞋尖，不知道在想什么。

听到“啪”的一声轻响，她下意识地抬起头，看见霍骁正伸手挡着电梯门。

“不出来吗？门要关了。”

房卡还没来得及插进卡槽，就被随意地丢在了地上。

霍骁有回身趋势的时候，王若含就踮脚用胳膊圈住他的脖子贴了上去。

他的唇瓣并不柔软，因为干裂而触感粗糙。

王若含蹙了蹙眉，伸出舌尖舔了一下，横在她腰上的手臂倏然收紧。唇齿交磨间，霍骁的嘴唇渐渐恢复血色。

他摸到她冰凉的手，和她拉开一点儿距离，说："冷吗？我去开空调。"

王若含摇摇头，两人的呼吸纠缠在一起："不用了，等会儿就热了。"

寒冷干燥的初春夜晚，红酒混着果香，温暖香甜的气味弥留在齿间。

"你真的是新娘的闺密吗？"

在持续升温中，霍骁竟开起了小差，含着笑意问她。

王若含胸膛剧烈起伏着，气息不稳地反问他："不然呢？"

霍骁意味不明地勾了勾唇角。

"那你和新娘是什么关系？"

"不是说好不问的吗？"

霍骁把她抱到了沙发背上，替她解开玛丽珍鞋的搭扣："忘了说，你今天晚上很漂亮。"

王若含礼貌地回应："你也很好看。"

"谢谢。"

"等会儿再说也不迟。"

释放、承接，他们都出了一身汗。

霍骁扯开衬衫扣子，酒精似乎随着汗液都排了出去，他望着天花板突然觉得清醒不少。

"卸妆……"

身侧的人嘴唇张合，霍骁看过去，想听清她在说什么。

"卸了妆再睡……不然要烂脸。"

她眼睛闭着，翻了个身，像是困得不行，随手扯过被子盖上。

几分钟后，屋里响起轻微的鼾声。

霍骁看了她一会儿，实在没忍住笑出了声。

这姑娘的每一个举动怎么都如此出人意料，发生在她身上又让人觉得怪可爱。

霍骁伸手，捏了捏她的脸颊。

"原来你就是传说中的王若含啊！"

番外 2

甜蜜冒险

门铃声响起的时候，王若含正四仰八叉地躺在被窝里做美梦。

梦里，她经营着一家五彩缤纷、弥漫着甜蜜香气的神奇糖果屋。

她正绘声绘色地向两个女大学生推销一款浓缩咖啡因提神软糖，就听到店门响起了敲门声，那架势更像是要来砸店的。

“谁啊？别拍了！”王若含双手叉腰，嚷嚷着走向门口。

她摁下门把，“咔嗒”一声，敲门声停了。而随着门缝扩大，刺目的白光倾泻而来，王若含下意识地抬起手遮住眼睛。

“我。”霍骁掀开窗帘，走到床边一把撩起被子，“快起床，妈来了。”

“妈？”王若含意识模糊，揉了揉眼睛，带着浓重鼻音问，“你妈还是我妈？”

霍骁蹦出两个字：“你妈。”

王若含抓过被子蒙住头，翻了个身：“那没事了。”

霍骁叹气摇摇头，独自走出房间。

方春华见他一个人出来，屋里又没动静了，问：“王若含呢？”

霍骁挠挠脖子，为难道：“叫不起来，就让她继续睡吧。”

“这都几点了？饭点都要过了。”这么说着，方春华还是放轻了声音，“她昨天上的夜班？几点睡的啊？”

霍骁提起唇角微微笑了下：“确实开了个夜工，没事，让她继续睡好了，我等会儿再叫她。”

方春华把带来的东西帮他们分类归置好，问霍骁：“那你吃饭了吗？”

霍骁回：“还没。”

方春华说：“我煎南瓜饼给你吃，剩下的给你放冰箱里，你俩平时可以当早饭。”

“行，谢谢阿姨。”

方春华在厨房忙碌，霍骁也不敢闲着，去洗葡萄。

“你俩生日快到了吧？”方春华随口问道。

霍骁嗯了一声。

锅里的油“刺啦刺啦”直响，方春华装作不经意地说：“她快三十岁了，时间过得真快。”

霍骁把篮子里的水沥干：“是啊……”

方春华顿了顿，继续说：“我是这样想的，虽然婚是求了，但毕竟还不是真的成家。你俩都年纪不小了，我希望你们抓紧点儿，也让我以后少一桩心事。”

方春华关闭煤气灶，把炸得金黄酥脆的南瓜饼盛进碗里递给霍骁。

王若含的眼睛遗传自妈妈，大而圆，眼瞳乌黑，方春华笑了笑说：“我很早就离婚了，她先是跟着她爸爸长大，又来金陵跟着我生活。我挺抱歉的，没能给她一个完整的家。所以霍骁，靠你了。”

霍骁点点头，一句“我知道了”既是应答，也是承诺。

方春华闲不下来，一会儿帮他们整理茶几上的杂物，一会儿又跑到阳台上浇花。

霍骁实在不好意思，喊她说：“阿姨，你坐下休息吧，我们自己会收拾的。”

“没事没事，我就随便弄弄，够不够？要不要再给你弄点儿什么吃的？”

“够的。”

盘子里还剩最后一块南瓜饼，王若含终于起床了。

她打着哈欠走出来，睡眼惺忪，懒洋洋地问："什么东西这么香啊？"

醒了就惦记起吃的，方春华恨铁不成钢地剜她一眼，忍不住数落："你看看几点啦，王若含？不是说人年龄越大需要的睡眠量就越少吗？你怎么还这么能睡呢？"

王若含刚起床就被啰唆，低沉的情绪瞬间被引爆："怎么啦？怎么啦？我二十多岁的年纪爱睡觉怎么啦？"

方春华一掌拍在她的胳膊上："什么二十多岁，你离三十岁还有几天？你自己看看你哪里有要三十岁的样！"

王若含捂着胳膊逃到客厅，霍骁用筷子夹着半块饼，王若含趴到他的背上，张开嘴："啊——"

霍骁刚要送到她嘴边，又收回动作："你刷牙了没？"

王若含半眯着眼睛："好像刷了。"

霍骁抬了抬左肩赶她下去："先去洗脸刷牙，我再给你做点儿吃的。"

"好吧。"王若含垂着两条手臂，身体摇摇晃晃地去了。

方春华看外面天气晴朗，想把沙发上的靠枕拿到阳台上去晒一晒。

拿起一个汉堡造型的玩偶，方春华看到掉落在夹缝里的东西，捡起来拿在手里看了看："这是什么呀？"

霍骁抬头看了一眼，回答说："哦，游戏机。"

方春华："哎呀，这种东西不要随手扔，找不到有你们急的。"

霍骁点点头，像个被训斥的学生。

方春华低头看了看这粉粉绿绿的东西，觉察出不对劲："这是王若含玩的还是你玩的？"

霍骁刚张开嘴，方春华又说："肯定是她玩的吧，在上面贴那么多贴纸。"

霍骁莫名有些紧张，坦白道："嗯，她想要我就买了一个。"

方春华皱紧眉头："多大人了，你还给她买？"

霍骁解释说："那天她看到周以在玩，就馋了，没事，不贵的，现在很多大人也在玩。"

方春华叹口气说："你就是太惯着她了，本来就不够成熟，到你这儿又要往回退了。"

霍骁笑笑不说话。

王若含挤好牙膏，刚把电动牙刷放进嘴里，就听到外面方春华的声音："我说王若含，霍骁书柜里那么多书，你有时间也多看看。这以后你老公是大学教授，你这文化水平是不是也该提高一下？"

王若含口齿不清地喊："谁说我不看了？我都看了好几本了。"

方春华一听不得了了，惊讶地瞪大眼睛，看向霍骁求证："真的？"

霍骁勾起一抹意味不明的笑："嗯。"

"《哈利波特 1》《哈利波特 2》。"

方春华："……"

要不是店里打来电话喊方春华回去，她还不知道要教育王若含到什么时候。

她前脚刚走，门一关，王若含后脚就像泄了气的皮球瘫在沙发上："为什么我都快三十岁了，还要被我妈骂呀……"

霍骁抬起她的一只脚，给自己腾出一处空位坐下："我已经三十岁了，也还在被骂。"

王若含深呼吸一口气，下定决心说："我以后一定要和我孩子处成朋友，为什么亲子关系就不能平等一些呢？方春华天天出去跳舞我骂她不务正业了吗？我打打游戏怎么了？"

霍骁笑了笑，说："你只要别教坏我女儿就行。"

王若含踹他一脚："谁说是女儿？你最好别存什么私心。"

霍骁笑着说："生个像你一样的小姑娘多好啊？"

王若含反问："那万一生一个和你一样性格的女儿呢？那多可怕？"

霍骁放平嘴角，回击道："那生一个和你一样的儿子不是更可怕？"

王若含"啧"了一声，霍骁赶紧低下头看手机，这个话题不能聊了，再聊他们就得打起来了。

过了会儿，霍骁问："对了，你想什么时候办婚礼？"

"婚礼？"王若含像是没把这件事放在心上，"再说吧，不着急。"

霍骁轻轻叹口气，年龄焦虑在王若含身上是绝不会存在的，她压根就没有意识到自己已经多大岁数，该去承担什么样的责任了。

看她这心理状态，最多也就二十岁。

也挺好的，霍骁想，就让她永远天真吧。

周末霍骁通常都是双休，这天王若含上完夜班回来，见他神情凝重，匆匆忙忙拿了东西要出门。

“怎么了？”王若含有些发蒙。

霍骁语速飞快地向她说明情况，“班里有个女生到现在还没回宿舍，室友联系不上她，找了辅导员，辅导员又找我来了。”

王若含问：“那你现在准备去干什么？”

霍骁拿起玄关上的车钥匙：“酒吧，找人。”

王若含重新拿起自己的背包，当即决定：“那我和你一起去。”

霍骁想了想，有她在也确实会更好一点儿：“行，走吧。”

女生叫宁时运，是霍骁班里的学生，高中保送上的 N 大。

霍骁刚来半年，对她的印象还挺深。学习成绩倒另说，主要是宁时运在人群里太扎眼了，让人想不记住都难。

她留着一头标志性的粉金渐变中短发，上课永远坐在最后一排，看上去不像认真听课的样子，可每次霍骁提问，她都能回答得上来。

最近霍骁就发现她上课经常迟到，室友也反映她总是不在宿舍，今天晚上更是直接夜不归宿了。

这种学生，让人又爱又恨，好好打磨塑造将来肯定是大有可为，只怕他们耽误自己，浪费了才能。

路上，王若含问霍骁：“那你怎么知道她在酒吧的啊？”

霍骁回：“她室友说的，宁时运经常去学校附近的一家酒吧，我想她现在也应该在那儿。”

王若含摸着下巴思索片刻，猜测道：“不会是‘朝酒晚舞’吧？”

霍骁点点头：“好像就叫这个名，你知道？”

王若含眨了眨眼睛：“略有耳闻。”

“你说说，”霍骁扶着方向盘，叹口气，“一个二十岁出头的小姑娘，资质这么好，好好努力学习，前途肯定是一片光明，怎么就自甘堕落呢，也不小了吧？还叛逆呢？”

王若含揉揉耳朵："好了，你这些话留着给她做思想教育用，我不需要哈。"

霍骁又是重重地叹了一声气。

整条街都是类似的娱乐场所，现在已是凌晨，而这里依旧灯红酒绿，繁华热闹，正是午夜不归客们尽兴欢酣的时刻。

王若含趴在车窗上，目光扫过窗外一个个五光十色的灯牌，嘟囔着："新开了这么多家啊？"

霍骁没听清，问她："你说什么？"

王若含摇摇头，重新坐正了身子："没什么。"

霍骁是宁时运的老师，辅导员赵老师得知情况后第一时间就联系了他。

辅导员是四十多岁的中年妇女，不熟悉也不方便去这些地方，只能拜托霍骁。

他们到了地方停好车，下车前，王若含把头发散开随意捋了捋，又把T恤下摆扎成一个小揪，露出纤细的腰线。

霍骁催他："又不是来玩的，走了走了。"

"等等。"王若含盖上口红盖子，伸手想去解开他衬衫最上面的一颗扣子。

霍骁条件反射地一把拍开她的手，双臂交叉护住前胸："你干嘛呀？"

王若含对他的过激反应表示无语："就你这样一身正气地走进去，不知道的还以为你是警察进来抓人的呢，谁看了你不跑啊？"

霍骁咳嗽了声，扯了扯领口。

王若含捧在他的脸颊搓了搓："忘记你是逮人来的，放轻松。"

霍骁点点头，脸颊上的肉被挤压堆在一起，他嘟着嘴口齿含混地应了一声："知道了。"

"走！"王若含打开车门下车。

霍骁赶紧圈住她的脖子把人绑在身边，咬牙警告说："你也别太高兴了，我们是有正事，不是来玩的。"

王若含灵活挣脱开他，一路小跑，像只活蹦乱跳的兔子。

霍骁无奈地叹声气，有些后悔带她出来了，这下让他要操心的女孩又多了一个。

“朝酒晚舞”是家小酒吧，站在门口往里环顾一圈，基本就能把大堂看完了。

店里座无虚席，环境倒算是安静，灯光昏暗，小舞台上有歌手抱着吉他在弹唱。

门口接待的服务生带着他们找位置落座，一路走进去，王若含的目光像雷达一样四处搜寻，却始终没能锁定目标。

她用胳膊肘碰了碰霍骁，问：“你找到了吗？应该挺显眼的啊？”

霍骁摇摇头，神情又不自觉地严肃起来，他问服务生：“你们这儿还有二楼吗？”

服务生回答：“楼上倒是有一个小天台，但现在是夏天，外面虫子多，天气又热，建议你们还是在大堂里坐着吧。”

王若含撇撇嘴：“抓了个空，现在怎么办啊，霍老师？”

霍骁脸色阴沉，摸出手机，先把这里的情况和赵老师汇报一声，又联系宁时运的室友，看看她是不是已经回去了。

他在编辑消息的时候，王若含和服务生点了一份薯条和两杯饮料。

霍骁放下手机问她：“饿了？”

王若含抱着肚子点头。

霍骁又喊服务生加了一盘烤鸡翅。

“怎么样啊？回消息了吗？”

“没呢，我让赵老师先睡了。”

王若含安慰他：“你也不用太担心了。”

霍骁眉头紧锁：“怎么能不担心呢？”

很快服务生端着餐盘上来，王若含和霍骁说：“我去上个厕所啊。”

她说着就要起身，霍骁叫住她：“哎，不对，你知道洗手间在哪儿吗？”

王若含像是才反应过来：“啊？”

服务员给她指了个方向：“楼梯上去，二楼拐角的地方。”

“好的，谢谢。”

她走上二楼，上完厕所出来，在水池前洗手。

有人推开门进来，王若含抬头往镜子里随意瞥了一眼，整个人倏地一僵。

她猛然转身的动作幅度太大，惊得那人也停住脚步看过来。

王若含的目光从下到上打量她。

黑色马丁靴，麂皮短裙，白 T，手上戴满了戒指，粉金渐变的中短发。

她提起一口气，上前一步，一只手紧紧抓着女孩的胳膊，另一只手从口袋里摸出手机给霍骁打电话。

“你谁啊？”女生尖叫起来。

“我？”一种莫名的责任感与使命感席卷王若含的头脑，她瞪着眼睛，正义凛然又气势汹汹道，“我是你师母！”

手机屏幕亮起光时，霍骁正悠哉地吃着薯条，看见两个服务生神色匆匆地跑向楼梯口。

一个问：“怎么就吵起来了？”

另一个回：“谁喝醉发酒疯了吧。”

他本来是随便听听，又猛地意识到不对。

反应了一秒，霍骁拿起桌上的手机拔腿跟上他们。

“妹妹，你是不是喝多了啊？那我还是你爹呢。”

王若含比对面的人矮了半头，正努力踮着脚：“哎，你这个小丫头怎么说话的呀？你知道大家一直在找你吗？怎么这么不懂事啊！”

霍骁喘了一口气，伸出胳膊分开两人，把王若含拉到自己身后。

他一出现，宁时运立刻懵了：“霍老师……”

“原来你真在这儿啊。”霍骁面向她，严肃地问，“这么晚了你在这儿干什么？”

宁时运看看他，又低头看看他身边的王若含，睁大眼睛，倒吸一口气：“这真的是师母啊？”

这话让王若含听得不太舒服：“怎么？我不像吗？”

宁时运用手掩着嘴，往前凑近了一点儿，放轻声音问：“霍老师，有传言你女朋友是你带的研究生，不会是真的吧？”

霍骁攥紧拳头，咬着后槽牙：“假的，她哪里看起来像我学生了？”

门口的服务生看他们认识，自觉离开。

被她这么一打岔，霍骁都快忘了正事，赶紧清清嗓子回到正题，拿出师长的架势训斥道："宁时运，还没回答老师呢，你大晚上在这里干什么？知不知道你室友和赵老师一直在找你吗，手机呢，没看见电话？"

他问了一连串的问题，宁时运一时间不知该说些什么："啊，我……"

霍骁越说越来气："你自己数数还有几天就到期末周了，还在这儿玩？保研名额不要了是吧？"

宁时运抬起头看他，小声说："我没玩……"

看她根本没有意识到事情的严重性，霍骁提高声音吼道："那你在这儿干吗呢？打工端盘子啊？"

宁时运抿了抿唇，点点头说："差不多，我给人补习英语。"

霍骁呵了一声，傻子才信她这话，他是傻子吗？

楼梯上响起脚步声，走下来一个瘦高的男孩，看上去二十岁出头的模样，穿着宽松的白色T恤和牛仔裤，头发很短，单眼皮，长相有些凶。

"宁时运。"他喊道，"怎么了？"

其他三人都把视线投过去，霍骁皱着眉仔细端详他，王若含眼睛骨碌碌地转，敏感地察觉到了些什么。

宁时运走到男孩身边，拉着他的胳膊小声说："没事，就是遇到认识的人了，你先上去等我。"

霍骁可不打算帮她这么搪塞过去，问："宁时运，这是谁啊，你的补习对象？"

他的语气隐约透着讽刺，毕竟那人看上去可不像学生。

男孩没说话，垂下视线，神情有些不自然，而宁时运点点头承认："对，就是他。"

凌晨一点，酒吧，两个年轻男女，跟他说在补习英语？

霍骁真是被气笑了。

看气氛有些尴尬，王若含咳嗽一声，问宁时运："你们一直在上面？"

宁时运"嗯"了一声，面容平静，没有低头认错，没有表现出任何心虚，也没有继续为自己解释。

"我们能上去看看吗？"王若含问。

宁时运侧了侧身子，她旁边的男孩也跟着后退半步，为他们让出道。

王若含拽了拽霍骁。

她率先扶着墙壁踏上楼梯，木板“咯吱咯吱”地响，过道狭窄，连通屋顶的天台。

晚风吹拂，王若含把头发捋到耳后，站到平地上。

这里视野开阔，窗台上摆了很多盆植物，只是都枯萎了，桌椅堆叠在角落里，像是一块废弃之地。

除此之外，挨着栅栏的地方放着一张长桌和两把椅子，椅背上挂着一个帆布包，桌上散落着笔、书本和一盏小台灯，夏夜的风掀起纸张。

王若含和霍骁对视一眼，脸上都划过一丝讶异，看这场景，他们还真的在学习啊。

“你们……”霍骁憋了半天，憋出一句，“真是好雅兴啊。”

“您是宁时运的老师吧？”一直沉默的男孩问道。

霍骁点头：“对。”

男孩上前一步，他比霍骁还要高一些，宽松的T恤被风吹得空空荡荡的：“不好意思，都是我的问题，您别误会她，千万别撤销她的保研名额。”

宁时运拉住他，脸上出现愠意，不想听到他这么说。

霍骁咳嗽一声，脸色缓和了些许：“这个名额倒也不是我说了算，而且她这么晚了还不归校，就是犯错了。”

他看向宁时运，用命令的口吻说：“收拾东西，我送你回学校。”

宁时运哦了一声，乖乖去拿自己的包。

男孩还是不放心，想继续解释：“她白天要上课，我晚上要上班，就这会儿有空，真的不是故意的。”

“别说了。”宁时运打断他的话，“多大点儿事啊。”

男孩瞪她，压低声音说：“什么多大点儿事，万一学校要给你处分怎么办？”

宁时运翻了个白眼：“给就给呗，你瞎操什么心。我先走了啊，过两天再来找你。”

下楼前，霍骁回头看看那个男孩，问宁时运：“你俩是不是在谈恋爱？”

“对啊。”

“不是。”

两道声音一同响起，宁时运推了他一把，像是不满他的否认。

男孩垂着脑袋，脸色也不太好看。

“别听他的，我说了算。”

宁时运说完就自顾自背着包下了楼，留下霍骁和王若含面面相觑。

“现在的年轻人可真难懂。”王若含挽着霍骁胳膊，感叹道。

霍骁叹声气，回想起刚刚发生的一切还真是让人尴尬。

楼上的动静把酒吧老板也惊动了，他们下来时看到有个男人一直在朝楼上张望。

“小宁，怎么回事啊？”那个男人拦住走在前面的宁时运。

宁时运对他摇摇头：“没事，远哥，我先走了。”

被她称作远哥的男人挠了挠脑袋，还想再问什么：“哎，那小辰呢？”

宁时运没理他，继续往前走。

高远收回视线，转向宁时运身后的一男一女，倏地愣住。

“远哥。”王若含挥了挥手，微笑着打了声招呼。

“哟，是你啊。”高远的眉眼逐渐舒展开，化成一个带着惊喜的笑容，“好久不见了。”

霍骁看看他俩，低头问王若含：“你认识啊？”

高远总是一副混不吝的样子：“那可熟了，我俩老相好呢。”

“哎，别瞎说。”王若含急了，赶紧和霍骁澄清，“别听他胡说八道，他爸和我妈之前谈过恋爱，就认识了，好多年没联系了。”

“哦，这样啊。”霍骁点点头，对于王若含的解释，高远的脸上很短暂地出现了一丝失落，他发现了。

高远向霍骁伸出手，笑着说：“你好啊，妹夫。”

王若含护着霍骁说：“你别瞎占便宜，咱俩没做成兄妹啊。”

高远爽朗地笑起来：“知道知道，有缘无分嘛。”

王若含不认可这个说辞：“谁和你有缘无分。”

高远笑了笑，换个话题问：“你俩今天来喝酒啊？怎么都没喊我。

忘了这是我的店？”

“没，就是不想麻烦你。哦，对了，”王若含问他，“你和宁时运很熟吗？”

高远点头：“那当然，小宁那可是我的准弟媳了。”

王若含伸手向上指了指：“楼上那个是你弟？”

高远摆摆手：“倒也不是亲的，那小孩在我这儿干了两年多了，算是弟弟。”

王若含点点头，了解情况了。

今天太晚又太突然，两人寒暄几句就告别了。

走出酒吧，霍骁抓了抓耳朵，想装作不在意，又处处都是破绽。

他问：“那个，你俩之间是不是有过什么故事？”

王若含笑了声：“什么故事？”

“你说什么故事？”

王若含也继续和他打哑谜：“那我要和他真的有什么故事，那我和你可能就没故事了。”

这话霍骁就不乐意听了，刚要张口，就听旁边有人问：“可以走了吗？老师、师母？”

宁时运抱着手臂，一条腿屈着，背靠在墙上，表情有些不耐烦：“你俩在里面迷路了？”

王若含对她不好意思地笑了笑：“遇到熟人了，打了声招呼。”

宁时运：“哦。”

霍骁清清嗓子，神色恢复如常：“走吧。”

宁时运迈步跟上他。

王若含凑到霍骁耳边说悄悄话：“她一直这么跩吗？”

霍骁耸了耸肩。

他们坐到车上，宁时运问：“有数据线吗？我手机没电了。”

王若含从包里摸出自己的充电宝递给她。

宁时运垂眸看了一眼手里印着粉色兔子的小方块，挑了下眉毛，冒出一句：“霍老师，你好福气啊。”

霍骁没听懂，带着疑问嗯了一声。

“老牛……”宁时运一个急刹车，咽下原本要说的话，改而说，“找了个这么年轻漂亮的老婆。”

王若含捂嘴偷笑。

霍骁哼笑一声，说：“她就是长得显小，不年轻，三十岁了。”

王若含纠正他：“快三十岁了，没到三十岁。”

宁时运睁大眼睛，讶异地道：“我还以为和我差不多大呢，你用什么护肤品啊，皮肤这么好？”

一说这个王若含可就来劲了，兴致勃勃地分享起来。

霍骁夸张地咳嗽两声打断她俩的对话，他还要给宁时运思想教育工作呢。

“你给那人补习？他多大了啊？不像学生啊。”

王若含附和道：“嗯嗯，还有一次给你多少钱啊？”

宁时运并不准备回答：“这应该是我的个人隐私吧，老师，我不想说。”

霍骁：“行吧，那你……”

“手机放那儿没电了我没注意，今天下课前我和韩冰莹说了我今天会晚点儿回去，她可能是忘了，不是故意不接电话。我是成年人了，我会注意安全，对不起让老师担心了，还麻烦你们大晚上还来找我，处分和批评我都接受。”

她先发制人地做着检讨，态度还算是端正，霍骁自然没别的话可说。

他点点头：“你意识到错误就好。哦，还有那个，宁时运啊，你这个发色能不能低调一点儿？”

宁时运抓了抓自己的头发：“老师，你没看过《Sex Education》吗？我照着梅芙的头发染的，我觉得挺好看的。”

霍骁接不上话，偏过头向王若含求助，用嘴型问：“什么芙？”

王若含摇摇头：“我只知道骨川小夫。”

酒吧离学校就几分钟路程，把宁时运送到校门口，下车前，霍骁一再叮嘱她以后不能这么晚了还不回宿舍，手机也要时刻开机保持联系。

宁时运连连点头：“不好意思啊，老师，你们快回去休息吧。”

霍骁还在喋喋不休：“你也给我早点儿回去睡觉，我记得你周末还要上辅修课吧？把自己顾好再说，别人的事你少……”

王若含用胳膊肘碰了他一下，制止他继续说下去，笑着对宁时运挥挥手：“快回去吧，拜拜。”

等宁时运走了，霍骁责怪王若含：“你刚刚干嘛不让我说完？那男孩来历不明，我得提醒提醒她别被人骗了。”

王若含长长地叹了口气：“呀呀，我说霍老师，这人家的事让人家自己管去，你别操心了。”

“我能不操心吗？”

王若含交叉手臂看着他：“你不是最讨厌你妈插手你的事吗？那你现在怎么回事？”

“我……”霍骁顿住，突然醒悟过来，“对，不管了，随他们去吧。”

王若含打了个哈欠：“快回家睡觉吧，霍老师。”

霍骁揉揉她的头发，重新发动车子：“回家。”

回家的路上车辆寥寥，王若含降下一半车窗，撑着脑袋半眯眼睛，似睡非睡。

她突然傻笑了起来，惹得霍骁偏头看她一眼，问：“笑什么？”

王若含整理好表情，压低嗓音说：“哦，还有，宁时运啊，你这个发色能不能低调一点儿？”

她学得惟妙惟肖，自己模仿完又抱着肚子发出一阵笑声，停不下来了：“我说霍骁，你是不是没训过学生啊？这说的都是什么呀，我刚刚差点儿笑出声。”

霍骁搓了把发热的脸颊：“确实没怎么训过，那我哪儿知道应该说什么？”

王若含点点头，也确实看出了他的生疏：“你要实在没话训可以不说，别瞎挑刺、别干涉学生的外貌自由，也别啰唆，我是宁时运我都嫌你烦。”

“哪儿啰唆了？”霍骁不这么觉得，“学生有事，我作为老师不该多叮嘱两句吗？”

王若含眯了眯眼睛，拿手指戳戳他的胳膊：“你是不是上年纪了，以前不这样啊？”

霍骁彻底奓毛了，吼道："你才上年纪了！"

王若含把脑袋转向一边，不和他一般见识。

过了会儿，霍骁喊她，"王若含。"

"嗯？"

等了半天也没有下文，王若含直起身子看向他："怎么了呀？"

"你知道高远喜欢你吗？"

他要么半天憋不出一个字，要么一开口就是这么直白的问题。王若含撇开视线，打哈哈地说："喜欢我的人多了去了。"

霍骁的脸上和声音里都没什么情绪："他和你表白过吗？"

王若含极快否认："没有。都好多年前的事了，你好好开车吧，别想太多。"

霍骁没再问下去，温热的晚风灌入车窗，却抚不平心头的烦闷。

短暂的休息日过后，全新的一周又开始了。

李教授给霍骁分了两个研究生，这一学期他还有一门大三的语言学专题研究，在周一上午。

霍骁照常带着电脑与资料出现在教室，离上课还有三四分钟，同学们都到齐了。

他坐在讲台上，等待多媒体开启的同时目光往下扫了一圈。

入职 N 大半年来，这个班他接触得最多，但霍骁发现如果不对照着名单，竟然叫不出所有同学的名字，更别提去了解他们每个人。

宁时运坐在最后一排，塞着耳机低着头，霍骁多看了她两眼。

上课铃响起，他收回视线，清清嗓子："好了同学们，我们开始上课，今天轮到哪一组了？"

期末的最后两周霍骁拿来给同学们做小组展示，分数也会算进学期总成绩里。

轮到下一组时，看到宁时运走上讲台，霍骁有些惊喜地挑了下眉："你做汇报啊？"

宁时运以为他在质疑自己："我不可以吗？"

"可以。"霍骁勾起唇角笑了下，向她做了个请的手势，"期待你的表现。"

宁时运一看就是小组里的同学都不愿意上台，也许是用什么摇骰子比大小的方式选出来的人，赶鸭子上架，站在台上纯粹就是没有感情的读 PPT 的机器。

好在研究内容还挺扎实的，霍骁笑着摇摇头，在纸上写下分数。

等最后一组汇报完毕，下课时间也到了。

霍骁回到讲台上："好了，下课吧，期末论文的具体要求我已经发到群里，最后期限给得很宽，但希望大家还是尽早写完。"

同学们开始收拾自己的东西准备离开，霍骁把电脑放进包里，犹豫了下喊道："哦还有，我等会儿会在群里发一个表格，大家抽空填一下，麻烦学委今晚之前汇总好给我，大家再见。"

另一边，王若含依旧在儿科兢兢业业做她的小护士。

她从病房里出来，看见容欢在护士站，赶紧快步走过去："你怎么来了？"

容欢提了提手里的焖烧杯："绿豆粥，秦也说最近天热没胃口，正好给你也送点儿。"

王若含"哇"了一声："这么贴心啊，等很久了？"

容欢回："没，我刚从药店过来。"

王若含奇怪："你去药店干什么？"

容欢从手提袋里取出一个纸盒递给她："看看这个，提神糖，我们公司新出的，我的新业务。"

王若含惊讶地睁圆眼睛："还真有这种东西啊？"

容欢用指尖点了点包装盒上的说明："不错吧……专门针对那些普通咖啡喝了没效果的学生和上班族，一颗下去立马提神醒脑，像你平时值大夜班也用得着。"

王若含拿在手里看了看："这么厉害，那肯定销量很好啊。"

这就戳到容欢的痛点了，她塌下肩，有气无力道："不，一上午跑了三家药店，都说不看好，觉得这种产品肯定会有依赖性和副作用。"

"嗯，确实。"王若含点点头，又突然意识到不对，"哎？你不是负责医疗器械的吗？怎么又去卖保健品了？"

容欢的神情有些不自然，她朝王若含笑了笑："部门调动了一下下。"

王若含虽然对医疗产品行业不算多了解，但也知道医疗器械和保健药品不是一个等级。

她表情严肃地追问容欢："到底什么情况？"

容欢摇摇头："没什么情况啊，我还有事，走了。"

王若含挠挠头发，总有种不太好的预感。

这天下午霍骁没课，王若含下班回到家的时候，他正躺在沙发上，笔记本电脑和大腿中间夹着她的汉堡抱枕。

"看什么呢？"王若含随手扔了肩包，跳到沙发上，把脑袋凑过去。

屏幕上的劲爆画面冲击眼球，王若含蒙了两秒，随即惊恐地叫道："霍骁，你大白天的在这看啥呢？！"

霍骁揽住她的脖子，把她控制在怀里，又腾出一只手"啪"的一声摁下空格暂停了视频，把片名指给她看。

"看到没？就是部英剧，昨天宁时运说的那个。我找来看看，了解一下现在年轻人的喜好。"

王若含大大松了一口气："吓死我了，还以为你……"

"以为我什么？"

王若含嘻嘻笑了下，拿起霍骁手边的一沓 A4 纸，问："这是什么？"

霍骁说："哦，我搜集了一下班里同学的基本情况。"

王若含快速浏览了一遍上面的字，霍骁做了个表格，记录着每个人的强项学科、对哪门专业课最感兴趣，以及未来规划的发展方向等等内容，他还用红笔在上面加了不少备注。

"你做这个干嘛，学校现在还要求这个？"

"不是，突然觉得平时对他们了解太少了。"霍骁继续播放视频，一下午已经刷完了第一季。

王若含看见他在宁时运的名字旁边写了个 Zoey："哎？周以的英文名不也是这个吗？"

霍骁瞥了一眼："就是周以，我发现宁时运对女性文学挺感兴趣的，周以不就是研究这个的吗？我想着她要是将来想继续研究这个，可以把这个孩子推荐给周以。"

王若含若有所思地点点头，鼓了鼓腮帮子，盯着霍骁。

霍骁用手挡住自己的脸，避开她的视线问：“看着我干什么？”

王若含拿下他的手，挪动膝盖往他旁边凑近了一点儿：“感觉你真得不太一样了。”

“哪里不一样？”

王若含说：“我认识你这么久，很少见你对学生这么上心。”

霍骁不以为然：“我工作一直很负责的好不好？”

“不是这个意思，以前会听你说工作上的事，但很少听你提到学生。”

霍骁想了想：“嗯，主要是宁时运这件事让我反思了一下，这个班马上就大四了，正是人生的关键时刻，我确实应该多花点儿心思，关心一下他们。”

王若含撑着下巴仔细端详霍骁，看得很入神：“霍宝啊，我觉得你现在散发着人民教师的光辉你知道吗？”

霍骁被逗乐了：“我本来不就是人民教师嘛？”

王若含伸出一根手指晃了晃：“不不不，不一样，以前虽然喊你霍老师吧，但在我看来，你本质上还是一个高高在上的精英。”

霍骁抬起头看她：“那现在呢？”

“你现在让我想起我爸。”王若含微笑着眨眨眼睛，“你知道的吧，就是那种每天穿着条纹 polo 衫，腰上皮带挂着钥匙串，走起路来叮当响的中学男老师。”

霍骁笑着骂了声：“一边去。”

他并没有发觉自己身上的变化，也许确实如王若含所说，他开始像一个真正的师长了。

回国后进入大学任教，他每天备课、上课，批改学生的作业，为他们答疑解惑。

他认为这就是他应该做的事，他的表现已经可以称之为认真负责，但那天宁时运的态度和表现，让霍骁意识到了一个问题——他的学生并不信任他，遇到问题似乎也并未想着要求助他。

这让霍骁有些许的挫败感和慌乱感。

那天晚上他几乎没睡，脑袋里挤占着乱七八糟的想法。

他想，能上好课，有多高的学术水平，不代表就能成为一个好老师。

他既然自己选择了这个职业，就得负起责任。

如果在他的提携和帮助下，这些孩子能散发更大的光芒，走得更远更好，似乎比他自己获得什么荣誉更有成就感。

产生这样的想法，霍骁自己都觉得讶异，原先还以为自己会是个精致的利己主义者，要是说给他爸妈听，二老估计得吓一跳，告诉叶图南和隋艺，他们这帮人肯定会笑死他。

他居然也能有这种觉悟，真是感动地球了。

空气里隐隐飘着甜香，霍骁皱着鼻子嗅了嗅，问王若含："今天喷香水了？"

"很浓吗？"王若含抬起胳膊自己闻了闻，"早上做消杀身上沾了味道，我怕吓着那群小朋友就喷了点儿香氛，桃子味的，不浓吧？"

霍骁伸出手臂把王若含揽进怀里，用下巴蹭了蹭她的头发，"不浓，很好闻。"

他舒展开眉眼，嘴角笑意温柔。

他的改变大概是因为身边这个人。

王若含总说行善积德，帮别人也是帮自己。

虽然有时候会当烂好人，但无可否认，她有着善良柔软的心。

他看到了，感受到了，爱上了，所以被感化，被驯服。

爱让人盲目又让人世俗。

走下云端的天之骄子，身上没了那些刺目锋利的冷光。他成为众多碌碌营营世人中的一个，不再永远冷静镇定，永远置身事外。

他有了丰沛的感情，更关心周围的人，肩负着更大的责任，多了枷锁和束缚，享受到的欢愉也前所未有。

转眼就到了六月，天气日日晴朗，气温居高不下，太阳照得满世界一片灿烂，夏天来势汹汹。

霍骁的生日在七号，王若含的生日十二号，前后没差几天，他俩干脆挑了个中间的日子一起过了。

周五霍骁没课，给研究生答疑完就没什么工作了，王若含也和同事换了班，那天调休，准备和霍骁晚上出去好好庆祝。

他的生日礼物王若含当天就给了，他手腕上的发圈早已旧了，还险些丢过一次。

当时刚谈恋爱，她也就随口一说，没想到霍骁真就老老实实一直戴着。

借着这个机会，王若含重新给他买了条手链，更贵重，也更符合他的身份气质。

手链是经典的银质做旧风格，款式简洁复古，她加进购物车了，等着生日的时候送给他。

霍骁看到绿色纸袋和上面的logo时倒抽一口气，吃惊地瞪大眼睛："假的吧？"

设想的浪漫惊喜场景被他的惊讶声一下粉碎，王若含拉下脸："什么假的？真的好不好？！"

她把首饰盒扔到霍骁怀里："别哭出来啊。"

霍骁打开盒子，把里头的手链取出拿在手里，抬头看了看王若含，掀起唇角说："下狠手了啊，这么舍得？"

王若含抱紧怀里的玩偶，小声嘀咕："那还不是给你买才舍得的。"

看见霍骁眼里是藏不住的笑意，王若含神气地哼了声："我这一下把送礼水平定到这儿了都，霍老师你可不能输给我啊。"

"嚯。"霍骁伸手去捏她的脸颊。

王若含嘚瑟极了。

她的生日礼物霍骁确实苦恼了很久，毕竟是三十岁生日，礼物的价值另谈，最重要的是要有意义。

原本他也想送手链，但王若含手上已经有一条家里长辈送的红绳，上面穿着一个小金猴，是她的生肖。

其他首饰她不常戴，香水她也不怎么用，烛台和香薰王若含已经有一柜子了，化妆品什么的霍骁也不懂行，思来想去，他选择了一样她现在最需要的东西。

王若含憋不住好奇心，偷偷探他的口风，想知道他准备了什么。

霍骁自然不告诉她，只说是很实用的东西。

周五早上，霍骁去了学校，王若含一觉睡到十点才起。

家里没饭吃，她回方春华那儿蹭了一口。

王若含没提前打招呼，到了才发现方春华竟然没做饭。

“你中午出去吃啊？”王若含问。

方春华回：“不啊。”

“那你准备吃什么？”

“冰箱里有馄饨，你又不在家，我随便吃点儿就行了。”

王若含打开冰箱，里头空空荡荡的，没有牛奶也没有水果，连鸡蛋都只剩两个了。

“我不在家你也要好好吃饭啊，怎么饭都不做了？”王若含合上冰箱门，有些不高兴。

方春华笑了笑：“哎哟，你管好你自己就行了，还来唠叨我了。”

“你馄饨吃不吃啊，还是给你点外卖？”方春华走进厨房，戴上围裙。

“吃。”王若含问她，“车钥匙呢？”

方春华指着门口玄关：“铁盒子里。”

听见她在外头换鞋的动静，像是准备出门，方春华喊道：“你要去哪儿啊？”

王若含回答：“超市。”

等她再回家，方春华已经煮好了两碗馄饨。

王若含两只手都各提着一个大购物袋，方春华一看，埋怨道：“干嘛买这么多东西？”

除了水果蔬菜和奶制品，王若含还买了几样冷冻肉类，把冰箱上下层都装得满满当当的。

方春华责怪道：“我又不喝牛奶，你买这么多干什么？”

“你这个年纪就得多喝，以防骨质疏松。”王若含把牛奶盒整齐排好，“你想想上次，摔倒了站都站不起来。”

方春华不做声了。

等把所有东西都装进冰箱，王若含扶着腰喘了口气。

方春华把购物袋揉成一团收进抽屉里：“快去吃馄饨吧，都要凉了。”

“妈。”王若含拿了瓶酸奶打开。

“嗯？”

“你要不再去找个恋爱对象吧？”

方春华翻了个白眼：“我疯啦？”

王若含却不是开玩笑，语气认真地劝她：“你看你现在，店里又不用操心了，女儿也有男朋友了，反正没事干，谈个黄昏恋多好啊。”

方春华呵呵笑了声：“我谢谢你这么为我考虑啊，但我可不是没事干，再过两年你生了孩子呢，我不得帮你们带？”

“哎哟，妈，你的生活难道除了女儿就是外孙了吗？你不是很潇洒的人吗，怎么也过成了传统妇女的样子？”

方春华放平嘴角，眸光暗了暗。

“我也想潇洒啊，但有你在我就没办法潇洒。”

王若含小声反驳：“有我在怎么就不能潇洒了？”

方春华摘下围裙，坐到餐桌边上。

片刻后，她说：“离婚后把你扔给你爸，我回到金陵的那几年，我以为是我最开心的日子，我还年轻，还漂亮，我还能和男人谈恋爱，这不就是我一直想要的生活吗？但是你跑来找我，在火车站一见到我就开始哭，我那个时候真的又羞愧又难受。每次跟你打电话问你开不开心，你都说开心，问你爸和后妈对你好不好，你也都说好，我就傻乎乎地以为你过得很好，然后心安理得地去潇洒。”

王若含抿着唇，喉咙口像是卡着一块石头，咽不下去，吐不出来。

“你那条毯子，洗了那么多次，那么旧了还不换，我一直以为你是觉得那是小时候的东西，比较珍贵，舍不得扔。”方春华吸了下鼻子，“但是那天霍骁告诉我，我才知道，原来你是因为没有它就睡不着觉，为什么呀？”

王若含挠挠脸，不愿意说。

方春华又问一遍：“为什么？”

王若含磨蹭了好一会儿才说：“就是，那个时候，爸爸决定再婚就搬家了，我觉得是崔阿姨不想睡你睡过的地方吧。新房子我房间里是张双人床，以前你给我买的床单被套都用不了，换了新的。我一开始怎么睡都不习惯，还好有那条毯子，后来就养成习惯了，睡觉必须得盖着，不然心里不踏实。”

方春华的眼眶泛起红，她努力睁着眼睛：“你看，我已经自私过一回了。”

王若含不愿意听她这么说：“我又不怪你，我不想成为你的负担嘛。”

方春华极快地接话：“但你是我的责任。”

王若含低下头。

方春华缓了缓情绪：“你看看你乔阿姨，她还羡慕我呢，她说她现在一年有三百天看自己老公烦。我自己过得好好的，干嘛非得找个男人来让我不痛快？”

王若含说：“那要不你继续拍戏去吧，搞搞事业。”

方春华赶紧摇头：“我休息在家跳跳舞逛逛街多开心，我不去。”

“好好好，随你。”王若含妥协了，舀了一颗馄饨放进嘴里。

“今晚和霍骁准备去哪儿吃啊？”方春华问。

“火锅。”

方春华啧了一声：“就不能去吃高档点儿的餐厅吗？”

“你看你女儿像高档的人吗？”

方春华无言以对。

吃过饭王若含就说要走了，晚上有约会，她得回家好好打扮。

方春华送她到门口，提议道：“要不车你拿去开吧，你平时上下班也开得着。”

王若含摆摆手拒绝：“不用，我那个小区一出来就有地铁，很方便。”

“和小霍玩得开心啊。”方春华抱着手臂靠在门框上，脸上挂着老母亲的微笑。

“那必须开心，走了啊。”

她坐车回家，到小区门口时，霍骁发微信和她说已经到家了。

王若含敲字回复：“我也到了，马上回来！”

午后晴空湛蓝，她撑着遮阳伞，脚下步伐轻快。

走到楼下时，王若含被一辆陌生的小轿车吸引了目光。

后视镜上系着红飘带，还没有牌照，奶白色的车身，一尘不染，崭新到在太阳底下闪闪发光。

王若含认识这个型号，经常刷到，文案也很统一："生日啦，老公送了辆车，姐妹们看看怎么样？"。

大概是楼里哪个小富婆喜提新车了吧，王若含耸了耸肩，收回视线向楼道走去。

回到家，她放下包，立刻和霍骁分享："你看到楼下的新车没？"

霍骁原本在泡咖啡，闻言停下手中的动作，面向她嗯了一声。

"哪户人家啊？会不会是三楼的，他们家女儿不是上大学了吗？估计是拿到驾照新买的。"

热水渗透滤纸，咖啡的香气飘散出来，霍骁取下挂耳袋，往杯子里加满冰块，边搅拌边问："喜欢吗？"

这个问题让王若含笑了："我喜欢有什么用……"

她意识到某种可能性，笑容僵住："霍骁，不会是你买的吧？"

霍骁拿起杯子抿了口咖啡，但笑不语。

王若含想想觉得不可能："应该不是吧，你不说给我买个实用的吗？"

"车还不够实用啊？"

王若含瞪得眼珠子都要出来了，提高声音向他确认："真是你买的？！"

霍骁反问："那你以为我会送什么？"

王若含认真回答："扫地机器人之类的吧。"

霍骁轻蔑地哼了一声，从口袋里摸出车钥匙，抛到王若含怀里。

王若含接住钥匙，反复确认上面的车标："真的啊？"

她说话的尾音是向下的，这个反应看上去好像也并不是很高兴的样子，霍骁有些慌了："对啊……不喜欢吗？"

王若含狠狠掐着人中不让自己原地昏过去。

霍骁放下杯子，赶紧走过去解释："你不是把车给你妈开了吗？我就想三十岁了，正好给你买一辆，我以为你会喜欢的……"

王若含伸出手："别说了。"

霍骁闭嘴，无辜地眨了眨眼睛。

王若含攥紧车钥匙，拉着霍骁的胳膊就要下楼。

"干嘛？"

"看车！"

霍骁牵住她的手："你怎么在抖？"

王若含呼吸不稳地道："我觉得我现在有点儿晕。"

霍骁扶住她："没事吧？"

两人下了楼，再次站到那辆车前，王若含的心境与十几分钟前已经截然不同。

她伸出手又收回，转头看向霍骁问："可以摸一摸吗？"

霍骁笑起来："你的车，当然可以。"

王若含咽了咽口水，抿紧唇小心翼翼地探出手，指尖刚碰到车身她又倏地收回，五官皱到一起叫唤道："呲，好烫啊。"

霍骁笑弯眼睛，抓过她的手放在嘴边吹："大太阳底下晒了这么久当然烫啦。"

王若含瞪他："那你也不提醒我一下。"

她又回头看了看那辆奶白色的、精致的小轿车，再次确认："真是送我的吗？"

霍骁不厌其烦地回答她："对，你的，过两天去上个牌照就能上路了。"

王若含像是要哭出来了，抱住霍骁的脖子整个人挂上去："一定很贵吧？"

"嗯……说实话还行，不贵。"

王若含在他身上蹭了蹭："你好财大气粗哦。"

霍骁清清嗓子，端起架子来了："我觉得用'英俊多金'形容更贴切。"

王若含张开双唇，下意识地想回怼一句，想了想又闭上嘴，今天霍骁最大，他说什么都是对的。

头顶烈日炎炎，他们这么贴着没一会儿就出了汗。

霍骁拍拍她的背："看够了吗，回家吧。"

王若含松开手："先等等。"

她从口袋里摸出手机递给霍骁："帮我拍两张照。"

当天晚上，王若含在朋友圈发布九宫格照片纪念她的三十岁生日。

有人在底下评论："哟，买新车了？"

王若含等的就是这一句，嘴角咧到耳后根，美滋滋地打字回复：“老公送的啦！”

给她评论的是以前在口腔科的同事，她老公是做生意的，平时有事没事就爱在朋友圈给自己立贵妇人设，王若含苦于她的凡尔赛言论久矣，今日终于可以扬眉吐气。

发送成功后，她都能脑补对方气急败坏的反应，忍不住放声大笑。

霍骁打印完资料从书房里出来的时候，就看见她以一个极其悠闲的姿势躺在沙发上，猛拍大腿，笑声放荡。

“你干嘛呢？”

王若含揉着脸，腮帮子都笑疼了：“没事。”

霍骁不用想都能猜到：“被大家羡慕的感觉怎么样？”

王若含摇头晃脑地道：“不错，不错。”

霍骁笑了笑，故意吓她：“小心有人拉黑你。”

王若含耸了耸肩：“人都是有虚荣心的，我晒我有的，他拉黑我，那是他自己小气，不是我的问题。”

霍骁轻摁了下她的脑袋：“就你歪理多。”

他坐到沙发上，把手里的资料按份数分类归置。

过了会儿，霍骁问王若含：“你现在是不是没事干？”

王若含伸手在茶几上够了包牛肉干：“有啊，我要玩游戏。”

霍骁截下她的牛肉干扔回筐里：“过来帮我把分好的资料订起来。”

“哦……”王若含从沙发上起身，“好的呢，霍总。”

A4纸铺满了茶几的空位，纸墨味飘在鼻间，王若含盘腿坐在地毯上，随手翻了翻，满页的英文字母看得她眼花缭乱：“这是给学生的吗？”

霍骁嗯了一声：“下个学期大二的写作课是我上，我从几本参考书里摘了精华部分，给他们带回去自己先看看。”

王若含点点头，这么厚一沓，应该费了不少工夫。

她摁着订书机说：“霍老师辛苦了。”

霍骁客气地回：“王助理也辛苦了。”

王若含轻声笑起来，歪着身子靠到他的腿上。

周一开始学校进入考试周，霍骁的那门课没有安排线下考试，但他要监考。

王若含周日上了个大夜班，他早起去医院接她，顺带吃了早饭。

小小的一家早餐店坐满了客人，霍骁点了两份小馄饨。

看着王若含往碗里倒了一勺辣椒油，霍骁赶紧制止："哎哎哎，大清早的，胃里还空着呢，别吃这么辣的。"

王若含叹气摇摇头，腹诽霍骁是真的越来越像老妈子了。

丸子头扎了一天一夜，扯得头皮都疼了，王若含散开头发，用发圈松松地束成低马尾。

取下的发卡没地方放，她随手别在霍骁的衬衫口袋上。

"你等会儿要去学校吗？"王若含问他。

"嗯，今天要监考两门课程，中午我在学校食堂吃一口，你睡醒了就自己找吃的。"

"好。"王若含把小馄饨吹凉了放进嘴里，有气无力地说，"怎么现在值个夜班这么累啊，我感觉脑袋晕晕乎乎的。"

霍骁把肩膀递过去给她靠着："平时不爱运动，爱吃垃圾食品，体质下降，你当然熬不动夜了。"

王若含嗯了一声。

霍骁舀了一颗馄饨送到她嘴边，王若含半闭着眼，张嘴咬住。

看她这副样子，霍骁放轻声音，提议道："要不换到私人诊所去？不用上夜班，平时也能轻松一点儿。"

王若含摇摇头，睁开眼睛说："那也不是我想去就能去的啊，我又不像你，到哪儿都是人才，来 N 大也可以干得很好。"

她长长地叹了一声气："离退休还有多久啊？"

霍骁把吹凉的馄饨喂给她："早着呢。"

把王若含送回家，霍骁又开车去了学校。

考试快开始了，他在办公室给保温杯里装满热水，拿上自己的东西前往教学楼。

主监考老师姓郝，霍骁走进教室，和她笑着打了声招呼。

他站到讲台上，放下手中的水杯和电脑，想帮着郝老师一起分试卷。

不知怎么回事，原本在底下安静看复习资料的同学们纷纷笑起来，伴随着窃窃私语声。

霍骁抬起头，一脸茫然：“怎么了？”

旁边的郝老师也扑哧一声笑了，指着霍骁调侃道：“霍老师，这是2022年新时尚单品么？”

霍骁跟随她的视线低下头，终于反应过来。

他迅速摘下胸前的发卡，粉色毛绒还点缀着一个兔子头，这么大摇大摆地别在他的白色衬衫上，竟然一直忘了拿下来。

霍骁把发卡塞进口袋里，清清嗓子说：“不好意思啊，让大家见笑了。”

铃声响起，考试正式开始，霍骁挪到教室最后一排。

一坐下，他立刻摸出手机发微信质问罪魁祸首。

霍骁：“王若含，你丢三落四的毛病真得要改改了！”

几个小时后，终于睡醒的王若含打着哈欠回复他：“我丢什么了？”

霍骁直接甩了张图片过来。

王若含点开，嘻嘻一笑：“放你身上怎么能叫丢呢？”

霍骁：“你没丢，我丢了！”

王若含不解：“丢什么了？”

霍骁回了条一秒的语音，内容是掷地有声的一个字：“人！”

王若含回方春华那儿的频率渐渐多了起来，有的时候带上霍骁，有的时候她下班没事了也往家里跑。

方春华今天买了两斤小龙虾，喊他俩来吃饭。

王若含一进家门就闻到了浓郁的鲜香味，方春华正在厨房里忙碌。

她扬声喊：“妈，我回来了。”

方春华探出脑袋：“哎，霍骁呢？”

王若含回答：“还在学校，说是系主任找他有事。”

方春华哦了一声，又回到灶台前。

等一桌菜都做好了，霍骁还没回来，方春华让王若含催催他。

王若含点开微信，二十分钟前她发的消息还没回，想了想，她还是放下手机：“期末了他事情多，没事，我们先吃好了。”

方春华：“行吧。”

王若含擦干净手，从盘子里挑了一只小龙虾开始剥壳。

方春华看她穿了件白色T恤，赶紧起身去拿围裙让她戴上，省得弄脏了。

“我都几岁了。”王若含不愿意戴，用力掰开龙虾头，三滴红油精准地溅在她胸口的衣服上。

方春华深吸一口气：“王若含！”

“我自己洗自己洗，别骂我！”

方春华咬牙把围裙扔到她身上，王若含乖乖戴好。

吃饭的时候，方春华突然问：“对了，秦也和你说了没？”

“说什么？”

方春华看她的反应像是还不知道：“他没告诉你啊？”

王若含急了：“到底什么呀？你快说。”

“他和容欢要结婚了。”

王若含翻了个白眼：“这谁不知道呀？他俩订婚的时候我还没和霍骁谈恋爱呢……”

“不是。”方春华加重语气，“是真要结了，日子都定好了，你乔阿姨已经在看场地了，喜帖估计马上要给到你手里了。”

王若含停下手中的动作：“真的啊？那他俩怎么都不告诉我？”

方春华：“也就最近的事，可能是还没来得及说。”

王若含点点头，有些感慨：“终于结了，他俩也拖太久了。”

方春华话锋一转，问：“那你和小霍呢，想好什么时候结婚了吗？”

王若含一时语塞，原来她妈在这儿等着她呢。

方春华起身，在电视机下的抽屉里取了样东西出来，“啪”的一声拍在王若含面前。

“这个给你。”方春华坐回椅子上，重新拿起筷子，“哦，对了，我大概看了一下，六月二十一号挺适合领证的。”

王若含似笑非笑道：“大概看了一下？”

方春华面色不改：“我就这么顺便说说，没别的意思。”

王若含伸长手臂拿过户口本塞进自己包里。

“二十三号也可以的。”方春华又说。

王若含看着她，瞪眼微笑。

方春华夹了只小龙虾到她的碗里：“吃啊，看我干吗？”

七点多的时候霍骁才回了消息，说不过来吃饭了，他下班直接回公寓。

王若含把剩下的龙虾都剥了，铺在米饭上再淋上汤汁，做成一份龙虾盖浇饭带回去给霍骁吃。

她在楼下停好车，抬头看见屋里亮着灯，霍骁已经回来了。

王若含打开家门，一边换鞋一边说：“霍骁，你都不知道我妈今天……”

王若含僵在原地：“霍骁？”

“嗯？”沙发上的人缓缓偏过头看向她。

王若含放下手中的东西，快步走到他身边：“怎么一个人坐在这里发呆啊？”

霍骁看上去很疲惫，抬起头朝她微微笑了下，打开双臂。

王若含坐上去，揽住他的脖子问：“工作上不开心？”

霍骁没说话。

王若含直起身子，用指腹抚了抚他的眉毛：“说好要坦诚的。”

霍骁抓住她的手握在掌心：“不是什么大事。”

王若含看他的状态怎么也不像没事，紧张地问道：“怎么了？”

霍骁叹了口气，说：“就是，小学期要开始了，最近学生在选课，有门语言学导论分了两个班，我带一个，罗老师带一个。”

王若含：“然后呢？”

霍骁苦笑了下：“年级里七十个同学，六十五个报了我的班。”

“这么多？”王若含瞪大眼睛，“那不是说明你人气很高吗？干嘛不开心？”

“问题就在这儿。”霍骁沮丧地道，“那个罗老师要求严，上个学期他的课期中就要交一篇两千字的论文，平时作业也多，给分还严。一轮选课结果出来，没人选他，他不乐意了。可能是有点儿恼羞成怒，跑去找系主任，说是我要求太松，治学不严，对学生不够负责。”

王若含听得血压飙升：“他怎么这样？这不是玩不起么，所以今天系主任找你谈话了？”

霍骁点点头：“系主任说虽然这也不能怪我，但是学生们贪图轻松，都来选我的课一定程度上也会形成了不良风气。罗老师兢兢业业，在学校工作好多年了，出了这种事大家都难看，希望我可以适度地提高一下要求，该严格的时候还是要严格一些。”

王若含拉下脸，替霍骁委屈：“不选他不也是人之常情嘛，而且作业布置得多难道就叫负责啊？”

霍骁把额头靠在她的肩上，已经郁闷一个晚上了。

王若含拍拍他的背，试图安慰他：“其实也不是什么大事，工作上肯定会有摩擦的。”

“我知道。”霍骁的嗓音低沉，“但我选择学校就是觉得这里的环境相对单纯，怎么还是这么多破事啊？”

王若含想起自己在口腔科的那些糟心事：“生活嘛，都这样。”

霍骁笑了一声，说：“想J大了，以前和周以有矛盾，打一架就能解决，这儿不知道还得憋屈多久。”

王若含笑着，眸光却暗了暗。

霍骁倾诉完，心情好了不少，他抬起头问她：“你进门的时候要说什么来着？你妈怎么了？”

“哦。”王若含眨眨眼睛，“我想说我妈她今天做的小龙虾超级香，我给你做了一份龙虾盖饭，饿不饿？”

霍骁点头：“主任一直在说，我看天都快黑了还不结束，饿死我了。”

王若含笑着拉他起来。

其实她原本想和他说，今天方春华把户口本给她了，拼命暗示她赶紧结婚的样子太好笑了，但是王若含现在没办法再轻松地说出这些话。

霍骁刚刚在申城站稳脚，又为了她换了一个工作环境，入职N大顺不顺利，和新同事会不会相处得融洽，学生喜不喜欢他，她都没问过他。

在王若含的眼里霍骁这么厉害，他的事业肯定一帆风顺，在他的领域里应该也是人人欣赏，并不需要担心。

她觉得霍骁来金陵一定比自己去申城容易得多，所以一直心安理得地接受他的付出或者说她根本没有意识到霍骁为了能和她有个圆满的未来牺牲了多少。

他默不作声，她就浑然不觉。

“这么多肉，你剥了多久啊？”

王若含回过神，回答他：“我吃饱了就一直在剥，手指都麻了。”

霍骁抓起她的手放到嘴边挨个亲了下：“辛苦了。”

“霍骁。”王若含喊他。

“嗯？”

“你妈有没有催你啊，结婚的事……”

“她倒是不关心这个，怎么了？”

王若含摇摇头：“没事，问问，不催就好。”

周一下午，英语系教职工召开每周例会，霍骁提前十分钟走进会议室。

长桌边已经有几个老师了，霍骁站在门口往里扫了一圈，径直向罗昶老师走去。

他拉开椅子，扬起一个得体的微笑，和旁边的人打招呼：“罗老师，来这么早啊？”

罗昶抬头看了他一眼，推了推眼镜框，嘴角扯开一个僵硬的弧度，“嗯”了一声。

“今天的课上得怎么样？”霍骁保持笑容，语气温和，仿佛就是一句随口的关心。

这话在罗昶听来却够刺耳的，每个班上限是四十个名额，一轮随机筛选过后，那些没选中霍骁课的学生只能被迫上他的语言学导论。排除出国留学和在外实习的学生，他的班上一共才二十三个人。

罗昶攥紧手中的笔，心想这人到底是真温良还是装无害？

“挺好的。”他淡淡回道。

霍骁还是笑着：“那就好。”

罗昶低下头，蹙了蹙眉。

霍骁打开自己的笔记本，取下钢笔笔帽，幽幽地说："哇，罗老师你的钢笔好漂亮。"

罗昶不得不再次迎上他的视线，说："啊，我老婆去年情人节送的礼物，挺好用的。"

霍骁做出一个羡慕的表情，深蓝色的钢笔在修长白皙的手指间发着冷光："真好，不像我这个，就是之前在 Yale 的纪念品店随便拿的，不过也挺好用的，我用了好多年了。"

罗昶脸上的表情僵住，他呵呵笑了声。

他硕士毕业就进了学校教书，前几年也试着去考过博，但终究没坚持下来。

而霍骁呢，一路直升，本科在国内名校读的，硕士进了世界一流大学，不到三十岁就博士毕业了。

他比霍骁年长十岁多，论学历和资质却远远不及他。

罗昶尚且能用所处时代和发展际遇不同安慰自己，但又没法不承认对他的羡慕甚至是眼红。

系主任呢，怎么还不来，他频频看向门口，心里祈祷赶紧开会吧，他真是一分一秒也待不下去了。

和霍骁预料的一样，在会议的最后，系主任清清嗓子，说让他们严格要求学生，老师之间也要多沟通交流。

在场的人都知道这番话是说给谁听的，纷纷把目光投向罗昶和霍骁。

谁看霍骁，他就看回去，一点儿都不虚，也没觉得尴尬。他大大方方，一脸的无所谓，反倒让其他人不好意思起来。

散会后，罗昶迅速收拾好东西，第一个离开了会议室。

霍骁嘴角挑起一抹笑容，抱着笔记本从座位上起身，闲庭信步地走了出去。

他好久不做坏人了，这些人还真把他当善茬。

小学期霍骁的课在周四上午，王若含上班比他早，他起床后发现餐桌上放着一锅南瓜粥。

霍骁惊讶地挑了挑眉，坐在椅子上给自己盛了一碗，刚喝第一口就接到了王若含的电话。

“喂。”

“起床了吗？”

“起了。”

“桌上有早饭看见了吗？”

霍骁的声音带着笑意：“看见了，在喝呢。”

“冰箱里有榨菜，你自己拿出来吃。”

“好。”

“不说了啊，忙去了。”

“去吧。”

霍骁挂了电话，脸上的笑却不消退，他心情愉悦地喝完香甜的南瓜粥，收拾东西准备出门。

路上他买了杯咖啡，冰美式苦涩又清爽，赶走困倦，唤醒神经。

霍骁习惯踩着点进教室，里头已经坐满了学生。

他站到讲台上，取出名单，目光往下看了一圈。

看见熟悉的身影，霍骁心中一喜。

“宁时运，上来，帮我点名签到。”

被叫名字的女孩抬起脑袋：“哦。”

宁时运站到他身边，接过名单，按照顺序报出名字。

“于……”宁时运卡住，不确定地说，“zhong？”

底下有同学纠正她：“于翀，chong，一声。”

宁时运重新报：“哦，于翀。”

后排有个男生举起手：“到。”

霍骁抱着手臂看了宁时运一眼，打趣道：“我不认识班上同学就算了，你还不认识啊？”

宁时运把名单递给他：“要不您自己来？”

霍骁摆摆手：“你来你来。”

签完到，全班四十个人都在场了，没有人缺勤，霍骁记录好情况，合上名单。

“在正式上课之前，我有点儿话要说。”他走下讲台，站到中间的过道上，“你们消息这么灵通，有些人应该也知道了这件事。有人觉得我对学生的要求太松了，太纵容大家，前两天开了会，系主任也建议我提高一点儿要求，增加一下平时的作业量。”

底下立刻传来哀嚎声，有男生高喊：“老师，不要屈于淫威！”

大家又笑起来，霍骁也跟着弯了唇角。

“我话还没说完呢。他是这么建议的，但我决定不采纳。”

教室里爆发出掌声和欢呼声，学生们齐声喊：“霍老师！霍老师！霍老师！”

“嘘。”霍骁示意大家安静。

他笑了笑，继续说：“首先我能肯定的是，我对待学生有着毋庸置疑的责任心，我的上课形式也许是轻松的，但内容绝对扎实，你们只要认真听，一定会有所得。只是我觉得，到了大学，不要再像初中、高中一样，让老师去给你们施加压力，你们生活里遇到的烦心事已经够多了。我呢，不想再去给大家制造焦虑。再者，在座的各位能考上 N 大，说明都是聪明有能力的人。想学好的自然能学好，大学应该是一个自由生长的环境，我今天布置你们看一篇文章，不如你们自己去找感兴趣的话题看。我也知道，你们中的一些人还有双学位，把英语视为一个工具，或者有些人压根就不喜欢这个专业，志在别处，都没关系，我相信你们的能力，但每个人总会做出不一样的人生选择。如果你有宏图大志，我祝你在未来大放异彩，如果你只想自在一生，我也祝你天天快乐。”

“好了，刚过完期末周，今天我们就轻松一点儿，看个纪录片吧！”

王若含连续打到第四个哈欠的时候，林蕙忍不下去了，扔了颗薄荷糖给她：“昨晚没睡觉啊？”

“睡了。”王若含拆开包装，拉开一点儿口罩把糖塞进嘴里，“今天起得早。”

林惠问：“早起干吗？”

王若含咬着薄荷糖，嘴角上扬：“给我男朋友做早饭。”

林蕙简直不敢相信：“真的假的？决定做贤妻良母了？”

王若含摇摇头："也不是，更应该说是补偿。"

"啊？"

王若含看向林蕙："就是，他上班忙，我想平时多照顾他一点儿。"

林蕙语气夸张，恭维她："你男朋友能找到你也太有福气了吧。"

王若含得意地抬高下巴："那可不？"

"哎，林蕙。"王若含翻着手里的记录本，想起一件事来，问她，"这个关语珊的家长是不是一直没来复查啊？你们打电话催过了吗？"

林蕙抬起头："哦，她啊，打过电话了。"

王若含皱眉问："那怎么还没来？"

林蕙抿了下嘴唇，欲言又止。

"怎么了？"

林蕙说："家长说上个月他们转到申城的一个大医院去了。"

"哦。"王若含松了口气，"那你干嘛支支吾吾的？"

林蕙放轻声音："语珊爸爸说有一天晚上下了三个病危通知，语珊没挺过去，还说要谢谢我们科室之前的照顾。"

这话被轻轻地说出来，又沉重到让人不敢细想。

愣了好一会儿，王若含才有了反应："我知道了。"

她们没有再继续这个话题，王若含轻轻揭过一页纸，注意力却怎么也集中不了。

她从前选择成为一名口腔科护士，就是害怕发生这样的事。

她来儿科之后，见到的生死渐渐多了起来。

可她至今仍未习惯，也不知道要到何时面对这样的消息才能麻木。

有次闲聊，大家说起自己第一次面对患者去世的感受。

一位医生说，虽然知道这样的事以后还会有很多，但还是感到一种巨大的挫败感。

视线落在远处，医生微笑着："总觉得有一刹那我是可以留住他……。"

关语珊长什么样王若含已经没什么印象了，就记得是个挺乖的小女孩。

逝去的生命就像手里飘过的风，有的时候手指抓得再紧，也没办法让它在人间停留。

一个坏消息足以让王若含一整天都闷闷不乐。

她下班回到家，霍骁还没回来，她放下包，把餐桌上的碗筷端进厨房。

以前方春华一不高兴就喜欢做家务，王若含现在明白为什么了。她拖完地又拿了块抹布擦拭柜子里收藏的烛台。

霍骁回来的时候，她正在客厅擦茶几。

“怎么了，有谁要来啊？”

王若含跳下沙发：“没，我看脏了就擦擦。”

“饿了吗？出去吃吧？”

王若含有些迟疑：“要不在家吃吧，下碗面，我妈上次拿了牛肉酱过来。”

“也行。”霍骁走到她身边，揉了揉她的脑袋，“怎么了，不开心啊？”

王若含摇摇头，努力扬起一个微笑：“没啊，就是今天上班太累了。”

霍骁捧起她的脸颊：“我说呢，怎么脸色这么差？”

王若含推他：“那你快去做饭。”

“行，等着，煎蛋还是溏心蛋？”

“煎的！”

过了会儿，戴着围裙的霍骁从厨房里探出半边身子：“王若含。”

王若含嗯了声：“干嘛？”

“我没有别的意思，也不是不认可你的工作，但是如果你真的觉得做护士很累，辞职在家，我也养得起你。”

王若含背对着他，吸了下鼻子，从嘴里蹦出两个字：“我不。”

她语气严肃地说：“你偶尔过过霸总瘾可以，但我不想一辈子做娇妻。”

霍骁笑了笑：“好，我以后不说这话了。”

全球气候两极化，夏季越来越热，裸露的皮肤被太阳炙烤，世界像巨大的蒸笼，在户外走两步就让人喘不上气。

这天气连花草都热蔫了，王若含坐在台阶上，修剪枯坏的枝叶，连通后院的门大敞着，冷气吹在她的背上，前额的汗却一滴接着一滴。

方春华在屋里喊：“搞好了没啊？过来吃饭了。”

王若含应了一声，把手中最后的一点儿活干完，拍了拍沾了污泥的手，站起身来。

方春华在桌边摆碗筷："去洗手。"

王若含回："我直接去冲澡。"

方春华说："那你快点儿。"

几分钟后从浴室出来，王若含长长地叹了口气，终于神清气爽。

天热让人没胃口，方春华索性没蒸饭，煮了一锅粥。

王若含伸了下手，方春华知道她是要勺子，拿了递过去。

"你和高远还有联系呢？"她冷不丁地冒出一句。

王若含嘴里咀嚼的动作一顿："没有啊，之前遇见一回，早不联系了。"

"哦。"方春华面不改色地说，"昨天高柏安突然来找我，问我最近过得怎么样。"

王若含嘴角挑起笑容："哟哟哟，估计是听高远说你还单身，他还惦记着你啊？"

方春华哼笑一声："那高远不也惦记着你？"

王若含收回笑容，捧着碗继续喝粥："我现在可是有夫之妇，和你能一样？"

说起这个，方春华话锋一转："霍骁什么时候回来啊？"

王若含口齿含混地回："周末就回来了。"

暑期学术交流会议多，这一个礼拜霍骁都在外出差。

方春华说："所以你准备赖我这儿赖到周末？"

王若含不高兴了："什么叫赖啊，这不是我家啊？"

方春华赶紧点头，"是是是。"

半晌后王若含才反应过来，不知不觉被她转移了话题："你还没说呢，然后呢，高叔找你还说什么了？"

方春华不太愿意提起的样子："就随便问了两句，没什么。"

王若含失望地哦了一声，话里有话地道："我还挺喜欢高叔的。"

没想到方春华很坦荡地接了句："我也喜欢啊。"

王若含一听，乐了："那这意思是要和他旧情复燃啊？"

方春华摇头："不了。"

"为啥呀？"

“和他在一起挺轻松的，但也就是轻松而已。就像你和高远，你俩以前不也玩得很好吗？为什么你不喜欢他啊？”

王若含努努嘴：“懂了。”

方春华说：“你爸呢，太木了，稳重是稳重，但人太无聊。高柏安是有趣，但我抓不住，算了，错过了就错过吧，这把年纪了总要有些遗憾的。”

王若含深吸一口气再缓缓吐出，突然想霍骁了。

她解锁手机点开微信，和霍骁的聊天记录停留在早上，他告诉她今天又要开一天的会。

王若含想了想，还是放下了手机。反正她想说的也都是些无关紧要的废话。

既然她没什么大事，还是不要打扰他了。

吃过饭，王若含上楼回房午睡了一会儿，再工作两天就要轮到她调休了，美好的休息日就在眼前。

她最近睡眠不太好，后半夜总是能感到心脏一刺一刺地疼，不知道是睡惯了新房子的床，还是不习惯一个人睡了。

她一下午都在输液室，都说儿科护士的扎针水平是最好的。

因为要是护士没一针到位或扎得疼了，孩子一哭，家长急躁，护士就很容易挨骂。

王若含就是在挨骂中成长起来的，而新人护士的技术显然还有待提高。

尖锐清脆的哭声极具穿透力，孩子父母的脸色已经难看到极点：“你到底会不会啊？在学校学没学啊？”

王若含接过那护士手里的针管，轻声说：“我来吧。”

“不哭不哭，一下下就好了。”她弯着眼睛，在柔声安慰里找准位置扎好针头，贴上胶布固定。

家长没再啰唆，抱着孩子出去了，但还有一个要安慰的呢。

小姑娘低着头，时不时发出吸鼻子的声音。

“都这么过来的。”王若含说，“我还遇到过骂得更狠的呢，平时多练练就好了。”

“谢谢姐，你真好。”

王若含抽了张纸给她：“擦擦，小朋友哭就算了，你还哭呢？”

护士长来喊她，王若含站起身，却突地感到眼前一阵眩晕。

她用手掌抵着额头，扶着椅背缓了缓。

等视线重新清明，她迈步走出去：“来了。”

隔着口罩也能看出薛虹冰的神色凝重，王若含喊了声：“护士长。”

薛虹冰拽着她的胳膊把她拉到一旁，叮嘱她说：“你先去护士台帮我看一下，小悦也在那儿，手术室那边出了点儿事。”

王若含心里一紧：“怎么了？”

薛虹冰摇摇头：“你先过去吧。”

看着护士长快步离开的背影，王若含直觉是有大麻烦了。

她按照吩咐前往护士台，小悦正趴在桌上写暑假作业。

王若含笑了笑，对她说：“悦啊，我头次见刚放暑假就写作业的人。”

小悦抬起头：“妈妈说我把这一章的数学写完，明天晚上就可以带我去看电影。”

“嚯，这么开心，那你抓紧写。”

几十分钟后护士长才回来，一脸的疲惫。

王若含给她递了杯水：“到底什么事啊？”

薛虹冰垂眸看了女儿一眼，压低声音说：“一个小孩，没抢救过来，康医生在手术室都待了快二十个小时了，真是尽力了，但家长不认，也不愿意尸检，一口咬定是我们操作失误害死的，一直在吵，保安来了才走，边走还边说不会放过我们。”

王若含皱紧眉头：“每年都得来那么几遭啊……”

薛虹冰从业二十年，见得多了，只能苦笑道：“别的科室吧，看一个病人就是一个病人，儿科，一个病人意味着一个小孩和一群家长，太难对付了。”

“他打算起诉？”

薛虹冰摇头：“不知道，看语气应该是，这两天小心点儿，我总觉得心慌。”

出了这样的事，医生、护士们都警惕起来，走路都不安心，时刻留意着两边的人。

小悦依旧每天跟着薛虹冰上、下班，现在课外补习班都停了，爸爸在公司上班不方便带着他，只能在医院跟着妈妈。

她性格安静，大家都喜欢这个小姑娘，一有什么好吃的都要塞到她的手里。

今天是林蕙轮休，前台少一个人，护士铃响了，王若含边起身边对小悦说："要是有人来你就说我马上回来。"

"知道了。"

给病人拔完针，王若含正整理着吊瓶和输液管，就听到外头传来一阵骚动声。

她放下手中的东西，推开病房门。

吵闹的源头听起来像是护士台，意识到这一点，王若含收紧呼吸。

她努力踮脚，挤开围观的人群。

在看到被男人粗粝的手勒住脖子，几乎整个人悬空吊起的女孩时，王若含大脑一片空白。

周围的喧嚷声她听不见了，男人嘴唇张合说了什么她也不知道，她不知道这一刻要做什么，不知道下一刻会发生什么。

匆匆赶来的护士长在看到眼前景象的那一刻就哭了出来，双手合十哀求男人。"不要，不要。"

"我儿子死了！"男人双目欲裂，脖子和脸青筋凸显，棕红色的皮肤郁结着黑浓的戾气，"我花了那么多钱，房子没了，好好送进手术室，你们还给我一具尸体！我要你们医院认罪！"

刀刃的冷光一闪一闪的，小悦的哭声很小，口型说的是"妈妈"。

男人拿刀的手剧烈颤动，王若含在他左后方的位置，她没有机敏的头脑，想不出万全的策略，这一瞬间全凭着不知名的勇气冲了出去，用身子撞上男人，死死地抱住他的胳膊。

她在他的视线盲区，男人没有很快反应过来，保安立刻跟上去，那人被制服在地，刀柄从手中脱落。

薛虹冰跪在地上紧紧抱着小悦，母女俩一起哭。她提心吊胆了两天，没想到有危险的会是自己的女儿。

很快警察也赶来了，驱散了人群，把几个当事人带走做笔录。

王若含缓了好久才有重新回到地面的真实感，她的两只胳膊还在发抖，皮肤上泛着红痕。

“小姑娘挺勇敢啊，但是太危险了。”警察对她说，“只能说你走运，这个方法不可取。”

王若含扯开嘴角笑了下，身上倒是没有见血的地方，只是男人在挣扎时用胳膊肘狠狠撞了她的下巴，到现在下巴都是麻的。

女辅警给她倒了杯水，说：“应该没事了，可以喊你的家属过来接你了。”

王若含还穿着护士服，如梦初醒般回过神，下班时间早就过了，她掏出手机，果然霍骁给她打过电话。

王若含赶紧回拨过去，清清嗓子，振作精神，佯装无事发生过的口吻道：“喂，打我电话啦？”

霍骁在那头说：“还在医院吗？我看你一直不回我消息。”

“嗯，有点儿忙，快下班了。”王若含努力笑着，“你明天几点回来？我去接你。”

“我买了早班机，那会儿你估计还在睡觉，我自己回去就行。”

“好，那我等你回来。”

话题结束了，但两人都没有挂电话。

王若含很轻地吸了下鼻子，说：“喂，霍骁。”

听筒那边有人在喊他：“走吧，霍老师，下去吃饭了。”

“好，来了。”霍骁应道。

“怎么了？”

王若含说：“没事，你快去吃饭吧，挂了。”

她拿下手机，搓搓眼睛，给方春华拨电话，接通后，鼻音浓重地喊：“妈。”

方春华一听她的声音，着急地问：“怎么了？你出什么事了？”

王若含用手背遮着眼睛，哽咽道：“你来接一下我。”

她回家的时候已经近七点了，夜还没来，落日余晖倾洒在城市街道上。

“身上还有没有哪里疼？”方春华打着方向盘问。

王若含摇摇头：“没了。”

“你说说你。”方春华颤着声音骂她，“你看看你自己多大一个人，你都不比那姑娘高多少，你冲上去干嘛呀？医院没别的医生和男人了？英雄轮得到你做吗？”

王若含打断她的话：“妈，你干嘛呀？”

“我干嘛？我还想问问你干嘛呢！有谋才能有勇，你就是瞎来，还好今年去寺庙里求了个签，保你命大，我过两天得喊你乔阿姨再去一趟。”

王若含的心情已经很差了，她把脑袋转向一边，拒绝对话。

“行行行，我不骂你了，等霍骁回来让他说你。”

王若含噌的一下直起身子：“你别告诉他啊。”

方春华看了她一眼：“你没告诉他啊？”

“嗯，你别说。”

方春华能理解她，但还是觉得这样欠妥：“王若含，你不能瞒着他。”

王若含固执地摇头：“等以后再说。”

她当然知道要告诉他，但不是现在，她现在的情绪太糟糕了。

如果这件事让霍骁知道，他一定会再次提起她辞职的事，自己上次那么信誓旦旦，她不能动摇，也不能让霍骁动摇。

第二天早上起来，王若含的下巴青了好大一块。

她对着镜子，抬高下巴反复看，方春华催她吃早饭才下楼。

“你今天休息吧？吃完赶紧回家。”

王若含一手拿汤匙一手捧着手机：“容欢今天约我逛街，逛完再回家。”

“不着急见霍骁啊？”

王若含抬眸看她妈：“霍骁学校也有事，说下午再回去。”

方春华哦了声，又问：“容欢找你干吗？”

王若含刷着手机回：“说是想看看婚鞋。”

方春华奇怪道："容欢家不是开大公司的吗？没姐妹、朋友什么的？怎么约你看婚鞋啊？"

王若含耸耸肩："我哪儿知道啊，而且约我怎么了，我就不能和名媛做朋友？"

方春华瞪她一眼，指着她说："昨天晚上还跟我哭呢，今天就又神气了是吧？吃完赶紧滚，还你老娘一个清静。"

王若含偏不如她意："我不，我明天还来。"

中午她们在约好的商场碰面后，容欢一见她就抓着她的胳膊四处看："我才听秦也说，你没事吧？"

王若含抽回自己的手："有事还能站在你面前啊？"她指着自己的下颌，"就这儿青了一块，其他地方都没事。"

容欢松了口气："还好，你说说你。"

王若含做了个打住的手势："道理我都懂，师父莫念。"

容欢叹了口气："要不你申请回口腔科吧？"

王若含笑了笑："你当口腔科就安全呢？有一次有个男的，刚做了牙就去咬核桃，牙断了，硬说是我们给他用劣质材料，来医院闹，秦也被他打了一巴掌，脸颊也肿了两天呢。"

容欢瞪大眼睛："什么时候的事？"

王若含想了想："就去年吧。"

容欢回忆起来，气愤道："他骗我说是关后备厢撞的！"

一楼全是奢侈品大牌，容欢气鼓鼓地像只扑扇着翅膀的小母鸡，王若含抱住她安抚道："好了好了，你说你好歹一个大家闺秀，怎么有的时候比我还粗俗？"

容欢顿了顿，咳嗽一声，捋了下自己的头发："我和你说实话吧，其实我不是什么大家闺秀。"

王若含愣住："你不是容氏的人吗？"

"姓容是姓容，不过我和那个容家其实隔得很远，得往上追溯好几代，你懂吧？"

王若含呆愣地点点头。

"容家做生意发达了，其他旁支都来攀关系，我家就是这样，我爸在公司占个不大不小的职位，我们家其实就是普通家庭。”容欢呼出一口气，说出来舒服多了，“我比较幸运，上学的时候成绩好，我有个小叔，现在是容副总，他老婆过世得早，没留下孩子，他也没另娶，他就问我爸妈要不要把我过继给他，他会资助我上学，将来也会在公司提携我。”

王若含接着她的话说：“但等你将来有出息了，就得做牛做马回报他。”

容欢品了品这话，倒是话粗理不粗：“差不多吧，容家内部一直在争权，我看见那些叔伯就烦，非得一人独霸，大家共同繁荣不好吗？反正我不理解。”

看来大户人家也有大户人家的烦恼，王若含想抬手挠下巴，不小心碰到伤口疼得“咝”了一声。

容欢拿开她的手：“您悠着点儿吧。”

两人走进鞋店，已经提前打过招呼，店员把准备好的高跟鞋拿给容欢试穿。

王若含坐在旁边，突然想起一件事来：“那你调部门是怎么回事？不会是你要结婚，你小叔恨你没有事业心，罚你去偏远部门吧？”

她这话把容欢给逗乐了，不顾形象地在高奢店的沙发上笑得前仰后合，“你是不是电视剧看多了呀，姐？是我自己申请的，那儿轻松一些，同事人也好，大家每天就研究一些有的没的，也没什么业绩压力，我最近上班可快乐了。”

王若含问：“你怎么突然图轻松了？”

容欢反问她：“人不图轻松图什么，难道图辛苦吗？”

她站起身，跺跺脚上的鞋：“这双好看吗？”

香槟色的鞋身，鞋头的方夹闪着碎钻，王若含很喜欢，点头如捣蒜：“好看！”

容欢说：“以前大家都说秦也高攀我，其实是反的，他是真少爷，我是假千金。所以我心虚啊，我就逼自己努力一点儿。求婚之后，我就想，两个人结婚肯定会遇到各种各样的问题，所以我们得先把自己的人生过好了，等到我存款存够了，工作稳定了，思想成熟了再去考虑两个人怎么在一起。但哪儿是这么回事啊，一个人的舒适区加上另一个人的舒适区就是两个人的舒适区吗？”

王若含将目光移向别处，若有所思。

容欢的脚又踩进另一双缀着珍珠的缎面白色婚鞋，她问王若含：“你和你男朋友打算什么时候结啊？”

王若含摇摇头：“还没定。”

容欢从镜子里看向她：“我和你说啊，求婚了就早点儿定，别拖，越拖问题越多，看看我和秦也，折腾这么久。”

王若含问：“那你后来怎么又决定结婚了？”

容欢转过身，回答她：“离不开他呗，反正都确定是他了。”

“你不心虚了？”

“我后来想通了，我为什么要心虚呢？我漂亮、聪明、身材好，还会赚钱，他才该心虚，咱们女生就该自信一点儿！你看你，长得这么可爱，谁找你做老婆谁都要烧高香去呢。”

王若含用力鼓掌：“说得太好了！”

容欢最后还是没选定哪一双作为婚鞋，王若含选择困难症比她还严重，给不了意见。

犹豫了半天，容欢一挥手说：“让秦也挑去吧，他的新娘子他负责。”

回到公寓，王若含发现霍骁竟然还没回来，拨了个电话。

霍骁说快了，在路上。

背景音里有“欢迎光临”的机械声，不知道他去买什么了。

约莫半个小时后，听到门锁转动的声音，王若含从沙发上起身。

霍骁打开门，迎面被王若含撞了个满怀。

他往后踉跄半步站稳，抱着她说：“想我了吗？”

王若含拖长尾音：“想。”

霍骁带上房门，摸着她的头发问：“我不在家，有没有发生什么事啊？”

王若含的额头抵着他的肩膀，过了几秒她才说：“嗯。”

霍骁：“什么？”

“那你别急，先听我说完。”

霍骁像是很有耐心的样子：“好，你说。”

王若含咬了咬下唇，道：“就是昨天医院有人闹事了，患者是个不到三岁的小男孩，手术失败没抢救过来，家长挟持了我们护士长的女儿，威胁医院承认是我们操作失误。当时小悦其实是和我在一起的，我去病房里把她一个人留在护士台了，我也不知道自己当时怎么想的，就觉得我有责任，我不能让小悦出事，不然我会内疚死的。”

霍骁一直安静地听着，轻抚着她的头发：“所以你个小莽夫就冲上去跟人搏斗了？下巴疼不疼啊？”

王若含睁大眼睛，反应过来：“你是不是已经知道了？”

霍骁“嗯”了一声。

王若含抿着嘴：“我妈告诉你的是不是？”

霍骁捧着她的脸，进门以来还没好好看过她的伤势，下巴青了一大块，本来皮肤就白嫩，瘀青醒目又狰狞，他心疼坏了。

“我不是故意不说的。”王若含圈着他的腰，眼里蒙了层雾气，“昨天在电话里，我要是哭哭啼啼地和你说了，除了让你着急也没什么用是不是，而且我怕你又说什么辞职的事。我就下巴青了一块，护士长今天告诉我，那个人已经被警察拘留了，官方澄清了医院的清白，小悦受了惊吓但也没什么大事，问题现在都已经解决了，没事了。”

霍骁问她：“你想换工作吗？”

王若含摇摇头：“我不喜欢中途遇到事就放弃的那种感觉，我没有办法预知未来还会发生什么，也没办法做什么保证，但我不想辞职也不想换工作，不过我可以答应你，如果有更好、更轻松的地方我一定去试试。”

霍骁又说：“那你说不在我面前哭哭啼啼，你怎么就能哭哭啼啼地找你妈呢？”

“那是我妈，我什么样子她没见过啊。”

霍骁捏她的脸蛋：“那我也一样，你什么样子我没见过。”

王若含没话反驳。

霍骁拉着她在沙发上坐下，他在回来的路上去药店买了药。

王若含小心翼翼地观察着他的表情："你生我的气了吗？"

霍骁面无表情地说："没生气。"

"我觉得你在生气。"

霍骁："真没生气。"

"那你对我笑一个。"

霍骁咧了咧嘴。

王若含摇摇头："笑得不好看。"

霍骁加重手里的力道，疼得王若含倒抽一口气："你轻点儿！"

霍骁勾起唇角，这次是发自内心的笑了。

"我真没生气。"

王若含小声说："可是我上次没告诉你，你还凶我了。"

"那个时候让我更生气的是，在你有事的时候，秦也在你身边，而我根本不知情。"

王若含哦了一声："所以是吃醋了。"

霍骁不想和她一般计较："你妈和我说这件事的时候，还告诉我，她和你爸离婚太早，你跟在她身边，也许是受了她的影响，所以你不想，或者说不会依赖人，让我理解你一下。"

王若含垂下睫毛："她还说什么了？"

霍骁顿了顿，轻飘飘地说："嗯，还聊了聊你的情史。"

王若含瞳孔猛缩："她和你说我的情史干嘛呀？"

霍骁嘴角含着笑意："不知道，可能是让我多了解你一下吧。"

王若含抱着脑袋："有这么了解的吗？"

霍骁在她下巴上吹了吹，盖上药膏盖子："好了，这两天忌口啊，不能吃辛辣的。"

"哦。"

"王若含。"他揪了揪她的耳朵。

"到。"

有一缕阳光照进来，把茶几分割成明暗两面。

霍骁轻轻说："我知道你是一个情感充沛的人，但又收放自如。"

王若含不太明白："什么意思啊？"

霍骁向她解释："意思就是你可以轻易地给出自己的感情，也可以轻易地收回。"

王若含隐隐约约懂了："说我爱得快放下得也快呗，怎么听起来这么像渣女……"

霍骁挑眉："这话可是你自己说的。"

王若含掐他的腰："你到底要说什么呀？"

霍骁抓着她的手握，"我想说我和你不太一样，我的情史比较简单。"

王若含捏紧拳头："你什么意思？"

"你先听我说完。"霍骁压下她的手，"我就谈过一个，和叶婵大学的时候就认识了，两家人也熟，感觉在一起就是众望所归的事，所以就这么谈上了。我不太会爱人，或者说我在爱上是有些吝啬。你把自己放在最后，而我不一样，我从前一直觉得人应该把自己放在第一位，但是我遇到了你，我真的是把我所有积攒的情感都给了你，也不打算收回来了。"

王若含的两只手腕被他握着，她捶了下霍骁的胸口，说："我知道了。"

霍骁问她："知道什么了？"

王若含低下头，不好意思说，情史简单又怎样，在说情话这件事上霍骁可是甩她好多条街。

霍骁等了半天，终于听到一句答案。

王若含说："不管有事没事，都可以多麻烦麻烦你，你不会嫌我烦的，知道了知道了，以后有事都来打扰你。"

霍骁快气吐血了："我是这个意思吗？你怪不得上学的时候成绩差。"

王若含出拳打他："什么嘛，怎么还人身攻击了？"

霍骁凭借体形优势把她整个人控制在怀里，从背后贴着王若含的耳朵说："我的意思是，我希望被你需要，就像我需要你一样。"

王若含翻了个白眼："这不就是我那个意思吗？"

霍骁气急败坏地揉她的脸，王若含叫痛，霍骁想起她下巴还青着，又赶紧松开。

“碰到了？”他语气着急。

王若含噘着嘴不理他。

霍骁从口袋里摸出一个塑料袋，拆开从里面拿出一张贴纸。

王若含凑过去：“这什么，小红花啊？”

霍骁取下一朵印着金色“好”字的红花贴纸，贴到王若含的脸颊上：“霍老师奖励你的，小勇士的勋章。”

王若含抬手摸了摸左脸颊上的贴纸，有些好笑：“什么东西？”

霍骁用手掌在她脑袋上摁了一下，说：“你做得很好。”

他起身，把行李箱拖进房间里整理东西。

王若含盘腿坐在沙发上，拿起手机对准自己，想把红花摘掉，刚撕开一朵花瓣，又贴了回去，将它抚平。

从昨晚到现在，她已经被无数人说教过了，可是她最担心会生气、会责怪她冲动的那个人，却告诉她——“你做得很好。”

鼻子泛酸，王若含眨了眨睫毛，憋回眼泪，跳下沙发跑进卧室。

霍骁正半蹲着从行李箱里拿出自己的衣服，王若含突然扑过来压在他的背上，他差点儿没站稳。

“我的腰！”

王若含抱着他的脖子不撒手：“霍骁，你是我的卡米萨吗？”

“说人话。”

王若含在他左右脸颊各亲一下。

霍骁赶她下去：“收拾东西呢，你先自己玩去。”

“那我去做饭，我和我妈学了金汤肥牛。”王若含离开他的背，兴致勃勃地进了厨房。

霍骁笑着摇摇头，把西装裤展开挂在衣架上。

他把自己的衣服收拾完，转头看见化妆台上一片乱糟糟的，椅背上堆着王若含的T恤和牛仔裤，脱下的衣服她永远不知道要挂进衣柜里。

霍骁深吸一口气，喊道：“王若含。”

“干嘛？”

霍骁从卧室出来：“你不是回你妈那儿住了吗？家里还能这么乱？”

王若含不这样觉得：“哪儿乱了？”

“你自己去看看，你的化妆品用完就放回去，我帮你收拾了又要怪我瞎动。”

“好好好……我知道了，别骂了。”

霍骁走上前，把她脸颊上的小红花撕掉。

王若含感到一阵皮肤被撕扯的刺痛感，捂住脸喊：“你又干嘛？！”

霍骁说：“鉴于你的个人卫生情况极差，没收了。”

王若含真想扔了锅铲让他今晚喝西北风：“小气鬼啊。”

第二天，王若含说到做到，又回方春华那儿去了，还带上霍骁一起蹭饭。

方春华看他俩出现在门口，实在是两眼一黑：“家里没菜，要吃你俩自己去买。”

王若含拎高手里的袋子，嘻嘻笑道：“知道你会这么说，买了来的。”

方春华在厨房里做饭，王若含打下手，霍骁被使唤去给花园里的花浇水。

等只有母女两个人，王若含逼近方春华，问她：“你告诉霍骁医院的事的？”

方春华为自己澄清：“不是我多嘴的啊，昨天你走了没多久他就来了，给我送了两袋特产，还问我你是不是有什么不开心的事。”

王若含抬起头：“他怎么突然这么问？”

方春华掰着西洋芹：“我哪儿知道，估计是电话里听你声音不对吧，你说他要是问你过得好不好，那我还能敷衍过去，他直接问你是不是出事了，我就不好骗他了呀。”

王若含抿了抿唇：“知道了。”

方春华用胳膊碰碰她，压低声音问：“你俩后来没事吧？”

王若含摇头：“没事，一回家我就告诉他了，没想到他已经问过你了。”

“你去冰箱里拿两个鸡蛋打散。”

“哦。”

方春华把排骨焯水，盖上锅盖：“不过不得不承认，你看男人的眼光比你妈好多了。”

王若含嘚瑟地抬高下巴：“我也觉得，这么帅的老公上哪儿找啊？”

方春华睨她一眼：“看看你现在的嘴脸。”

“我以前比你还犟，不愿意和你爸示弱，不想让他们男人觉得我们女的凡事都得靠男人才行，不想仰仗你爸生活，哪怕很多时候我确实很需要他。”

王若含靠在冰箱上，打着碗里的鸡蛋说：“那也没错啊。”

“是没错，但很容易钻牛角尖。”方春华笑了笑，“你以后要记着，他是你老公，不是你老板，你不需要向他展示你有多成熟，多坚强。”

王若含点头：“懂了。”

“而且霍骁有一点比你爸强，他信任你。”方春华的语气听上去有些难过。

她要开始炒菜了，赶王若含出去，说厨房里油烟大。

王若含走到客厅，透过窗户看见花园里的男人。

艳阳高照，他站在茂盛的花草中，阳光把他的半边身子打成半透明的。

“热不热啊？”

霍骁听见她的声音，抬眼看过来，朝她招了招手，笑着说：“过来，有七星瓢虫。”

“真的？”王若含眼睛亮了亮，小跑到他身边。

人们总结恋爱经验，总会说感情是棋逢对手、势均力敌好。

实力悬殊就非平等吗？天差地别就没办法幸福吗？

不是这样的。

爱情里的平等，不在于阶级、不在于财力，甚至不在于思想深度。

爱情里的平等应该是我爱你，我愿意平视你。

我爱你，我愿意理解你、支持你、信任你。

我爱你，所以我愿意去你的世界，也愿意带你走进我的世界。

虽然睡眠状况好转了不少，但王若含最近仍然时常觉得胸口发闷。

值完夜班她回到休息室，心脏一突一突地跳，眼前有些发白，她扶着椅背坐下。

林蕙一打开门就见她无力地趴在桌子上，关心道："怎么了？不舒服啊？"

王若含睁开眼睛，喘着气嗯了一声。

"痛经？"

"不是，还没来呢。"

林蕙挠挠额头："咱俩不是差不多时候吗？我的都走了你还没来？"

王若含愣住，惊恐地睁大眼睛："不会吧？"

林蕙知道她想到了什么："赶紧去检查吧，哎哟，我的天。"

王若含心不在焉地换好衣服，走出科室，站在无人的走廊尽头，摸出手机给霍骁打电话。

"喂，下班了？"

"嗯，那个，你现在能不能来医院一趟啊？"

"怎么了？"

"我这个月月经没来。"

电话那头沉默了许久，霍骁留下一句"我马上来"就匆匆挂了电话。

他赶到妇产科的时候，王若含已经抽完了血，坐在长椅上等待结果。

旁边有许多来做检查的孕妇，霍骁找到王若含，半蹲在她身边，摸了摸她的手。

"冷吗？"他轻声问。

王若含摇摇头，挤出一个笑容："就是有点儿紧张。"

"你觉得是吗？"

王若含咬了咬嘴唇："我不知道，我现在没办法思考。"

霍骁把她的手放在掌心，语气轻松地安慰她："别怕啊，也不是多大的事。"

很快有护士喊王若含进去，霍骁捏捏她的手背："走吧。"

进门前，王若含说："其实我觉得可能性不大，你别失望。"

霍骁掀起嘴角："不失望，进去吧。"

医生告诉他们，HCG 指标在正常范围内，并没有怀孕的迹象，只是她最近有些气血虚，才导致生理期不规律。

意料之中的结果，走出诊室，王若含停下脚步，偏过头去看霍骁：

“我说了吧，应该不是的。”

霍骁说：“我也觉得不是。”

他们一直有做措施，先前也没有任何备孕的打算，现在怀了不一定是好事。但莫名的，两人都不像松了一口气的样子。

王若含挽着霍骁的胳膊，两人走出医院。

霍骁是请了假过来的，现在都快中午了，他们决定在附近先找个地方吃饭。

“刚刚在等结果的时候，你在想什么？”王若含问他。

霍骁如实说：“要是真的就先带你去把证领了。”

王若含眯了眯眼睛：“所以没怀就不和我领了？”

霍骁放平嘴角：“你什么强盗逻辑啊，没怀也照样领。”

王若含鼓了鼓腮帮子：“那个，我妈上个月就把户口本给我了。”

霍骁转过身子面向她。

“她还说二十一号和二十三号都挺适合领证的，不过都已经过去了。”王若含顿了顿，继续说，“我刚刚看了一下，这个月十七号宜结婚领证，十九号、二十一号、二十四号也都可以。”

霍骁当机立断：“那就十七号，那天我没课，你跟医院请半天假。”

“想好了？”

霍骁戳了戳她的脑门：“是你没想好，结婚可没你想得那么简单。”

王若含拿下他的手，坚定地说：“我知道，但是我说过，我不喜欢半途而废，既然确定了是你这个人，那早晚都一样。将来的事，两个人一起面对就行了。”

天空湛蓝，万物明朗。

霍骁和她一再确认：“今天不是良辰吉日吗？要不现在就去领了算了。”

王若含笑意盈盈地靠到他的身上：“霍老师，你急什么啊，是你的跑不了。”

霍骁牵着她的手：“好，不急，早晚的事。”

如果婚姻是一场冒险，既然确定了同行的伙伴是这个人，那就信任他像他信任你一样，需要他像他需要你一样，爱他像他爱你一样，相互扶持，一心一意，义无反顾地走下去吧。

终点在遥远的未来，不要惧怕泥沼和荆棘，不要停下脚步，沿途会有玫瑰、信鸽、彩色蘑菇和会说话的兔子。

你要和爱人去享遍世间好风光。

为了给她补身子，霍骁最近三天一顿土鸡汤，两天一顿骨头汤，还时不时地炖燕窝。

王若含的脸色确实红润了许多，脸颊也圆润不少。

晚上她躺在沙发上看电视，霍骁往她嘴里塞了一大颗红枣。

王若含哀嚎一声：“我真得吃不下了。”

霍骁不依着她：“你就当零食吃。”

王若含气鼓鼓道：“鸽子汤当饮料，红枣当零食，有你这样的吗？你看我下颌线都没了！”

霍骁捏起她的下巴仔细端详，评价道：“以前也没有啊，你脸上一直肉乎乎的。”

王若含拿手里的红枣扔他：“结婚前说人家圆脸可爱，婚后就是肉乎乎了是吧？”

霍骁精准地接住，把枣子重新喂到她的嘴边：“结婚前你也是个软萌甜妹，你看看你现在。”

“我现在怎么了？”

霍骁避开她的视线，起身说：“我去备课了。”

王若含跳到他的背上，搂着他的脖子逼问：“说，我现在怎么了？”

霍骁堆起一个假笑：“现在一样漂亮可爱。”

“哇哦，你好不走心哦。”

霍骁背着她到书房，转移话题：“今年年假要不要去北京，你不是想去环球影城吗？”

这种方式对王若含百试百灵，她的思维果然被带偏，在他的背上扑腾双腿，一脸兴奋道：“好呀好呀，我要买巫师袍和魔杖！”

“买，老公都给你买。”

番外 3

约会日

他们每次出门约会都是吃饭、电影、逛街三件套，眼看着婚后的日子越来越平淡，王若含向霍骁发出严肃警告，新的危机正在来袭，务必要引起重视。

“那你说说，你下次约会想干什么？”

王若含摸着下巴想了想：“要不我们试试剧本杀？”

霍骁摇头否决：“一次就得好几个小时，咱俩哪儿有这工夫，而且周末我想放松，不想动脑。”

王若含又提议：“那要不咱俩去附近那家新开的猫咖看看？”

霍骁随手拿起一本杂志翻阅起来：“我对猫毛过敏，”

“那不还有无毛猫吗？”

霍骁抬起头，对她眨眨眼睛。

王若含摆摆手：“行行行，那你选。”

霍骁说：“和我一起去融创滑雪呗。”

“不去。”王若含把沙发上的玩偶抱在怀里，“上次摔得我身上青一块紫一块的，没意思，不好玩。”

“那是你还没学会，等你学会就觉得有意思了。”

王若含把脸转向一边不看他，一副“不听不听”的姿态。

霍骁叹口气，就是因为每次约会前意见都不统一，所以才总是选择最容易达成一致的吃饭，看电影，逛街。

“那要不这样，我们定个规则，这个周末的安排全权由我决定，你不许有异议，得完全听我的，下个周末再换你，我也同样听你指挥。”

王若含琢磨了下，点头道：“这个主意好。”

“一言为定？”

“一言为定！”

周五霍骁没课，王若含调休，今天就是本周的约会日。

清早起床时，王若含发现床头放着一身她的衣服。

她起床洗漱，换上霍骁帮她拿好的裙子，黑色学院风，胸口还有两个蝴蝶结。

厨房里传来响动，王若含踩着拖鞋过去，问霍骁：“衣服都给我搭好了？”

“嗯。”霍骁戴着围裙，正在煎蛋，“说好的由我全权决定。”

王若含扬起唇角，微笑着点了点头：“行。”

霍骁观察到她的表情：“还满意吧？”

“满意啊，当然满意。”王若含提起裙摆，“至少说明你不会带我去参加什么运动项目，我昨天一晚上都在提心吊胆，就怕你是为了坑我陪你去滑雪。”

霍骁不乐意了：“我是那种人吗？”

王若含耸起眉毛，一切尽在不言中。

霍骁煮了粥，两个人简单吃完早饭，就收拾收拾准备出门了。

坐到车上，王若含搓搓大腿，按捺不住兴奋。

“安全带系好，我们出发了。”

王若含伸出拳头：“出发！”

几十分钟后，霍骁牵着她，在金陵博物馆的大门口前驻足。

“第一站到了。”

王若含脸上的表情不知是高兴还是失落：“你带我来参观博物馆啊？”

霍骁点头："嗯，进去吧。"

馆内肃穆安静，每个展厅都有志愿者为访客们解说。

王若含扯了扯霍骁的衣袖，小声问："我们要不要也过去听听？"

"不用，你想知道什么，我说给你听。"

王若含眯了眯眼，嘴角不自觉地上扬："知道了，我无所不知、超级厉害的老公大人。"

霍骁笑着问她："你来过这里吗？"

王若含点头："来过，但很多年前了，好像还是上学的时候，我就记得当时给我们当导游的是个大学生，挺高挺帅的。"

"你就记得这个？"

"啊。"王若含抿着嘴笑了笑。

"我上大学的时候也在这里做过志愿者。"

王若含睁大眼睛："真的？"

霍骁点点头："嗯，我现在还会背金陵博物馆的简介呢。"

"那你背一个来听听。"

霍骁清清嗓子，煞有介事地背起来："金陵博物馆是中国三大博物馆之一，其前身是民国二十二年蔡先生等倡建的国立中央博物馆，占地面积十三万余平方米，为'一院六馆'格局……"

"好了好了。"王若含打断他的话，"你真的还记得啊，我连昨天看的电视剧内容都忘了，你怎么十年前的东西还记得这么清楚？"

霍骁说："说太多遍，形成肌肉记忆了。"

"哎。"王若含捏捏他的手背，双眸清澈明亮，"那你说会不会十年前给我做解说的那个人就是你啊，会不会我们早就在金陵见过？"

霍骁掀起唇角："有可能，毕竟又高又帅的志愿者，应该也就只有我吧？"

王若含笑着拍在他的胳膊上："三十多岁的人了，怎么还这么自信？"

他们在博物馆待了一上午，王若含发现霍骁真的很适合做老师，无论是那些文物所处的时代背景，或是诗画家们飘零又恣意的生平，他都能娓娓道来，把历史变成一个个趣味横生的小故事。

王若含一点儿也没觉得无聊，和霍骁说："要是我高中的历史老师是你就好了。”

霍骁轻笑出声，捏了捏她的脸：“你高中的历史老师是你爸，我可不敢僭越。”

从博物馆出来，霍骁带王若含去了附近一家鸭血粉丝店。

那家店是老字号，店面不大但客人很多，他俩和另一对小情侣拼了桌。

王若含问他：“你以前经常来这里吃吗？”

“嗯，吃完再坐地铁回学校。”

王若含咬了一口鸭血，她好像有些摸清今天的约会主题了：“所以下一站是N大？”

霍骁挑眉：“聪明啊。”

下午，操场上有学生在上体育课，天空湛蓝，阳光灿烂，清风吹过绿叶，满世界都充满活力。

王若含和霍骁坐在台阶上，一人手里拿着一杯炒酸奶，刚刚在校门口买的。

“本来想带你去图书馆的，但还是不打扰学生们的学习了。”霍骁说。

王若含伸直双腿，舒服地伸了个懒腰。

她看着在跑道上的少年少女，感叹道：“年轻真好啊。”

“现在也很好。”

王若含偏头看向霍骁，眼里含着笑意，认同地点点头：“对，现在也很好。”

草莓味的酸奶块在舌尖融化，冰凉又酸甜。

“二十岁的霍骁就是这样度过一天的吗？”王若含问。

“嗯，大四毕业的时候老师问我以后的打算，那会儿没想过还会回到这里。”霍骁牵过她的手，“所以说人生真奇妙，我们说不定很早就在某个地方遇见过，那个时候我们也不会想到以后会陪着自己度过余生的人就是这个擦肩而过的陌生人。”

王若含将下巴靠在他的肩上，说：“我想好下个礼拜要带你去哪儿了。”

霍骁猜：“不会是‘二十岁的王若含的一天’吧？”

王若含呵呵笑了两声：“那可就哪里都不用去了，在家打一天游戏就行。”

“我就知道。”

“敬请期待吧，霍老师。”喊完王若含又觉得不对，改口说，“霍同学。”

阳光下，霍骁温柔笑着应：“好，拭目以待。”

那之后不久，世界上就多了一个叫霍乐语的可爱小朋友。

王若含算了算时间，原来那次去N大的时候她就已经怀孕了，幸好霍骁没带她去滑雪。

周以听说了这件事，打趣说他家小孩才豆丁点儿大就去过名校了，将来必定大有可为。

王若含孕期的时候特别喜欢吃糯米糍，就给宝宝取了“糯糯”做小名。

女儿生下来六斤六两，大名是爷爷取的，乐语乐语，寓意她光明磊落、活泼开朗，又希望她日后能富有文采、能言善辩。

霍乐语在爸妈的呵护下健康成长，小姑娘的长相公认地随她爹，至于在性格像谁的问题上，夫妻俩尚且争论不休，意见未达统一。

听到女儿房间里响起第六声叹气，王若含探头从门缝里瞧了一眼。

“你自己好好读两遍课文，爸爸等会儿再来给你默写。”

霍骁从房间里出来，拿起自己的杯子灌了一大口水，对王若含说：“要不换你去吧？”

王若含正把脸上的面膜抚平，摇摇头拒绝：“不要，说好她的学习都归你管的……怎么了，霍教授还有搞不定的学生？”

“你去看看她的作业本就知道了，人类幼崽有多气人。”

王若含笑了笑，让他坐下给他按摩按摩：“那你又舍不得凶她。”

霍骁无奈道：“凶也没用啊，我每次一板着脸，她就问爸爸你是不是累了，我瞬间就没脾气了。”

王若含揉着霍骁的肩，说：“这点儿会看眼色的本领，估计是随了我。”

霍骁笑了一声：“爸上次说了，糯糯哭起来和你小时候一模一样。”

他俩说话间，屋里传来一声奶声奶气的“妈妈”。

“哎。”王若含应道，“怎么了，糯糯？”

霍乐语摸着肚子走出来，说：“我饿啦。”

王若含抬头看了一眼钟：“你两个小时前不是刚吃过晚饭吗？”

霍乐语撒娇道："那我就是想吃东西了嘛。"

霍骁用胳膊肘碰了碰王若含："去吧，吃喝归你管。"

王若含叹了口气，起身进厨房给女儿找吃的。

"外婆上次包的馄饨还剩了点儿，妈妈煮给你吃好不好？"

霍乐语摇摇头："不想吃。"

王若含又问："那我泡面？"

霍乐语还是摇头："不健康。"

"我给你叫碗鸭血粉丝？"

"奶奶说不要总是点外卖。"

王若含叉着腰，看向霍骁："嘴刁肯定是遗传你。"

好奇宝宝霍乐语提问："什么叫嘴刁啊？"

王若含蹲下，揉揉她肉乎乎的脸蛋："就是说你挑食，和你爸一样，这个不吃那个不吃。"

霍骁从沙发上起身，对女儿说："爸爸做蛋炒饭给你吃，吃完就让妈妈帮你默写好不好？"

霍乐语伸出手指比了个 OK 的手势："行！"

霍骁揉揉她的头发："真乖。"

很平常的夜晚，厨房里亮起暖光，霍骁在给嘴馋的女儿做夜宵。

客厅沙发上，霍乐语靠在王若含的怀里，三两下就帮她妈把卡了两天的游戏通关了。

母女俩穿着同色的睡衣，叽叽喳喳吵个不停。

人生真奇妙……

霍骁想，他年轻时一路埋头向上走，得到越多却越感到空虚和孤独。可现在，一个大话痨加一个小话痨，就把他的生活填得满满当当。

他充盈而满足，不会有再比现在更幸福的时刻了。